SAM WILSON

Im Zeichen des Todes

Buch

Als Polizeichef Peter Williams ermordet aufgefunden wird und die einzige Zeugin spurlos verschwindet, wird Detective Jerome Burton mit dem Fall betraut. An seiner Seite soll die Astro-Profilerin Lindi Childs ermitteln, deren ungewöhnlichen Methoden Burton aber misstraut. Das nächste Opfer ist ein renommierter Forscher, der nach einem Fernsehauftritt brutal abgeschlachtet wurde. Die Polizei glaubt, der Täter gehöre zu einer radikalen politischen Gruppierung, und fordert Burton auf, deren Anführer zu verhaften. Als der Detective nicht sofort pariert, gerät er unversehens selbst ins Rampenlicht und wird zur Zielscheibe des öffentlichen Hasses. Vom Polizeidienst suspendiert, hat Burton nur noch eine Person, an die er sich wenden kann – Lindi. Und trotz seines anfänglichen Misstrauens stellt er bald fest, dass die Theorien der Astro-Profilerin nicht so unnütz sind, wie er anfangs dachte...

Autor

Sam Wilson wurde in London geboren, zog noch als Kind in seine neue Heimat Zimbabwe. Seinen Studiengang, Kreatives Schreiben, schloss er mit Auszeichnung ab. 2011 wurde er unter den Top 200 der vielversprechendsten Südafrikaner gelistet. Heute arbeitet er als Regisseur in Kapstadt. *Im Zeichen des Todes* ist sein Debüt.

Besuchen Sie uns auch auf www.facebook.com/blanvalet
und www.twitter.com/BlanvaletVerlag

SAM WILSON

IM ZEICHEN DES TODES

Thriller

Deutsch von Andreas Helweg

blanvalet

Die Originalausgabe erschien 2016 unter dem Titel »Zodiac«
bei Penguin Books LTD, London.

Sollte diese Publikation Links auf Webseiten Dritter enthalten,
so übernehmen wir für deren Inhalte keine Haftung,
da wir uns diese nicht zu eigen machen, sondern lediglich auf
deren Stand zum Zeitpunkt der Erstveröffentlichung verweisen.

Verlagsgruppe Random House FSC® N001967

1. Auflage
Copyright der Originalausgabe © 2016 Sam Wilson
Copyright der deutschsprachigen Ausgabe © 2016
by Penhaligon in der Verlagsgruppe Random House GmbH,
Neumarkter Str. 28, 81673 München
Redaktion: Sigrun Zühlke
Umschlaggestaltung: www.buerosued.de
Umschlagmotive: Getty Images: Sandra Herber/Moment Open,
David Madison/Photographer's Choice; www.buerosued.de
BL · Herstellung: wag
Satz: Uhl + Massopust, Aalen
Druck und Bindung: GGP Media GmbH, Pößneck
Printed in Germany
ISBN 978-3-7341-0538-8

www.blanvalet.de

Für Tony, Diana und Kerry

Willkommen in San Celeste...

22. Dezember – 19. Januar

♑

Steinbock
Erde

Sie mögen die kleinste Gruppe der Stadt sein, doch die Wahren Steinböcke sind ihre hellsten Sterne und kontrollieren den Großteil des Geldes und der Institutionen. »Neo-Böcke« – Kinder, deren Eltern anderen Tierkreiszeichen angehören – werden mit Fug und Recht von den Wahren Steinböcken verachtet.

20. Januar – 18. Februar

Wassermann
Luft

Liberale Hipstertypen: Kreative, Designer, Architekten, Freiberufler mit Laptop-Tasche und Schallplattensammlung. Obwohl sie nützliche Mitglieder der Gesellschaft sind, halten sie gern Abstand zum Mainstream.

19. Februar – 20. März

Hippies und gelegentlich produktive »Freigeister«. Viele sind Künstler, Süchtige oder selbsternannte Hellseher. Sie gelten nicht als gute Angestellte, verfügen aber über gut funktionierende Familiennetzwerke.

Fische
Wasser

21. März – 19. April

Die Unterschicht der Stadt: gewalttätig, unkontrollierbar und als Arbeitskräfte unbrauchbar. Sie leben vor allem in dem großen, gefährlichen Slum namens Ariesville (nach dem lateinischen Wort für Widder: *Aries*).

Widder
Feuer

20. April – 20. Mai

Loyal, verlässlich und bodenständig – sie halten die Stadt in Gang. Eine große Zahl arbeitet in öffentlichen Institutionen und bei der Polizei.

Stier
Erde

21. Mai – 20. Juni

Zwillinge
Luft

Die Yuppies von San Celeste: Sie sprechen schnell und leben ebenso schnell. Mit ihrer Redegewandtheit und ihrer moralischen Flexibilität verdienen diese typischen Großstädter das große Geld in Werbung und Handel.

...wo die Sterne immer funkeln.

21. Juni – 22. Juli

Krebs
Wasser

Die größte Gruppe der Gesellschaft. Sensible Menschen, die den Status quo aufrechterhalten und in vielen verschiedenen Managementpositionen zu finden sind, da man sie für von Natur aus vertrauenswürdig hält.

23. Juli – 22. August

Löwe
Feuer

Hört sie brüllen! Eine kleine, aber lautstarke Gruppe, die sich stark den Krebsen verbunden fühlt. Ebenfalls konservativ. Sie übernehmen gern die Rolle von Entertainern, Politikern und Experten.

23. August – 22. September

Häufig introvertiert und zwanghaft. Typische Berufe sind Ingenieur und Systemadministrator. Sie pflegen eine breitgefächerte Science-Fiction- und Fantasy-Kultur.

Jungfrau
Erde

23. September – 22. Oktober

Bekannt als »Menschen für Menschen«. Sie arbeiten überwiegend im Dienstleistungssektor. Jede Stelle, bei der ein Lächeln wichtiger ist als aggressive Verkaufstechniken, wird mit einer Waage besetzt.

Waage
Luft

23. Oktober – 21. November

Könnten Skorpione die neue Elite werden? Gerissener und hungriger als die Steinböcke und bekannt für ihr Streben nach Kontrolle, häufen sie schnell Status und Macht an.

Skorpion
Luft

22. November – 21. Dezember

Schütze
Feuer

Gemeinsam mit Wassermann bilden sie die zum linken Spektrum neigende Mittelschicht. Sie sind überwiegend im Bildungs- oder Wohlfahrtsbereich tätig und behaupten, ein Herz aus Gold zu haben.

Wahre Zeichen – wahre Harmonie ®

I

Rachel würde an ihrem ersten Arbeitstag zu spät kommen, aber dafür konnte sie nichts. Der Waschsalon an der Gull Street öffnete erst um acht Uhr morgens, und der Manager von JiffyMaids bestand auf einer tadellosen Erscheinung, auch wenn jede Putzfrau nur eine Garnitur Arbeitskleidung gestellt bekam. Gestern hatte sie bis spät in die Nacht auf dem vierzigsten Geburtstag eines Schützen in West Skye gearbeitet, wo sie ein betrunkener Gast angebaggert und ihr versehentlich Guacamole auf die saubere weiße Schürze geschmiert hatte.

»Gut, dass Sie die anhaben«, hatte der Mann gesagt, um seine Verlegenheit zu überspielen. Er wusste nicht, dass sie sich am nächsten Tag auf keinen Fall mit einem Fleck auf der Schürze bei einem neuen Kunden blicken lassen konnte. Nachdem sie vier Stunden unruhig geschlafen hatte, war sie kurz vor Öffnung des Waschsalons aufgewacht und dorthin geeilt, um ihre Uniform in die Schnellwäsche zu stecken. Sie hatte vor der Maschine gesessen und beobachtet, wie sich die Trommel drehte. Die Zeiger rückten beständig auf neun Uhr vor, auf den Zeitpunkt, zu dem sie bei dem neuen Kunden erscheinen sollte.

Sie wartete so lange wie möglich, dann unterbrach sie den Trockenvorgang und zog sich in der Toilette die

Uniform an. Wie nass die Kleidung noch war, bemerkte sie erst, als sich die verbliebene Hitze verflüchtigt hatte. Das karierte blaue Kleid klebte ihr kalt und feucht an den Beinen. Sie steckte ihre anderen Sachen in eine Plastiktüte und stieg in den Bus nach Conway Heights, einem nördlichen Bezirk von San Celeste. Während der Fahrt kontrollierte sie ständig die Uhrzeit auf ihrem Telefon. Kurz vor neun – sie war noch immer nicht angekommen – wurde ihr endgültig flau im Magen. Sie wollte niemanden verärgern. Schließlich war sie eine Waage.

Conway Heights war ein nobler Stadtteil im Norden der Stadt. Abwesend starrte Rachel aus dem Fenster auf Bäume, Tennisplätze und Villen im toskanischen Stil. Alles sah so hell und sauber aus, und sie fühlte sich wie ein Eindringling.

An der Morin Road stieg sie aus. Die Plastiktüte mit der trockenen Kleidung schlug gegen ihr Bein, während sie drei Blocks hügelaufwärts zum Eden Drive hetzte. Die Häuser hatten ordentliche Vorgärten mit gepflegten Blumenbeeten.

Das breite, eingeschossige Haus ihres Kunden war beige gestrichen und das Dach flach. Als sie mit fieberhaften Schritten über den mit Ziegelsteinen gepflasterten Weg zum Eingang ging, legte sie sich eine Entschuldigung zurecht. Ihr Finger lag schon auf der Klingel, doch dann sah sie, dass die Tür einen Spalt offen stand.

Sie drückte sie ein wenig weiter auf.

»Hallo?«, rief sie. »JiffyMaids!«

Keine Antwort.

Auf halber Höhe stand ein Holzspan vom Rahmen ab. Rachel berührte ihn zaghaft. Der Span war so lang wie ihr

Finger und ragte aus einer Bruchstelle. Allem Anschein nach war die Tür eingetreten worden.

»Hallo?«, rief sie noch einmal und drückte auf die Klingel. Irgendwo im Haus ertönte ein Summen, doch sie bekam keine Antwort.

Rachel zitterte in ihrem feuchten Kleid. Sie machte einen Schritt zurück in die Sonne und blickte die Straße rauf und runter. Nichts. Nur der Verkehr und ein paar bellende Hunde.

Mit zusammengepressten Lippen holte sie ihr rosarotes Handy aus der Plastiktüte.

Der Anruf wurde nach dem zweiten Klingeln entgegengenommen.

»Polizeinotruf. Was möchten Sie melden?«

»Hallo?«, sagte Rachel unsicher. »Ich stehe vor… äh… 36 Eden Drive in Conway Heights. Ich bin gerade erst angekommen. Die Tür ist eingetreten, und niemand reagiert auf mein Rufen.«

Sie hörte das leise Klicken einer Tastatur, dann meldete sich die Telefonistin wieder.

»Gut, ich schicke Ihnen einen Streifenwagen. Wie heißen Sie, bitte?«

Die Frau klang freundlich und gelassen. Ihr Waage-Trällern hatte etwas Beruhigendes.

»Rachel Wells.«

»Wohnen Sie dort?«

»Nein«, erklärte Rachel. »Ich arbeite für JiffyMaids. Ich soll hier putzen.«

»Okay, Rachel. Es dauert ungefähr acht Minuten, bis die Kollegen eintreffen. Bis dahin muss ich Ihnen noch ein paar Frage stellen, in Ordnung, meine Liebe?«

Meine Liebe. Definitiv eine Waage.

»Natürlich, klar«, erwiderte sie.

»Okay. Beschreiben Sie mir bitte, wie Sie aussehen, damit die Kollegen Sie erkennen können.«

»Ich bin ungefähr eins achtundsiebzig groß, habe blondes Haar und trage ein blaukariertes Kleid mit einer weißen Schürze. Reicht das?«

Sie wartete, bekam aber keine Antwort.

»Hallo?«, fragte sie.

Einen Moment lang dachte sie, die Verbindung sei abgebrochen, aber da war diese Stimme... Sie nahm das Handy vom Ohr. Ja, tatsächlich. Irgendwo in der Nähe sprach ein Mann.

Links vom Haus befand sich eine von blühenden Kletterpflanzen überwucherte Gartenmauer mit einem schmiedeeisernen Tor, dessen weiße Farbe abblätterte. Wieder diese Männerstimme. Tiefe Erleichterung durchflutete sie. Der Kunde saß im Garten, deshalb hatte er nicht auf ihr Rufen reagiert. Alles in bester Ordnung. Sie ging zum Tor und drückte den Riegel nach unten. Als es aufschwang, trat sie hindurch und vergewisserte sich, dass sich ihr Pferdeschwanz nicht gelockert hatte.

»Hallo?«, rief sie. »Mr. Williams?«

Sie folgte einem Weg an einem Blumenbeet vorbei und durch einen geflochtenen Bogen, der mit sterbenden Weinranken überzogen war. Man hatte das Haus an einem Hügel gebaut, der Rasen führte einen Hang hinab und gab den Blick auf die Stadt frei. Die Aussicht war beeindruckend und teuer. Sie konnte bis zum WSCR-Tower sehen.

Gleich hinter dem Haus befand sich ein leerer Swimmingpool. Im Boden daneben war ein Graben ausgehoben, und die Pflasterplatten hatte man an der hinteren Wand des Hauses gestapelt.

»Hallo? Rachel?« Die Stimme der Telefonistin. Rachel hob ihr Handy wieder ans Ohr.

»Entschuldigung, ich dachte, ich hätte etwas gehört.«

»Im Haus?«

»Nein, im Garten. Ich dachte, da wäre jemand, aber hier ist nichts zu sehen.«

»Rachel, hören Sie zu«, sagte die Telefonistin. »Gehen Sie bitte wieder vors Haus, damit die Kollegen wissen, dass sie richtig sind.« Ihre Stimme klang bestimmt, doch Rachel, die eine gute Menschenkenntnis hatte, hörte noch etwas anderes heraus. Angst vielleicht.

Sie warf einen letzten Blick in den Garten und drehte sich abrupt um, als sie ein Geräusch hörte. Es klang wie ein gequältes Röcheln, gerade eben hörbar. Sie erstarrte. Nach einigen Sekunden hörte sie es erneut, der Laut kam aus dem Graben am Pool.

»Da ist jemand«, rief sie panisch.

»Rachel«, erwiderte die Telefonistin scharf, »gehen Sie bitte sofort zurück zur Straße.«

Aber Rachel war bereits zum Graben geeilt.

»Oh Gott«, stammelte sie, »oh Gott. Oh Gott. Oh Gott.«

»Rachel?«

Der Mann im Graben war ungefähr fünfzig Jahre alt. Er hatte kurzes weißes Haar, trug eine schwarze Hose und ein langärmeliges weißes Hemd, das hinten voller Erde und vorne voller Blut war. Er konnte sie gerade noch ansehen, ehe sich seine Augen verdrehten. Über seinem Mund pappte Klebeband, und aus einem Nasenloch rann Blut. Rachel ließ ihre Plastiktüte fallen.

»Ich brauche einen Krankenwagen!«, schrie sie. »Oh Gott, schnell, einen Krankenwagen!«

Die Telefonistin blieb die Ruhe selbst. »Gibt es einen Verletzten, Rachel?«

»Einen alten Mann. Sein Bauch ist aufgeschlitzt. Seine Eingeweide, oh Gott, ich kann seine Eingeweide sehen, ich dachte, das wäre ein Schlauch oder so was. Die liegen da in der Erde...«

Ein fauliger Geruch stieg ihr in die Nase. Sie würgte. Die Gedärme des Mannes waren durchlöchert. Sie trat einen Schritt zurück und holte tief Luft. Bislang hatte sie immer gedacht, durchaus in der Lage zu sein, mit einem Notfall klarzukommen. Schließlich wusste sie, was Vorrang hatte. Menschen zuerst. Sie inhalierte die frische Luft und trat wieder einen Schritt vor. Der Mann unter ihr krümmte sich und schien kaum Luft zu bekommen. Seine Hände und Beine waren mit Klebeband gefesselt.

»Hallo! Bleiben Sie bitte am Apparat, ja?«, sagte die Telefonistin jetzt.

»Ich bin noch da«, antwortete Rachel, die versuchte, sich zusammenzureißen. »Er ist gefesselt und geknebelt. Und da ist überall Blut.«

»Okay, sprechen Sie einfach weiter mit mir, ja? Ich helfe Ihnen da durch. Wir müssen die Blutung stoppen, bis die Sanitäter kommen.«

»Ich habe eine Tüte mit Kleidung dabei.«

»Ist die sauber?«

»Nein, aber die Schürze, die ich trage, habe ich gerade erst gewaschen...«

»Perfekt, die können wir nehmen. Am besten, Sie falten Sie zu einem langen Streifen. Ich sage Ihnen, wo Sie ihn anlegen müssen. Der Krankenwagen ist in Kürze da, aber Sie müssen die Blutung unbedingt stoppen.«

Rachel band ihre Schürze los und zog sich den Träger

über den Kopf. Aus dem Augenwinkel nahm sie eine Bewegung wahr. Im Inneren des Hauses war es vollständig dunkel, aber es sah aus, als würde hinter dem cremefarbenen Vorhang an der Schiebetür jemand stehen. Sie erstarrte.

»Oh Gott.«

»Was ist los, Rachel?«

»Ich glaube, da ist jemand im Haus.«

Die Telefonistin schwieg. Man hörte nur das Knistern der Verbindung.

»Hallo?«, fragte Rachel.

In der Leitung knackte es, als hätte die Telefonistin mit jemandem gesprochen und sich erst jetzt wieder mit ihr verbunden.

»Rachel, Sie müssen zurück zur Straße.«

»Aber der Mann...«

»Sofort!«

Rachel hörte es im Haus poltern und blickte auf. Ein Mann in brauner Jacke zog eine Glasschiebetür auf. Er trug eine Baseballkappe und verbarg die untere Hälfte seines Gesichts hinter einem schwarzen Tuch. Rachel ließ ihre gefaltete Schürze fallen und rannte los.

»Er folgt mir!«, schrie sie ins Telefon. »Oh Gott...«

Das Gartentor war zugefallen. Sie zerrte daran, doch es bewegte sich nicht. Der Mann war nur wenige Schritte hinter ihr. Sie ließ das Handy fallen und riss mit beiden Händen daran. Endlich löste sich der Riegel, das Tor schwang auf. In letzter Sekunde rannte sie hindurch und schlug es hinter sich zu. Einen Augenblick lang standen sie sich direkt gegenüber. Seine Augen waren hellblau. Sie drehte sich auf dem Absatz um und rannte. Fast im gleichen Augenblick hörte sie das Quietschen des Riegels und wie das Gartentor hinter ihr wieder aufschwang.

Ein schwarzer Wagen kam die Straße herunter. Mit erhobenen Händen jagte sie darauf zu. Das Auto wurde langsamer, bremste und blieb stehen. Am Steuer saß ein Mann mittleren Alters in einem eleganten Jackett.

»Helfen Sie mir!«, rief sie. »Bitte, lassen Sie mich rein!«

Hinter ihr die Schritte ihres Verfolgers. Der Fahrer musterte sie kurz, sah die herbeieilende Gestalt und drückte auf einen Knopf in der Tür. Die Zentralverriegelung sprang mit einem Klicken auf.

Rachel warf sich auf die Rückbank. Der Mann hatte sie erreicht, packte den Türgriff und hielt ihn fest. Ausgestreckt auf dem Sitz liegend, trat Rachel mit dem Fuß nach seiner Hand.

»Nun fahren Sie schon!«, schrie sie. »Fahren Sie los!«

»Schsch!«, machte der Fahrer. Sie blickte auf und starrte in den silbernen Lauf seiner Waffe.

»Keinen Laut, verstanden?«, sagte er.

Rachel erstarrte. Der Mann mit dem Tuch vorm Gesicht schob ihre Beine vom Sitz, rutschte neben ihr in den Wagen und zog die Tür hinter sich zu.

»Hast du das Band?«, fragte der Fahrer, während er die Waffe noch auf Rachel gerichtet hielt.

»Ja«, erwiderte er.

»Dann fessele ihr die Hände.«

In der Ferne heulten näherkommende Sirenen. Rachel schöpfte Hoffnung.

»Mist«, sagte der Fahrer. »Halt mal.«

Er reichte dem Mann mit dem Tuch seine Waffe. Rachel trat erneut zu, doch ihr Gegner war zu flink und drückte ihr die Mündung an den Kopf.

»Na na«, sagte er.

Rachel erstarrte erneut.

Als der Wagen losfuhr, hielt der Mann die Waffe unablässig auf sie gerichtet. Mit der anderen Hand griff er in seine Jacke und holte ein metallisch glänzendes Klebeband heraus. Er zog sich den Schal bis knapp über den Mund herunter und riss mit den Zähnen zwei Stücke ab.

»Handgelenke zusammen«, sagte er.

Rachel rührte sich nicht. Der Mann mit dem Schal ließ das Klebeband fallen, beugte sich blitzschnell vor und schlug zu. Vor Schreck traten ihr Tränen in die Augen.

Ich muss hier raus.

Sie legte die Handgelenke aneinander und hielt ihm die Arme hin. Der Mann packte fest zu und legte die Waffe in seinen Schoß, um sie mit dem Klebeband zu fesseln.

Draußen wurden die Sirenen lauter, und der Ton wurde tiefer, als der Rettungswagen an ihnen vorbeijagte. Rachel sah ihm nach, doch der Fahrer machte keine Anstalten, das Tempo zu drosseln. Sie hatten Rachel nicht gesehen, und die Notruftelefonistin sprach vermutlich immer noch mit dem Handy, das sie fallen gelassen hatte.

Rachel war auf sich allein gestellt.

2

Das Gesicht von Polizeichef Peter Williams war schmaler, als Burton es in Erinnerung hatte, und von seinen Augen gingen strahlenartige, feine Fältchen aus. Sie waren ihm nie aufgefallen, wenn Williams vor einem Raum voller Cops am Pult gestanden hatte. Über seinem Mund klebte ein langer Streifen Silbertape, der über die Wangen bis zu den feinen Härchen in seinem Nacken reichte. Hände und Füße waren mit der gleichen Art Klebeband gefesselt. Der Bauch war quer über den Nabel aufgeschnitten worden, und aus der Wunde quoll der Darm des Polizeichefs.

»Scheiße, was für eine Sauerei«, sagte Detective Kolacny. Burton sah auf und schirmte seine Augen vor der Morgensonne ab. Sein Kollege stand am Rand des Grabens und biss sich auf die Unterlippe. Er trug eine Sonnenbrille.

»Haben Sie was gefunden?«

»Noch nicht«, erwiderte Burton. »Aber wenn der Mörder das Klebeband mit den Zähnen abgerissen hat, gibt es vielleicht DNA-Spuren.«

Kolacny rümpfte die Nase. Es stank entsetzlich. Der Darm des Chiefs war durchlöchert, und sein Inhalt hatte sich auf den Boden des Grabens ergossen. Wer immer ihn aufgeschlitzt hatte, hatte dafür gesorgt, dass er um nichts in der Welt mehr zusammengeflickt werden konnte.

»Vergessen Sie nicht, sich die Füße abzutreten«, sagte Kolacny.

Burton musterte ihn kalt. An Tatorten bekam man es häufig mit schwarzem Humor zu tun, solange keine Zivilisten in der Nähe waren. Es mochte die Arbeit erträglicher machen, aber hier ging es immerhin um den gottverdammten Polizeichef persönlich.

Kolacny nahm seine Sonnenbrille ab und blickte beschämt zu Boden.

»Entschuldigung«, sagte er.

»Schon gut. Sie sind neu. Haben Sie Anweisungen gegeben, den Rasen zu fotografieren?«

»Nein, warum?«

Burton kletterte aus dem Loch und deutete auf die Grünfläche, wo in einem Kreis von ungefähr zwei Metern Durchmesser Erde verstreut lag. Das meiste davon hatte sich zwischen den Halmen verteilt und war kaum zu erkennen.

Kolacny ging auf ein Knie, um sich die Sache genauer anzusehen. »Wer war das? Ist das von einer Schubkarre gefallen oder so?«

»Kann ich mir nicht vorstellen.«

Burton stellte sich in die Mitte des Kreises, streckte den rechten Arm aus und drehte sich um die eigene Achse, um eine Streubewegung zu simulieren. Die Bewegung passte zu der Kreisform auf dem Boden.

»Sonderbar.« Kolacny runzelte die Stirn. Er beugte sich vor. »Sieht aus, als wäre hier und hier noch mehr.«

Das hatte Burton gar nicht gesehen – zwei Linien von ungefähr dreißig Zentimetern Länge ragten aus dem Kreis und bildeten einen Winkel von etwa fünfundvierzig Grad.

»Glauben Sie, das ist wichtig?«, fragte Kolacny.

»Keine Ahnung«, meinte Burton. »Könnte jemand gewesen sein, der über den Kreis gelaufen ist. Aber sagen Sie den Fotografen trotzdem Bescheid. Gibt es schon eine Spur von der Putzfrau?«

»Nichts«, antwortete Kolacny. »Ich habe bei der Reinigungsfirma angerufen. Die haben mir die Adresse und die Telefonnummer von ihrer Mutter gegeben.«

»Und, schon angerufen?«

»Hatte noch keine Gelegenheit.«

»Dann beeilen Sie sich mal lieber, bevor sie es durchs Fernsehen erfährt.«

Vor dem Haus drängten sich Reporter. Die Polizisten, die den Tatort sicherten, warfen ihnen böse Blicke zu. Kein Cop mochte es, wenn Journalisten die sensationslüsternen Nasen in ihre Angelegenheiten steckten. Viele von ihnen, darunter auch Burton, hatten Williams persönlich gekannt.

»Moment«, sagte Kolacny. »Da drin ist noch was, das Sie sich ansehen sollten.«

Er führte Burton durch die Glasschiebetür ins Wohnzimmer, das drei Stufen tiefer lag als der Rest des Hauses. Burtons Augen brauchten einen Moment, bis sie sich an das Dämmerlicht gewöhnt hatten. Es kam ihm vor, als stünden weniger Möbel herum als bei seinem letzten Besuch kurz vor der Scheidung des Chief.

Kolacny ging mit ihm die Stufen hinauf, durch einen kurzen Flur und zur eingetretenen Haustür. Er deutete auf das zersplitterte Holz, wo die Tür offensichtlich aufgebrochen worden war.

»Das dürfte ziemlich Radau gemacht haben«, sagte er.

»Haben wir schon mit den Nachbarn gesprochen?«, fragte Burton.

»Kallis und McGill sind gerade dabei.«

Burton stieß die Tür auf und sah nach draußen. Fahrzeuge der großen Sender bauten ihr Equipment auf, und Korrespondenten sprachen, das Haus im Hintergrund, in ihre Kameras. Auf der anderen Seite der Straße stand sein uniformierter Kollege McGill, der sich mit einer Gruppe neugieriger Nachbarn unterhielt.

Ein Zoomobjektiv neben einem der Nachrichten-Vans richtete sich auf Burton.

Als er sich abwandte, entdeckte er oben am Türrahmen ein kleines Plastikrechteck, einen Magnetstreifen, der zur Alarmanlage des Hauses gehörte.

»Was glauben Sie, warum der Alarm nicht ausgelöst wurde?«, fragte er an Kolacny gewandt.

»Vielleicht, weil er nur nachts aktiviert war.«

Burton folgte der Leitung, die oben an der Flurwand entlangführte. Der Verteiler befand sich in einer Nische – ein Nummernpad mit einem UrSec-Logo und eine Metallbox samt am Boden liegender Batterie. Das Kabel dazwischen war durchtrennt. Kolacny blickte über Burtons Schulter.

»Mist«, sagte er.

»Kannst du laut sagen«, erwiderte Burton.

Aus dem Wohnbereich drang ein Klappern zu ihnen hinüber – die Kollegen von der Spurensicherung in ihren weißen Overalls. Kolacny verwies auf die Haustür und das durchgeschnittene Kabel. Mit wenigen Griffen puderten die Männer alles ein und suchten nach Fingerabdrücken und DNA-Spuren, während Burton den Rest des Hauses erkundete.

Interessanterweise hatte sich Williams nach seiner Beförderung zum Polizeichef entschieden, in seinem Haus wohnen zu bleiben. Es war groß, aber durchaus nicht das größte in der Gegend, und Williams wie die meisten Cops Stier. Veränderungen mochte er nicht.

Im Schlafzimmer herrschte Ordnung, genau wie im Wohnzimmer. Es war karg möbliert und das Bett sorgfältig gemacht, was ein wenig überraschte, da Williams ja eigentlich einen Reinigungsdienst für derlei Tätigkeiten beauftragt hatte. Wahrscheinlich gehörte er zu den Menschen, die extra saubermachten, bevor die Putzfrau kam, um keinen schlechten Eindruck zu machen. Von makelloser Sauberkeit konnte trotzdem keine Rede sein. Unter dem Bett lag Staub, und auf einem Stapel Bücher auf dem Nachttisch stand ein alter Laptop.

Burton warf einen Blick in die Wandschränke. In der einen Hälfte hingen Williams' Uniformen und seine Freizeitkleidung ordentlich auf Bügeln, der Rest war leer, als habe er Platz gelassen für den Fall, seine Exfrau könne zurückkommen. Vielleicht hatte er aber auch einfach alles so lassen wollen, wie es immer gewesen war.

In einer Ecke des Schlafzimmers, hinter der Tür, entdeckte Burton einen Notrufschalter, an der Wand dahinter ein paar Blutspritzer. Er rief die Spurensicherung.

Während die Kollegen fleißig fotografierten und Proben nahmen, durchsuchte Burton den Rest des leblos wirkenden Hauses. Der einzige Raum mit ein bisschen Farbe war das zweite kleine Schlafzimmer mit den lila Wänden und den Boy-Band-Postern, wo Williams' Tochter Ashleigh schlief, wenn sie zu Besuch kam. Sie musste inzwischen zehn oder elf Jahre alt sein. Als Burton sie zum letzten Mal gesehen hatte, war sie drei gewesen.

Damals hatte es ihm viel bedeutet, vom Captain des Morddezernats zum Abendessen eingeladen zu werden. Er und Kate waren frisch verheiratet gewesen und hatten nur eine beengte Wohnung zur Verfügung gehabt. Williams' Leben hatte wie eine verheißungsvolle Zukunftsvision gewirkt. Trotzdem war es ein unangenehmer Abend gewesen. Williams hatte Kate regelrecht ausgefragt und intensiv gemustert, und sie hatte voller Unbehagen geantwortet. Abgesehen davon hatte er ein paar Witze zu viel auf Kosten seiner Frau gerissen. Dennoch, Burton und Kate hatten einen guten Eindruck hinterlassen wollen, und Williams hatte ihnen Single Malt eingeschenkt. Am Ende hatten sie so laut geredet, dass Williams' Tochter verschlafen heruntergekommen war und gesagt hatte, sie sollten alle »mal die Luft anhalten«, worüber sie in lautes Gelächter ausgebrochen waren.

Viele Jahre lag das inzwischen zurück.

Das Haus war schon vor Williams Ermordung halbtot gewesen. Sollte Burton eine solche Zukunft erwarten – wenn er weiter mit Kate stritt zum Beispiel oder ihre Tochter im falschen Tierkreiszeichen geboren und ihre Ehe in die Brüche gehen würde – bezweifelte er, dass er sein Leben so gut im Griff behalten würde, wie der Chief es getan hatte.

3

An dem Tag, als Daniel Lapton erfuhr, dass er eine Tochter hatte, hätte er eigentlich in einem Meeting sein sollen. Der Vizepräsident für Asien und Australien hatte ein Treffen mit potenziellen koreanischen Investoren organisiert, und obwohl Daniel dort nicht unbedingt gebraucht wurde, hatte man ihm zu verstehen gegeben, welch großen Eindruck es machen würde, wenn ein Lapton anwesend wäre. Daniel wusste, dass es an der Zeit war, sich mehr in das Familienunternehmen einzubringen. Seit sein Vater vor einem Jahr gestorben war, lief die Firma wie auf Autopilot.

Am Tag des Meetings wachte er viel zu spät auf. Fünfzehn Minuten starrte er an die Holzdecke, bevor er zum Hörer griff, die Sekretärin des Vizepräsidenten anrief und etwas von einem »unvorhersehbaren medizinischen Notfall« murmelte. Er konnte sowieso niemandem etwas vormachen – jeder in der Firma wusste, dass er so gar nicht nach seinem Vater kam.

Er streifte sich einen seidenen Morgenmantel über und ging in die Küche. Ausnahmsweise wartete dort kein gedeckter Frühstückstisch auf ihn. Die Dienstboten hatten bezahlten Urlaub bekommen. Er wollte eine Zeit lang einfach keine Menschen sehen. Daniel durchsuchte die Speisekammer, wo er einigermaßen frisches Brot auftrieb, und stippte es in eine Schale Taramosalata, die er in einem der Kühlschränke entdeckte.

Danach schlurfte er ins Entertainment-Zimmer im unteren Stockwerk, ließ sich auf eine schwarze Couch fallen und sah sich eine Kriegsdokumentation an. Nach und nach stellten sich Schuldgefühle ein. Wäre sein Vater noch am Leben, würde er ihm einen Vortrag darüber halten, dass die Welt voller erfolgshungriger, ehrgeiziger Menschen sei, die sich durch sein Imperium bohren würden wie Holzwürmer durch die Familienvilla. Echte Steinböcke überließen ihre Entscheidungen keinen Untergebenen. Sie waren reich, weil sie es verdient hatten. Und ganz sicher waren sie keine Drückeberger.

Nach dem Tod seines Vaters hatte Daniel den Familienwohnsitz hinter sich gelassen, war um den Globus gejettet und dabei in sämtlichen Lapton-Hotels abgestiegen. Lapton Europa. Lapton Pacifica. Lapton Afrique. Er hatte sich wie ein Märchenprinz gefühlt, wenn er sich als normaler Gast ausgab, um die unverstellten Abläufe dort kennenzulernen. Doch er machte sich nichts vor: Er bekam immer die besten Suiten, und es hätte ihn verwundert, wenn die Zentrale nicht jeden einzelnen Betrieb klammheimlich über seine Ankunft informiert hätte.

Im Grunde inspizierte er sein Imperium nicht, sondern er lief vor ihm davon. Aber es gab kein Entkommen. In seinem Alter konnte er die ausgetretenen Pfade nicht mehr verlassen. Er würde nicht mehr mit Basejumping anfangen, in keinem Dschungel mehr Ayahuasca trinken und auf keinem staubigen Klosterboden mehr schlafen. Überhaupt würde er sich auf nichts Neues mehr einlassen, weder auf Dinge noch auf Menschen. Nach einer zehnmonatigen Reise war er nunmehr ins gemachte Nest zurückgekehrt, mittelalt und noch immer nicht flügge. Es gab keinen anderen Platz für ihn. Er überlegte, zu einer Astrotherapeutin zu gehen, aber es steckte immer noch genug Lapton in ihm, um jeder Form von Therapie zu misstrauen. Seine Probleme gehörten ihm, und nur er hatte das Recht, sie zu kennen und zu lösen.

Er wanderte durch die Flure seines Heims, das er immer noch als das Haus seines Vaters betrachtete, vorbei an Antiquitäten und Schmuckgegenständen – an Billardtischen, Astrolabien, Barometern in Eichenrahmen und Regalen voller Lederbände. Einer Eingebung folgend, bog er in den Gang mit den schwarzweißen Bodenfliesen ab, der zum ehemaligen Arbeitszimmer seines Vaters führte – in seiner Kindheit eine Tabu-Zone, die er trotzdem oft heimlich erkundet hatte. Auch jetzt überkam ihn wieder das ungute Gefühl, verbotenes Terrain zu betreten.

Der kleine Raum war unverändert. An der gegenüberliegenden Wand stand ein Schreibtisch, davor ein antiker Drehstuhl mit Lederpolstern und hölzernen Armlehnen. In den Regalen darüber stapelten sich Bücher, rechts davon hatten zwei große Aktenschränke Platz gefunden. Die Wände und der Teppich waren in Dunkelbraun gehalten. Alles in allem ein Zimmer, das bei Tageslicht keine rechte Wirkung entfaltete. Daniel schaltete die Schreibtischlampe an und entdeckte einen Stapel Papiere, der aussah, als hätte ihn seit dem Tod seines Vaters niemand mehr angerührt. Neugierig blätterte er darin herum und sortierte die einzelnen Blätter auf zwei Stapel: Angelegenheiten, mit denen man sich zeitnah befassen sollte, und Unterlagen, die direkt geschreddert werden konnten. Im Prinzip hätte er das auch einem Anwalt der Firma oder den ehemaligen Assistenten seines Vaters überlassen können, doch irgendwie sah er darin eine Chance, seinen alten Herrn besser zu verstehen.

In den Aktenschränken lagen unendlich viele Dokumente: Verträge, Steuerformulare sowie jahrzehntealte und fast bis zur Unlesbarkeit verblasste Ausdrucke von Nadeldruckern.

Er entdeckte einen Ordner mit alten Zeitungsausschnitten und politischen Satiren, die sich allesamt um seinen Vater drehten. Als Kind war er zornig geworden, wenn sich jemand über seine Familie lustig gemacht hatte. Sein Vater arbeitete hart und hatte solche Respektlosigkeiten nicht verdient. Erst als Jugendlicher hatte Daniel angefangen, ihn als Person in Frage zu stellen.

Er legte den Ordner auf den »Aufbewahren«-Stapel und nahm sich den nächsten vor. Er enthielt einen Briefwechsel zwischen seinem Vater und dem Chef der Sicherheitsfirma der Hotelkette und stammte aus der Zeit, als Daniel ungefähr siebzehn gewesen war und bei seiner Mutter auf der anderen Seite des Landes gelebt hatte. Seine Eltern hatten sich scheiden lassen, als er sechs war, doch ihr Leben und ihre Geschäfte waren dennoch eng miteinander verknüpft geblieben. Zu jener Zeit hatte sich seine Mutter gerade an einem Restaurant-Projekt versucht. Das »Greenhouse« war ein umgebautes Penthouse in einem der Familienhotels gewesen, im Lapton Celestia. In der verglasten Lounge wurden Cocktails und Tapas serviert, und man hatte einen einzigartigen Blick über den Hafen. Leider war es bei den Gästen nicht gut angekommen und hatte kaum ein Jahr später schließen müssen, woraufhin seine Mutter ein neues Betätigungsfeld in der Mode gefunden hatte.

Daniel wollte den Ordner gerade auf den »Schredder«-Stapel legen, als ihm ein Name ins Auge sprang.

Mr. Lapton,
bezüglich unseres Telefonats wegen Penny Scarsdale letzte Woche: Wir waren in der Geburtsklinik des Krankenhauses, wo ein Vaterschaftstest mittels Fruchtwasseruntersuchung vorgenommen wurde, der ihre Behauptung stützt. Das Geburtsdatum des Kindes wird auf die ersten Märztage prognostiziert, es kommt also vermutlich im Sternzeichen Fische zur Welt, weshalb die Familie ihr Erstgebot ablehnt und das Kind selbst behalten will.
Ich habe Ihr zweites Angebot übermittelt, und momentan sieht es so aus, als würden sie es annehmen. Ich habe mit Dennison gesprochen, er arbeitet die Verträge aus. Sobald sie fertig sind, wird er sich mit Ihnen in Verbindung setzen.
TYRESE B. COLEMAN, WEST COAST REGIONAL MANAGER, URSEC GROUP.

Der Rest des Ordners war voll medizinischer Berichte und dichtbedruckter Seiten in Juristensprache. Daniel blätterte alles durch und fing dann wieder von vorne an, um jedes einzelne Wort zu lesen. Nach ungefähr der Hälfte begannen seine Hände zu zittern, doch er merkte es kaum.

Er hatte eine Tochter.

4

Burton versuchte, Rachel Wells' Mutter Angela zu erreichen, doch sie ging weder an ihr Mobiltelefon noch an ihren Festnetzanschluss. Sie lebte in Westville, nicht weit vom Polizeirevier San Celeste Central entfernt. Auf dem Rückweg vom Tatort machte er einen kleinen Umweg, um bei ihr vorbeizuschauen.

Die Straßen in Westville waren schmal, aber sauber. Waagen gehörten zur unteren Mittelschicht und lebten für gewöhnlich in den gleichen Gegenden wie Krebse, die einen ähnlich gearteten Lokalpatriotismus aufwiesen. Es gab keine Vorgärten, und die Erdgeschossfenster waren durchgehend vergittert, aber immerhin waren die meisten Gebäude sauber gestrichen und frei von Graffiti-Verzierungen.

Falls es zum Äußersten käme und seine Familie nach der Geburt seiner Tochter umziehen müsste, würde es sich hier ganz gut leben lassen. Auch der Fischmarkt, den Kate sonntagmorgens gelegentlich besuchte, war in der Nähe. Es könnte schlimmer sein.

Er parkte seinen alten ziegelroten Kombi vor Angela Wells' Wohnblock und stieg in den zweiten Stock hinauf. Er klopfte an die lackierte Kiefertür und hörte ein leises Schlurfen auf der anderen Seite. »Wer ist da?«, fragte eine Stimme.

»Detective Jerome Burton, SCPD. Sind Sie Angela Wells? Ich muss mit Ihnen über Ihre Tochter sprechen.«

Die Tür öffnete sich einen Spalt weit, und die Gestalt einer Frau erschien. Ihr Haar war dunkelorange gefärbt, sie trug ein Blumenkleid und beäugte Burton misstrauisch.

»Ich kenne Sie«, sagte sie. »Sie waren mal in den Nachrichten, oder?«

»Möglich«, räumte Burton ein.

»Und warum?«

»Weil ich einen Mordfall gelöst habe«, erwiderte er. Weitere Details wollte er ihr nur zu gern ersparen.

Angela schien die Antwort zu genügen. Sie löste die Kette und öffnete die Tür.

»Kommen Sie rein.«

Er betrat einen kleinen Wohnraum, in dem eine Mischung verschiedener Gerüche hing. Zwei Sessel mit Häkeldecken waren auf einen kleinen Fernseher ausgerichtet. In einem saß ein alter, kuscheliger Hund und kläffte Burton an. Um richtig zu bellen, schien ihm die Kraft zu fehlen.

»Humphrey, aus!«, rief Angela energisch. Der Hund wandte sich ab und leckte sich übers Fell.

Im Fernsehen lief eine Realityshow, in der Angehörige aller Zeichen zusammen in einem Haus wohnten. Um den Zuschauern deutlich zu machen, wer welchem Tierkreiszeichen angehörte, trugen sie verschiedenfarbige Shirts. Angela schaltete das Gerät ab.

»Was wollen Sie von meiner Tochter?«, fragte sie. »Sie ist bei der Arbeit, wollte aber gegen drei zurück sein.«

Burton suchte nach den passenden Worten. Dafür zu sorgen, dass sich die Nadel zwischen Verzweiflung und falscher Hoffnung einpendelte, war eine schwierige Aufgabe.

»Mrs. Wells, ich fürchte, Ihre Tochter könnte in ein Verbrechen verwickelt worden sein.«

Er erklärte ihr die Lage so ruhig er konnte. Währenddessen wanderte Angela Wells' Blick ziellos durch den Raum, überallhin, nur nicht in seine Augen.

»Wir wissen nicht, wo sie ist«, sagte er. »Aber wir tun alles, was in unserer Macht steht, um sie zu finden. Falls Sie etwas von ihr hören – ganz gleich was –, rufen Sie mich bitte an. Ja?«

Er gab ihr seine Karte, die sie wortlos entgegennahm, während sie aus dem Fenster starrte und den Hund am Kopf kraulte.

»Mrs. Wells?«

»Hm?« Sie wirkte irritiert, dass er noch da war. »Ach, ja. Tut mir leid«, fügte sie dann hinzu. Das ist schon ein ziemlicher Schreck.«

»Ich weiß, Ma'am. Tut mir leid.«

»Rachel ist ein gutes Mädchen«, fuhr sie ernst fort. »Natürlich sagt das jede Mutter, aber bei ihr stimmt es wirklich. Ich bin pensioniert und bekomme eine kleine Zusatzrente wegen meiner Arthritis, die hinten und vorne nicht reicht. Und deshalb arbeitet sie bei diesem ...«

Ihre Stimme versagte. Vor einigen Jahren hätte Burton ihr den städtischen Beratungsdienst empfohlen, doch aufgrund diverser Kürzungen waren die Richtlinien für potenzielle Trauma-Patienten inzwischen deutlich strenger. So blieb ihm nur ein erneutes: »Tut mir leid.«

»Tja«, erwiderte Angela und lächelte Burton tapfer an. »Danke, dass Sie vorbeigekommen sind.«

»Dafür bin ich da, Ma'am«, sagte er. »Und falls Sie

etwas brauchen, rufen Sie mich an. Ich werde tun, was ich kann.«

»Danke.«

Sie brachte ihn zur Tür und schob den Riegel und die Kette wieder vor. Für einen Moment verharrte Burton im Hausflur, doch er hörte keine weiteren Geräusche aus der Wohnung. Auch der Fernseher wurde nicht wieder eingeschaltet.

5

Das Polizeirevier San Celeste Central gehörte zu den ältesten Gebäuden der Stadt. Im Laufe der Jahre hatte es sich über einen ganzen Block ausgebreitet. Um den ursprünglichen Backsteinbau verzweigten sich Betonflügel im Stil des Brutalismus. Für gewöhnlich herrschte hier starker Verkehr, und während Burton mit seinem Wagen die letzten Blocks entlangkroch, rief er über die Freisprechanlage bei der Sicherheitsfirma von Chief Williams an, erklärte dem Empfang die Situation und bat darum, mit jemandem verbunden zu werden, der sich mit den technischen Details der Alarmanlage auskannte. Er wurde von einer Stelle zur nächsten vermittelt, und er hörte die Angst in den Stimmen seiner Gesprächspartner, wann immer sie begriffen, dass es um den Mord an einem Prominenten ging. Burton blieb geduldig, bis man ihn endlich zu einem Ingenieur durchstellte, der nach Jungfrau klang und eindeutig instruiert worden war, keinerlei Fehler zuzugeben.

»Wenn die Leitung durchtrennt wird, arbeitet das System nicht«, sagte der Ingenieur. »Aber dafür muss man schon im Haus sein, also fällt das vermutlich in die Verantwortlichkeit des Hausbesitzers.«

»Wollen Sie damit sagen, dass der Polizeichef absichtlich seine eigene Alarmanlage kaputtgemacht hat?«

»Sorry«, sagte der Ingenieur. »Ich weiß nicht, wie ich es sonst ausdrücken soll. Aber man kann das Kabel halt nicht kappen, solange man nicht im Haus ist.«

»Wissen Sie was? Rufen Sie mich doch einfach zurück, wenn Sie sich ernsthaft überlegt haben, was passiert sein könnte«, sagte Burton und beendete das Gespräch mit dem Kerl am anderen Ende der Leitung, der allem Anschein nach um seine Stelle fürchtete.

Er parkte in der Tiefgarage, fuhr mit dem Fahrstuhl in den zweiten Stock und folgte den Fluren durch das Überfalldezernat zum Morddezernat. Es befand sich in einem langgestreckten Raum mit hohen Fenstern, der Burton immer an eine Bahnhofshalle erinnerte und wo es stets nach Kaffee und Reinigungsmitteln roch. Er ging zwischen den aufgereihten weißlackierten Schreibtischen zu seinem Büro. Kolacny erwartete ihn bereits mit einem großen Briefumschlag in der Hand.

»Hallo«, sagte Burton. »Wie sieht's aus, haben Sie Williams' Ex informiert?«

»Noch nicht«, entgegnete Kolacny. »Aber sie hat es vermutlich längst in den Nachrichten gesehen. Wir haben seinen Bruder angerufen, seinen offiziell nächsten Verwandten.«

»Kommen Sie, Lloyd«, sagte Burton. »Sie ist die Mutter seines Kindes. Da hat sie wenigstens einen Anruf verdient.«

»Ist ja gut, ich kümmere mich darum«, knurrte Kolacny und reichte Burton den Umschlag.

»Was ist das?«

»Von der Spurensicherung. Das Blut im Schlafzimmer stammt mit großer Wahrscheinlichkeit von Williams. Es war frisch. Ach, und Mendez sagt, er möchte Sie sehen.«

»Mendez? Was will er denn?«

Keiner von ihnen kam gut mit Captain Ernesto Mendez, dem Leiter des Morddezernats, zurecht. Er war Ende vierzig, hatte pockennarbige Haut und schwarzes Haar, das vom Style her an einen Politiker erinnerte. Er war in vielerlei Hinsicht ein guter Polizist – fähig, effizient und motiviert –, aber den ihm unterstellten Beamten machte er in einer Tour die Hölle heiß und zwar nur, weil er es konnte. Natürlich musste jeder Cop mal Dampf ablassen und seiner Wut Ausdruck verleihen, doch darum ging es Mendez nicht. Ihm machte so was einfach Spaß.

Burton schlurfte in den zentralen Flur zurück und über die Treppe ins oberste Stockwerk hinauf. Mendez' Büro wurde von einem Polizisten in Zivil bewacht, der Burton von oben bis unten musterte.

»Name?«

»Detective Jerome Burton. Mord. Und Sie?«

»Special Investigation Services. Was wollen Sie?«

»Captain Mendez möchte mich sehen. Was ist denn hier los?«

Der Cop in Zivil öffnete die Tür. Drinnen unterhielt sich Mendez mit zwei Männern. Bei dem einen handelte es sich um Deputy Chief Killeen, Leiter des Dezernats für Raub und Körperverletzung. Der andere war Bruce Redfield, der Bürgermeister von San Celeste.

Den Bürgermeister kannte Burton bislang nur aus dem Fernsehen. Er war größer als er selbst, dürr wie ein Windhund, trug das mittellange Haar zurückgekämmt und sah aus, wie sich Burton einen Violinisten oder einen Kunsthändler vorstellte. Elegant und ein bisschen schmierig. Als Mendez Burton bemerkte, winkte er ihn herein und unterbrach das Gespräch.

»Burton!«, rief Mendez freundlich. »Wie geht es unserem Star-Detective?«

»Gut, besten Dank«, erwiderte Burton vorsichtig. In Mendez' Komplimenten schwang für gewöhnlich eine gehörige Portion Sarkasmus mit.

»Bürgermeister«, sagte Mendez, »das ist der Detective, von dem ich Ihnen erzählt habe. Burton hat die Ermittlung beim Mord an Senator Cronin geleitet und den Täter damals gefasst.«

»Davon habe ich gehört«, sagte Bürgermeister Redfield und bot Burton lächelnd die dünne Hand an. »Gute Arbeit.«

»Danke, Sir.«

Der Griff des Bürgermeisters war fest und kühl.

»Ich habe gehört, dass Sie Williams persönlich kannten.«

»Ja, Sir«, sagte Burton. »Als ich Detective wurde, war er mein erster Captain.«

Der Bürgermeister nickte. »Ich kannte ihn auch. Er war ein guter Mann. Ein Diener der Stadt und ein enger Freund von mir. Wenn ich Ihnen irgendwie bei den Ermittlungen helfen kann, lassen Sie es mich wissen.«

»Wir nehmen diese Angelegenheit durchaus persönlich«, mischte sich der Deputy Chief ein. »Wir dürfen nicht zulassen, dass das SCPD als leichtes Ziel wahrgenommen wird.«

»Genau«, sagte der Bürgermeister. »Zeigen wir der Stadt, wie schnell und effektiv wir in der Lage sind, Recht und Ordnung wiederherzustellen.«

»Wir sind schon auf einer vielversprechenden Spur«, sagte Mendez. Offensichtlich wollte er die Gelegenheit beim Schopf packen, um vor seinen Vorgesetzten gut dazustehen. »Im Gras neben der Leiche hat Burton ein Symbol entdeckt. Das Stier-Zeichen.«

»Ist das wahr?«, fragte der Bürgermeister an Burton gewandt.

Burton runzelte die Stirn. Das Symbol war kaum zu erkennen gewesen. Es hätte sich genauso gut um zufällig verstreute Erde gehandelt haben können. Doch jetzt war beileibe nicht der richtige Augenblick, um seine Unsicherheit zu zeigen.

»Ja, richtig«, sagte er. »Ein Kreis, aus dem zwei Linien ragen.«

Der Bürgermeister sah Mendez an.

»Dann könnte die Tat also in Zusammenhang mit einem Tierkreiszeichen stehen?«

Mendez nickte. »Wir ermitteln in diese Richtung, Sir. Ich würde sagen, wer auch immer Chief Williams getötet hat, gehört zur Widder-Front, die uns mit dem Zeichen zum Narren halten wollen.«

Die Widder-Front, eine militante Bürgerrechtsgruppe, kämpfte gegen den so genannten Zodiakismus, der ihrer Ansicht nach das gesamte Justizsystem durchsetzt hatte. So gehörten beispielsweise neunzig Prozent der Polizeibeamten zum Sternzeichen Stier, die Verhafteten wiederum überproportional oft zu den »niederen« Tierkreiszeichen wie Widder und Fische. Die Aktivisten gab es schon seit Jahrzehnten, doch in den letzten Monaten war ihr Bekanntheitsgrad nach einer angeblichen Welle brutaler Polizeiübergriffe erheblich gestiegen. Zum Ärger der hier Anwesenden war ihr Anführer, Solomon Mahout, schon beinahe regelmäßig im Fernsehen zu sehen.

»Scheißkerle«, fluchte der Bürgermeister. Wenn seine Politikermaske mal fiel, enthüllte er eine überraschende

Gehässigkeit. »Verfickte Tiere sind das. Wie können wir die nur zur Strecke bringen?«

»Burton bekommt die volle Unterstützung unserer Abteilung für Raub und Überfall«, sagte Mendez.

»Richtig«, fiel der Deputy Chief ein. »Diese Ermittlung hat oberste Priorität. Und ich sorge dafür, dass ein vertrauenswürdiger Astrologe hinzugezogen wird.«

Burton wollte protestieren. Er hatte nicht viel Erfahrung mit Astrologen, und der Zeitpunkt erschien ihm denkbar ungünstig, um jemand Neues an Bord zu holen. Mendez schien seine Miene bemerkt zu haben, denn er sagte: »Wir brauchen eine Verurteilung, Burton. Und ein zuverlässiger Astrologe als Kronzeuge könnte wichtige Lücken füllen.«

Burton ärgerte die Andeutung, es könne ihm womöglich nicht gelingen, den Fall wasserdicht abzuschließen, andererseits verstand er den Einwand. Er hatte schon gesehen, wie Verdächtige den Gerichtssaal als freie Leute verließen, weil die Jury parteiisch gewesen war. Astrologen konnten eine Jury sehr gut auf Linie bringen. Jahrzehntelang übertragene Fernsehserien über astrologische Profiler und forensische Astrologen hatten die Öffentlichkeit davon überzeugt, dass sie vertrauenswürdigen Beistand im Kampf gegen das Verbrechen leisteten.

»Haben Sie schon jemanden im Sinn?«, fragte der Bürgermeister an den Deputy Chief gewandt.

»Ja, Sir. Lindiwe Childs. Sie führt auf der ganzen Welt bei den verschiedensten Agenturen Sicherheitstrainings durch und bringt den Leuten bei, wie man das Gefahrenpotenzial eines Reisenden anhand seines Geburtsdatums abschätzen kann. Im Augenblick arbeitet sie für das Flughafenamt in San Celeste. Ich schicke Burton ihre Nummer.«

»Hervorragend«, sagte der Bürgermeister und reichte Burton erneut die Hand. Während Burton sie schüttelte, packte ihn der Bürgermeister nachdrücklich am Unterarm.

»Schnappen Sie sich das Schwein, Detective«, sagte er. »Wir zählen auf Sie.«

6

Es klingelte genau in dem Moment, als Lindi in ihrer Küchennische Kaffee aufsetzte. Sie ging zur Tür und zog den Gürtel ihres Morgenmantels enger. Draußen auf dem Flur stand ein ernst dreinblickender Mann, groß, glattrasiert, blondes Haar. Er trug einen Anzug und ein Hemd ohne Krawatte.

»Guten Morgen. Lindiwe Childs?«
»Lindi, bitte. Und Sie sind?«
»Detective Burton.«
»Natürlich! Hi.«

Als sie ihm die Hand schüttelte, fürchtete sie, der Knoten ihres Morgenmantels könne sich lösen. Zwar war sie nicht nackt, sondern trug Shorts und ein weißes Tanktop darunter, das sie in einem Duty-Free-Shop in Spanien erstanden hatte, aber das war irgendwie eine Frage des Anstands.

»Ich störe doch nicht?«, fragte Burton. »Sie haben gesagt, nach zehn Uhr.«

Richtig, habe ich, dachte Lindi. *Mist.*

»Kein Problem, kommen Sie rein«, sagte sie und trat zur Seite. Sie war noch von der letzten Nacht benommen. Megan, ihre einzige Freundin in San Celeste, hatte sie ausgeführt, um ihr ein paar neue Leute vorzustellen und sie in die Homosexuellenszene einzuführen. Sie hatte ein paar interessante Frauen kennengelernt, doch insgesamt war die Szene viel stärker aufgespalten als in den meisten Städten, die sie kannte. Selbst in Kapstadt hatte Sexualität über Rasse, Religion und Sternzeichen triumphiert, doch die Clubs, die Megan ihr in San Celeste gezeigt hatte, wurden fast ausschließlich von den professionell kreativen Zeichen Wassermann, Schütze und Zwillinge besucht, und sogar die bildeten untereinander noch eigene Cliquen. Lindi hatte Megan angefleht, sie irgendwo hinzubringen, wo es etwas entspannter zuging, und so waren sie schließlich in einer Hardcore-Löwen-Lesbenbar gelandet. Als sich die Stammgäste beim Billard über Megans Hipster-Tattoos lustig gemacht hatten, war Lindi einverstanden gewesen, es für diese Nacht gut sein zu lassen. Den Cop hatte sie völlig vergessen.

»Ich habe Sie hoffentlich nicht geweckt«, sagte er.

»Nein, nicht wirklich«, sagte Lindi. Sie zeigte auf ihren Morgenmantel. »Tut mir leid. Den trage ich immer beim Schreiben. Ich habe gar nicht auf die Zeit geachtet.«

Ihr Apartment war nicht auf Besucher vorbereitet. Überall im Wohnzimmer lagen Bücher zur Recherche und lose Notizblätter verteilt. In der Küchennische stapelte sich Geschirr, und auf der Couch lag noch eine zerwühlte Decke von ihrer Fernsehorgie vor einigen Tagen. Sie war erst kürzlich eingezogen und hatte bisher nur ihre Bücher und ihre Spielzeugsammlung in die Regale geräumt. Auf dem Schreibtisch neben dem Laptop lagen ein Plastik-Astrolabium und ein Kartenspiel, das sie »Emoji-Tarot« nannte. Auf den einzigen Bildern, die sie bislang aufgehängt hatte, waren Cartoon-Figuren abgebildet, die düstere, unanständige Dinge taten, zum Beispiel auf der Straße betteln oder vor einem Regierungsbüro anstehen. Lindi mochte die Zeichnungen, sie erinnerten sie an ihre Graffiti-Künstler-Freunde aus Barcelona. Burton würde sie vermutlich albern finden. Sie nahm einen Stapel Papier von einem Stuhl.

»Kaffee?«, fragte sie. »Ich habe gerade welchen gemacht.«

»Nein, danke.«

»Okay. Einen Moment nur.«

Sie ging zu ihrer Küchennische, goss sich einen Becher ein und gab Milch und zwei Stück Zucker dazu. Als sie ins Wohnzimmer zurückkam, betrachtete Burton die japanischen Plastikfiguren, die sie in ihren Zwanzigern gesammelt hatte. Wie erwartet blieb seine Miene todernst.

»Also gut, Detective«, sagte sie und setzte sich aufs Sofa. »Worum geht es?«

Er ließ sich auf einem Holzstuhl nieder und legte die Hände auf die Knie. Er war ein seltsamer Stier, hoch konzentriert und fast ein bisschen verklemmt. Es hätte sie nicht überrascht, wenn er Aszendent Jungfrau gewesen wäre.

»Ich leite die Ermittlungen in einem Mordfall«, sagte Burton, »und es gibt eine astrologische Spur. Man hat mir geraten, Sie hinzuzuziehen, mir aber auch gesagt, dass Sie nur zusagen würden, wenn wir uns vorher treffen. Darf ich erfahren, wieso?«

»Ja, sicher, tut mir leid«, sagte sie. »Ich muss mich einfach vergewissern, dass wir kompatibel sind. Sagen Sie mir Ihr Geburtsdatum und Ihre Geburtszeit?«

Burton gab die gewünschte Auskunft. Lindi drehte den Laptop zu sich herum und öffnete ihr Astrologieprogramm.

»Und was kann ich für Sie tun?«, fragte sie.

»Mir bei der Ermittlung helfen«, sagte Burton. »Sie würden ein erhöhtes Beratungshonorar bekommen. Wir glauben zu wissen, wer hinter der Tat steckt, aber wir brauchen Sie, um unsere These astrologisch zu untermauern und vor Gericht auszusagen, sollte es hart auf hart kommen.«

Lindi tippte seine Daten ein, um eine Synastrie zu erstellen. Sie checkte das Horoskop, das vor ihr auf dem Bildschirm erschien, einen Aspekt nach dem anderen. Es sah nicht gut aus. Zwischen ihnen beiden gab es etliche negative Aspekte und zudem eine recht ungünstige Planetenkonstellation. Sie klappte den Laptop zu und schüttelte den Kopf.

»Tut mir leid«, sagte sie. »Momentan habe ich leider überhaupt keine Zeit. Ich muss dieses Handbuch abschließen. Das Flughafenamt braucht standardisierte Verfahren, um Reisende zu screenen und potenzielle Terroristen zu identifizieren.«

Sie nahm den Entwurf des besagten Inhaltsverzeichnisses von einem Stapel Ausdrucke:

1) Einleitung
2) Indikatoren für Gewalt
   2a) Die Sonne oder der Aszendent Widder
   2b) Die Position von Mars in einem Geburtshoroskop
   2c) Negative Aspekte mit Jupiter
3) Saturn als positiver oder negativer Indikator
4) Häuser
   4a) Tod: das 8. Haus
   4b) Verborgene Geheimnisse: das 12. Haus
5) Stundenastrologie: Vorhersage von Gewalttaten

»Das ist noch eine Menge Arbeit«, erklärte sie. »Ich soll komplizierte astrologische Deutungen in einer Checkliste erfassen, damit ein Computer damit arbeiten kann, was lächerlich ist. Es gibt zu viele Variable. Ab irgendeinem Punkt muss ein Mensch die Sache deuten.«

»Sie haben also zu viel zu tun?«, fragte Burton, der sichtlich Mühe hatte, sich seine Verärgerung nicht anmerken zu lassen. Lindi fiel auf, dass er das Kinn vorschob.

»Mindestens den ganzen nächsten Monat. Tut mir leid. Ab Anfang Juni könnte ich Ihnen zur Verfügung stehen.«

»Okay«, sagte Burton und stand auf. »Tut mir leid, dass ich Ihre Zeit verschwendet habe.«

»Warten Sie«, sagte sie. »Nur eins noch: Um welchen Fall geht es überhaupt?«

Burton runzelte die Stirn. »Ich bin nicht befugt, Ihnen mehr zu sagen, als in der offiziellen Verlautbarung steht.«

»In welcher?«

»Der Polizeichef wurde in seinem Garten ermordet.«

»Ach darum geht es? Um Chief Williams?«

Lindi hatte von dem Mord gehört, aber keine großen Gedanken daran verschwendet. Ihrer Ansicht hatte es sich halt mal wieder um eins jener Ereignisse gehandelt, die in den sozialen Medien hohe Wellen schlugen.

Sie musterte Burton von Kopf bis Fuß. Sein Horoskop war ungünstig, aber...

»Okay«, sagte Lindi. »Passen Sie auf. Wenn ich mitmache, dann entweder ganz oder gar nicht. Ich brauche Zugang zu den Akten.«

»Nur, wenn Sie die Bedingungen für den Zugang zu geheimen und vertraulichen Informationen akzeptieren.«

»Einverstanden.«

»Also sind Sie dabei?«

Lindi biss sich auf die Unterlippe. Verdammt. Sie hatte versprochen, in zwanzig Tagen einen Entwurf für das Handbuch zu liefern. Aber da es ja nun um den Mord am Polizeichef ging... Was sollte das Flughafenamt dagegen einwenden? Und außerdem wurde ja auch noch nach einer jungen Frau gefahndet. Vermisstenfälle lagen ihr. Auch wenn sie normalerweise versuchte, Aufträge zu meiden, bei denen es vor allem ums Prestige ging, konnte dies hier wirklich eine große Sache werden.

»Okay.«

Sie klappte den Laptop wieder auf und zauberte ein neues Horoskop mit einer abstrakten Darstellung des Himmels auf den Bildschirm. Ein Speichenrad mit Glyphen an der Außenseite, die für die verschiedenen Planeten und Konstellationen standen. Für Nichteingeweihte sahen die Verbindungslinien planlos und wirr aus, für Lindi hingegen bargen sie eine große wundervolle Bedeutung.

»Sagen Sie mir alles, was Sie wissen«, sagte sie.

7

Penny Scarsdale war die jüngste unter den Angestellten von Daniels Mutter gewesen und hatte, wenn die Gäste fertig waren, die Holzbretter abgeräumt, auf denen das Essen serviert worden war. Daniel hatte sie vor seinem Studium kennengelernt, als er im Restaurant arbeitete. Er hätte damals überall hingehen und alles tun können, doch er hatte für seinen Lebensunterhalt arbeiten wollen, so wie andere Leute auch. Daraufhin hatte ihm seine Mutter diesen dämlichen Job als »Vorratsmanager« verpasst, und er hatte die Sommermonate damit verbracht, so zu tun, als trüge er tatsächlich Verantwortung. In Wirklichkeit war er einfach nur für die Nachbestellungen zuständig gewesen.

Sein Anruf beim Großhändler am ersten Tag dauerte keine fünf Minuten. Danach saß er ohne Beschäftigung fünf Stunden in seinem Büro herum, und da ihn niemand kontrollierte, ging er im Hotel auf Wanderschaft. Die hinteren Gänge, ein Labyrinth, das es zu erkunden galt, waren voller Ungeheuer wie dem Reinigungspersonal oder den Wachleuten, vor denen er in Deckung gehen musste, da sonst schreckliche Strafen seitens seines Vaters drohten. In seinem Leben gab es weder Gefahren noch Wunder. Daniel kannte jeden Gang und jeden einzelnen Raum. Er ging zum hinteren Treppenhaus, um sich unten im Foyer eine Zeitschrift zu besorgen, überlegte es sich dann jedoch anders. Einem Impuls folgend, stieg er nach oben und entdeckte einen Notausgang, der zum Dach hinaufführte.

Dort oben war es laut und wunderschön. Metallische Klebebandstreifen zogen sich kreuz und quer über einen dunkelgrauen, schwammweichen Belag. Riesige silberne Auslässe von Lüftungsanlagen endeten hier, die wie Flugzeugtriebwerke donnerten. Dazwischen klobige Gebilde, bei denen es sich offensichtlich um die Fahrstuhlmotoren und die Klimaanlage handelte. Der Himmel leuchtete hellorange. Über dem Meer ging gerade die Sonne unter.

Daniel blickte sich um. An einem der Gebilde erblickte er eine behelfsmäßige Umzäunung. Vier große, schwarzlackierte Metallgitter, die man zusammengekettet hatte und die allerlei skurrile Dinge enthielten: Weihnachtsbäume, ausgebleichte Plastikbanner sowie die Überreste eines riesigen Styropor-Truthahns, der zu Thanksgiving im Hotelfoyer gestanden hatte. Fast alles in dem Käfig war mit Glitter bedeckt. Als Kind hätte er sich über eine solche Entdeckung riesig gefreut, doch mit fast zwanzig sah er darin nur noch Abfall und Müll.

Er ging um den Käfig herum und strich über die Gitter. Auf der anderen Seite saß Penny Scarsdale auf der Dachkante, blickte zum Meer hinaus und hielt eine halb gerauchte Zigarette in der Hand. Sie hatte sich rote Strähnen ins blonde Haar gefärbt. Ihr Gesicht war rund und hatte prominente Wagenknochen. Daniel hatte sie noch nie gesehen, doch er erkannte ihre Kellnerinnen-Uniform – die schwarze Hose mit der dunkelgrünen Bluse –, die zur Dekoration des Restaurants passte.

Sie musste ihn aus den Augenwinkeln bemerkt haben, denn sie drückte ihre Zigarette aus. Eigentlich hätte sie gar nicht auf dem Dach sein dürfen, und er hätte bei seiner Mutter Pluspunkte sammeln können, wenn er sie zur Arbeit angetrieben hätte. Das hätte man von ihm erwartet. Stattdessen setzte er sich ein Stück entfernt neben sie, ließ die Beine über der beängstigenden Tiefe baumeln, lächelte sie an und blickte aufs Meer hinaus.

Sie sprachen kein Wort. Das Dröhnen der Klimaanlage hätte es sowieso unmöglich gemacht. Doch trotz des Lärms war es ein friedvoller Augenblick. Gemeinsam blickten sie in den Sonnenuntergang. Als die Sonne weg war, kam ein kalter Wind auf. Penny erhob sich, um zurück in die Küche zu gehen, und schenkte Daniel im Vorbeigehen ein Lächeln.

Den Rest des Abends konnte er an nichts anderes mehr denken.

Am nächsten Abend saß er wieder auf dem Vorsprung. Als er eine halbe Stunde gewartet hatte, kam sie herauf und rauchte ihre Zigarette. Zurück im Restaurant, wechselten sie endlich die ersten Worte.

Sie war Sternzeichen Fische. Daniel wusste, was alle wussten – das waren Hippies, Spirituelle, Faulenzer. Er hatte Fische-Filme im Fernsehen gesehen, in denen bärtige, ewig zugedröhnte Idioten auftraten und auch die Frauen in einer Tour high waren. Dumme Witze wurden gerissen, es gab keine zusammenhängende Handlung, und nicht mal die simpelsten Plotregeln wurden eingehalten. Doch Penny war nicht blöd, und nachdem Daniel sich erst mal an ihre schleppende Fische-Sprechweise gewöhnt hatte, fand er sie überraschend einfühlsam.

Eines Abends nach der Arbeit, während sie noch im Restaurant aufräumte und er die Einnahmen zählte, erkundigte er sich nach ihren Zukunftsträumen und riet ihr, sich für einen Job bei der Bank oder auf dem Immobilienmarkt ausbilden zu lassen. Eben für die Art Job, mit dem Steinböcke reich wurden.

»Wie kommst du darauf, dass ich wie ein Bock werden will?«

»Na das wollen doch alle«, erwiderte er, als wäre das die klarste Sache der Welt.

Sie sah ihn amüsiert an.

»Du bist ganz schön von dir selbst eingenommen, was? Ob du's glaubst oder nicht: Nicht jeder hat Lust, permanent unter Antistress-Medikamenten zu stehen und auf dem Börsenparkett an einem Herzinfarkt zu sterben. Die meisten wollen einfach nur glücklich sein und das Leben führen, das sie sich ausgesucht haben.«

Sie lächelte ihn an. Daniel fühlte sich nicht ernst genommen. Seine Wangen brannten. Er verstand noch nicht, dass Penny es nicht böse meinte. Fische waren einfach nicht so statusversessen wie Steinböcke.

»Willst du lieber dein Leben lang Teller abräumen?«, fragte er.

Sie lachte ihn aus.

»Das sind zwei Extreme, dazwischen gibt's aber noch einen gewissen Spielraum, oder?«, sagte sie. »Ich arbeite hier, weil ich muss. Das betrachte ich nicht als meine Karriere.«

An jenem Abend und noch bis weit in den nächsten Morgen hinein war Daniel sauer auf Penny. Er hatte das Gefühl, als wollte sie ihn ärgern und sich über ihn lustig machen. Es dauerte eine Weile, bis er begriff, dass sie einfach nur ehrlich gewesen war. Er war so sehr an seine Statusspielchen gewöhnt, dass ihm gar nicht in den Sinn kam, wie das auf andere Leute wirken musste.

Glücklicherweise hatte sie Geduld mit ihm.

Am nächsten Abend entschuldigte er sich. »Du denkst vermutlich, für mich würde nur Geld zählen.«

»Naja, wir können ja nicht alle gleich denken, oder? Sonst würden wir alle die gleichen Fehler machen.«

Sie lächelte. Und Daniel begriff, dass er am besten für eine Weile nichts sagte. Er brauchte einfach nur zuzuhören.

Penny erzählte ihm von ihrem Alltag, von der Mühe, die es sie und ihre Mutter kostete, die große Familie über Wasser zu halten. Zuerst hatte Daniel ihr erklären wollen, dass ihre Familie sie nur ausnutzte. Sie sei zu großzügig und ihre Verwandten, die sich ständig auf sie verließen, zu eigennützig. Sie würde gut daran tun, an erster Stelle immer an sich selbst zu denken. Doch Penny sprach mit einer solchen Zuneigung über ihre Verwandten, so voller Schmerz über ihre Verluste und so voller Stolz über ihre Erfolge, dass Daniel unsicher wurde. Seine Weltsicht mochte den Weg zu Macht und Erfolg ebnen, aber das machte sie wohl nicht zur alleingültigen Wahrheit.

Was Penny betraf, so schienen sie keine Selbstzweifel zu plagen. Daniel war einfach jemand in ihrem Alter, mit dem sie reden konnte.

Als sie ihn zum ersten Mal küsste, fragte er sie nach dem Warum. Die Frage verwunderte sie. »Willst du lieber nicht?«

»Natürlich doch. Aber warum? Ich ...«

... sehe durchschnittlich aus, dachte er. *Bin unerfahren. Habe ein anderes Zeichen.*

»Du bist süß und anders, und du redest lustig und nimmst alles so ernst.«

Bei diesen Worten fiel eine schwere Last von ihm ab.

Sie hatte recht. Er erwiderte ihren Kuss, unbeholfen zwar, aber mit wachsender Leidenschaft. Sie fanden einen Lagerraum voller leerer Regale, zogen sich gegenseitig aus und gaben sich einander hin, immer darauf bedacht, Stöhn- und Kichergeräusche zu unterdrücken.

Der darauffolgende Tag war ein Freitag. In der Küche gab es viel zu tun. Daniel bekam Penny kaum zu Gesicht, aber wenn sich ihre Blicke zufällig trafen, grinste sie. Er organisierte ihnen ein kleines Zimmer im Hotel, weil er hoffte, sie könnten sich nach Feierabend dort treffen, doch Penny musste zu ihrer Mutter, die sich bei einem Sturz auf der Treppe im Postamt den Knöchel verstaucht hatte. Daniel hegte schon die leise Befürchtung, dass sie nach Ausflüchten suchte, als sie ihn am nächsten Tag erneut während der Arbeitszeit in den Lagerraum zerrte.

Die Beziehung dauerte zwei Wochen. Momente voller Leidenschaft, Zärtlichkeit und Verwirrung, hineingemischt in die Plackerei des Lebens. Daniel war hin- und hergerissen. Klar, Penny wusste, dass er Steinbock war, aber ob sie seinen Nachnamen kannte… Keine Ahnung. Er fürchtete, es würde alles ruinieren, wenn sie herausfand, wer seine Eltern waren. Dann wieder stellte er sich vor, ihr ein Geschenk zu machen, ein paar hunderttausend Dollar, genug, um die Schulden ihrer Familie zu tilgen. Wie würde sie darauf reagieren? Würde sie denken, er wolle sie kaufen? Er malte sich aus, wie er seinen Eltern von der Beziehung erzählte und seinem Vater standhaft in die Augen blickte, während dieser ihn enterbte. In einem tiefen hinterhältigen Winkel seines Bewusstseins war Daniel klar, dass die Beziehung mit Penny noch andere, sehr viel schwerwiegendere Probleme mit sich bringen würde. Was hatten sie schon für eine Zukunft? Es würde tausend kleine Situationen geben, in denen sie sich nicht verstanden, weil sie nicht den gleichen Hintergrund hatten. Tausend kleine Situationen, in denen sie nicht über den gleichen Witz lachen konnten. Tausend kleine Situationen, in denen ehemalige Freunde heimlich die Augen verdrehten und ein gezwungenes Lächeln aufsetzten. Tausendmal würden sie in die Sterne hinaufblicken und wissen, dass ihnen keine gemeinsame Zukunft bestimmt war. Tausend Bekannte würden auf ihn herabsehen, weil er zu *dieser Sorte* Mann gehörte.

Es wurde Sommer, und Daniel musste zum Studium an die Westküste. Unter Tränen versprachen sie einander, in Verbindung zu bleiben.

Die nächsten Monate bestanden aus Reisen, Kursen, neuen Freunden und neuen Ideen. Er trat ins Ruderteam ein, obwohl seine Begeisterung dafür nicht lange währte. Er versuchte, Penny zu erreichen, doch sie schien eine neue Telefonnummer zu haben. Auf seine Briefe erhielt er keine Antwort. Er dachte oft an sie, teils, weil er sich nach ihr sehnte, teils, weil er sich schämte. Irgendwann traf er sich mit anderen Mädchen. Und dennoch – alle paar Monate und später alle paar Jahre versuchte er, Kontakt zu Penny aufzunehmen. Ohne Erfolg.

Jetzt, als er in diesem düsteren Arbeitszimmer die Briefe durchsah, erfuhr er endlich den Grund dafür. Penny Scarsdale war mit seiner Tochter schwanger gewesen, hatte sich an seinen Vater gewandt, und der hatte alles vertuscht. Nicht einmal die Enttäuschung über seinen Sohn hatte er sich anmerken lassen.

Die hatte er mit ins Grab genommen.

8

Burton kehrte in sein Büro zurück. Eine halbe Stunde später tauchte Lindi auf. Mit ihrem wallenden Blumenkleid und der dunkelgrünen Jacke war sie jetzt passender angezogen. Ihren Afro hatte sie mit einem burgunderfarbenen Tuch zurückgebunden. Eine verrückte Mischung aus Businessdress und Hippiekluft und im Grunde genommen eine gute Charakterisierung aller Wassermänner, die er kannte.

Seine anfängliche Verärgerung löste sich auf, und er musste sich eingestehen, dass sie ein interessanter Mensch war. Lindi war Mitte dreißig, hatte dunkle Haut, ein unbefangenes Lächeln, einen transatlantischen Akzent, dazu ein bisschen was von einem noblen Steinbock, ein wenig West-Coast-Skorpion-Mittelklasse und etwas, das er nicht einordnen konnte. Sie selbst sagte, sie sei in Südafrika aufgewachsen, dann aber jahrelang durch Europa und Südostasien getingelt. Wie jeder andere war sie mit amerikanischen Filmen großgeworden.

Er führte sie durch das Morddezernat zu seinem Büro mit dem Mattglasfenster in der Tür. Jemand hatte mit schwarzem Klebeband den Schriftzug »Jerome Burton, Super-Detective« nachgebildet und so recht gelungen eine Bürotür aus den alten Detektivfilmen nachgeahmt.

Lindi lachte.

»Waren Sie das?«

Sein Gesicht blieb ausdruckslos.

»Nein«, antwortete er. »Hier im Dezernat gibt's schon genug Witzbolde.«

Er hielt ihr die Tür auf. Sein Büro war spartanisch eingerichtet. Ein L-förmiger Schreibtisch nahm zwei ganze Wände ein, seine beiden leeren Plastik-Ablagekörbe waren mit »Eingang« und »Ausgang« beschriftet, und vor einem kleinen Computer stand ein Drehstuhl. Burton zog noch einen Stuhl für Lindi heran.

Sie betrachtete die gerahmte Titelseite einer Zeitung an der Wand. »VERDÄCHTIGER VERHAFTET. MORD AN SENATOR CRONIN GEKLÄRT.« Das Bild zeigte Burton, der einen Mann in verknittertem Anzug mit Handschellen auf den Rücksitz eines Mannschaftswagens schob.

»Was ist das?«, fragte sie.

»Hat man Ihnen das nicht erzählt?«, fragte Burton. »Ich habe den Mörder von Senator Cronin entlarvt.«

»Wer ist das?«, fragte Lindi. »Tut mir leid. Ich bin erst seit ein paar Jahren hier.«

Burton holte tief Luft. Er würde den Fall bis zu seinem Tod immer wieder durchleben müssen.

»Cronin war Initiator des Antrags 51, einer Regelung, die es verboten hätte, dass Unternehmen Kunden aufgrund ihres Tierkreiszeichens ablehnen dürfen. Ich habe drei Monate gebraucht, bis ich den Mörder ermittelt hatte. Er war ein Mitglied von Thunderhead, einer reaktionären Krebs-Gruppe. Sie wissen ja, wie Krebse reagieren können, wenn sie glauben, jemand würde an ihrem Status rütteln. Sie haben ihn mit einem falschen Alibi geschützt und sämtliche Zeugen eingeschüchtert. Aber am Ende habe ich ihn trotzdem gekriegt.«

»Super.«

»Nicht ganz, der Schuss ist nach hinten losgegangen. Die Medien sind durchgedreht. Es hieß, das Ganze sei ein abgekartetes Spiel gewesen und ich hätte einen Unschuldigen gejagt. Viele haben den Behauptungen der Thunderhead-Gruppe bezüglich der Beweismittel geglaubt, und ich war angeblich Teil einer Verschwörung. Es hat eine große interne Untersuchung gegeben. Da bei solchen Geschichten immer etwas hängen bleibt, haben wir Finanzmittel verloren. Jeder hier weiß, dass ich das Richtige getan habe, aber trotzdem waren das schwere Zeiten für mich.«

Er deutete auf den Superdetektiv-Schriftzug an der Tür.

»Tut mir leid«, sagte Lindi. »Ich hatte keine Ahnung. Ist der Kerl ins Gefängnis gekommen?«

»Ja. Wenigstens das habe ich erreicht.« Er seufzte. »Trotzdem glaube ich, dass die anderen Cops den Artikel nur deshalb eingerahmt haben, damit ich in Zukunft vorsichtiger bin.«

Den Rest des Tages verbrachte Lindi auf ihrem Stuhl neben Burton, machte sich mit dem Fall vertraut und notierte sich ein paar astrologische Details, während der Cop seiner Arbeit nachging. Er las die Berichte über Williams' Finanzen und den DNA-Test am Klebeband. Beides war negativ. Kolacny hatte die Überwachungskameras in einem Umkreis von mehreren Kilometern ausgewertet, doch sofern sie nicht jeden einzelnen darauf auftauchenden Wagen untersuchen wollten, würden sie an keinerlei Spuren kommen. Burton hatte alle verfügbaren Detectives losgeschickt, um Familie und Freunde der vermissten Rachel Wells zu befragen, doch bislang gab es noch keine

Hinweise. Außer den Fluss nach ihr absuchen zu lassen, fiel Burton kaum noch etwas ein.

Lindi blickte hin und wieder von ihrem Laptop auf und riss ihn mit einer Frage aus seinen Gedanken.

»Wer ist im Moment eigentlich Ihr Hauptverdächtiger?«

»Wäre das nicht gemogelt?«, fragte Burton und zog eine Augenbraue hoch. »Das sollte uns doch Ihr Horoskop verraten.«

»Klar«, entgegnete Lindi. »Aber eine Planetenkonfiguration kann unterschiedlich gedeutet werden. Und alle Ereignisse, egal ob gute oder schlechte, sind ein Resultat dieser Planeten. Deshalb gibt es auch keine Software, die exakte Horoskope erstellt. Sie brauchen einen Menschen, der die Daten interpretiert. Am besten einen Menschen, der so viel wie möglich über die Situation weiß.«

Das hörte Burton nicht zum ersten Mal, aber es ergab für ihn genauso viel Sinn wie ein Vortrag über Quantenmechanik. Er war kein Experte, deshalb musste er einfach nur nicken und die Ausführungen glauben. Schließlich hatten die Experten ihr Fach jahrelang studiert. Dann konnte es auch kein Unsinn sein.

»Die Sache ist die«, sagte Lindi. »Sie haben mir erzählt, die Alarmanlage sei ausgeschaltet gewesen. Der Mörder muss also davon gewusst und entsprechend geplant haben. Die Tat war kein Zufall. Hier geht es um Vorsatz.«

»So weit bin ich auch schon«, sagte Burton. »Ich gehe von einem professionellen Killer aus.«

»Und Sie sagen, Williams hatte Probleme mit der Widder-Front?«

Burton nickte.

»Hm«, machte Lindi.

Er sah zu, wie sie ihre Notizen konzentriert in ihren Laptop tippte. Ihr Bildschirm zeigte ein großes Glyphen-Gitter. Es erinnerte Burton an alte Computerspiele, die er mit seinen Freunden in der Mittelstufe gespielt hatte, wo Zahlen und Symbole für Ungeheuer und Schwerter und magische Tränke gestanden hatten.

Nachmittags war Lindi so weit, dass sie erste Vorhersagen treffen konnte. Sie zeigte Burton eine Grafik mit Symbolen.

»Das ist der Himmel zum Zeitpunkt des Mordes«, sagte sie. »Und wie Sie sehen, haben wir ein Ungleichgewicht der Elemente.«

»Okay«, meinte Burton. »Wenn Sie das sagen.«

Lindi blickte ihn skeptisch an.

»Hatten Sie in der Highschool keine Astrologie?«

»Nein. Ich war auf einer Schule für Stiere. Die war gut, aber der Schwerpunkt lag auf der beruflichen Ausbildung.«

»Okay«, sagte sie. »Also, Sie müssen vor allem eins wissen: Es gibt vier Elemente – Erde, Luft, Feuer und Wasser. Die Tierkreiszeichen sind die jeweiligen Ausprägungen eines Elements. Widder zum Beispiel ist kardinales Feuer, es besitzt die Energie und die Zerstörungskraft eines gerade aufflammenden Feuers. Stier ist fixe Erde, also stabil, standhaft und treu wie der Boden unter Ihren Füßen.«

Burton nickte. »Und?«

»In dieser Radix sehen wir eine Menge Aktivität bei den Erdzeichen, was ich erwartet hatte, denn wir haben einen toten Stier-Polizisten, der buchstäblich in einem Loch in der Erde ermordet wurde, und zwar neben einem Stier-Symbol aus Erde. Und unser Herrscher des achten

Hauses steht im Stier. Das dürfte garantieren, dass die Erde hier eine wichtige Rolle spielt.«

»Metaphorisch gesprochen oder tatsächlich?«

»Das kann man nicht immer so genau unterscheiden«, sagte Lindi. »Fragen Sie sich, warum Williams in einem Graben in der Erde ermordet wurde? Vielleicht hatte der Graben für beide eine Bedeutung. Oder der Mörder hat den Graben ausgehoben. Das hätte ihm Zeit verschafft, um das Grundstück von Chief Williams auszuspähen. Und welches Zeichen dürfte der Gräber höchstwahrscheinlich haben? Widder, oder?«

Burton dachte darüber nach. »Das wäre einen Versuch wert.«

Er öffnete den Browser seines Computers und suchte nach Firmen in Williams' Gegend, die Swimmingpools bauten oder reparierten. Die telefonierte er eine nach der anderen ab und erkundigte sich, ob sie vor Kurzem am 36 Eden Drive in Conway Heights tätig gewesen waren. Beim vierten Versuch hatte er Erfolg.

»Ja«, sagte ein gelangweilt klingender Mann am anderen Ende der Leitung. »Wir setzen dort eine neue Pumpe ein und erneuern das Überlaufsystem.«

»Können Sie mir sagen, wer den Graben ausgehoben hat?«

»Keine Ahnung. Normalerweise nehmen wir jemanden, der einen Job sucht, und bezahlen ihn stundenweise. Ich kann es herausfinden und Sie zurückrufen. Sagen Sie mir Ihre Nummer?«

Burton diktierte sie ihm und wandte sich wieder den Berichten zu, während er auf den Rückruf wartete.

Ein paar Stunden später war seine Schicht zu Ende. Er stand auf und nahm seinen Mantel.

»Wo gehen Sie hin?«, fragte Lindi.

»Nach Hause. Ich muss noch ein paar Sachen für meine Frau besorgen. Sie ist schwanger.«

»Glückwunsch!«

»Danke. Machen Sie das Licht aus, wenn Sie gehen.«

Draußen vor dem Revier war der abendliche Himmel wolkenverhangen und wandelte sich von grau zu dunkelgrau und schwarz. Als Burton in seinen Wagen stieg, begann es zu regnen, gerade so viel, dass er die Scheibenwischer anstellen musste, aber nicht genug, um sie reibungslos über das Glas gleiten zu lassen. Sie quietschten und hinterließen schmutzige Streifen auf dem Staub der letzten Woche. Trotzdem saß Burton gern im Auto, es verschaffte ihm Zeit zum Nachdenken.

Er versuchte, den Mord zu visualisieren. Der Täter war gewaltsam ins Haus eingedrungen und hatte dabei den Türrahmen beschädigt. Er hatte Williams im Schlafzimmer überrascht und mit ihm gekämpft, während dieser versucht hatte, an den Notrufschalter zu gelangen. Daher die Blutspuren. Vermutlich war der Täter im Besitz einer Waffe gewesen, sonst hätte sich Williams stärker gewehrt und mehr Blut verloren. Anschließend hatte ihn der Mörder nach draußen geschleppt, ihn an den Handgelenken gefesselt, seinen Bauch aufgeschlitzt und ihn in den Graben geworfen, da er ihn für tot gehalten hatte. Danach hatte er das Stier-Symbol auf den Boden gestreut, war wieder ins Haus gegangen und hatte das Kabel der Alarmanlage durchgeschnitten. Oder hatte er das schon vorher erledigt? Als die Putzfrau Williams gefunden hatte, war sie offensichtlich von dem Mörder überrascht und verschleppt worden, ehe der Streifenwagen eingetroffen war.

Das passte zusammen, war andererseits aber wenig überzeugend.

Sein Telefon klingelte. Er stellte auf Lautsprecher.

»Detective?«, fragte der Mann von der Pool-Firma. »Ich habe herausgefunden, wer den Graben bei Williams ausgehoben hat. Er heißt Luke Boysen. Die letzte Adresse, die er uns gegeben hat, war ein Obdachlosenheim in Warburg, das United Skies.«

»Können Sie den Mann beschreiben?«

»Sicher. Ein Widder, ungefähr ein Meter dreiundsechzig, braunes Haar, braune Augen, Tätowierungen an Hals und Unterarmen.«

Burton bedankte sich und beendete das Gespräch. Er hielt am Straßenrand an und suchte die Nummer des Heims heraus. Es war besetzt. Warburg lag nicht allzu weit weg von seiner Route, und er hatte noch etwas Zeit, bis Kate ihn zu Hause erwartete. Er setzte den Blinker, fädelte sich in den Verkehr ein und bog an der Brücke nach Warburg ab.

Früher war der Bezirk ein Slum gewesen. Vor ungefähr dreißig Jahren hatten aufstrebende Wassermänner die leeren Speicherhäuser gekauft und in Apartments und Büroflächen umgewandelt. Die Gentrifizierung war nicht vollständig durchgezogen worden, weshalb es entlang der Warburg Main Street immer noch Pfandleihen, billige Imbisse und in den Hinterhäusern charismatische Kirchen gab. Tagsüber standen vor den teuren Biomärkten und Designerläden Wachleute, nachts waren sie mit Rollläden verrammelt.

Burton bog in eine der Seitenstraßen ein und hielt vor dem Obdachlosenheim United Skies. Es war ein kahler Ziegelsteinbau mit einem beleuchteten Schild, auf dem man einen Sternenhimmel sah, der von zwei offenen Händen getragen wurde. Eine der Neonröhren flackerte und warf immer wieder einen dunkelbraunen Streifen auf das milchige Plastik. Burton zog den Kopf ein, um sich vor dem Regen zu schützen, und ging hinein.

Im Eingangsbereich stank es nach Desinfektionsmittel. Von den dunkelgrünen Wänden, die mit zerrissenen Überresten alter Plakate bedeckt waren, blätterte die Farbe ab. Im Gang herrschte fast völlige Dunkelheit, da die Lampenfassungen an der Decke leer waren. Von weiter hinten hallten Stimmen herüber.

Die Rezeption war ein rechteckiges Loch in der Wand, das mit lackiertem Holz eingerahmt war und aussah, als hätte sich dort früher einmal ein Fenster befunden. Ein Mann mit weißem langärmligem Hemd saß an einem schmalen Schreibtisch, las ein Boulevardblatt und schenkte Burton nicht viel Aufmerksamkeit. Er hatte dünnes blondes Haar und ein Gesicht, das ohne die tiefliegenden Augen vielleicht jung gewirkt hätte.

»Guten Abend«, sagte Burton.

»Tut mir leid«, sagte der Rezeptionist, ohne aufzublicken. »Heute wieder alles voll. Versuch's in der Fourth Street.«

Burton hielt seine Dienstmarke hoch und räusperte sich. Der Mann sah ihn an, wobei die Rückenlehne seines Stuhls an die Rückwand seines winzigen Büros stieß.

»Tut mir leid, Officer«, sagte er und stand eilig auf. »Was kann ich für Sie tun?«

Er fuhr sich mit der Zunge über die Oberlippe. Burton war an Nervosität gewöhnt. Die meisten Menschen wurden unruhig, wenn die Cops auftauchten.

»Wohnt bei Ihnen zufällig ein Mann namens Boysen?«

»Kann sein«, sagte der Rezeptionist. »Wir fragen nicht nach Namen.«

»Kann ich reingehen und mich ein wenig umhören?«, fragte Burton.

Der Rezeptionist zögerte. Es sah so aus, als würde er sich seine Worte sorgfältig zurechtlegen.

»Ich würde es Ihnen nicht raten«, sagte er. »Das gibt nur Ärger, wenn ich nicht dabei bin.«

»Bitte«, sagte Burton. »Es ist wichtig.«

Der Rezeptionist schob die Tür des kleinen Büros auf und kam in den Gang hinaus.

»Sie sollten sich lieber nicht zu lange aufhalten«, sagte er. »Hier entlang.«

Er führte Burton durch den dunklen Korridor tiefer ins Gebäude hinein.

»Arbeiten Sie schon lange hier?«, wollte Burton wissen.

Der Rezeptionist nickte.

»Ungefähr drei Jahre. Als ich angefangen habe, war es noch viel schlimmer. Überall Müll. Und wissen Sie, jetzt haben wir ein neues Heim an der Duke Street, nur für Frauen. Können Sie sich vorstellen, wie es hier abging, als die noch im selben Haus untergebracht waren, zusammen mit all den Widder-Machos?«

»Was sind Sie für ein Zeichen?«, fragte Burton.

Der Mann sah Burton beleidigt an, weil der es nicht erkannt hatte. »Krebs, Sir«, antwortete er. »Siebte Generation. Ich arbeite hier ehrenamtlich für meine Kirchengruppe.«

Jetzt, nachdem er es gesagt hatte, sah Burton es. Das Hemd des Mannes war gebügelt, seine Hosen hatten eine Bügelfalte, und er trug einen ordentlichen, aber nichtmodischen Haarschnitt. Und er arbeitete zu wohltätigen Zwecken freiwillig wie ein guter Krebs-Junge. Burton war sicher, dass noch mehr dran war. Unter der Frömmigkeit wirkte der Rezeptionist angestrengt. Entweder musste er Schulden zurückzahlen, oder er organisierte hier noch etwas nebenbei für sich, das ihn irgendwann in Schwierigkeiten bringen würde.

Er schob die Flügel einer Schwingtür auf und betrat einen großen, hallenden Saal mit ungefähr hundert aufgereihten Betten. Decken und Laken waren schmutzig grau. Männer saßen in Gruppen um die Betten, benutzten sie wie Sofas und Kartentische. Entlang der Wände standen auf Klapptischen große Metalltöpfe und Teemaschinen – die Reste der freien Verpflegung, die das Heim anbot. Der Boden bestand aus Holz, dessen Farbe abgewetzt war, aber zwischen den einzelnen Dielen noch zu erkennen war. Früher war es wohl mal eine Basketballhalle gewesen.

Wenig erfreute Blicke begrüßten sie. Burton wurde plötzlich klar, dass er keine Waffe trug, da er sie im Revier eingeschlossen hatte. Er hatte nicht erwartet, hier zu landen.

»Lassen Sie mich mal«, sagte der Rezeptionist. »Manche Kerle stehen nicht so auf Polizei. Wir haben auch welche mit PTBS.«

Burton dachte, der Mann würde sich laut an den ganzen Saal wenden. Stattdessen ging er zu einer Gruppe und sprach mit einem großen Mann mit rotem Bart. Der Mann hörte ihm zu und warf Burton einen Blick zu. Als der Rezeptionist fertig war, zuckte der Große mit den Schultern. Der Rezeptionist kam zurück.

»Hier heißt niemand Boysen. Tut mir leid.«

»Das war's?«, fragte Burton. »Sie erkundigen sich nur bei dem einen Mann?«

»Das ist Grint. Der hat hier das Sagen. Über den läuft alles.«

»Was?«, fragte Burton. »Warum?«

»Wir haben hier viele Exknackis«, erklärte der Rezeptionist. »Die haben ihre eigene Hierarchie. Da mischt man sich lieber nicht ein. Sind zwar nicht gerade Knastregeln, aber fast.«

Er wollte zurück zur Schwingtür und erwartete, dass Burton ihm folgte.

Scheiß drauf, dachte Burton. Er hatte einen Fall zu lösen. Also wandte er sich an den ganzen Saal.

»Entschuldigung, meine Herren, wenn ich Sie kurz um Aufmerksamkeit bitten dürfte«, sagte er laut und hielt seine Marke hoch. »Polizei San Celeste.«

Es wurde ein wenig leiser. Dutzende Männer blickten ihn feindselig an.

»Ich suche nach einem gewissen Luke Boysen. Er hat schon einmal hier gewohnt.«

Er sah die vordersten Männer an. Sie wollten keinen Blickkontakt herstellen und wandten sich ab.

»Hat jemand Luke Boysen gesehen? Es ist wichtig.«

Burton bemerkte, dass einige Männer zu einer Tür hinten im Raum blickten. Ein Mann in Jeans und weißem T-Shirt ging hinaus, ohne sich umzusehen. Burton erhaschte einen Blick auf die Tätowierung am Hals.

»Hey!«, rief er. »Halt!«

Er rannte durch den Gang zwischen den Betten. Fast hatte er die Hintertür erreicht, als man ihm die Ecke eines Betts quietschend in den Weg schob. Burton war zu schnell, um auszuweichen, und stieß mit dem Oberschenkel gegen das Metallgestell.

Er sah sich um und versuchte auszumachen, wer das

Bett geschoben hatte. Eine Reihe leerer Gesichter blickte ihn an, und ihm war klar, dass jeder der Schuldige sein könnte. Dafür hatte er jetzt keine Zeit. Er humpelte, bis er wieder laufen konnte, durch die hintere Tür in einen kleineren, besser beleuchteten Korridor.

Burton stolperte, als es unvermittelt eine halbe Stufe nach unten ging – es machte den Eindruck, als sei das Heim aus zwei Gebäuden entstanden, die nicht genau auf gleicher Ebene lagen und mit einem Durchbruch verbunden waren. Er landete seitlich auf dem Fuß und prallte mit der Schulter an die Wand. Das Ganze lief allmählich aus dem Ruder.

Er rannte an einer offenen Tür vorbei und erhaschte einen Blick auf Duschkabinen und Toilettenzellen. Als er um die letzte Ecke bog, krachte er fast mit Boysen zusammen. Der Hinterausgang war mit einer Kette verschlossen, und Boysen saß in der Falle.

Der Mann drehte sich um, starrte Burton an und beugte sich defensiv vor. Burton taxierte ihn. Er hatte Boysen verfolgt, so wie Hunde einen fahrenden Wagen jagen, doch jetzt, als er ihn in die Ecke gedrängt hatte, fiel ihm ein, dass er keine Waffe und keine Verstärkung hatte. Er war in das Heim gegangen, weil er erwartet hatte, Boysens Namen im Bewohnerverzeichnis zu finden. Damit, einem Mordverdächtigen gegenüberzustehen, hatte er nicht gerechnet.

Boysen war ein wenig kleiner als er, aber muskulös, und sah aus, als sei er es gewöhnt, im Freien zu arbeiten. Seine Jeans war voller Schlammspritzer und am Saum ausgefranst. Auf dem weißen T-Shirt stand »SC Pools« mit einem Bild von einer Sonne, die über wogendem Wasser aufging. Der Kerl schätzte Burton ebenfalls ein, und mit der Art, wie er sich hielt und wie er ihn ansah, vermittelte er den Eindruck, als wisse er ziemlich gut, wie man kämpfte.

Burton jedoch hatte ein Skript, dem er folgen konnte: »Luke Boysen, ich verhafte Sie wegen Mordes an Polizeichef Peter Williams.«

Hinter sich hörte er laute Schritte. Halb erwartete er einen Angriff von den Bewohnern der Unterkunft, doch es war nur der Rezeptionist, der einen schwarzen Schlagstock aus Metall dabeihatte und ihn bei Boysens Anblick drohend hob.

Augenblicklich gab Boysen seine Kampfhaltung auf und hob die Hände. Allein gegen zwei wollte er nicht kämpfen.

»Haben Sie Handschellen oder Kabelbinder?«, fragte Burton.

»Haben Sie denn keine?«, gab der Rezeptionist zurück und ließ Boysen nicht aus den Augen.

»Im Wagen. Passen Sie auf den Kerl auf, ich bin sofort zurück.«

Der Rezeptionist packte Burton am Oberarm.

»Nein. Gehen Sie nicht da durch.«

»Ich komme schon klar«, meinte Burton.

»Vertrauen Sie mir«, sagte der Rezeptionist. Auf seinen Schläfen zeigten sich Schweißperlen. »Warten Sie hier und rufen Sie Verstärkung.«

Burton zögerte, dann holte er das Telefon heraus und rief im Revier an. Als man ihm bestätigte, dass ein Streifenwagen unterwegs war, wandte er sich wieder an Boysen, der die beiden wachsam beobachtete. Die Hände hielt er weiter in die Höhe.

»Warum sind Sie weggelaufen?«, fragte Burton.

Boysen biss die Zähne zusammen, blieb aber höflich.

»Tut mir leid, Officer.«

»Detective. Umdrehen und die Beine auseinander!«

Boysen drehte sich langsam um. Burton schob ihn an der Tür in Position, und Boysen zuckte, als er mit dem Ellbogen an das vorstehende Vorhängeschloss stieß.

»Warum haben Sie Williams getötet?«, fragte Burton.

»Welchen Williams?«

»Warum sind Sie weggerannt?«

»Ich hatte Angst.«

»Kann ich mir denken«, sagte Burton. »Auf den Boden.«

Burton durchsuchte Boysen, baute sich vor ihm auf und hoffte, dass die Verstärkung bald eintraf. Immer wenn er Klappern oder laute Stimmen aus dem Schlafsaal hörte, sah ihn der Rezeptionist nervös an. Dann hörten sie aus der Ferne Sirenen, bremsende Reifen und schlagende Türen. Nach einer weiteren Minute wurde im Schlafsaal gebrüllt.

»Weg freimachen! Weg da! Na, los!«

Stiefel donnerten den Gang entlang, und eine Gruppe Cops in voller Kampfmontur kam mit Gewehren im Anschlag um die Ecke. Sie trugen schwarze Uniformen und hatten die Visiere heruntergeklappt. Burton kannte sie. Es war ein speziell ausgebildetes Sondereinsatzkommando, das seit zehn Jahren in Ariesville stationiert war und bei der Sorte Bandengewalt zum Einsatz kam, für die normale Cops nicht ausgerüstet waren. Inoffiziell nannte man die Truppe WEK, kurz für Widder-Einsatzkommando.

»Ist er das?«, fragte der vorderste Mann.

Burton nickte. Er trat nach hinten, während sie Boysen fesselten, auf die Beine zogen und durch den Korridor zerrten. Im Schlafsaal erstarben die Gespräche, und die Bewohner machten den Weg frei, als das WEK Boysen zwischen den Betten hindurchschob. Burton und der Rezeptionist folgten ihnen. Der große Mann mit dem roten Bart starrte sie kalt an.

Als sie vor dem Gebäude waren und Boysen hinten in einem schwarzen Mannschaftswagen verstaut hatten, entspannte sich das WEK sichtlich. Der Rezeptionist blieb nervös.

»Was ist los?«, fragte Burton.

»Nichts«, antwortete er. »Sind Sie fertig?«

»Ja. Danke für Ihre Hilfe.«

Der Rezeptionist nickte säuerlich und ging ins Gebäude zurück.

»Er ist sauer, weil Sie gegen die Abmachung verstoßen haben«, meldete sich eine raue Stimme hinter Burton.

Er drehte sich um. Vince Hare, der Captain des WEKs, kam um die Ecke des Mannschaftswagens und hielt den Helm unter dem Arm. Vince war groß, hatte breite Schultern und einen oben abgeflachten Astronauten-Haarschnitt. Er grinste Burton breit an und wischte weiter mit einem Tuch sein Visier sauber.

»Welche Abmachung?«

»Wie ich es verstanden habe, sind Mendez' Männer immer am letzten Tag des Monats gekommen und haben die Ersten, die sie in die Finger gekriegt haben, mit aufs Revier genommen, um ihre Quote zu erfüllen. Die Jungs da drin haben gedroht, den Laden abzufackeln, wenn das so weitergeht. Die Wohltäter, die das Heim führen, haben Beschwerde eingelegt, und Mendez hat das Ganze beendet.«

»Der Rezeptionist hat also eine Vereinbarung gebrochen, indem er uns reingelassen hat.«

»Wahrscheinlich«, sagte Vince. Sein schiefes Lächeln verriet, dass er das nicht als sein Problem betrachtete.

»Hey, sind Sie wegen dem Williams-Fall hier?«

»Richtig«, sagte Burton.

»Und der Kerl ist verdächtig?«, fragte Vince und deutete zur hinteren Tür des Mannschaftswagens.

»Im Moment schon.«

»Gute Arbeit«, sagte Vince. »Hören Sie, wenn wir ihn zum Reden bringen sollen, lassen Sie es mich wissen. Wir wollen doch keine Cop-Killer frei rumlaufen lassen, oder? Ich kann Ihnen einen abgeschiedenen Raum besorgen. Nur Sie und er, keine Kameras. Oder wir erledigen das für Sie. Was immer Sie möchten. Für Williams, ja?«

9

Schlichtes Nachrechnen verriet Daniel, dass seine Tochter inzwischen siebzehn Jahre alt sein musste. Eine junge Frau. Er stellte sie sich mit den Wangenknochen und dem gefärbten Haar ihrer Mutter vor. Kaum zu glauben, in Kürze würde er sie kennenlernen.

Sein Vater hatte die Familie und den Familiennamen immer saubergehalten, trotzdem war es erstaunlich, dass er die Geburt hatte verheimlichen können. Für ihn musste die Situation so beschämend gewesen sein, dass er Daniel nicht einmal deswegen zur Rede gestellt hatte. Aber vielleicht hatte er Daniel auch einen Gefallen tun wollen. Eine uneheliche Tochter hätte schwere Folgen gehabt, sozial und finanziell. Die Zeitungen hätten ihn gekreuzigt. Es hätte das Leben ruinieren können, das Daniels Vater für ihn geplant hatte.

Aber was für ein Leben war das? Daniel hatte nacheinander auf verschiedenen Managementpositionen versagt und sich nie wirklich darum bemüht, irgendwo Fuß zu fassen. Er war im Geschäftlichen wie in der Lebenskunst gleichermaßen gescheitert. Reichtum vergeudete er nur. Aber jetzt hatte er eine Tochter.

An jenem Abend flog Daniel mit einem Privatjet nach San Celeste. Während der ersten Hälfte des Fluges telefonierte er pausenlos mit Leuten von UrSec und versuchte

Penny Scarsdale oder seine Tochter ausfindig zu machen. Es war überraschend schwierig, Informationen aufzutreiben. Der größte Teil des Personals der Sicherheitsfirma war zu Hause oder in der Stadt unterwegs, weshalb sie erst wie zu einem Notfall einberufen werden mussten. Das gab Überstunden. Außerdem waren alle Firmenaufzeichnungen über Penny Scarsdale als vertraulich eingestuft und mit vergessenen Passwörtern gesichert, oder sie wurden in verschlossenen Schränken aufbewahrt. Die Firma musste ehemalige Angestellte, Vorstandsmitglieder und Anwälte anrufen und ein Dutzend vertrauliche Gespräche führen. In der Zwischenzeit konnte Daniel nichts anderes tun, als aus dem Flugzeugfenster in die dunkle Nacht zu starren.

Um drei Uhr morgens landete er am Flughafen und wurde von Ian Hamlin begrüßt, dem jetzigen Geschäftsführer von UrSec. Er stammte aus San Celeste, war ein Skorpion, gut gebaut, und sah aus, als würde er sich in seinem Anzug unwohl fühlen. Obwohl es spät war, wirkte Hamlin frisch und wach. In der Ankunftshalle setzte er Daniel über den Fortschritt der Nachforschungen in Kenntnis.

»Folgendes wissen wir: Ihre Tochter heißt Pamela. Braunes Haar, braune Augen. Den medizinischen Berichten nach war sie ein glückliches und gesundes Kind. Leider hat mein Vorgänger nur Berichte über die Scarsdale-Familie verfasst, bis das Kind fünf war, also bis vor zwölf Jahren.«

»Was ist dann passiert? Warum hat man aufgehört, sie zu beobachten?«

»Die Scarsdales haben gegen eine Verschwiegenheitsvereinbarung mit Ihrem Vater verstoßen. Penny Scarsdales Onkel hat versucht, die Story bei *The Buzz* unterzubringen. Als die bei Ihrem Vater angerufen haben und eine Stellungnahme wollten, sind die Anwälte eingeschritten, haben die Story unterdrückt und jeglichen Unterhalt für Ihre Tochter gestrichen.«

»Was?«, fragte Daniel.

Falls Hamlin seine Verärgerung bemerkte, ließ er es sich nicht anmerken. Er führte Daniel gelassen weiter durch die Parkgarage.

»Soweit ich weiß, hat Ihr Vater den Unterhalt als Gefälligkeit betrachtet. Die rechtliche Drohung in der Verschwiegenheitsvereinbarung war mehr als ausreichend, um sie zum Schweigen zu bringen.«

»Es ging um seine Enkelin!«, sagte Daniel.

Hamlin nickte.

»Wenn ich recht verstanden habe, fürchtete er, die Scarsdales könnten ihn erpressen, wenn er sich anmerken ließ, dass sie ihm etwas bedeutete. Er sagte, es sei keine gute Investition, Geld in sie zu stecken.«

Daniel packte Hamlin am Kragen und drückte ihn gegen einen Pfeiler. Hamlin war überrascht, sein Kopf schlug gegen den Beton. Andere späte Reisende, die gerade ihr Gepäck in einen Wagen luden, drehten sich zu ihnen um.

»Investition?«, fragte Daniel. »Sie ist meine Tochter!«

Ganz ruhig fasste Hamlin Daniel am Arm und schob ihn zurück. Er bewegte sich langsam, aber für Daniel fühlte es sich an, als würden seine Hände zermalmt. Hamlin blickte ihm in die Augen.

»Sir«, sagte er, »ich verstehe, wie müde und aufgeregt sie sind, und ich muss mich entschuldigen, wenn meine Firma Ihnen Unannehmlichkeiten bereitet hat. Bitte nehmen Sie zur Kenntnis, dass wir damals für Ihren Vater gearbeitet haben. Jetzt arbeiten wir für Sie. Wir tun, was Sie für notwendig erachten. Sollen wir weiter an der Sache dranbleiben?«

Er ließ los, und Daniel wich zurück.

»Ja«, sagte Daniel und rieb sich die Hände. Er versuchte, die Reste seiner Würde zu retten. »Danke. Tut mir leid.«

Hamlin blinzelte ihn langsam an. »Keine Ursache«, sagte er. »Wir haben die Familie Scarsdale noch nicht ausfindig gemacht. Ihr Lebensweg ist erstaunlich schlecht dokumentiert, aber wir haben ein hervorragendes Ermittlerteam. Keine Sorge, Mr. Lapton. Wir werden Ihre Tochter bald gefunden haben. Das garantiere ich.«

10

Boysen saß im Vernehmungsraum Lindi und Kolacny gegenüber. Seine Fingerabdrücke waren überall am Tatort gesichert worden – auf den Griffen von Gartengeräten in einer Hütte neben dem Haus und auf der Glasschiebetür. Laut Überprüfung war der Mann bereits wegen Bagatelldiebstahl und Trunkenheit in der Öffentlichkeit verhaftet worden. Burton sah durch die Spiegelglasscheibe zu. Nach der Nacht in Gewahrsam hatte Boysen dunkle Ringe unter den Augen. Burton hatte angeordnet, dass sich das WEK nicht in die Befragung einmischen sollte, hätte sich aber nicht gewundert, wenn sie dem Mann schon auf der Rückfahrt zum Revier ein wenig Aufmerksamkeit gewidmet hätten.

Die Wände des Verhörraums waren mit schalldämpfenden Platten verkleidet und der Teppichboden in behördlichem Braun gehalten. Zwei Kameras auf Stativen standen an den gegenüberliegenden Seiten des Tisches, eine war auf Boysen gerichtet, die andere auf Kolacny und Lindi. Ihr grauer Laptop stand aufgeklappt in der Mitte des Tisches.

»Horoskoperstellung beginnt um 11:08 Uhr«, sagte Kolacny in die Kamera. »Anwesend sind Detective Lloyd Kolacny sowie die astrologische Profilerin Lindiwe Childs sowie der Verdächtige Luke Boysen. Mr. Boysen, stimmen

Sie der Erstellung eines professionellen Horoskops zu? Ich weise Sie darauf hin, dass Informationen, die mit dieser Methode gewonnen werden, vor Gericht gegen Sie verwendet werden können.«

Boysen sah von einem zum anderen. »Habe ich denn eine Wahl?«

»Sicherlich«, sagte Kolacny. Was bis zu einem gewissen Grad stimmte, allerdings würde eine Verweigerung nicht gut aussehen, wenn man Boysen tatsächlich vor Gericht stellte.

»Schön«, meinte Boysen und verschränkte die Arme. »Einverstanden.«

»Okay«, sagte Lindi und betrachtete den Laptopbildschirm. »Luke Michael Boysen, exakte Geburtszeit um 19:24 Uhr am 14.4.1985 im San Celeste Hospital. Ich erzeuge jetzt Ihr Geburtshoroskop.«

Lindi tippte auf der Tastatur, bis ein Kreis auf dem Bildschirm erschien. Er teilte sich in zwölf Segmente, die mit römischen Ziffern nummeriert waren. Außen sah man die Symbole des Tierkreises und im Inneren die Glyphen für die Planeten, die ungleichmäßig in dem Kreis verteilt waren und mit einem Netz roter und grüner Linien verbunden waren.

»Also gut«, sagte Lindi. »Dies ist eine Darstellung der Planeten und Konstellationen zum exakten Zeitpunkt Ihrer Geburt. Wie Sie wissen, wirken die Energien der Planeten ganz spezifisch auf alles ein, was in einem bestimmten Augenblick beginnt – in diesem Fall auf Sie bei Ihrer Geburt. Dieses Horoskop gibt mir einen Einblick in die Energien, die Ihr Wesen geformt haben, und folglich kann ich auch die Wahrscheinlichkeit bestimmen, mit der Sie in die Verbrechen, die man Ihnen vorwirft, verwickelt sind. Es wird eine Weile dauern, das Horoskop gründlich zu deuten, und ich brauche vielleicht noch weitere Informationen von Detective Kolacny, um meine Auslegung abzusichern, aber einen ungefähren Überblick bekommen wir sofort. Ihre Sonne steht im Widder, was Ihre Persönlichkeit mit der zerstörerischen Energie des Elements Feuer verbindet...«

Lindi fuhr fort mit ihrer Erklärung über Gestirne, die damit verbundenen Aspekte und andere Dinge, von denen Burton keine Ahnung hatte. Er versuchte ihr zu folgen, bis es hinter ihm an der Tür klopfte. Detective Rico lehnte sich durch den Spalt herein. Er war Mitte zwanzig, dunkelhäutig und sah blendend aus. Die Seite und den Nacken seines Kopfes hatte er rasiert, der Rest war mit Gel in eine Form gebracht, die Burton für aufdringlich modisch hielt.

»Burton? Mendez will Sie sehen.«

»Weswegen?«

»Irgendeine Anwältin ist aufgetaucht. Sie behauptet, sie vertrete Boysen.«

»Pflichtverteidigerin?«

»Mh-mh«, Rico schüttelte den Kopf. »Definitiv nicht. Gehen Sie lieber direkt zum Captain.«

11

Es lief gut. Nachdem sie wochenlang Anleitungen entworfen hatte, fühlte es sich hervorragend an, endlich mal wieder ein richtiges Horoskop zu erstellen. Die Cops lauschten, Boysen stand die Angst ins Gesicht geschrieben, und Lindi hatte einige Details entdeckt, die ein Astrologe ohne ihre Erfahrung vielleicht übersehen hätte. Und es konnte auch nicht schaden, ihre Fähigkeiten in einem so prominenten Fall zu demonstrieren.

Es fühlte sich an, als würden sich die Wolken über ihrem Leben auflösen. In eine fremde Stadt zu ziehen war ihr nicht leichtgefallen, und es wurde nicht leichter dadurch, dass sie nicht lange bleiben würde. Sie schlug keine Wurzeln. Während in ihrer Umgebung alle feste Beziehungen führten oder gemeinsame Erinnerungen sammelten, starrte Lindi in den Büros dieser Welt auf Bildschirme. Aber mit diesem Fall machte es sich endlich bezahlt. Zumindest arbeitete sie an etwas Sinnvollem.

Gegen Mittag war sie davon überzeugt, dass sie die Beweise hatte, die Burton brauchte. Sie verließ den Verhörraum und fragte die uniformierten Cops, die am Automaten standen, ob sie ihn gesehen hätten.

»Den Super-Detective?«, fragte einer zurück. Die anderen grinsten. »Nein, schon eine ganze Weile nicht mehr.

Vielleicht sitzt er beim Lunch auf der anderen Straßenseite.«

Sie drehten sich weg und setzten ihre Unterhaltung fort. Lindi ging nach unten und durch den Haupteingang nach draußen. Nachdem sie sich ein wenig umgeschaut hatte, entdeckte sie Burton durch das Fenster eines Schnellimbisses mit dem Namen A Taste of Punjab.

Es klingelte elektronisch, als sie eintrat, aus den Lautsprechern tönte blecherne Bollywood-Musik. Auf einer langen Tafel über dem Tresen konnte man die Liste von Currys und Preisen ablesen, und auf einer ansonsten leeren Verkaufsvitrine standen aufgereihte Gläser mit Achaars. Burton saß an einem von drei Tischen, eingekeilt von einem Getränkekühlschrank. Auf seinem Teller hatte er Hähnchencurry und Reis, und er aß gedankenverloren mit einer Gabel. Sie stellte sich an seinen Tisch.

»Darf ich mich dazugesellen?«

Er blickte auf, überrascht, sie zu sehen. Kurz zögerte er, ehe er sagte: »Sicher.«

Sie setzte sich ihm gegenüber. »Ich hätte nicht gedacht, dass Sie in einem solchen Laden essen.«

»Warum nicht? Wird von einer guten Stier-Familie geführt.«

»Sie meinen Vrishabha. Wenn sie Hindus sind, benutzen sie das vedische System.«

»Die sind schon seit zwei Generationen in diesem Land. Sie sind Stiere. Wollen Sie was bestellen?«

Lindi las die Speisekarte über dem Tresen, während Burton weiter aß. Als der Kellner herbeieilte, bestellte sie Chicken Tikka Masala mit Knoblauch-Naan.

»Gute Wahl«, sagte Burton und wischte sich den Mund. »Wie ist es mit dem Horoskop gelaufen?«

»Gut. Es gibt viel Feuer in seiner Radix, aber auch Wasser, er ist also manipulierbar. Dazu hat er einen schwachen Jupiter, was ihn unsozial macht. Alles in allem würde ich meinen, das Horoskop spricht stichhaltig gegen ihn.«

»Und die Sterne lügen nicht«, sagte Burton. Er schob sich eine Gabel Reis in den Mund.

Lindi betrachtete ihn plötzlich misstrauisch. »Was stimmt denn nicht?«

Burton kaute und schluckte.

»Ich war gerade bei meinem Captain und einer Anwältin, die Boysen vertritt«, sagte er. »Er hat ein Alibi. Als Williams am Samstagmorgen ermordet wurde, war Boysen auf dem Markt in Westville.«

»Das hat er mir auch gesagt«, erwiderte Lindi, »aber es klang nicht sehr überzeugend. Er hatte keine Zeugen und wollte mir auch nicht sagen, warum er dort war. Außerdem wirkt er auf mich nicht wie jemand, der samstagmorgens Traumfänger kaufen geht.«

»Nein«, sagte Burton. »Aber es ist möglich, dass er betteln wollte oder als Taschendieb unterwegs war, was erklärt, warum ihn niemand bemerkt hat. Wenn er auf dem Markt war, wird ihn die Videoüberwachung am Westville-Busbahnhof beim Kommen und Gehen aufgenommen haben. Wir haben die Bänder angefordert, und die Anwältin ist sicher, dass er drauf ist. In dem Fall hätten wir den Falschen erwischt.«

Lindi strich mit dem Daumennagel über die gelbe Plastikdecke.

»Mist«, murmelte sie.

»Genau«, sagte Burton. »Und wenn wir einfach nur unsere Polizeiarbeit erledigt und nicht den Sternen nachgelaufen wären, hätten wir uns eine Verhaftung sparen können.«

Lindi runzelte die Stirn.

»Also, mein Horoskop ist trotzdem korrekt. Ich habe mir nur seinen wahren Charakter angeschaut. Wenn er für diesen speziellen Mord nicht verantwortlich ist, macht ihn das noch lange nicht zu einem netten Kerl.«

»Keine Sorge«, sagte Burton. »Ich mache Ihnen keinen Vorwurf.«

Der Kellner brachte einen Teller mit Curry und das Naan-Brot. Lindi riss sich eine Ecke ab und schob damit ein Stück Hähnchen auf ihrem Teller herum.

»Wie kann sich Boysen einen Anwalt leisten?«

»Gar nicht«, sagte Burton. »Der Fall ist groß genug, um die Aufmerksamkeit der Gruppe ›Gleichheit der Zeichen‹ zu wecken. Er ist ein Fall für die Wohlfahrt.«

»Und jetzt?«, fragte sie. »Ich denke, bestenfalls können wir ein Stundenhoroskop erstellen. Sie stellen eine prädiktive Frage, und ich gebe Ihnen eine Vorstellung davon, wo Sie weitersuchen können.«

Burton schüttelte den Kopf. »Nein, danke. Ich denke, ich arbeite erst mal wieder streng nach Dienstvorschrift.«

»Aber unsere Abmachung gilt weiterhin«, sagte sie. »Ich bin eine wertvolle Ressource.«

Burton schob seinen Teller zur Seite.

»Haben Sie bei Ihrer Arbeit für Flughäfen schon viele Leute erwischt?«

»Oh, ja. Dutzende.«

»Terroristen? Schmuggler?«

»Nein. Die meisten Leute hatten Flüssigkeiten bei sich oder Gegenstände, die man als Waffen benutzen könnte. Einmal sogar ein Jagdmesser.«

»Okay«, meinte Burton. »Und hatten Sie viele Fehleinschätzungen?«

»Natürlich«, sagte sie. »Aber lieber vorbeugen als heilen, richtig?«

»Richtig«, sagte er skeptisch. Er wischte sich die Hände mit einer Papierserviette ab und stand auf. »Hören Sie, ich muss zurück ins Dezernat. Es war schön, mit Ihnen gearbeitet zu haben.«

»Sie gehen schon?«, fragte Lindi. Sie wollte etwas einwenden, doch dazu war dies weder die richtige Zeit noch der richtige Ort. »Lassen Sie mich wissen, wenn Sie mich brauchen?«

»Ja«, sagte er. »Danke, dass Sie sich die Zeit genommen haben. Guten Appetit.«

12

Viele öffentliche Einträge über die Familie Scarsdale gab es nicht. Was immer sie getrieben haben mochten, seit Daniels Vater die Bande zu ihnen gekappt hatte, sie machten es jedenfalls den Behörden nicht leicht, sie aufzuspüren. Daniel wartete im UrSec-Büro, während Hamlin ihren Spuren nachging.

Der Aufsichtsratsraum lag im obersten Stockwerk, und durch ein langes Fenster konnte man auf das Stadtzentrum blicken. Daniel nippte an seinem Earl Grey und schaute zu, wie sich das Licht der aufgehenden Sonne in den Glasfassaden spiegelte.

Nach einer halben Stunde kam Hamlin mit düsterem Gesicht an die Tür.

»Tut mir leid, Mr. Lapton«, sagte er. »Es fällt mir nicht leicht, Ihnen dies mitzuteilen. Penny Scarsdale ist tot.«

»Was?«, fragte Daniel. »Wie das?«

»Es ist vor zehn Jahren passiert. Sie ist aus einem Bus gestiegen und hat nicht auf den Verkehr geachtet. Ein junger Skorpion hat sie angefahren. Er wurde wegen fahrlässiger Tötung verurteilt und hat eine Bewährungsstrafe erhalten.«

Daniel starrte auf die polierte Oberfläche des Tisches im Sitzungsraum.

»Und meine Tochter?«

»Sie war damals sieben und nicht dabei. Wir haben keine Ahnung, inwieweit sie betroffen war.« Hamlin griff an den Türrahmen, als wollte er sich umdrehen, sagte dann jedoch: »Tut mir leid.«

Beileid von Hamlin erschien ihm unpassend.

»Danke«, sagte Daniel.

Hamlin nickte und kehrte zu seiner Jagd zurück. Daniel schaukelte auf seinem Stuhl hin und her und sah zu der genoppten schalldichten Decke hinauf. Penny zu verlieren war seltsam und schmerzhaft. Wann immer er während der letzten siebzehn Jahre an sie gedacht hatte, hatte er sie sich als Teenager vorgestellt. Er hatte sich an unbeholfenen Sex erinnert, der sich in seinem Kopf immer und immer wieder abspielte, bis sich die Bruchstücke herauskristallisierten. Die Begegnung mit ihr nach all den Jahren wäre eine Ernüchterung gewesen, das war ihm durchaus klar, aber es hätte auch die Chance bedeutet, sie wirklich kennenzulernen, ohne die Vernebelung durch Jugend und Hormone. Außerdem hätte er die Chance erhalten, sich für das zu entschuldigen, was ihr seine Familie angetan hatte. Es setzte ihm arg zu, dass er sie nie mehr wiedersehen würde und dass seine Erinnerungen und Sehnsüchte gewissermaßen ins Nichts liefen.

Einige Stunden später brachte Hamlin einen weiteren Zwischenbericht. Seine Ermittler hatten Pennys Mutter Marjorie aufgespürt. Sie wohnte in einem Block in Westwood und verfügte immer noch über einen Festnetzanschluss. Hamlin hatte sie zwei Mal angerufen, aber sie hatte aufgelegt und den Hörer schließlich neben der Gabel liegen lassen. Als er es eine Stunde später versuchte, ging einer der Scarsdales namens Cooper dran und sagte, wenn noch mal jemand anrufen würde, der für Daniel Lapton arbeitete, könnten sie Daniels Leiche am Ende der Woche aus dem Hafen fischen.

»Die wollen nichts mit Ihnen zu tun haben und sehen keinen Grund, höflich zu sein«, meinte Hamlin. »Sie glauben, Ihr Vater habe sie unfair behandelt, und haben offensichtlich schlechte Erfahrungen mit UrSec. Er sagt, sie würden mit ihr sprechen und sonst niemandem.«

»Mit ›ihr‹? Wer ist ›sie‹?«, fragte Daniel.

»Das hat er nicht erwähnt.« Hamlin setzte sich am Tisch Daniel gegenüber und faltete die Hände. »Diese Firma kennt zwei Ansätze, mit Gegnern umzugehen. Entweder über Anwälte, was am besten funktioniert, wenn man es mit Leuten zu tun hat, die um ihr Geschäft fürchten. Und dann haben wir noch den eher körperlichen Ansatz.«

»Nein«, sagte Daniel. Drohung und Einschüchterung würden das Gegenteil von dem bewirken, was er erreichen wollte, und langsam wurde er ungeduldig. »Es geht um eine menschliche Angelegenheit. Da muss man dem Gegenüber ins Gesicht sehen.«

»Ich kann einen Vertreter schicken.«

»Ich möchte persönlich hingehen.«

Hamlin runzelte die Stirn und trommelte mit den Fingern auf den Tisch.

»Vorher würde ich gern eine Risikoeinschätzung vornehmen. Westwood ist nicht gerade ein wohlhabendes Viertel, und wir sollten von den Scarsdales das Schlimmste erwarten. Gewalt, Erpressung, Entführung…«

»Lassen Sie es mich mal anders ausdrücken«, sagte Daniel und blickte Hamlin in die Augen. Einen Moment lang wusste er, wie es sich anfühlte, sein Vater zu sein. »Ich gehe zu ihnen, und zwar jetzt, mit Ihnen oder ohne

Sie. Das ist meine Sache, und von jetzt an übernehme ich. Setzen Sie Ihr Sicherheitspersonal ein, wenn Sie möchten, aber ich hole mir meine Tochter von diesen Leuten.«

13

Die plärrende Fanfare der Lokalnachrichten erscholl, als Burton die Vordertür öffnete. Die dramatische Musik ließ das Chaos der Welt wie ein Produkt der Fantasie klingen, in dem Helden und Schurken Figuren einer kontinuierlichen Geschichte waren. Burton kannte einige Journalisten persönlich – er hatte sich schon so oft mit ihnen gestritten, dass er sie fast als seine Freunde betrachtete. Sie begingen die gleichen Fehler wie andere Leute und setzten das Puzzle der Wahrheit auf Basis dessen zusammen, was ihnen über Pressemitteilungen und Soziale Medien und ihre eigenen Politiker zugänglich gemacht wurde. Und wie andere auch kehrten sie die Teile, die nicht passten, am liebsten unter den Teppich.

Die Wohnzimmertür stand offen. Kate lag auf dem Rücken auf der Couch. Im Fernsehen lief eine Reportage über zwei Stars einer Zwillinge-Reality-Serie, die ein Waage-Baby adoptiert hatten.

»Sie ist so niedlich«, sagte eine Frau mit langem schwarzem Haar, während ihr Freund, ein Muskelprotz in halb aufgeknöpftem weißem Hemd, das Baby wiegte. »Auch wenn sie bei Zwillingen aufwächst, werden wir dafür sorgen, dass sie mit anderen Waagen zusammentrifft. Schließlich wollen wir ihr wahres Wesen nicht unterdrücken. Sie soll einfach sein dürfen, wer sie ist.«

»Das Kind wird es auf dem Spielplatz schwer haben«, meinte Burton von der Tür her.

»Oh, hallo«, sagte Kate. »Komm her.«

Er ging zur Couch, und sie legte einen Arm um seine Beine.

Er sah zu ihr hinunter. »Ist das bequem?«

»Nein. Versuch du mal, es dir bequem zu machen, wenn dir jemand eine Bowlingkugel an den Bauch geklebt hat. Hast du eingekauft?«

»Fürs Abendessen haben wir noch was im Gefrierschrank. Alles andere besorge ich morgen.«

Er ging in die Küche. Von gestern Abend stapelten sich noch überall Töpfe und Geschirr. Er holte eine ehemalige Eiscremepackung mit gefrorenem Eintopf aus dem Gefrierschrank und stellte sie zum Auftauen in die Mikrowelle. Den Eintopf hatte er am Wochenende gekocht, als sie beschlossen hatten, hin und wieder mal richtiges Essen zu genießen.

»Vergiss nicht, nächste Woche gehen wir zu Hugo und Shelley«, rief Kate aus dem Wohnzimmer. »Wir brauchen ein Geschenk für Ben. Es ist sein zweiter Geburtstag.«

»Habe ich nicht vergessen«, sagte er und betrachtete die Eiscremepackung, die sich in der Mikrowelle drehte. Eintopf war nicht gerade sein Lieblingsessen. Er mochte es nicht, wie man die Knochen herauspicken musste. Bei einem seiner ersten Einsätze als Cop waren sie zu einem alten Mann gerufen worden, der während einer Hitzewelle gestorben war. Die Nachbarn hatten seine Leiche erst drei Monate später entdeckt. In der Hitze war der Körper so stark verwest, dass das Fleisch praktisch geschmolzen war und sich mit dem Teppich verbunden hatte. Als sie ihn anheben wollten, blieben Teile am Boden kleben wie das zarte Fleisch, das sich vom Knochen löst. Entsetzlich, wie so eine Erinnerung etwas eigentlich Unschuldiges verunreinigen konnte.

Als er das Geschirr in die Spülmaschine räumte, hörte er ein Schluchzen.

»Kate?«

Er kehrte ins Wohnzimmer zurück und blieb in der Tür stehen. Sie saß von ihm abgewandt auf der Couch, aber er sah, wie ihre Schultern bebten.

»Hey«, sagte er, »hey.«

Er ging näher, doch sie drehte den Kopf zur Seite. Neben ihr ging er in die Hocke.

»Was ist los?«

»Warum setzen wir ein Kind in diese Welt? Was denken wir uns eigentlich dabei?«

»Oh. Hey, komm schon.« Er strich ihr übers Haar und wollte sie trösten.

Auf dem Bildschirm warfen Randalierer Molotowcocktails. Drohnenaufnahmen zeigten demonstrierende Widder, die sich irgendwo im Mittleren Westen mit der Polizei prügelten. Er stellte mit der Fernbedienung den Fernseher leiser.

»Pst«, sagte er. »Ist schon gut. Sie wird es gut haben. Sie bekommt doch eine wunderbare Mutter!«

Sie blickte ihn an und lächelte durch die Tränen.

»Du bist ein Lügner, Jerry Burton.«

Sie schlang den Arm um seinen Hals und zog ihn zu sich heran. Er versuchte, die Umarmung zu erwidern, doch er konnte sie nicht umschließen, also tätschelte er stattdessen ihren Unterarm.

»Es wird schon werden«, sagte er.

Kate seufzte tief und ließ ihn los.

»Hormone«, sagte sie und stöhnte.

»Möchtest du baden? Ich stecke dein Handtuch und deinen Pyjama in den Trockner. Damit sie vorgewärmt sind.«

»Na gut.«

Sie küsste ihn auf die Stirn und zog sich in die Senkrechte.

»Uff«, entfuhr es ihr. »Ich bin so ein Dummerchen. Und nein, es ist überhaupt nicht verwunderlich.«

Sie stand auf, watschelte ins Badezimmer und schloss die Tür hinter sich. Burton hörte das Rauschen der Rohre und das Wasser, das in die Wanne prasselte.

Er ging ins Schlafzimmer und durchstöberte den Wäschekorb, bis er Kates Handtuch und ihren blauen Baumwollpyjama fand. In der Küche warf er beides in den Trockner, der über der Waschmaschine stand.

Während die Kleidungsstücke warm wurden, kehrte er ins Wohnzimmer zurück und setzte sich auf die Couch. »San Celeste: Stadt am Abgrund.« Solomon Mahout schüttelte die Fäuste vor einer Meute wütender Männer in roten Hemden. Burton stellte den Ton wieder lauter.

»...nennt man uns gewalttätig. Aber wie können wir nicht gewalttätig werden, wenn man uns sonst nicht zuhört? Wie können wir nicht gewalttätig werden, wenn man uns bei jeder Gelegenheit mit Gewalt behandelt? Frieden heißt Stille, aber wir können nicht mehr stillhalten. Wir wollen gehört werden.«

Burton schaltete aus.

14

Nachts wachte Burton im Dunkeln auf. Kate zuckte neben ihm im Bett.

»Ist schon gut«, sagte er und legte eine Hand auf sie. »Pst.«

Langsam entspannte sie sich und atmete ruhiger. Er blieb wach und schaute zu, wie sich das Licht in der Lücke zwischen den Vorhängen bewegte, wann immer draußen ein Wagen vorbeifuhr. Er hörte Betrunkene auf der Straße, die sich lange stritten. Am liebsten hätte er sich umgedreht und sich bequem hingelegt, doch er wollte Kate nicht wecken, deshalb lag er still da und war der Gnade seines erschöpften Kopfes ausgesetzt.

Alles war genau geplant. Sie hatten den Termin im Krankenhaus gebucht. Dort würde man die Geburt ihrer Tochter am 19. Mai einleiten, damit sie genau wie die Eltern ein Stier wurde. Bei der Empfängnis hätten sie besser aufpassen müssen, aber sie waren nicht mehr die Jüngsten, und als sie erfuhren, dass Kate nach drei Jahren vergeblicher Versuche schwanger geworden war, hatten sie entschieden, das Risiko einzugehen und das Kind zu behalten.

Allerdings würde ihre Tochter deswegen sechs Wochen zu früh zur Welt kommen.

Er stieg aus dem Bett und ging in die Küche, um Wasser zu trinken.

Würden sie der Natur ihren Lauf lassen, würde ihre Tochter als Krebs geboren und müsste eine Krebs-Schule besuchen. Außerdem müssten sie in einen vorwiegend von Krebsen bewohnten Distrikt ziehen oder sie in ein Internat geben, wo sie ohne ihre Eltern aufwachsen würde.

Die Rohre sangen, als Burton sich Wasser einschenkte. Er verfluchte sich still und drehte den Hahn weiter zu. Als das Glas halbvoll war, schloss er den Hahn und stürzte das kalte Wasser hinunter. Aus dem Schlafzimmer hörte er das Rascheln der Bettwäsche, Kate drehte sich um. Er stellte das Glas neben das Spülbecken, tastete sich zurück ins Schlafzimmer und legte sich hin. Wieder regte sich Kate.

»Was ist los?«, fragte sie.

»Nichts. Alles gut.«

Er legte den Arm um sie. Er wusste, was die anderen Tierkreiszeichen über Stiere dachten, aber immerhin passten sie aufeinander auf. Sie mochten stur und wenig flexibel sein, aber die Schulen funktionierten gut, und die Schulgelder konnte man sich leisten. An der hiesigen Schule war die Quote der Schüler, die einen Abschluss machten, hoch, weil die Lehrer gewissenhaft und systematisch arbeiteten, und die Gemeinschaft unterstützte sie. Alle ihre Freunde hatten Kinder dort, also würde ihre Tochter auch Kinder zum Spielen finden. Wenn sie als Stier zur Welt kam, würde sie in eine Gemeinschaft geboren werden. Sie würde Sicherheit genießen.

Allerdings drohten bei einer Frühgeburt gesundheitliche Probleme. Bis hin zum Tod.

15

Roland Terraces war ein alter Apartmentblock mitten in Westwood in der Innenstadt von San Celeste. Er war mit blätterndem gelbem Putz überzogen, der gleichen Farbe wie der des toten Grases auf der langen, schmalen Verkehrsinsel in der Straßenmitte. Die meisten Fenster des Gebäudes waren grau vor Schmutz. Auf der gegenüberliegenden Straßenseite reihten sich einige erfolglose Läden aneinander: ein Imbiss, ein Friseur und ein Laden für billige Mobiltelefone. Auf dem Bürgersteig lagen leere Dosen und zerfetzte Plastiktüten.

Unter wolkenlosem Himmel brutzelte die Stadt. In der flimmernden Luft sah der Asphalt aus wie köchelndes schwarzes Öl. Hamlin parkte gegenüber dem Gebäude. Daniel stieg aus dem klimatisierten Firmenwagen. Die Hitze und der Geruch des faulenden Seegrases vom Hafen schlugen ihm entgegen.

Ein schwarzer Transporter hielt hinter ihnen, und ein militärisch ausgerüsteter Trupp Menschen sprang heraus.

»Wer ist das?«, erkundigte sich Daniel bei Hamlin, der auf der anderen Seite ausstieg.

»Rückendeckung«, sagte Hamlin.

»Die Scarsdales vertrauen mir nicht. Was werden die wohl denken, wenn ich mit einem Sondereinsatzkommando vor ihrer Tür stehe?«

»Wir greifen nicht ein«, meinte Hamlin todernst. »Keine Sorge. Sie können persönlich mit Cooper Scarsdale reden. Wir sind nur zur Stelle, falls irgendetwas schiefläuft.«

Daniel blickte sich um. Fast alle Wände waren mit Graffiti besprüht. »ZIEGEN VON SCHAFEN«. »FIKT EUCH SELBST«. »WIDDER SIND KUUL!«.

»Okay«, sagte er. »Aber seien Sie diskret.«

Der Trupp der Sicherheitsfirma teilte sich auf. Eine Wache blieb beim Wagen, zwei andere erkundeten die nächsten Straßenecken. Daniel und Hamlin überquerten die Straße. Der vierte Wachmann ging voraus.

Daniel brauchte einen Moment, bis er sich an das Dämmerlicht im Eingangsbereich gewöhnt hatte. Der Boden bestand aus nacktem Beton. Der untere Teil der Wände war mit Kacheln gefliest, von denen die meisten jedoch abgefallen waren und ein Lochgitter im Putz hinterlassen hatten.

Die Vorhut eilte die Treppe hinauf. Der Mann hatte die Waffe zwar nicht gezogen, aber seine Hand schwebte an seiner Seite.

»Warten Sie, bis er sich das Gebäude angeschaut hat, ehe Sie weitergehen«, sagte Hamlin. »Bitte.«

»Gut.«

Nach einigen Minuten kam der Wachmann nach unten zurück und winkte sie voran. Daniel und Hamlin folgten ihm die Treppe hinauf.

Sie gingen bis zum zweiten Stockwerk und betraten durch eine festgestellte Tür einen Laubengang um den Innenhof. Der Boden ganz unten bestand aus gerissenem Beton. Zwischen den Balkonen hing Wäsche auf Leinen.

Die Türen der Apartments waren mit Metallgittern gesichert. Manche waren an den Ecken umgebogen wie Papier mit Eselsohren, andere waren komplett aus der Verankerung gerissen. Die Decke des Laubengangs im dritten Stock war fleckig und rissig, als würde sie sich langsam auflösen.

»Was zum Teufel soll das?«, schrie jemand von oben.

Auf halbem Weg stand ein Mann. Er war korpulent, hatte einen Bart und kurzes blondes Haar. Seine weiße Weste gab den Blick auf zwei schwer tätowierte Arme frei.

»Sind Sie Lapton?«, fragte er.

Daniel nickte. Der Mann kam auf ihn zu.

»Für wen halten Sie sich eigentlich, hier einfach aufzulaufen? Und was sind das für Leute? Sollen die mich vielleicht einschüchtern?«

Daniel spürte, wie sich seine Angst in Zorn verwandelte.

Am liebsten hätte er gebrüllt: »Und wer sind Sie?« Doch Aggression wäre ein Fehler. Er spürte, wie sich Hamlin und der Wachmann in die Brust warfen. Also trat er vor und streckte die Hand aus.

»Tut mir leid«, sagte er. »Sind Sie Cooper? Ich musste Sie persönlich kennenlernen. Ich wollte…«

Cooper schlug Daniel unters Kinn. Das Knacken hallte über den Hof. Daniel verstummte, eher ungläubig als vor Schmerz. Das war der erste Schlag, den er seit der Schulzeit hatte einstecken müssen. Er kämpfte gegen den Drang an wegzurennen oder sich zu wehren.

Hamlin und der Wachmann brauchten gegen nichts anzukämpfen, sie zogen einfach ihre Waffen. Daniel war kurz erleichtert, ehe ihn Angst überfiel. Das war genau die Situation, die er hatte vermeiden wollen.

Cooper starrte Daniel weiter an und zeigte dabei auf Hamlin und den Wachmann.

»Sagen Sie Ihren Schoßhündchen, sie sollen ihre Wasserpistolen woanders hinrichten. Mir ist es scheißegal, wer sie sind. Lassen Sie meine Familie in Ruhe. Hauen Sie ab, und wagen Sie es nicht, noch einmal hier aufzutauchen. Niemals!«

Er sprach lauter, als es sein musste. Daniel begriff, dass er nicht nur für sich selbst sprach. Andere Hausbewohner schauten zu. Unten im Hof hängte eine junge Frau Wäsche auf, und zwei alte Männer beobachteten sie vom Laubengang gegenüber.

Daniel tastete sein Kinn ab und bewegte vorsichtig den Kiefer, um zu prüfen, ob er verletzt war. Währenddessen blickte er Cooper in die Augen. Hier ging es um eine Machtdemonstration. Daniel durchschaute Cooper, erkannte, dass er nur eine Show abzog. Falls Cooper Scarsdale Mitglied einer Gang war oder seinen Drohungen mit einer Waffe Nachdruck verleihen könnte, würde er nicht herumschreien. Er war wie eine Katze mit Buckel und aufgeplustertem Schwanz. Eigentlich hatte Daniel die Macht, aber Cooper musste Autorität zeigen. Und wenn Daniel hier gewinnen wollte, gab er besser nach.

Er senkte den Blick. »Ich weiß«, sagte er. »Es war ein Fehler. Bitte. Ich wollte bloß meine Tochter kennenlernen.«

Cooper lachte dreckig. »Ja, was«, sagte er. »Sie haben sie doch.«

Daniel riskierte einen Blick auf Cooper.

»Bitte«, sagte er. »Wo ist sie denn? Ist sie hier?«

»Wovon reden Sie da?«, meinte Cooper und klang ehrlich verwirrt. »Sie haben sie sich doch geschnappt!«

Daniels Rücken verspannte sich. Er hatte sich viel zu weit aus seiner Komfortzone gewagt, sodass ihm seine Erfahrung auch keine Hilfe bot. War das nur eine Masche? Er hoffte es fast. Eine Masche konnte er wenigstens verstehen.

»Ich habe gerade erst von ihrer Existenz erfahren«, sagte er. »Mein Vater hat sie vor mir verheimlicht. Ich erwarte nicht, dass sie mir oder meiner Familie verzeihen, aber ich wollte wenigstens wissen, ob es ihr gutgeht. Ich wollte sie sehen.«

Die Wut fiel von Coopers Gesicht ab.

»Ist nicht Ihr Ernst«, sagte er.

»Doch, ich schwöre es. Bitte.«

Cooper Scarsdale blickte über die Schulter zur offenen Wohnungstür. Er kratzte sich unter dem Bart.

»Mist«, sagte er so leise, dass Daniel es kaum hören konnte.

»Wissen Sie nicht, wo meine Tochter ist?«

Cooper wandte sich wieder Daniel zu.

»Okay, wir sollten uns mal unterhalten. Sie können mit reinkommen, aber nur Sie. Ihre Wachhunde müssen draußen bleiben.«

Hamlin sah Daniel an und nickte starr. Daniel folgte Cooper allein in die Wohnung.

Im Inneren roch es nach Räucherkerzen. Der Eingangsbereich war winzig, zu klein für ein Zimmer und zu breit für einen Flur. Abgesehen von einem Hockeyschläger neben der Tür war er leer, und der war vermutlich die Alarmanlage der Scarsdales. Die Wände waren grün gestrichen, der Boden mit einem dunkelblauen Teppich ausgelegt, der so abgetreten war, dass der Beton durchschimmerte. Rechts hinter einer Tür gab es einen winzigen offenen Küchenbereich, in dem neben einem Metallbecken ein Eimer mit Wasser stand. Gegenüber dem Eingang befanden sich zwei geschlossene Türen, und an der linken Wand hing ein gebatiktes Banner mit dem Tierkreis. Dumpfe Musik drang durch die linke Tür.

»Warten Sie hier«, sagte Cooper trocken.

Daniel nickte.

Cooper öffnete die Tür, und die Musik wurde lauter. »Hey«, sagte er leise zu jemandem dahinter und zwängte sich hinein. Hinter ihm schloss sich die Tür.

Daniel wartete. Er hörte neben Coopers Stimme auch die einer Frau, konnte das Gesprochene aber nicht verstehen. Sie redeten eine Weile, dann hörte er nur noch die Musik. Daniel hätte sich gern weiter vorgebeugt, wollte jedoch nicht beim Lauschen erwischt werden.

Er trat von einem Fuß auf den anderen. Schließlich öffnete Cooper wieder die Tür.

»Sie darf sich nicht aufregen«, sagte er und trat zur Seite.

Daniel blickte hinein. Das Zimmer war verraucht und unglaublich vollgestellt, fast wie ein Lagerraum. Ein schmales Doppelbett nahm den meisten Platz ein, daneben war ein Frisiertisch gequetscht, vor dem es allerdings zu eng für einen Stuhl war. Es gab einen alten Fernseher, einen Geschirrschrank, Wäschestapel und offene Schachteln mit Nippes. Eine ältere Dame saß auf dem einzigen freien Fleckchen vor dem Schrank. Sie war mager, hatte graues, aber rötlich-braun gefärbtes Haar und trug Kleidung, die heller und dünner war, als Daniel erwartet hätte. Ihr Gesicht sah traurig aus. Sie starrte in eine Schale, die mit brennendem Weihrauch gefüllt war und die auf ihren gekreuzten Beinen ruhte. Daniel erkannte am stechenden Geruch, dass dem Weihrauch Marihuana beigemischt war.

»Das ist Marjorie«, sagte Cooper.

Die Frau hob den Kopf. Es schien eine Weile zu dauern, bis sich ihr Blick auf Daniel scharfgestellt hatte.

»Sind Sie der Lapton-Junge?«, fragte sie langsam. »Ich hätte Sie für jünger gehalten. Ist schon lange her, wie? Was ist mit Ihrem Gesicht passiert?«

Daniel berührte sein Kinn, das inzwischen angeschwollen war.

»Das?«, fragte er. »Habe ich verdient.«

Er war sich dessen zwar gar nicht sicher, aber eigentlich war er sich inzwischen sowieso nichts mehr sicher. Es schien am besten, ihnen gegenüber offen und ehrlich zu sein.

»Kommen Sie, ich hole Ihnen Eis«, sagte Marjorie. »Setzen Sie sich doch aufs Bett.«

Sie arbeitete sich zu der kleinen Küche vor und ließ ihn mit Cooper allein. Daniel setzte sich gehorsam.

»Sie hat sich nach Pennys Tod um Pam gekümmert, wissen Sie«, sagte Cooper vorwurfsvoll. »Hat sie aufgezogen.«

Daniel wurde schwindelig. Wenn man nur ein wenig frische Luft hereinlassen könnte. Aber das Fenster sah aus, als wäre es fest verklebt.

»Wo ist Pamela? Warum haben Sie gedacht, sie wäre bei mir?«, fragte Daniel.

Cooper antwortete nicht. Daniel schoss der paranoide Gedanke durch den Kopf, dass er sich als Steinbock in diese Lage gebracht hatte. Er ging strategisch vor, aber diese Leute waren Fische. Was er als aufrichtig und geschäftsmäßig betrachtete, mochte ihnen beleidigend und barsch erscheinen. Er wusste allerdings nicht genug über ihre Kultur, um sich anders verhalten zu können.

Marjorie kehrte mit einem blauen Kühlelement aus der Gefriertruhe zurück und reichte es ihm. Er hielt es sich seitlich ans Kinn. Sie setzte sich neben ihn. Cooper blieb stehen und lehnte sich an die Kante der Frisierkommode.

»Mrs. Scarsdale, entschuldigen Sie, dass ich so bei Ihnen hereinplatze, und es tut mir leid, was mein Vater Ihrer Tochter und Ihrer Familie angetan hat. Bis gestern habe ich nichts davon gewusst. Ich hatte keine Ahnung, dass es Pamela gibt. Jetzt möchte ich lediglich meine Tochter kennenlernen.«

»Mein Lieber, wir haben sie nicht gesehen, seit sie weggelaufen ist, um sich Ihrer Familie anzuschließen«, sagte Marjorie. »Vor drei Jahren.«

»Mist«, fluchte Daniel vor sich hin.

»Mist, genau«, stimmte Cooper zu. »Wir wollen sie auch zurück. Und wir finden schon noch raus, wer uns gelinkt hat.«

Er spannte die Arme an, bereit zum Kampf, doch Daniel blieb ruhig.

»Warum ist sie weggegangen?«

»Sie war rebellisch«, erzählte Marjorie, »und wollte nicht in dieser kleinen Wohnung hocken. Dann hat sie erfahren, dass ihr Vater ein Steinbock-Geschäftsmann ist, und wollte ihn unbedingt finden. Wir haben sie gewarnt.«

»Was ist dann passiert?«

Marjorie nahm die Schale vom Boden und stellte sie sich auf den Schoß.

»Sie hat beim Lapton One Hotel angerufen, aber die

haben gesagt, sie hätten keine Ahnung, wovon sie redete. Die Sicherheitsleute haben unsere Nummer blockiert. Aber Pam war stur. Sie wollte selbst hingehen, weil sie sicher war, dass ihr Vater, wenn er sie erst einmal sah, seine Tochter erkennen würde. Also hat sie mir ein bisschen Geld aus der Handtasche gestohlen und sich eine Busfahrkarte gekauft.«

Sie hielt inne und wurde von Rauchfäden eingehüllt. Cooper fuhr fort.

»Eine Woche lang haben wir nichts von ihr gehört. Und dann bekamen wir plötzlich Post von einem Anwalt. Darin stand, Sie würden Pam nicht als Ihre Tochter anerkennen, aber Sie würden ihr die Ausbildung bezahlen und sie in irgendeiner noblen Schule anmelden.«

Daniel schüttelte den Kopf. »Das habe ich niemals getan.«

Cooper fuhr hoch. »Wollen Sie mich einen Lügner nennen? Ich zeige Ihnen den verdammten Brief.«

Daniel hob beschwichtigend die Hand. »Ich glaube Ihnen. Aber der Brief kam nicht von mir.«

»Dann sollten Sie vielleicht mal besser auf Ihre Anwälte aufpassen«, meinte Cooper. Er verschränkte wieder die Arme vor der Brust.

»Und was haben Sie getan?«, fragte Daniel.

»Nichts. Wir dachten, Pam hätte bekommen, was sie wollte, und wenn es sie nicht glücklich machte, würde sie schon irgendwann wieder vor der Tür stehen. Und da sie nicht angerufen hat, haben wir geglaubt, dass sie uns nicht mehr sehen will.«

»Wie heißt die Schule?«

»Lehranstalt der Wahren Zeichen«, sagte Cooper.

»Der Brief ist irgendwo da oben«, sagte Marjorie und

zeigte auf einen Karton auf dem Schrank. »Soll ich ihn raussuchen?«

»Bitte«, sagte Daniel.

Sie stieg auf das Bett und zog den verstaubten Karton herunter. Mrs. Scarsdale war nicht groß, und der Karton war schwer, doch es gelang ihr, ihn so weit herauszuziehen, dass Cooper ihn ihr abnehmen konnte. Er stellte ihn aufs Bett und öffnete ihn für Daniel.

Es handelte sich um eine Sammlung von Pamelas Hinterlassenschaften – Kleider und Jeans, altes Spielzeug und Schulhefte. Cooper fand den Brief und reichte ihn Daniel. Das Schreiben trug den Briefkopf der Anwälte, die für die Laptons arbeiteten, und war von einem der Seniorpartner unterzeichnet worden. Daniel überflog ihn und spürte, wie abermals Wut in ihm aufstieg. Cooper hatte nicht gesagt, wie distanziert und unpersönlich der Brief verfasst war. Es gab keinen Hinweis darauf, dass er von einem menschlichen Wesen verfasst worden war.

Marjorie Scarsdale suchte in dem Karton und zog eine alte Videokassette heraus.

»Die möchten Sie vielleicht auch haben«, sagte sie.

Daniel blickte auf. »Was ist das?«

»Pams fünfter Geburtstag. Falls es sie interessiert.«

Daniel nahm sie und drehte sie um. Auf dem Aufkleber stand in Handschrift: *PAM GEBURTSTAG.*

»Passen Sie gut drauf auf«, sagte Marjorie. »Ist unsere einzige Kopie.«

Daniel fühlte sich, als wäre er nicht mehr in diesem Raum. Alles brach auseinander und trieb in verschiedene Richtungen davon. Er umklammerte die Kassette und hoffte, sie könnte alles wieder zusammenfügen. Sie war ein Fragment des Lebens, das ihm entgangen war. Vielleicht würde alles einen Sinn ergeben, wenn er sie sich anschaute.

Er wusste nicht einmal, wie seine Tochter aussah. Endlich würde er ihr Gesicht sehen.

16

Lindi lag im Bett auf der Seite und las den Artikel auf ihrem Telefon: »HAUPTVERDÄCHTIGER IN MORDFALL ENTLASSEN«. Nicht einmal ihr Name wurde erwähnt. Da stand lediglich, dass die Polizei nicht genug Beweise gehabt hatte, um Boysen festzuhalten, und dass die Widder-Front und die Widder-Rechtsstiftung zusammengearbeitet hatten, um einen Anwalt zu stellen, der dafür sorgte, dass Boysens Rechte gewahrt wurden. Allerdings galt er weiterhin als Zeuge in dem Fall und durfte die Stadt nicht verlassen.

Die Schlafzimmertür schwang auf, und Megan steckte den Kopf herein. Sie hatte sich die Tasche für die Arbeit über die Schulter gehängt.

»Ich muss los«, sagte sie und zeigte auf den Kaffeebecher auf Lindis Nachttisch. »Der ist für dich, Schlafmütze. Und die Spülmaschine brauchst du nur anzustellen, wenn du fertig bist.«

»Danke«, sagte Lindi. »Ich liebe dich.«

Megan schenkte ihr einen Luftkuss und machte sich zur Wohnungstür auf.

Letzte Nacht waren sie wieder durch die Stadt gezogen und anschließend betrunken im Bett gelandet. Das hatte sich seit Langem angebahnt. Sie kannten sich seit Jahren, waren jedoch bis jetzt beide anderweitig gebunden gewesen. Megan traf sich hin und wieder mit jemand anderem. Jetzt, am Morgen danach, hatte Lindi gemischte Gefühle. Es wurde kompliziert.

Sie setzte sich im Bett auf und nippte am Kaffee, während sie den Artikel erneut durchscrollte. Sie dachte darüber nach, schloss den Browser und öffnete eine kleine Astrologie-App auf ihrem Handy. Im Kopf formulierte sie die Frage.

»Wer hat Chief Peter Williams getötet?«, fragte sie laut und tippte auf die Schaltfläche »Radix jetzt erstellen«.

Auf dem Display ihres Telefons erschien ein Radixhoroskop mit Planeten, Konstellationen, Häusern und Aspekten. Sie betrachtete es und nagte dabei an ihrer Unterlippe, dann rief sie andere Grafiken der App auf, um spezifische Zeiten und Daten der bevorstehenden astrologischen Ereignisse zu checken.

Nach einer halben Stunde schloss sie die App und ging zum Computer im Wohnzimmer. Sie führte eine Websuche durch und studierte Verschwörungstheorien. Es dauerte nicht lange, bis sie gefunden hatte, was sie suchte. Das würde Burton sehen wollen. Sie speicherte alles auf einem USB-Stick, duschte, zog ihr Lieblingskleid mit dem Eulenmuster an, setzte die Brille auf, band sich die Haare zusammen und ging nach unten zu ihrem Wagen.

Auf dem Weg zum Polizeirevier schaltete sie das Radio ein. Der Moderator interviewte den Sänger einer Heavy-Metal-Band, einen Widder, und sie redeten über die Geistlosigkeit der Musikszene. »Wenn ich über Gewalt singe, schildere ich bloß die Wahrheit über die Welt, in der ich aufgewachsen bin. Die Leute, die mich zum Schweigen bringen wollen, versuchen, meine Erfahrungen abzuwerten. Sie üben genau die gleiche Unterdrückung aus, wie sie seit dem Ende des Widder-Staates ausgeübt wird. Solomon Mahout mag für die Besitzer dieses Radiosenders und dessen Sponsoren ein Krimineller sein, aber für die meisten Menschen in der Stadt ist er ein Held. Er ist der Einzige, der uns eine Stimme verleiht.«

Am Eingang zum Revier hielt eine Wachbeamtin Lindi auf. Sie strich mit dem Metalldetektorstab um ihren Körper und zeichnete dabei achtlos ein Bild von ihr in die Luft.

»Zu wem wollen Sie?«, fragte die Beamtin mit der leblosen Art eines Menschen, der sein Geld damit verdient, anderen den Weg zu versperren.

»Detective Jerome Burton. Morddezernat. Zweiter Stock.«

Die Beamtin ging zu einem Telefon am Rand des Empfangstresens und wählte eine dreistellige Nummer. Sie sprach in den Hörer und ließ Lindi dabei nicht aus den Augen. Lindi konnte das Gespräch nicht verstehen, doch nach einem Moment drückte sich die Polizistin den Hörer an die Brust und winkte Lindi zu sich.

»Er möchte wissen, weshalb Sie ihn sehen wollen?«

»Was?«, fragte Lindi. »Kann ich mal mit ihm sprechen?«

Die Beamtin verdrehte die Augen und reichte ihr den Hörer. Lindi nahm ihn.

»Hi? Burton?«

»Was gibt's, Lindi?«, fragte Burton. Er klang müde.

»Passen Sie auf, ich habe mir den Fall noch einmal angeschaut und eine neue Radix erstellt…«

»Danke, aber ich habe Ihnen doch gesagt, dass ich im Augenblick keine weitere Hilfe benötige. Ich gehe Schritt für Schritt vor. Haben Sie die Zeitungen gelesen? Die Reporter halten mich schon den ganzen Morgen auf Trab.«

Lindi drückte mit der Faust an die Säule neben dem Tresen. Die Wachbeamtin starrte sie an und versuchte, sie damit zur Eile zu drängen. Lindi wandte sich von ihr ab.

»Ich muss Ihnen etwas zeigen«, sagte sie.

»Ein Horoskop?«

»Nein, ein Beweisstück im Fall Williams. Kennen Sie Bram Coine?«

»Wen?«, fragte Burton.

Lindi grinste. Sie war Burton einen Schritt voraus.

»Wenn Sie ihn nicht kennen, sollten Sie es sich auf jeden Fall ansehen.«

»Okay. Ich hole Sie ab. Warten Sie.«

Nach fünf Minuten erschien Burton in einem der Fahrstühle. Er unterschrieb für Lindi, und die Wachbeamtin händigte ihr endlich einen Besucherausweis aus.

»Also, es tut mir leid«, sagte Lindi, als sie im Fahrstuhl nach oben fuhren. »Ich habe Boysens Horoskop so gut gedeutet, wie es unter den Umständen möglich war. Ich wollte Ihre Zeit nicht vergeuden.«

»Nein, ist schon okay«, sagte Burton. »Ich habe Sie selbst in die Lage gebracht. Ich habe nach einer Möglichkeit gesucht, den Mord mit der Widder-Front in Verbindung zu bringen. Sie haben mir einfach das Ergebnis geliefert, das ich haben wollte.«

Lindis Wangen wurden heiß. »Meine Deutungen sind objektiv, Burton.«

Er führte sie in sein Büro und schloss die mattierte Glastür.

»Sie sagen, Sie wollten mir etwas zeigen?«

»Genau«, antwortete sie. »Kann ich Ihren Computer benutzen?«

»Sicher.«

Sie setzte sich an den Schreibtisch und steckte den USB-Stick ein. Während das Virenprogramm ihn scannte, drehte sie sich auf dem Stuhl zu Burton herum.

»Okay. Boysens Geburtshoroskop war offensichtlich ein Fehlschlag, und ein Horoskop für die Tatzeit führt zu widersprüchlichen Interpretationen. Also habe ich heute Morgen das getan, was ich von Anfang an hätte tun sollen, nämlich ein Fragehoroskop. Das ist eine antike Voraussagetechnik, sehr schwierig, aber auch sehr leistungsfähig. Die Betonung liegt auf essenziellen Würden…«

»Entschuldigung«, unterbrach Burton sie, »ich dachte, Sie hätten gesagt, es handele sich nicht um astrologische Beweise.«

»Richtig«, sagte sie, »ich erkläre nur, wie ich zu dem gekommen bin, was ich entdeckt habe.«

»Und wollen damit beweisen, dass Sie Ihr Handwerk verstehen.«

»Das auch. Okay. Das Wichtigste in Kürze: Fragehoroskope funktionieren, weil der Himmel, wenn Sie eine Frage stellen, für diesen konkreten Augenblick eine Antwort bereithält.«

Burton runzelte die Stirn. »Tatsächlich?«

»Vertrauen Sie mir. Die Radix, die ich erstellt habe, war schwer zu deuten, aber die Aktivität im zehnten Haus deutete darauf hin, dass Williams aus politischen Gründen ermordet wurde. Und deshalb habe ich online in ein paar politischen Foren über Williams recherchiert, und, naja, schauen Sie sich das mal an.«

Sie startete ein Video, das wie die Aufnahme einer Webcam aussah. Es zeigte einen jungen Mann Anfang zwanzig, der in einem dunklen Raum saß und direkt in die Kamera blickte. Das Gesicht wurde vom unsichtbaren

Computermonitor hellblau angeleuchtet. Er hatte wirres braunes Haar, trug eine Brille, und in seinem rechten Ohr steckte auf halber Höhe ein Ring.

»Was gibt's Neues, Internet!«, sagte er fröhlich. »Drei Uhr dreißig, Mittwochmorgen. Die Zeit der Nacht, zu der man aus unruhigem Schlaf erwacht und fühlt, dass die Welt über einem einstürzt. Und ja, damit liegt man nie völlig falsch. Hier.«

Das Video wechselte zu Nachrichten, die aussahen, als hätte man sie mit einem Handy vom Fernseher abgefilmt. Solomon Mahout hielt eine Rede vor einer Versammlung der Widder-Front. Er stand auf den Stufen des Rathauses.

»Wir können das Gesetz nicht respektieren. Das Gesetz wurde von den Mächtigen verfasst, die damit ihre Macht zementieren wollen. Es wurde geschaffen, um uns zu zermalmen. Wehrt euch! Lasst nicht locker, bis das Gesetz für euch spricht! Schreit auf! Lauter! Macht sie auf euch aufmerksam!«

Der junge Mann machte ein nachdenkliches Gesicht.

»Okay, echt angsteinflößend. Wir wissen aus der Geschichte, was passiert, wenn große Gruppen Widder sich hinter einem charismatischen Führer vereinigen. Aber schauen wir uns mal an, was Solomon Mahout im Kern sagt.«

Neben ihm befand sich eine Grafik, die aussah wie das Bildschirmfoto einer Tabellenkalkulation.

»Welches Tierkreiszeichen ist das gewalttätigste? Widder, richtig? Da genügt ein Blick auf die Statistik. Obwohl Widder nur eine Minderheit der Bevölkerung darstellen, bilden sie die große Mehrheit der Gefängnisinsassen.«

Das Video kehrte zu dem ernsten Gesicht des jungen Mannes zurück.

»Aber was, wenn es nun nicht so wäre, wie es auf den ersten Blick aussieht? Zum einen leben die meisten Widder in Armut, und das spielt eine signifikante Rolle dabei, wie viele von ihnen kriminell werden. Aber dazu kommt die erstaunliche Tatsache, dass Menschen, die in vorwiegend von Widdern bewohnten Vierteln leben, neun Mal häufiger von der Polizei kontrolliert und durchsucht werden, obwohl Personen, die nach dem Zufallsprinzip außerhalb dieser Wohngebiete durchsucht wurden, mit doppelt so hoher Wahrscheinlichkeit Drogen oder verborgene Waffen bei sich tragen. Warum? Nun, vielleicht hat das ja was mit diesen netten Kerlen zu tun.«

Auf dem Bildschirm sah man ein Foto von einem Polizisten, der einer hübschen Touristin auf einer Karte etwas zeigte. Sie standen vor einem neutralen Hintergrund und lächelten. Über dem gesamten Bild war ein schwaches Copyright-Wasserzeichen zu erkennen.

»Die Polizei von San Celeste«, sagte die Stimme des jungen Mannes. »Für unsere Sicherheit patrouilliert sie in unseren Straßen. Warum gebe ich ihr dann die Schuld für das Versagen unserer Gesellschaft?«

Das Foto löste sich in ein Bild des Chaos auf. Grauer Rauch hing in der Luft. Eine Reihe parkender Fahrzeuge brannte, und verschwommene Gestalten, Männer und Frauen, rannten in allen Richtungen vorbei. Im Vordergrund lag eine Frau auf der Straße. Ihre Stirn war aufgeplatzt und blutete, ihr halbes Gesicht war rot. Ein Polizist hielt sie im Würgegriff, während ein zweiter auf die Kamera zustürmte und sie mit ausgestreckter Hand zu greifen versuchte.

»Vor fünfundzwanzig Jahren erschütterten die Kardinales-Feuer-Unruhen zwei Wochen lang die Stadt. Sie brachen aus, nachdem Forderungen, eine verfallende Wohnsiedlung zu sanieren, lange nicht beachtet worden waren.«

Ein neues Bild erschien, diesmal von Polizisten in der schwarzen Uniform eines Einsatzkommandos. Sie posierten stolz mit einem großen handbetriebenen Rammbock.

»Nachdem die Unruhen niedergeschlagen worden waren, bildete die Polizei das berüchtigte, so genannte Widder-Einsatzkommando, kurz WEK, eine Sondereinheit, die vor allem die Widder-Bevölkerung kontrollieren sollte, um solche Aufstände künftig zu verhindern. Die Festnahmen von Bürgern, die im nördlichen San Celeste wohnten, das allgemein Ariesville genannt wird, stiegen um vierhundert Prozent, und Leibesvisitationen wurden zur Normalität.«

Das Video zeigte wieder den jungen Mann in seinem Zimmer.

»Die Tatsache, dass die Polizei heutzutage ein bestimmtes Tierkreiszeichen ins Visier nimmt und verfolgt, ist nicht zu entschuldigen, doch das ist noch nicht das Schlimmste. Das WEK führt regelmäßig Leibesvisitationen durch und kontrolliert Ausweise. Sie können uns die Privatsphäre und die Würde nehmen, und trotzdem ist diese Truppe absolut intransparent. Informationen über ihre Aktivitäten, ihre Finanzierung und sogar ihre grundlegenden Einsatzrichtlinien gelten als Staatsgeheimnis und fallen nicht unter das Informationsfreiheitsgesetz. Das muss ein Ende haben, und zwar sofort.«

Text wurde eingeblendet und lief nach oben über den Bildschirm. Es handelte sich um eine Namensliste mit unkenntlich gemachten Telefonnummern und Adressen. Chief Peter Williams stand an erster Stelle, Vince Hare an zweiter. Entweder hielt der junge Mann das für ein Spiel, oder er war lebensmüde.

»Hier ist eine Liste aller Angehörigen des WEK und ihrer Vorgesetzen im SCPD. Jetzt haben wir eine gewisse Transparenz. Fragen Sie sie selbst, was sie da tun und wie sie es vor sich selbst rechtfertigen, und sagen Sie denen, was Sie von dieser offensichtlichen Verletzung unserer Rechte halten.«

Er deutete mit dem Finger auf die eingeblendete Liste.

»Was soll denn das?«, fragte Burton und beugte sich vor. »Warum sind die Nummern so verwischt?«

»Das ist nicht das Originalvideo«, sagte Lindi. »Es wurde am Samstagnachmittag gelöscht, nachdem die Nachricht von dem Mord bekannt geworden war. Aber bevor es aus dem Netz genommen wurde, hat es jemand von einer rechtsextremen Webseite kopiert und die Nummern unkenntlich gemacht. Sie haben es auf ihrer Seite gepostet, in einem Artikel, in dem es als Beweis dafür dienen soll, dass Williams von Linken ermordet wurde.«

»Haben das schon viele Leute gesehen?«, fragte Burton.

»Vielleicht«, meinte Lindi. »Als ich es heute Morgen gefunden habe, stand der Zähler bei 301 Aufrufen, aber das kann alles heißen. Wenn ein Video in sehr kurzer Zeit häufig aufgerufen wird, bleibt der Zähler bei 301 stehen, bis ein Administrator die Sache überprüft hat.«

Burton zog den USB-Stick aus dem Laptop, ohne ihn abzumelden, und trug ihn zur Tür.

»Wo gehen Sie hin?«, fragte Lindi.

Burton drehte sich um. »Was denken Sie denn? Ich gehe den kleinen Mistkerl verhaften.«

17

Abends brachte ihm das Hotelpersonal des Lapton Celestia einen Videoplayer und stöpselte ihn an dem Widescreen-TV in seiner Penthouse-Suite ein. Er schloss die Doppelglastür zum Balkon, um das Tosen der Wellen, die unten an die Felsen schlugen, auszusperren, dann setzte er sich auf das weiße Ledersofa und startete das Scarsdale-Video.

Am Anfang zeigte der Bildschirm nur Schnee. Daniel fürchtete schon, das Personal habe den Player nicht richtig angeschlossen oder das Band wäre beschädigt. Doch der Schnee löste sich nach und nach wie Nebel auf und enthüllte ein kleines Mädchen.

Es hatte ein rundes Gesicht und rosa Wangen. Daniel sah sofort die Ähnlichkeit zu Penny, aber das Haar war braun, und wenn er in ihre Augen sah, kam es ihm vor, als blicke er in einen Spiegel.

Sie war in einem ihm unbekannten Haus, das größer wirkte als die enge Wohnung der Scarsdales, und sie hüpfte auf der Stelle. Die Kamera machte einen Schwenk und zeigte die große Familie Scarsdale, die auf Sofas und Sesseln saß und ihr fröhlich zuschaute. Daniel entdeckte Cooper, mehrere Jahre jünger und schlanker, mit langem Haar. Und da war Penny, älter als in Daniels Erinnerung. Sie trug einen Kuchen mit fünf Kerzen herein. Die kleine

Pamela sah ihn, riss staunend den Mund auf und blickte sich mit großen Augen im Zimmer um.

»Ist der Kuchen für mich?«, fragte sie ungläubig.

In einer anderen Zeit lachten alle. Daniel schloss die Augen und drängte den Schmerz zurück.

Wieder begann es auf dem Bildschirm zu rauschen, die Kamera suchte die Schärfe und fuhr hin und her. Wieder blieb sie auf Pamelas Gesicht stehen, diesmal in einer Küche. Der Kuchen mit fünf brennenden Kerzen stand vor ihr. Pamela saß auf Pennys Schoß, und die Familie sang, war aber nicht im Bild. Pamela interessierte sich nur für den Kuchen.

Das Lied war zu Ende, und die Familie klatschte. Penny Scarsdale stupste Pamela an, und die Kleine beugte sich vor und pustete, wobei sie die Lippen aber zu fest zusammendrückte. Penny führte sie sanft, bis alle fünf Kerzen gelöscht waren. Als die letzte ausging, gab es Applaus von der Familie.

»Hast du dir was gewünscht?«, fragte Penny. Sie war Mitte zwanzig. Ihr Gesicht war ein wenig fülliger, und ihre Wangen hingen etwas mehr herunter, als Daniel es in Erinnerung hatte, aber sie war immer noch eine Schönheit und lächelte fröhlich.

Obwohl er sich dagegen wehrte, traten ihm die Tränen in die Augen.

Pamela sah sich um, plötzlich schüchtern. Sie war das hübscheste und perfekteste kleine Wesen, das Daniel je gesehen hatte. Sie flüsterte ihrer Mutter etwas ins Ohr, und Penny lachte.

»Sie möchte noch mehr Kuchen!«, sagte sie, und Pamela machte sich klein, um sich vor dem Lachen der anderen zu verstecken.

Daniel hielt das Video an und blinzelte den leeren Bildschirm an.

Er kannte solche Szenen. Nichts daran war ihm neu. Ein süßes Kind. Eine liebevolle Familie. Nichts Außergewöhnliches. Nur ging es hier um seine eigene Tochter. Und er hatte siebzehn Jahre ihres Lebens verpasst.

18

»Was habe ich angestellt?«, fragte der junge Mann aus dem Video. »Sagen Sie mir, was ich Illegales getan habe.«

Bram Coine studierte Soziologie an der Westcroft University. Er war zudem, wie sich herausstellte, ein paranoider Kapitalismusgegner mit 176 Abonnenten für seinen Internet-Videokanal. Und er schwitzte. Burton und Lindi schauten durch das Fenster des Vernehmungsraums zu, während Kolacny ihn in die Mangel nahm.

»Sie können mir nichts vorwerfen, ja?«, stellte Bram Coine fest. »Weil ich nichts Illegales und nichts Falsches getan habe.«

»Das glaube ich nicht und Sie bestimmt auch nicht«, sagte Kolacny, beugte sich in seinem Stuhl vor, stellte die Ellbogen auf den Tisch und schob sich dicht an Bram heran. »Wissen Sie, warum ich Ihnen nicht glaube? Weil Sie das Video gelöscht haben, nachdem Sie von dem Mord am Polizeichef erfahren haben. Und deshalb wissen Sie verflucht genau, denke ich, dass Ihr Video für seinen Tod verantwortlich ist.«

»Das ist totaler Quatsch«, sagte Bram. »Ich habe es gelöscht, weil ich wusste, dass jemand diesen Zusammenhang herstellen würde, und natürlich ist das auch passiert. Aber wissen Sie was? Williams Adresse und Telefonnummer waren bereits im Internet. Ich habe keine, sagen wir, fünfzehn Minuten gebraucht, um sie herauszufinden. Und das gilt für das ganze WEK. Es ist nicht illegal, eine Information zu posten, die sowieso schon frei zugänglich ist, oder? Kann ich bitte mein Asthmaspray haben?«

Kolacny hatte vor sich einen Notizblock liegen. Mit dem Stift tippte er nachdenklich an seine Zähne.

»Sie haben diese Adresse online gepostet, in einem Video, in dem Sie in aller Öffentlichkeit behaupten, er habe Jagd auf Widder gemacht. Die gleichen Widder, die seit Jahren mit Gewalt drohen. Und dafür wollen Sie nicht die Verantwortung übernehmen? Aus meiner Sicht ist das eine Art Anstiftung zu Gewalt.«

»Bitte!«, sagte Bram niedergeschlagen. »Sehen Sie sich doch das Video an! Ich habe nur gesagt, sprecht mit diesen Leuten und sagt ihnen, dass es nicht korrekt ist, sich auf ein einziges Tierkreiszeichen einzuschießen. Ich bin kein gewalttätiger Mensch. Oder sehe ich etwa so aus?«

»Nein, Sie sehen aus wie ein Hacker«, meinte Kolacny. »Sie sehen aus wie ein Kind, das allein in seinem Zimmer sitzt und mit dem Computer anderen Menschen Probleme macht, weil es sich für ach so clever hält und glaubt, es würde dabei nicht erwischt werden. Aber wissen Sie was? Wir haben Sie trotzdem.«

»Sagen Sie mir, gegen welches Gesetz ich verstoßen habe.«

Burton beugte sich zu Lindi vor und sagte leise: »Ein kleines Arschloch. Wie kann er sich einbilden, damit ungeschoren davonzukommen?«

Lindi stand neben ihm. Sie strich mit dem Finger über den Rahmen. »Hm.«

»Was soll ›hm‹ bedeuten?«, fragte Burton. »Was denken Sie?«

»Kann ich noch mal an Ihren Computer?«

Sie kehrten in Burtons Büro zurück. Nach einigen Minuten am Computer zeigte Lindi ihm eine Webseite, die nur aus Namen, Nummern und Adressen bestand. Peter Williams stand da fast am Ende.

»Er ist kein Hacker«, sagte sie. »Er hat die Wahrheit gesagt. Alle Namen und Adressen waren längst online.«

Burton beugte sich über ihre Schulter.

»Was? Wie ist das möglich?«

»Marketing-Seiten. Wenn etwas unmoralisch, aber nicht illegal ist, geht es meist ums Geschäft.«

»Na gut, trotzdem können wir ihn vielleicht noch für irgendwas drankriegen. Belästigung von Polizeibeamten. Behinderung laufender Ermittlungen.«

»Warum?«, fragte Lindi und fuhr in dem Drehstuhl herum. »Bram ist nicht tatverdächtig. War er nie. Ich wollte Ihnen eine Richtung zeigen, in der Sie die Ermittlung möglicherweise fortführen könnten. Falls dieses Video für irgendeinen Psychopathen der Auslöser war, sich Williams vorzuknöpfen, dann hat Williams vielleicht einen Brief, eine E-Mail oder einen Anruf von ihm bekommen, ehe er ermordet wurde.«

Burton schüttelte den Kopf. »Nein. Das haben wir überprüft. Keine ungewöhnlichen Nachrichten, Anrufe oder Briefe, nichts dergleichen in seinen privaten Mails. Seine Mailadresse bei der Arbeit fällt unter das Gesetz für Staatssicherheit.«

»Na ja, vielleicht gibt es da ja was, das Ihnen bei der Ermittlung weiterhilft«, meinte Lindi. »Oder vielleicht war Chief Williams in irgendwelche zweifelhaften Geschichten verwickelt, die letztlich zu seinem Tod geführt haben.«

Burton sah sie ungläubig an. »Auf welcher Seite stehen Sie eigentlich?«

Sie zeigte auf sich selbst. »Ich bin Wassermann, Hipster und liberal, schon vergessen? Ich habe meine eigenen Ansichten. So, warum gehen Sie nicht zu Ihren Freunden beim WEK und fragen die, ob irgendetwas vorgefallen ist, wovon Sie wissen sollten? Ich wette, dass es Übergriffe gegeben hat, auf die einfach jemand mit einem Mord reagiert hat.«

19

»Burton! Hey, Burton!«

Die Stimme kam von hinten. Burton ging durch das Morddezernat und trug einen Becher Kaffee für Lindi und einen Becher Tee für sich selbst. Er drehte sich um und entdeckte Captain Mendez, der verärgert auf ihn zukam.

»Was zum Teufel machen Sie denn?«, fragte Mendez und hielt ihm eine gedruckte Seite hin. Es war Burtons letzter Bericht. »Sie haben Coine freigelassen!«

»Er ist nicht dringend tatverdächtig«, antwortete Burton.

»Den Teufel ist er nicht!«, fuhr ihn Mendez an. Er sah aus, als wollte er ausspucken. »Wollen Sie wissen, wie sauer das WEK ist? Die wollten in seine Zelle und ihm die Scheiße aus dem Leib prügeln, und ich konnte sie nur aufhalten, weil ich versprochen habe, dass er schon bekommen würde, was er verdient hat. Und Sie lassen ihn laufen? Die flippen komplett aus!«

Mendez stand zu dicht vor Burton und drückte die Brust heraus, als mache er sich für einen Kampf bereit.

»Tut mir leid, Captain«, sagte Burton. »Ich kann den Kerl auch nicht leiden, aber die Medien haben ein Auge darauf, wie wir mit ihm umgehen. Die halbe Stadt nennt ihn einen Kämpfer für die Meinungsfreiheit.«

»Scheißegal, was die denken – er ist ein Verräter! Und

zum Teufel mit den Vorschriften! Die Vorschriften sind der Schild, hinter dem wir in Deckung gehen, während wir unseren Job erledigen. Wir arbeiten nicht für die Vorschriften, sondern für die Polizei, und wenn wir das vergessen, geht hier alles den Bach hinunter. Denken Sie nur daran, was passiert ist, als Sie beim Cronin-Fall Scheiße gebaut haben! Bram Coine bleibt hier. Ich möchte, dass er wenigstens wegen Belästigung drangekriegt wird.«

»Zu spät, Sir«, erwiderte Burton. »Der Deputy Chief hat seine Entlassung angeordnet. Der Bürgermeister möchte, dass wir uns auf die Suche nach Williams' Mörder konzentrieren.«

Mendez starrte Burton an, dann wandte er sich angewidert ab.

»Sie sollten mal genau überlegen, wo ihre Prioritäten liegen, Burton. Vergessen Sie nicht, wer Ihr Vorgesetzter ist!«

Bram Coine wurde später an jenem Nachmittag entlassen. Vor dem Revier hatten sich Fernsehteams versammelt, um den Augenblick einzufangen. Er ging zum Haupteingang, wo ihn sein Vater umarmte, ein Mann mittleren Alters mit graumeliertem Haar und einer Jacke mit Flicken an den Ellbogen. Die Kameras blitzten und hielten gierig Coines Verlegenheit fest. Lindi und Burton schauten durch die Drehtüren zu, während Vater und Sohn davongehen wollten. Doch der Weg wurde ihnen von Objektiven und Mikrofonen eines halben Dutzends Nachrichtensender verstellt.

»Bitte«, sagte Brams Vater. »Lassen Sie uns doch in Ruhe.«

Er streckte die Hand aus und bemühte sich vergeblich, die Blitzlichter abzuschirmen. Die Aufmerksamkeit schien ihn an den Rand eines Nervenzusammenbruchs zu bringen. Burton konnte es ihm nachempfinden.

»Die lassen diesen Fall nicht aus den Augen, was?«, sagte Lindi.

»Ja«, sagte Burton.

Sie blickte in sein säuerliches Gesicht und lächelte ihn verständnisvoll an.

»Keine Sorge. Sie geben eine gute Figur ab, wenn Sie im Rampenlicht stehen. Sie sind der Heldencop mit dem kantigen Kinn. Für die Rolle sind Sie wie geboren.«

Draußen flackerten weiter die Blitze, und es sah aus, als wollten sie nie wieder aufhören.

20

»Hier ist eine Liste aller Angehörigen des WEK und ihrer Vorgesetzten im SCPD. Jetzt haben wir eine gewisse Transparenz«, sagte Bram Coine in dem Video.

Die zensierten roten Zahlen liefen vor Brams Gesicht über den Bildschirm. Das Bild war verschwommen wie eine Aufnahme mit niedriger Auflösung, die für einen HD-Monitor aufgeblasen wurde. Das Video blieb stehen und schrumpfte, bis es nur noch ein kleines Fenster neben dem Fernsehmoderator Harvey Hammond darstellte, der direkt in die Kamera blickte und einen Moment lang schwieg.

»Wow«, sagte er dann. »Also ehrlich. Ich habe schon linke Idioten erlebt, aber dieser hat wirklich einen Preis für seine Blödheit verdient. Auch wenn das Video kurz nach dem Hochladen wieder gelöscht worden ist, würde ich es doch Verrat an den Menschen von San Celeste nennen. Fakt ist, es wurde bereits zwei Wochen vor dem brutalen Mord an unserem Polizeichef, einem Helden der Stadt und einem meiner persönlichen Freunde, hochgeladen.«

Der Bildschirm zeigte nun, wie Bram und sein Vater aus dem Polizeirevier Central traten. Journalisten und Kameraleute drängten sich um sie. Brams Vater stellte sich ihnen schützend mit breiten Schultern in den Weg, konnte jedoch den Blick auf das müde aufgeregte Gesicht seines Sohnes nicht verdecken.

»Hier ist der Produzent des Videos, Bram Coine, als er heute aus dem Polizeigewahrsam entlassen wurde. Warum er entlassen wurde, fragen Sie? Nun, laut Polizei hat er formal betrachtet – formal! – gegen kein Gesetz verstoßen.«

Hammond kam wieder ins Bild. Er beugte sich vor und blickte freundlich in die Kamera.

»Also, da gerät man doch wirklich ins Grübeln. Denn wenn das gegen kein Gesetz verstößt, läuft hier irgendetwas grundsätzlich verkehrt. Und dabei geht es ja nicht nur um das eine Gesetz, das nicht gebrochen wurde, sondern um alle Gesetze, die der junge Mr. Coine so vehement verteidigt. Die Gesetze der Gleichheit.«

Wieder ein Schnitt, diesmal auf die Kardinales-Feuer-Unruhen vor fünfundzwanzig Jahren. Ein junger Mann in rotem Hemd warf einen Ziegelstein in das Schaufenster eines Musikladens. Durch die zerstörte Scheibe sah man Verstärker und Gitarren.

»Diese Gesetze beruhen auf der verrückten Idee, dass man Menschen unterschiedlicher Tierkreiszeichen gleich behandeln sollte. Aber das ist unmöglich. Weil sie, wen wundert's, nicht gleich sind. Menschen mit unterschiedlichen Tierkreiszeichen verhalten sich eben auch unterschiedlich. Tierkreiszeichen wie Löwe und Zwillinge sind eher extrovertiert. Tierkreiszeichen wie Wassermann und Schütze, das mag man kaum glauben, schauen meine Sendung nicht. Und Tierkreiszeichen wie Widder neigen einfach vermehrt zu Gewalt. Und es raubt mir den Schlaf, wenn ich mir vorstelle, dass die Polizei solche Fakten ignorieren und einen Hauptverdächtigen entlassen muss, nur weil ein paar Idioten glauben, die Widder würden ungerecht behandelt.«

Vorbereitete Grafiken und Tabellen nahmen nun das Bild ein. Sie waren in 3D ausgeführt und glänzten metallisch.

»Werfen wir einen Blick auf die Statistik. Wer bildet die größte Gruppe unter den Gefängnisinsassen? Widder. Wer hat die höchste Arbeitslosenquote? Widder. Und vergessen wir nicht, was im letzten Jahrhundert passiert ist, in den Ländern, die es Widder-Parteien gestattet haben, die Vorherrschaft zu gewinnen. In den Widder-Nationen.«

Eine Montage von Schwarzweißfotos: marschierende, salutierende Soldaten, Stacheldraht, Todeslager.

Hammond kam wieder ins Bild.

»Vielleicht hat die Polizei recht, und Bram Coine, diesem Heranwachsenden, ist kein Vorwurf zu machen. Das Gesetz ist schuld, und was der Junge getan hat, bewegt sich innerhalb der Gesetze. Um dem Burschen also wirklich gerecht zu werden, sehen Sie hier seine Adresse, seine Telefonnummer und seine E-Mail-Adresse.«

Die Information lief am unteren Rand durchs Bild, gleich über dem permanenten Newsticker. Hammond lächelte trocken.

»Setzen Sie sich mit Mr. Coine in Verbindung und sagen Sie ihm Ihre Meinung darüber, was er unseren entschlossenen Beamten und unserem früheren Polizeichef angetan hat. *Hammond Tonite* ist nach der Pause wieder für Sie da.«

21

Hammond lehnte sich in seinem weichen Ledersessel zurück und ließ den Stress der Aufzeichnung von sich abfallen. Das Eis klingelte, als er einen Schluck Scotch trank. Am Ende jeder Sendung stand ein Glas für ihn bereit und wurde ihm dezent überreicht, damit er es trinken konnte, während ihn der Chauffeur zu seinem Haus in den Hügeln oberhalb von San Celeste fuhr. Er blickte aus dem Fenster, als sie das Stadtzentrum hinter sich ließen. Er sah die Apartments für die Zwillinge-Yuppies am Fluss, mit den großen Fenstern und den leeren Balkonen, und den Turm der Kathedrale von San Celeste, die von bunten Scheinwerfern angestrahlt wurde und vor den mit Firmennamen gekrönten Hochhäusern im zentralen Geschäftsviertel aufragte. Die Stadt bot bei Nacht einen wundervollen Anblick. Die Graffiti und die Bettler wurden unsichtbar, und nur die Lichter von Kommerz und Wohlstand blieben.

Hammond machte seit dreizehn Jahren seine Abendsendung an jedem Werktag der Woche, und trotzdem wurden seine Nerven ständig strapaziert, wenn in seinem Blickfeld Chaos herrschte, wenn sein Produzent Jonathan die Reihenfolge der Beiträge in letzter Minute umstellte oder wenn jemand, den er interviewte, vor lauter Ähs und Öhs kein klares Wort herausbrachte. Von dieser Wut ließ er sich bei seinem Auftritt anstacheln, obwohl ihn die Liberalen und die schleimigen Antizodiakisten schon ausreichend in Fahrt brachten. Die kleinen Ärgernisse während der Sendung gaben ihm die zusätzliche Dosis Zorn, die er brauchte, um sein Publikum bei der Stange zu halten.

Heute Nacht war das nicht nötig gewesen. Chief Williams war ein guter Mann gewesen, und mit anzusehen, wie die Ermittlung seines Mörders wegen »formaler« Spitzfindigkeiten ins Stocken geriet, machte ihn wütend. Nach Hammonds Meinung war jeder, der sich in die Ermittlung einmischte oder sie auf die eine oder andere Weise behinderte, ein Verräter, der sich an dem Verbrechen mitschuldig machte.

Er stellte das Whiskyglas in den Halter und holte sein Telefon heraus. Sein Team im Sender kümmerte sich um die Sozialen Medien und um seinen Account, doch er sah sich immer gern an, was die Zuschauer von seiner letzten Show hielten.

»@HammondTonite hat die dumme Jungfrau genagelt! #FicktEuchScheißliberale.«

»Großartige Sendung von @HammondTonite. Volltreffer. Fakt: Die meisten Kriminellen sind Widder!«

»Hahahaha hoffe, dem kleinen Deppen auf @Hammond Tonite fackeln sie das Dach über dem Kopf ab!«

Und dann fanden sich natürlich auch die ohnmächtigen Wutschreie der Gegenseite.

»@HammondTonite Wichtigtuer Arschloch.«

»@HammondTonite deine Nummer kommt als Nächstes, Wichser.«

»@HammondTonite FICK DICH.«

»Kann den Mist nicht glauben, den @HammondTonite

produziert. Widderkriminalität und Armut wegen ChancenUNgleicheit und Unterdrückung.«

Das Gute war, dass jedes Mal, wenn er einem solchen Beitrag widersprechen wollte, seine treuen Fans das schon für ihn erledigten. Er musste sich auf keine dieser Schlammschlachten einlassen. Als er auf die letzte Nachricht tippte, stand da bereits eine Erwiderung.

»Ach? Und warum haben Widder keine Chancengleichheit? WEIL SIE STÄNDIG LEUTE AUSRAUBEN. #DankeUndGuteNacht.«

Der Wagen bremste scharf. Gummi rutschte quietschend über den Asphalt, und Hammond wurde aus dem Sitz nach vorn geschleudert. Seine Beine verdrehten sich unter ihm, als er in den Fußraum flog und mit der Schulter gegen die Rückseite des Fahrersitzes krachte. Die Bewegungsenergie hielt ihn dort fest, während sich die Welt draußen um den Wagen drehte, bis das Kreischen und das Rutschen mit einem abrupten Ruck endeten. Hammond fiel zurück in das weiche schwarze Leder.

Er tastete sein Gesicht ab. Seine Lippe blutete.

»Verflucht, Donny!«

Sein Fahrer sah ihn durch die Lücke zwischen den Sitzen an. Er war eine junge Waage mit Mittelscheitel.

»Alles in Ordnung, Mr. Hammond?«

»Nein, natürlich nicht, verflucht, Sie verdammter Idiot!«

Vor dem Wagen flackerte orangenes Licht. Harvey reckte den Hals und blickte an Donny vorbei.

»Was zum Teufel ist da draußen los?«

»Feuer, Mr. Hammond. Jemand hat Benzin auf die Straße gegossen.«

Sie waren vom Highway abgefahren und hatten die

Enterprise Road genommen, die zu Hammonds Haus in der südlichen Vorstadt führte. Es war eine lange, gerade, größtenteils unbeleuchtete Straße, die am Nationalpark entlangführte. Auf der linken Seite erhoben sich die bewaldeten Hügel. Rechts lag eine Reihe halbindustrieller Betriebe und Großhändler. Normalerweise war die Enterprise Road eine ruhige Abkürzung. Heute Abend nicht.

»Wer zum Teufel sollte denn …«

Donnys Fenster explodierte, und ein Schauer aus Glasscherben regnete herein. Draußen warf ein Mann einen Hammer zur Seite. Er trug schwarze Kleidung, eine Baseballkappe und ein Tuch, das er sich über die untere Gesichtshälfte gezogen hatte. Seine Augen waren blau und kalt. Ehe Donny reagieren konnte, schob der Kerl den Lauf einer Schusswaffe durch das Fenster und drückte ihn dem Chauffeur an die Schläfe.

»Aussteigen. Und zwar sofort.«

Donny hob entschuldigend eine Hand und griff mit der anderen nach dem Türgriff. Er schob sich seitlich aus dem Wagen, hielt das Gesicht dem Angreifer zugewandt und verzichtete auf hektische Bewegungen.

So langsam wie möglich zog sich Hammond nach vorn. Er griff in den Fußraum nach dem Telefon, das er fallen gelassen hatte, und drehte es um. Der Sperrbildschirm hatte ein Notfallfeld. Er strich mit dem Finger darüber, und es klickte.

Donny trat mit erhobenen Händen ein Stück vom Wagen weg.

»Du wirst jetzt wegrennen«, sagte der Mann. Er sprach schleppend. »Du wirst die Straße hinunterrennen, so weit du kannst, und du wirst nicht stehen bleiben. Verstanden?«

Donny nickte.

»Jetzt sag ›danke‹ und verschwinde.«

»Danke«, sagte Donny. Er warf Hammond durch das hintere Fenster einen entschuldigenden Blick zu, dann rannte er in die Richtung davon, aus der sie gekommen waren, fort von dem Wagen und den Flammen.

Es war nach Mitternacht. In der näheren Umgebung gab es keine Wohnhäuser. Keine Passanten. Keine Zeugen.

»Was wollen Sie von mir?«, rief Hammond heraus und versuchte souverän zu klingen.

Zur Antwort richtete der Mann in Schwarz den Lauf der Waffe auf Harvey und schoss.

Hammonds Fenster zersprang und überschüttete ihn mit einem Hagel aus Glas. Er spürte den Aufprall der Kugel in seiner Brust, einen Augenblick vor dem Schmerz. Dann fiel er längs über die Rückbank, streckte die Hand nach der anderen Tür aus und tastete nach dem Griff. Hinter ihm gab es eine weitere Explosion, und eine Kugel krachte ins Leder. Der Türöffner klickte, und Hammond taumelte aus dem Wagen.

Er krabbelte auf allen vieren los und versuchte, auf die Beine zu kommen. Eine Erinnerung blitzte in seinem Kopf auf, etwas, das er von Williams gehört hatte – bevor es Filme gab, sind die Leute nicht einfach umgekippt, wenn sie getroffen wurden, so wie sie es heute tun. Das Kino hat den Menschen gezeigt, wie man sich getroffen verhalten soll, und sie folgen dem Skript wie Schafe. Hammond war kein Schaf. Aber der Schmerz zog ihn wie ein Anker nach unten. Er würde nicht stürzen. Er war stärker.

Die Welt kippte, und Hammond spürte einen Schlag an den Kopf. Sein Gesicht scharrte über den Asphalt. Seine Arme gaben nach. Benommen drückte er sich auf die Ellbogen hoch und blickte über die Schulter. Hinter ihm stand die schwarze Gestalt im Licht der Flammen und schaute ihm zu. Hammond erwartete, dass der Mann die Waffe hob. Stattdessen drehte er sich um und ging auf die Bäume am Hügel zu.

Hoffnung keimte auf. Der Killer hatte ihn unterschätzt. Er ließ ihn liegen, weil er ihn für tot hielt. Aber Hammond war nicht tot. Er würde durchhalten.

Ein hohles metallisches Scheppern war aus den Bäumen zu hören. Der Mann kam zurück ins Licht und trug einen Benzinkanister. Er zog den Deckel ab und vergoss das Benzin mit weiten Bewegungen neben dem Wagen.

Hammond drückte sich wieder auf Hände und Knie hoch. Aus seinem Mund kam ein Jammern, das er nicht zurückhalten konnte. In seiner Hose breitete sich Wärme aus. Seine Blase hatte den Dienst quittiert. Der linke Arm wollte sich nicht mehr bewegen. Er zog ihn unter die Brust und kroch nur mit dem rechten Arm weiter.

Vor ihm lag der Straßenrand. Es gab einen Bürgersteig, einen Streifen mit trockener Erde und einen Maschendrahtzaun um den Parkplatz eines Holzlagers. Das Tor war mit einem Vorhängeschloss verschlossen, und er sah keine Möglichkeit, hindurchzukommen. Also musste er außen herum.

Der Mann in den schwarzen Stiefeln kam mit knirschenden Schritten näher, und Beine in schwarzen Jeans erschienen neben Hammonds Kopf.

»Scheii… Scheiii«, sagte Hammond.

»Pssst«, machte der Mann in Schwarz.

Hammond bekam einen Stiefeltritt in die Seite. Nicht hart, nur stark genug, damit er wieder auf dem Asphalt landete. Schwach strampelte er mit den Beinen.

Eine warme Flüssigkeit breitete sich über ihm aus, angefangen vom Gesicht und dann über den ganzen Körper. Der Gestank des Benzins, das in seine Wunde rann, versetzte ihm einen Schock, der ihn wieder zu Sinnen brachte.

»Gaaaaah!«

»Pssst«, wiederholte der Mann.

Hammond wollte sich hochstemmen, doch der schwarze Mann drückte ihn mit behandschuhter Hand auf den Boden und beugte sich zu ihm herunter. Hammond spürte den Atem im Gesicht.

»Heißen Sie Ihr Element willkommen«, sagte er leise.

Dann hörte er das Klicken eines Feuerzeugs. Es war das Letzte, was Hammond in seinem Leben wahrnahm. Abgesehen vom Schmerz.

22

Burton hatte das Channel-23-Studio schon häufig im Fernsehen gesehen. Sein Vater schaute Hammonds Sendung gern, und im Pausenraum des Reviers lief sie auch immer. In all der Zeit hatte sich Burton das Studio nie als realen Ort vorgestellt. Er wusste, dass die Show irgendwo aufgezeichnet werden musste, aber als nur gelegentlicher Zuschauer hatte er sich nie die Mühe gemacht, sich die Wirklichkeit von Lampen, Kabeln, Maskenbildnern, Stress und Schweiß vorzustellen.

»Sie haben also keine Ahnung?«, fragte er und folgte Hammonds Produzent über die Tonbühne.

Der Produzent, Jonathan Frank, hatte Übergewicht und sah ungesund aus, bewegte sich jedoch flink. Sein Kopf schwenkte hin und her, während er ein Dutzend Sachen gleichzeitig überprüfte, die Burton überhaupt nicht wahrnahm. Er schob sich an einem jungen Burschen vorbei, der eine Kabelrolle trug, und an einem Mann und einer Frau, die über einem Klemmbrett stritten. Einige Männer machten den Weg für eine große Kamera frei, die still und sanft über den schwarzen, polierten Boden schwebte. Durch die Lücke sah Burton Harvey Hammonds legendären Schreibtisch, der in der Realität kleiner und weniger beeindruckend war, als er auf dem Bildschirm wirkte.

»Nein«, sagte der Produzent und sah sich nicht zu Burton um. »Die Hälfte der Menschen in diesem Lande hätte Hammond am liebsten umgebracht. Fünfunddreißig Millionen verstörte Atheisten und Antizodiakisten.«

Burton betrachtete die Crew. Er wusste nicht, ob es hier jeden Abend so aussah oder ob die Anspannung eine Reaktion auf Hammonds Tod war. Für die *Tonite*-Crew gab es keine Trauerzeit.

Sie hatten auch die Leiche nicht gesehen. Burton schon. Die Hitze des Feuers hatte den Asphalt stellenweise geschmolzen, sodass Hammonds verkohlte Knochen daran festklebten, als Burton am Tatort eintraf. Es gab Reifenabdrücke am Straßenrand, die zu den Bremsspuren vor Chief Williams Haus passten und höchstwahrscheinlich vom gleichen Fahrzeug hinterlassen worden waren, mit dem auch Rachel Wells entführt worden war. Und neben der Leiche befand sich ein großes Löwe-Symbol, eingebrannt in den Asphalt.

Der Sender hatte bereits einen Ersatz für Hammond aufgetrieben, einen jungen Radiomoderator namens Dick Aubrey, der noch schriller und noch weniger tolerant war als Hammond. Er saß in der Garderobe und wurde auf eine emotionale Sendung vorbereitet. Nach dem, was Burton gesehen hatte, sollte Aubrey während der ersten fünf Minuten über den Verlust seines Vorgängers trauern, während er im Rest der TV-Stunde die Tragödie in Zorn ummünzen sollte: Zorn auf die unkontrollierbaren niederen Sternzeichen und auf die milde Politik des Präsidenten, der wie alle Schützen ein linker Sozialaktivist war.

»Also nichts Konkretes?«, fragte Burton. »Keine Drohungen, die über das übliche Maß hinausgegangen wären?«

»Hören Sie, Detective«, sagte Jonathan Frank und drehte sich müde zu Burton um. Er hatte so viele Ringe unter den Augen, dass sein Gesicht aussah wie eine schmelzende Kerze. »Die Sache hat uns alle mitgenommen. Jeder bei Channel 23 hat sich gefragt, wer das getan haben könnte und ob wir als Nächstes dran sind. Glauben Sie mir, wenn irgendjemand einen handfesten Verdacht hätte, wäre er schon zu Ihnen gekommen. Kann vielleicht mal irgendwer diese gottverdammten Lampen austauschen?«

Ein Beleuchter in einem Channel-23-T-Shirt eilte hinter die Bühne und begann, Kabel auszustöpseln.

»Okay«, sagte Burton. »Wenn irgendwem noch etwas einfällt…«

»Ja, ja, dann melden wir uns bei Ihnen. Wo ist Aubrey? Der sollte längst auf seinem Platz sein. Die Bühne freimachen! Test in fünf!«

»Hier entlang, Sir«, sagte ein Mann hinter Burton. Er hatte einen Stöpsel im Ohr, schwitzte unter den Lampen und wies Burton den Weg zu den schalldichten Türen des Studios.

Burton verließ das Set mit einer Gruppe Praktikanten und Laufburschen – den niedrigsten Rängen der Produktion. Die große Tür schlug hinter ihnen zu und versiegelte das Studio.

Durch die Flure ging Burton zurück zum Parkplatz und überlegte, bei wem er es als Nächstes probieren sollte. Er hatte schon mit Hammonds heulender Ehefrau gesprochen und mit dem wie versteinert wirkenden erwachsenen Sohn, außerdem mit den Leuten aus Hammonds Produktionsbüro – allen Assistenten, seiner Sekretärin und seinem Manager. Alle sagten das Gleiche. Hammond hatte Temperament und genoss es, vor der Kamera Menschen zu provozieren, aber er stand zu seinen Überzeugungen. Über die Kontroversen in der Sendung hinaus hatte er strenge moralische Ansichten und im persönlichen Leben keine Feinde. Er glaubte an die Herrschaft des Rechts. Er leitete eine Bildungsstiftung. Er glaubte, dass es seine Aufgabe sei, die Welt besser zu machen. Er war, so betonten alle, einer der Guten gewesen.

Zwei Männer kamen streitend durch den Flur auf Burton zu. Der vordere war Mitte zwanzig, trug ein schwarzes T-Shirt mit einem Bandlogo darauf und einen Karton mit Ausdrucken unter dem Arm. Der Mann dahinter war älter, über vierzig. Er trug einen teuren Anzug, ging jedoch gebeugt und stammelte ängstlich.

»Bitte, Steve«, sagte er. »Ich ... ich habe noch einen Vertrag für die nächsten fünf Monate.«

»Tut mir leid«, sagte der jüngere Mann. »Du hattest einen Vertrag mit *Hammond Tonite*, nicht mit Channel 23. *Hammond Tonite* ist Geschichte. Das wird eine neue Show. Du wirst neu verhandeln müssen.«

Der Mann im Anzug versuchte zu überholen und dem Jüngeren den Weg zu verstellen.

»Aber Harvey hat gesagt, ich sei gut zu gebrauchen! Ich wäre nützlich für die Show!«

Der Jüngere schob sich an ihm vorbei. »Ich weiß nicht, was du von mir erwartest. Besprich das mit Jonathan. Und jetzt geh zu deinem Schreibtisch, die Probe fängt an.«

Er ging an Burton vorbei. Der ältere Mann öffnete und schloss wütend den Mund.

»Ach, fick dich doch, Steve!«, rief er.

Steve ließ sich nicht anmerken, ob er den Ausbruch mitbekommen hatte, sondern ging seelenruhig weiter. Der Mann im Anzug setzte dazu an, ihm nachzustürmen, blieb dann jedoch stehen, schloss die Augen und verfluchte sich selbst.

»Scheiße«, sagte er, »Scheiße.«

»Entschuldigung«, sagte Burton, als er an ihm vorbeiging. Er wollte nicht in den Streit verwickelt werden. Kaum war er ein paar Schritte weitergegangen, sprach ihn der Mann an.

»Hey! Sie sind doch Burton, oder? Detective Burton!«

»Ja, stimmt«, sagte Burton, ohne stehen zu bleiben.

»Warten Sie. Ich muss mit Ihnen reden.«

Burton drehte sich um. Der Mann kam angelaufen und leckte sich nervös die Oberlippe.

»Hat schon jemand mit Ihnen über die Schule gesprochen?«

»Nein«, sagte Burton, »welche Schule?«

»Die Lehranstalt der Wahren Zeichen. Die Schule meines Bruders. Die er für mich gegründet hat.«

»Wer ist Ihr Bruder?«

Der Mann starrte Burton an. »Was denken Sie denn? Harvey Hammond! Ich bin Jules Hammond. Haben Sie noch nichts von mir gehört?«

»Tut mir leid«, sagte Burton. »Niemand hat erwähnt, dass Hammond einen Bruder hat.«

Einen Augenblick lang sah es aus, als wollte Jules erneut herumbrüllen. Stattdessen ließ er die Schultern hängen.

»Natürlich nicht«, sagte er. »Offensichtlich.«

»Was ist mit der Schule?«

Jules Hammond blickte sich im Korridor um. Niemand war zu sehen, trotzdem senkte er die Stimme zu einem Flüstern.

»Darüber kann ich jetzt nicht mit Ihnen reden. Kommen Sie nach der Show zu mir nach Hause. Ich gebe Ihnen die Adresse... Augenblick.«

Er nahm einen Füller aus der Brusttasche und schrieb etwas auf die Rückseite einer Visitenkarte.

»Wann ist die Show zu Ende?«, fragte Burton.

»Hm? Oh, ich verschwinde hier um eins.«

»Können wir uns nicht morgen treffen?«

»Nein!«, fauchte Jules, als würde allein die Frage ihn schon fassungslos machen. »Nein! Es muss heute Nacht sein! Ich bin ein beschäftigter Mann, und morgen könnte es zu spät für Sie sein.«

»Für mich?«

»Wir sehen uns heute Nacht, Detective.«

Jules Hammond stürmte den Korridor entlang zu seinem Büro. Als er verschwunden war, holte Burton sein Telefon hervor und rief Lindi Childs an.

»Hallo«, sagte er. »Haben Sie heute Abend schon was vor? Ich könnte vielleicht Ihre Hilfe gebrauchen.«

Burton wollte ihr das Leben nicht schwer machen, aber Lindi hatte sich verpflichtet, an dem Fall mitzuarbeiten. Sie hatte keine Ahnung gehabt, worauf sie sich eingelassen hatte.

»Gern«, sagte sie, »keine Pläne. Ich wollte mir gerade eine Serie anschauen.«

»Verstehen Sie sich ausschließlich auf vorhersagende Astrologie?«, fragte er. »Wie sieht es klinisch aus?«

»Hm«, sagte Lindi skeptisch. »Ich habe in meinen ersten beiden Jahren Astromedizin belegt. Da gab es auch praktische Übungen. Eine Weile war ich auf der Astrologischen Station.«

Er blickte in den Korridor, um sich erneut zu vergewissern, dass Jules Hammond ihn nicht mehr hören konnte.

»Großartig. Glauben Sie, Sie kommen mit einem Neo-Bock zurecht?«, fragte er.

»Schwierig«, sagte Lindi. »Kommt drauf an. Wahrscheinlich schon.«

»Und jetzt die eigentliche Frage«, sagte er. »Würde es Ihnen etwas ausmachen, nachts um halb zwei zu arbeiten?«

23

Daniel rief wiederholt bei der Lehranstalt der Wahren Zeichen an, doch es war dauernd besetzt. Nach dem fünften Versuch entschied er, dass ihm keine andere Wahl blieb, als persönlich vorbeizugehen. Mit dem Mietwagen brauchte er eine halbe Stunde, immer am Fluss entlang, an Werbetafeln, Einkaufszentren und Vororten vorbei, die sich auf dem früheren Ackerland ausgebreitet hatten. Während der Fahrt malte er sich in seiner Fantasie aus, wie er bei der Schule eintreffen und seine Tochter auf dem Spielplatz sehen würde. Sie würde gerade mit Freunden spielen, jedoch aufsehen und ihn sofort erkennen. Er würde die Arme ausbreiten und ihr sagen, wie leid es ihm tue. Sie würde auf ihn zurennen, und er würde sie mitnehmen.

Vielleicht würde es aber auch nicht so einfach werden. Vielleicht würde eine strenge Autoritätsperson, ein skeptischer Schuldirektor oder Bürokrat ihm erklären, dass er sie nicht einfach so mitnehmen konnte. Fast hoffte er, dass es so käme, denn dann könnte er seinen gerechten Zorn an der Person auslassen. Er würde beweisen, dass er ein richtiger Vater war, würde um sie kämpfen und siegen.

Er bog vom Highway auf die Straße zur Schule ab. Sobald er das Gebäude sah, zerstoben alle Fantasien.

Er parkte vor dem Tor, ging an dem Maschendrahtzaun entlang und stützte sich daran ab. Die Schule sah aus wie ein ehemaliges Militärlager: langgestreckte Gebäude mit Wellblechdächern und dazwischen rissiger Asphalt. Die Flaggenmasten zu beiden Seiten des Eingangs waren leer, und die Leinen klingelten im Wind. Der Rasen zwischen Gebäuden und Zaun war gelb und vertrocknet.

Das Tor war verriegelt. Kein einziges Fahrzeug parkte davor. Einige Fensterscheiben waren eingeschlagen, und im Inneren herrschte Dunkelheit. Laub war durch die Lücken im Zaun geweht und hatte sich vor den Gebäuden angesammelt, an manchen Stellen lag es hüfthoch.

Die Schule war verlassen. Das Gelände hatte seit vielen, vielen Monaten niemand mehr betreten.

Es würde keine Bilderbuchfamilienvereinigung mit Pamela geben. Der Weg endete hier, und Daniel stand hilflos da. Sie war nicht hier, und er hatte keine Ahnung, wo er nach ihr suchen sollte.

24

Mit sechzehn hatte Burton entdeckt, dass einer seiner Schulfreunde, Colin, ein pathologischer Lügner war. Colin war klug und charmant, und er hatte so raffiniert gelogen, dass niemand seine Lügen in Frage stellte. Er las viel und hatte stets etwas Interessantes zu erzählen. Sein Vater, so behauptete er, arbeite mit Spezialeffekten, und sein älterer Bruder sei Kriegsreporter. Er erzählte seinen Freunden, er könne verbilligte Karten für ein Fists-of-Heaven-Konzert besorgen, weil sein Onkel deren Manager sei, und das erschien gar nicht unwahrscheinlich, weil alle in Colins Familie etwas Besonderes machten. Er brachte ein kleines Bündel Karten mit zur Schule und tauschte sie gegen alles Mögliche, was immer man bereit war, dafür zu geben. Einige Freunde zahlten mit Geld, andere gaben ihm ihr Pausenbrot oder ließen ihn Hausaufgaben abschreiben. Burton überließ Colin sein Skateboard, das er sowieso nicht mehr benutzte.

Am Abend des Konzerts setzte Burtons Vater ihn auf dem Parkplatz ab. Dort trafen sich die Freunde. Sie warteten in der Reihe, scherzten, rangelten und versuchten den Mädchen zu imponieren. Als sie dran waren, hielt sie der Kontrolleur auf.

»Was soll das sein?«, meinte er und zeigte auf ihre Karten.

»Du kennst dich echt aus, was?«, fragte Burton ironisch und hielt sich für sehr witzig.

»Das sind keine echten Karten«, sagte der Kontrolleur. »Die Tickets sehen so aus.«

Er zeigte auf einen Stapel, der auf dem Tresen neben ihm lag. Alle Karten waren auf dünnem Karton gedruckt und hatten einen Silberstreifen. Sie waren wie eine Banknote mit feinen grünen Linien bedeckt, damit man sie nicht so leicht fälschen konnte. Die Tickets von Colin waren aus Papier, schwarz-weiß und nur auf einer Seite bedruckt.

»Die sind echt«, beharrte Burton. »Wahrscheinlich sind es spezielle Tickets. Die haben wir vom Manager der Fists of Heaven. Er kann es dir sagen. Ruf ihn an!«

»Die sind gefälscht«, sagte der Kontrolleur. »Nächster.«

Er schob Burton mit dem Arm zur Seite und wandte sich den Nächsten in der Reihe zu.

»Hey!«, sagte Burton, »wir sind noch nicht fertig!«

Burton hielt die Stellung, bis ein Kerl von der Security kam, der ihn und seine Freunde vertrieb. Sie standen auf dem Parkplatz, verfluchten den dummen Kartenknipser und den Wachmann und überlegten, was sie nun tun sollen. Colin hatte versprochen, auch zu kommen, und Burton war sicher, dass sich dann alles aufklären würde.

Also warteten sie. Die Minuten wurden zu Stunden. Die Band fing an zu spielen, die Zuschauer im Stadion jubelten. Burton und seine Freunde bekamen immer schlechtere Laune. Einer versuchte, sich über einen Seiteneingang reinzuschleichen, wurde aber von einem Ordner erwischt. Er bekam einen Ellbogen an die Wange, als sie ihn nach draußen zerrten, und am Ende hatte er ein blaues Auge. Schließlich gestand Burton die Niederlage ein und suchte ein Münztelefon, um seinen Vater anzurufen.

Trotzdem warteten die Freunde weiter auf Rettung und wollten sich nicht eingestehen, was gerade passiert war. Die Karten waren echt, aber vermutlich eine Sorte, die der Kontrolleur noch nie gesehen hatte, weil sie direkt vom Manager kamen. Oder es war hinter der Bühne etwas durcheinandergeraten. Colins Onkel würde das schon klären. Colin war ein Stier, wie sie, und alle wussten, Stiere waren loyal. Wenn sie sich eingestanden, dass Colin ein Lügner war, müssten sie eingestehen, dass sie sich schwer geirrt hatten, und zwar nicht nur in Bezug auf ihn.

An dem Montag kam Colin nicht zur Schule. Erst am Mittwoch war er wieder da und erzählte, er sei entführt worden. Er spann sich eine detaillierte Geschichte darüber zusammen, wie man ihn am Freitag überfallen und in einen Zug gezerrt habe. Vor der Grenze habe er seine Entführer überlisten können. Natürlich war Colin in Wahrheit von zu Hause weggelaufen. Seinen Eltern war das peinlich. Die anderen Eltern und auch die Schule hängten die Sache an die große Glocke. Es gab Sitzungen hinter verschlossenen Türen. Colin wurde vorerst vom Unterricht ausgeschlossen und zu einer astrologischen Evaluation geschickt. Er kehrte nicht an Burtons Schule zurück.

Als Burton nicht mehr leugnen konnte, dass Colin ein Lügner war, zerbrach etwas in ihm. Er verlor das Vertrauen in die Welt und seine Freunde und trat Fremden und Bekannten misstrauischer gegenüber. Er war kein Rudeltier mehr.

Doch die Geschichte mit Colin hatte noch eine weitere dauerhafte und paradoxe Nachwirkung. Burton glaubte nicht mehr, dass andere Menschen ihm vertrauten. Er fühlte sich nicht wohl, wenn er etwas nicht beweisen konnte. Er prahlte nicht, log nicht und wollte vermeiden, dass man an ihm zweifelte. Vor Gericht erfand er keine Beweise und beschönigte auch keine Aussagen, selbst wenn es die einzige Möglichkeit war, eine Verurteilung zu erreichen. Und Kate hatte er kein einziges Mal betrogen.

»Ich weiß, wie sich das anhört«, sagte er zu ihr.

Er saß am Computertisch im Wohnzimmer. Kate stand in der Tür. Ihr Bauch wölbte sich unter dem Morgenmantel. Sie trug ein weißes T-Shirt, das so eng anlag, dass er ihren Bauchnabel hindurch sehen konnte.

»Ein geheimes Treffen, bei dem eine neue Kollegin anwesend ist, in einem mysteriösen Haus mitten in der Nacht?«, fragte sie. »Weißt du, wie das klingt?«

Burton rieb sich die Stirn.

»Doch nicht so was. Wir haben es mit einem Spinner zu tun. Ich brauche ihre Hilfe.«

»War nur Spaß«, sagte sie, stellte sich hinter ihn, legte ihm die Hände auf die Schultern und lehnte sich bei ihm an. »Wann bist du wieder zurück?«

»So schnell wie möglich. Halb drei? Drei?«

»Okay. Kannst du dich bemühen, mich nicht zu wecken, wenn du heimkommst?«

Sie ging ins Schlafzimmer, und er hörte, wie der Bettrahmen quietschte, als sie sich hinlegte. Nach einer Weile hörte er den Schalter der Nachttischlampe.

Er arbeitete bis halb eins am Computer und las Artikel über Hammond und Williams. Als es so weit war, ging er hinaus und bemühte sich, die Wohnungstür leise zu schließen.

Er fuhr nach Shoredell, einem hübschen Viertel östlich des Stadtzentrums. Die Häuser dort waren alt und hatten zumeist drei Stockwerke. Auf den ersten Blick sah es hier aus wie in einer Gegend für die gehobene Mittelklasse, da moderne Wagen am Straßenrand parkten. Doch es gab Anzeichen dafür, dass es kein klassischer Schütze- oder Wassermanndistrikt war. Keines der Gebäude war saniert und mit breiteren Fenstern ausgestattet worden. Es fehlten die trendigen und künstlerischen Wandbilder, die Theater, die Plakate, die für Galerieeröffnungen warben. Hier zogen die Reichen hin, um ganz unter ihresgleichen zu leben.

Es gab kaum Parkplätze. Burton fand eine leere Bucht einen Block von Jules Hammonds Apartment entfernt und ging den Rest des Wegs zu Fuß. Im zweiten Stock waren die Fenster erleuchtet, und Burton sah dahinter jemanden hin und her gehen. Er seufzte innerlich und klingelte.

Apartment sechs im zweiten Obergeschoss hatte eine marineblaue Tür. Burton klopfte, Jules öffnete. Der überwältigende Geruch von Katzenklo schlug Burton entgegen.

»Kommen Sie rein«, sagte Jules.

In der Wohnung war es düster. An der Decke hingen elegante Lichtschienen, doch die meisten Birnen waren ausgebrannt und nicht ersetzt worden. Der Raum war so gut wie leer. An einer Wand hing in einem Rahmen ein großer Schwarzweißdruck einer Meereslandschaft, und gegenüber stand eine lange weiße Couch, die von Katzenkrallen zerkratzt war. Ansonsten gab es nur ein bereits länger nicht gereinigtes Katzenklo in der Ecke. Es war eine seltsam kostspielige Form von Ärmlichkeit. Irgendwo in der Wohnung lief kantiger Jazz.

Lindi war vor Burton eingetroffen und stand mit verschränkten Armen am Fenster.

»Hi!«, sagte sie, ein wenig zu fröhlich. Sie trug eine dicke Jacke und ihre Lesebrille. »Ich muss um sieben wieder aufstehen. Nur damit Sie Bescheid wissen.«

Jules schloss die Tür hinter Burton.

»Ich habe meinen unerwarteten Gast gerade erst kennengelernt«, sagte er tadelnd und blickte zu Lindi.

»Lindi Childs arbeitet als Beraterin an diesem Fall mit«, sagte Burton. »Ich dachte, ihre Anwesenheit könnte von Nutzen sein.«

Jules schnalzte missbilligend mit der Zunge. »Also gut.«

Er setzte sich aufs Sofa, ohne den anderen einen Platz anzubieten. Eine alte weiße Katze kam durch eine der Türen herein und sprang auf seinen Schoß.

»Ich weiß, warum sich neben Williams ein Stier-Symbol befand«, sagte er. »Und ich wette, neben der Leiche meines Bruders war ein Löwe-Symbol in die Straße gebrannt. Habe ich recht?«

Burton und Lindi blickten sich an.

»Diese Informationen wurden nicht an die Öffentlichkeit gegeben.«

Burton wurde sich plötzlich bewusst, dass er sich möglicherweise mit dem Mörder im selben Raum aufhielt. Es würde einen Sinn ergeben, wenn die Morde von einem verrückten Neo-Bock begangen worden wären, und Jules passte ins Profil. Burton hatte das Revier über diesen Besuch informiert, die anderen Cops wussten also, wo sie nach ihm und Lindi zu suchen hatten, falls sie von der

Bildfläche verschwanden. Allerdings war das nur ein schwacher Trost.

Jules nickte. »Ich arbeite für einen Nachrichtensender, Detective. Wir haben die Sache mit dem Stier-Symbol noch am ersten Tag herausgefunden. Und ich bin sicher, dass mir die Bedeutung klar ist.«

»Hat es was mit einer Schule zu tun?«, fragte Burton.

Jules wippte mit dem Fuß. Die Katze sprang vom Schoß und rieb sich an Burton, der allergisch gegen Katzenhaare war. Er beachtete es nicht.

»Haben Sie von der Bildungsstiftung meines Bruders gehört? *Erfolg ohne Einschränkung?*«

Burton nickte. »Sie soll benachteiligten Kindern helfen, nicht wahr?«

»Nein«, sagte Jules. »Nein!«, wiederholte er, lauter. »Sie war für mich!«

»Warum?«, fragte Lindi.

Jules sah gereizt zu ihr hinüber.

»Ganz offensichtlich, weil ich ein verfluchter Neo-Bock bin!«, sagte er. »Ich wurde als Steinbock von Löwe-Eltern geboren. Welche Schande! Alle schlechten Eigenschaften eines Steinbocks und keine guten von der Familie. Und natürlich hat man sie alle beschuldigt, Emporkömmlinge zu sein.«

»Also hat man sie in Spezialkliniken geschickt.«

»Richtig. Und als mein Bruder berühmt wurde, hat er seinen Einfluss genutzt und eine Stiftung gegründet, um solche Schulen zu unterstützen, wie ich sie besuchte, für Kinder, die unter einem anderen Sternzeichen geboren sind als ihre Eltern. Da er einer der wichtigsten Finanziers der Schule war, konnte er sie zwingen, meine Existenz zu verschweigen. Hatten Sie schon mal von mir gehört?«

Beide schauten sich erneut an.

»Nein.« Jules nickte. »Eben.«

»Okay, tut mir leid«, sagte Lindi, »aber was hat das mit dem Stier- und dem Löwe-Symbol zu tun?«

Jules wurde noch aufgeregter. Er stand auf und fing an, hin und her zu gehen.

»Es gab eine ›Lehranstalt‹, bei deren Aufbau mein Bruder geholfen hat. Eine große, die von Harveys Studienfreund Werner Kruger geleitet wurde.«

»Dem Astrologen?«, fragte Lindi.

Burton sah, wie ihre Augen aufleuchteten. Er zog eine Augenbraue hoch.

»Tut mir leid«, sagte sie. »Ich habe meine Abschlussarbeit über seine Theorie der Resonanz in den essenziellen Würden geschrieben. Deshalb habe ich so gut wie alles über ihn gelesen, ...«

»Er hatte Ideen«, sagte Jules und wand sich ein wenig. »Ein großer Teil seines Bildungsprogramms sollte die Schüler dazu bringen, sich stärker ihrem Sternzeichen entsprechend zu verhalten, damit sie sich besser in die Gesellschaft einfügen konnten. Er hat alles Mögliche versucht, um uns besser mit dem in Verbindung zu setzen, was er kosmische Essenz nannte. Aber ich glaube nicht, dass er uns nur unterrichten sollte.«

»Sondern?«, fragte Burton.

Jules Hammond blickte aus dem Fenster. Der Mond ging gerade über dem Stadtzentrum auf.

»Er hat Experimente gemacht«, sagte er.

25

Ein Jahr nachdem er die Scarsdales kennengelernt hatte, schaute Daniel immer noch Videos. Etwas anderes wollte er gar nicht mehr tun. Er saß auf der Couch in der Villa seines Vaters und sah sich eine Kassette nach der anderen an, von morgens bis abends. Es hatte einen Gerichtsbeschluss erfordert, damit die Stiftung *Erfolg ohne Einschränkung* sie ihm überließ, und das auch erst, nachdem sich seine Anwälte mit einem äußerst widerwilligen Richter angelegt hatten.

Daniel sah sich die Kassetten im schnellen Vorlauf an und suchte nach dem vertrauten Gesicht. Es war endloses Material von Überwachungskameras in Fluren, Klassen und Besprechungsräumen. Irgendwo musste es irgendwann ein Verzeichnis von Vorfällen gegeben haben, das Daniel bei der Suche hätte helfen können, doch falls es tatsächlich existiert hatte, war es, schon lange bevor er es sich anschauen konnte, im Schredder gelandet.

Die Videos waren in Kartons gestapelt. Er schaute sich alle an, stapelte die wertlosen auf den Couchtisch aus Hartholz und behielt die, auf denen seine Tochter zu sehen war, neben sich auf dem Boden.

Die erste Kassette, die er anschaute, zeigte ihr Aufnahmegespräch. Sie war vierzehn, und ihr Gesicht hatte die kindliche Rundheit vom Geburtstagsvideo verloren. Ihr

Kinn war schmal und erinnerte Daniel an seine Mutter. Die Wangen waren rosig. Die Kamera war auf sie gerichtet, und die Wand hinter ihr war in einem hellen Behördengrün gehalten.

»Könntest du bitte deinen Namen und dein Tierkreiszeichen nennen«, sagte ein Mann außerhalb des Bildes.

»Warum?«, fragte Pamela und starrte den unsichtbaren Fragesteller böse an. Die Schultern hatte sie bis zu den Ohren hochgezogen. Sie sah aus wie ein Tier in der Falle.

»Nur fürs Protokoll.«

»Ich möchte nicht hier sein«, sagte sie. »Das habe ich Ihnen doch gesagt! Ich möchte zu meinem richtigen Dad!«

»Nun, du bist aber hier, also solltest du das Beste daraus machen«, sagte die Stimme ruhig.

»Das ist ein Irrtum. Ich muss mit meiner Grandma sprechen.«

»Gewiss, und das kannst du auch, sobald wir hier fertig sind. Aber erst musst du mit uns zusammenarbeiten. Möchtest du mit uns zusammenarbeiten?«

Pamela antwortete nicht. Sie senkte den Blick, und Daniel sah, dass sie die Zähne aufeinanderbiss.

»Okay«, sagte die Stimme schließlich. »Versuchen wir es noch einmal. Sobald wir fertig sind, kannst du in die Cafeteria gehen. Ich wette, du hast Hunger. Wie lauten dein Name und dein Tierkreiszeichen?«

»Pamela Scarsdale. Fische«, antwortete sie trotzig.

»Gut«, sagte die Stimme in einem singenden Tonfall, als würde sie einen Hund für ein Kunststück loben. »Erzähl mir doch, was es für dich bedeutet, Fische zu sein.«

»Was?«, fragte Pamela ungläubig. »Es bedeutet mir gar nichts. Es ist nur, also, die Leute, mit denen ich aufgewachsen bin und so. Hören Sie, das ist doch total blöd. Ich habe nur meinen Dad gesucht, okay? Kann ich jetzt gehen? Ich lasse ihn in Ruhe. Bitte. Ich möchte hier raus!«

»Pamela, ganz ruhig. Donald Lapton hat dich unserer Obhut übergeben. Weißt du, wer Donald Lapton ist?«

Pamela zögerte und nickte schließlich.

»Er sagt, er wolle dich als Enkelin anerkennen, wie du es wünschst, und du darfst deinen richtigen Vater kennenlernen, aber zuerst möchte er, dass du die Bildung bekommst, die am besten zu dir passt. Das ist doch gut, oder?«

Pamela blickte sich hilflos um.

»Ich ... keine Ahnung. Was soll das alles?«

»Er möchte das Beste für dich und will dafür sorgen, dass du auf eine Weise erzogen wirst, die für dein Tierkreiszeichen am besten ist. Deshalb hat er dich zu uns geschickt. Sobald du unsere Erziehung genossen hast, kannst du deine Rolle in deiner neuen Familie und in der Gesellschaft übernehmen. Das möchtest du doch?«

Pamela sah ihn zweifelnd an.

»Vielleicht. Keine Ahnung!«

»Also gut«, sagte die Stimme. »Packen wir es zusammen an. Was bedeutet es für dich, Fische zu sein?«

»Wir, äh, sind die Normalen«, sagte Pamela. »Wir sind nicht zickig oder verrückt oder wie Widder oder Steinböcke. Einfach normal.«

In den nächsten fünf Videos in Daniels Stapel hatte Pamela nur kurze Auftritte. Er sah sie, wie sie in ihrer neuen Schuluniform durch die Flure ging. Es gab lange Passagen, in denen sie im Unterricht saß, während Lehrer über Plattentektonik und Passiv dozierten. Der nächste große Augenblick kam bei einer weiteren Aufnahme von einem Gespräch. Wieder war die Kamera auf Pamelas Gesicht gerichtet. Laut eingeblendetem Datum war das Video einige Monate später aufgenommen worden. Sie hatte das Haar streng nach hinten gekämmt und zum Pferdeschwanz gebunden. Sie trug eine weiße Bluse mit einer Krawatte und ein dunkelgrünes Schuljackett mit einem Fische-Abzeichen auf der Brusttasche. Neben ihr stand eine Glasschüssel, die halb mit Wasser gefüllt war. Darin schwammen Eiswürfel.

»Also, Pamela.« Diesmal sprach eine Frau. »Stell dir vor, du sitzt im Bus. Du bist weit gelaufen, und deine Füße tun weh. Ein anderes Mädchen steigt ein. Sie ist genauso alt wie du und humpelt. Es gibt keinen freien Sitzplatz mehr im Bus. Wie reagierst du?«

Pamela kratzte sich an der Nase.

»Ich kümmere mich um meinen eigenen Kram. Irgendwer wird schon für sie aufstehen.«

»Nein, das tust du nicht«, sagte die Stimme. Sie klang ungeduldig.

»Na ja, Sie haben gefragt«, sagte Pamela. Sie lächelte schief, als würde sie denken, die Fragestellerin habe gescherzt.

»Nein«, sagte die Stimme. »Du bist Fische, also bist du empathisch. Ihr Schmerz wiegt schwerer als deiner. Du stehst auf.«

»Aber sie könnte ja nur so tun als ob«, meinte Pamela. »Und ich kenne meine Füße. Wenn nach einer Weile niemand aufgestanden ist, steh ich doch auf oder rutsche rüber und lasse sie neben mir sitzen. Aber ich springe nicht für eine Fremde auf.«

»Für dich und alle in deiner Umgebung wäre es aber leichter, wenn du das tätest«, sagte die Stimme scharf. »Was ist unser Motto?«

»Wahre Zeichen in Harmonie«, sagte Pamela und verdrehte die Augen.

»Richtig«, sagte die Stimme. »Wahre Zeichen in Harmonie. Die Gesellschaft wird niemals Frieden finden, solange wir gegen unsere wahre Natur ankämpfen. So. Wenn das humpelnde Mädchen in den Bus steigt, was tust du dann?«

»Ich stehe auf und überlasse ihr meinen Platz.«

Pamela war eindeutig gelangweilt und spielte nur mit, um es hinter sich zu bringen.

»Sehr gut«, sagte die Stimme. »Und jetzt nimm die Wasserschüssel.«

Pamela zog die Schüssel zu sich heran. Das Wasser schwappte hin und her, spritzte aber nicht über den Rand.

»Steck die Hände in die Schüssel.«

Pamela zögerte, gehorchte dann aber. Sie zuckte zusammen.

»Autsch.«

»Wir haben herausgefunden, dass es mit eiskaltem Wasser am besten funktioniert«, sagte die Stimme. »Weil es dir unangenehm ist, prägt sich die Lektion besser ein. Schließ die Augen und stell dir das Fische-Symbol vor.«

Pamela schloss die Augen.

»Stellst du es dir genau vor?«

Pamela nickte. Ihrem Gesichtsausdruck nach musste die Kälte kaum zu ertragen sein.

»Bewege deine Hände im Wasser in der Form des Fische-Symbols.«

Pamela wühlte das Wasser auf.

»Vorsichtig!«, sagte die Stimme.

Pamela wurde langsam und bewegte die Hände in zwei Bögen durch das Wasser, die sich im Zentrum trafen und dann trennten, wieder und wieder. Schließlich verschwand die Anspannung aus ihrem Gesicht. Daniel nahm an, dass ihre Hände taub geworden sein mussten.

»Spüre dich selbst, wie du durch das Wasser fließt«, sagte die Stimme. Sie sprach langsam und beruhigend, fast schon hypnotisch. »Du bist Fische. Wasser ist dein Element. Du bist Wasser. Du fließt durch die Welt, und sie fließt durch dich. Gehe auf in deinem Element.«

Pamela bewegte die Hände weiter. Zwei Bögen, Berührung, Trennung.

»Gehst du in deinem Element auf?«, fragte die Stimme.

»Ja.«

»Gut. Jetzt stell dir vor, du bist wieder im Bus. Du bist mitten unter Menschen. Die Tür geht zischend auf. Ein Mädchen steigt ein. Es ist so alt wie du. Und humpelt. Wie reagierst du?«

»Ich stehe auf.«

»Stellst du dir vor, wie du aufstehst und dem Mädchen Platz machst? Ja?«

»Ja«, sagte Pamela.

Daniel konnte nicht mehr entscheiden, ob sie immer noch spielte oder ob sie es jetzt ernst meinte.

»Fühlt es sich nicht besser an, als gegen deine wahre Natur anzukämpfen?«

»Ja.«

»Gut. Jetzt stell dir vor, jemand drängelt sich in einer Schlange vor dich. Wie reagierst du?«

Die nächsten Kassetten in Daniels Stapel zeigten nur Aufnahmen aus Fluren und Klassenräumen. Monate solcher Aufnahmen. Daniel spulte im schnellen Vorlauf durch die meisten und sah sich nur hier und da einen Moment an. Pamela schien ein paar Freunde zu haben, die ebenfalls das Fische-Symbol auf dem Blazer trugen. Sie gingen zusammen von einem Kurs zum anderen und führten offensichtlich kleinere Fehden gegen Mädchen anderer Sternzeichen.

Er sah sich ein Video von Pamelas Kunstkurs an. Fische-Schüler standen in Reih und Glied vor ihren Staffeleien. Sie durften nur das Fische-Symbol zeichnen, immer und immer wieder.

»Wir machen hier Kalligraphie als Ausdruck der Seele«, sagte der Kunstlehrer. »Stört euch nicht daran, wenn es euch langweilt. Wenn man etwas nur oft genug wiederholt, verscheucht man alle Gedanken, bis nur reine Bewegung und reine Essenz bleiben.«

Viele der anderen Kurse waren ähnlich zielgerichtet und abstrus. In einem stand sie allein in einem kleinen Raum, dessen Boden mit Plastikfolie abgedeckt war. Sie hatte eine Schüssel mit Wasser unter den linken Arm geklemmt.

»Gut, Pamela«, sagte ihr Lehrer. »Tauch die rechte Hand ins Wasser und dann lass den Arm hängen. Lass das Wasser von den Fingern tropfen und schwing den Arm so, dass du ein Fische-Symbol auf den Boden zeichnest.«

»Wozu?«

»Für die Harmonisierung der Biomotorik«, sagte der Lehrer. »Stell es dir vor wie eine Art Tanzunterricht.«

Pamela tauchte die Hand ins Wasser und schlug die Hand nach unten.

»Nein«, sagte der Lehrer. »Sanft. Lass es fließen wie Wasser.«

Pamela tauchte die Hand erneut ein und bewegte sie über dem Boden. Das Wasser tropfte nach unten und bildete grob die Form des Fische-Symbols.

Der Lehrer nickte glücklich. »Sehr gut. Jetzt mach weiter, bis du kein Wasser mehr hast. Und immer mit dieser sanft fließenden Bewegung. Lass dich auf dein Element ein.«

Die seltsamen und sinnlosen Unterrichtseinheiten wiederholten sich monatelang. Dann wurde Pamela eines Tages in der Mittagspause angepöbelt.

Die Schwarzweißkamera in der Cafeteria hatte es mit schlechtem Ton und in niedriger Auflösung aufgezeichnet. Pamela trug ihr Essen auf einem Tablett zwischen den Tischreihen hindurch, die nach Sternzeichen getrennt waren. Als sie am Krebs-Tisch vorbeiging, warf ihr ein übergewichtiges blondes Mädchen ein Saftglas in den Rücken.

»Geh in deinem Element auf!«

Pamela ließ ihr Tablett fallen. Das Glas zersprang, der Teller rollte über den Boden. Schüler anderer Tierkreiszeichen drehten sich zu ihnen um, und die anderen Krebs-Mädchen lachten.

Daniel war stolz auf Pamelas Reaktion. Sie packte das Mädchen, das sie angegriffen hatte, am Arm, schlug sie aber nicht.

»Entschuldige dich!«, sagte sie entschieden.

Das Krebs-Mädchen wirkte überrascht.

»Los, entschuldige dich!«

Pamela blieb hart und starrte dem Mädchen in die Augen. Sie war wütend, beherrschte sich jedoch. Das Kichern erstarb.

»Ihr Tussis habt doch angefangen!«, sagte das Krebs-Mädchen. »Ich habe gehört, was ihr gesagt habt!«

Die Tür zur Cafeteria schwang auf, darin stand ein großer, dünner Mann. Er trug eine Brille. Haar und Anzug waren dunkel.

»Schluss mit dem Streit!«, brüllte er. »Was ist hier los?«

»Sie hat ihr Saftglas nach mir geworfen!«, sagte Pamela.

Der Mann ging zu den Mädchen und schob sie auseinander.

»Wahre Zeichen in Harmonie!«, sagte er. »Christina, welche Eigenschaften haben Krebse?«

Christina, das Krebs-Mädchen, ließ den Kopf hängen.

»Tut mir leid, Dr. Kruger.«

»Ich habe dir eine Frage gestellt.«

Christina bemühte sich, ihre Stimme zu finden.

»Krebse sind... fürsorglich. Krebse sind anpassungsfähig. Krebse sind zuverlässig.«

»Und, ist dein Verhalten fürsorglich?«

»Nein, Dr. Kruger«, sagte Christina, den Tränen nahe.

Kruger richtete seinen wütenden Blick auf Pamela.

»Und du? Wieso hast du Christina gepackt? So verhalten sich Fische nicht gegenüber einem Krebs!«

Daniel sah, wie Christina die Gelegenheit beim Schopf packte, um sich zurückzuziehen.

»Fische lassen sich nicht auf persönliche Streitigkeiten ein«, sagte Kruger. »Niemals. Habe ich mich verständlich gemacht?«

»Und wie soll ich mich dann verteidigen, Sir?«

»Gar nicht!«, sagte Kruger. »Das erledigen die anderen Sternzeichen. Wo waren die Löwen?«

Er blickte sich im Raum um. Ein Tisch mit Löwen war verlegen.

»Es entspricht ihrem Instinkt, dich zu verteidigen. Wenn du dich nicht zurückhältst, haben sie keine Chance, sich einzubringen. Wenn du dich wehrst, handelst du nicht nur gegen deine wahre Natur, sondern du nimmst auch ihnen die Möglichkeit, sich selbst zu finden! Und jetzt kannst du mit Christina in den Wasserraum gehen.«

»Dr. Kruger...«, setzte Pamela an.

»Sofort!«

Die beiden Mädchen verließen die Cafeteria, Christina mit vor Scham gesenktem Kopf, Pamela mit wütend angespannten Schultern. Kruger blickte in die starrenden Gesichter der anderen.

»Das war's«, sagte er. »Weiteressen.«

Er blieb in der Mitte des Raums stehen, bis alle wieder angefangen hatten zu essen. Als er sicher war, dass der Frieden wiederhergestellt war, ging er in die Ecke des Raums direkt zur Kamera.

»Haben Sie das gesehen?«, fragte er den unsichtbaren Zuschauer. »Sehr interessante Dynamik im Ausdruck der Elementarenergie. Bilden Sie das in den vier Quadranten nach und zeichnen Sie die Ergebnisse auf. Wirklich äußerst interessant.«

Nächstes Video.

Ein weiteres Gespräch. Eins mit Christina, und Daniel spulte vor. Er wollte seine Tochter sehen.

Die Kamera war wieder auf ihr Gesicht gerichtet. Sie sah aus, als hätte sie nicht geschlafen. Ihr Blick schweifte unkonzentriert durch den Raum.

»Pamela! Bitte konzentriere dich.« Das war Krugers Stimme.

»Hm? 'tschuldigung«, lallte sie.

»Bist du bereit für die Prüfung?«

»Ich denke schon.« Pamela blinzelte langsam. »Warum haben Sie mich eingesperrt?«

»Wir haben dich zu deinem eigenen Besten isoliert,

Pamela«, sagte Kruger. »Im Alleinsein hast du Gelegenheit, deine wahre Natur zu finden. Hast du deine Zeit im Wasserraum genossen?«

»Es war schrecklich. Ich wollte mit jemandem reden.«

»Je länger du von anderen getrennt bist, desto klarer wird dir, dass du sie brauchst, und desto stärker wird dein Wille, deinen dir zufallenden Platz einzunehmen.«

Krugers ruhige und vernünftige Stimme konnte einen zur Raserei treiben.

»Und, bist du für die nächste Prüfung bereit?«, fragte er abermals.

Pamela blickte Kruger an, der außerhalb des Bildes war. Ihre Augen waren trüb. Kurz darauf nickte sie.

»Gut. Einige in deiner Klasse bekommen die Bestnote in einem Test, aber du findest heraus, dass sie gemogelt haben. Wie reagierst du?«

Und dann wieder Aufzeichnungen aus den Fluren. Monatelang. Wieder ein Streit. Daniel konnte es nicht genau erkennen – die Kameras auf den Fluren hatten keinen Ton und zeichneten nur ein Bild pro Sekunde auf. Pamela ging in eine Richtung den Flur entlang, eine Gruppe Steinbock-Mädchen kam ihr entgegen. Eine von ihnen sagte etwas, als sie aneinander vorbeigingen, und Pamela erwiderte etwas. Die Mädchen blieben stehen und drehten sich um. Es gab einen Wortwechsel. Dann plötzlich ging Pamela auf eins der anderen Mädchen los. Diesmal beherrschte sie sich nicht. Sie holte mit der Faust aus und schlug zu, wieder und immer wieder. Das Mädchen ging zu Boden. Pamela trat zu. Die anderen Steinböcke mischten sich ein und drängten sie zurück an die Wand. Ein Lehrer kam in den Flur. Pamela wurde weggeführt, die Steinböcke gingen weiter.

Zwei Wochen später erschien Pamela erneut im Flur. Sie trug eine Schürze und schrubbte auf Knien den Boden.

Das ging einen Monat lang so.

Dann war die Strafe überstanden. Daniel sah Pamela wieder in ihrer Uniform, doch etwas hatte sich verändert. Wenn sie von einem Klassenraum zum anderen ging, war sie allein, und überhaupt fiel es Daniel schwer, sie in den Aufzeichnungen zu entdecken. Sie hielt den Kopf gesenkt und sah den anderen, an denen sie vorbeiging, nicht in die Augen.

Schließlich folgte ein weiteres Gespräch, und Daniel konnte seine Tochter erneut hören und sehen. Doch diesmal war alles anders. Die Kamera war an der Seite platziert und zeigte Pamela am Tisch und ihr gegenüber zwei Erwachsene, zum einen Dr. Kruger, zum anderen eine Frau mit grauer Dauerwelle und Brille.

Pamela war abgemagert. Ihre Uniform hing locker an ihrem Leib. Unter den Augen hatte sie dunkle Ringe, und ihr Kinn wirkte kantiger.

»Keine Sorge, Pamela«, sagte Kruger. »Du hast nichts angestellt. Wir führen dieses Gespräch mit allen Schülern, die regelmäßig in ihren Elementräumen waren. So stellen wir fest, welche Fortschritte sie machen.«

Pamela starrte auf die Tischplatte und sagte nichts.

»Wir haben dein Verhalten beobachtet. Du machst dich wunderbar«, sagte die Frau.

»Danke.« Sie starrte nach unten.

»Es macht uns lediglich Sorgen, dass du nichts isst«, sagte Kruger und tippte mit dem Stift auf den Tisch.

»Danke für Ihre Fürsorge«, sagte sie höflich, und Daniel packte wütend in die Armlehne des Ledersofas.

»Ich möchte dich bitten, von jetzt an immer deinen Teller leer zu essen, ja?«

»Ja.«

»Selbst wenn es dir schwerfällt, würde ich es gern sehen, wenn du alles bis zum letzten Bissen aufisst. Wir beobachten das.«

»Ja, Dr. Kruger«, sagte Pamela.

»Wie läuft es im Unterricht? Kommst du mit?«

»Ja, Dr. Kruger.«

»Gut. Vielen Dank. Du kannst gehen. Schick die Nächste rein.«

Pamela erhob sich leise und ging aus dem Raum. Die Frau mit der Dauerwelle beugte sich zu Kruger vor.

»Was denken Sie?«, fragte sie.

»Ich glaube, sie macht große Fortschritte«, sagte Kruger. »Seit Monaten keinerlei Anzeichen von Aggression oder Egozentrismus.«

»Aber ihr Gesundheitszustand?«

»Ich sage der Schwester, sie soll Pamela im Auge behalten«, sagte Kruger. »Bestimmt ist es nur ein Infekt. Psychisch macht sie sich hervorragend. Sie ist Fische wie aus dem Lehrbuch. Vermutlich müssen wir uns die anderen Fische nicht einmal mehr ansehen. Sie stehen in Kontakt mit ihren Emotionen. Nachdem sie grundlegend ausgerichtet sind, werden alle Probleme leicht zu erkennen sein. Stattdessen sollten wir uns lieber die Zwillinge genauer vornehmen.«

Danach gab es nur noch eine Kassette, die er noch nicht gesehen hatte. Daniel wusste, was darauf zu sehen war. In den letzten neun Monaten hatte er gewusst, wie die Geschichte enden würde, es würde ihn nicht mehr überraschen. Trotzdem musste er es mit eigenen Augen sehen.

Es war wieder eine Flurkamera. Schwarzweiß, ein Bild pro Sekunde.

Seine Tochter ging allein in ihren Schlafsaal. Sie ging hinein, und die Tür schlug hinter ihr zu.

Dann wurde für drei Sekunden alles schwarz. Als der Flur wieder zu sehen war, war eine andere Zeit eingeblendet. Eine Stunde später.

Eine Gruppe Fische-Schüler ging ebenfalls auf den Schlafsaal zu. Sie redeten miteinander und lachten. Sie schoben die Tür auf und traten ein.

Zwanzig Sekunden lang war der Flur leer. Daniel ballte die Hände zu Fäusten und drückte sie sich ins Gesicht.

Eines der Mädchen kam aus dem Schlafsaal gerannt, wegen der langsamen Bildrate sahen ihre Bewegungen ruckartig aus.

Die beiden anderen Mädchen rannten ihr hinterher.

Das erste Mädchen kehrte kurz darauf zurück und führte eine Aufseherin in den Schlafsaal.

Wieder schwarzes Bild. Neue Zeit. Vierzig Minuten später.

Sanitäter stürmten durch den Flur in den Schlafsaal und trugen Kisten mit medizinischer Ausrüstung und eine Trage.

Fünf quälende Minuten. Daniel spulte nicht vor. Er wollte sich nicht bewegen.

Die Sanitäter kamen aus dem Schlafsaal, viel langsamer. Sie trugen einen Leichensack auf der Trage.

Wieder Schwarzbild. Ende der Aufzeichnung.

26

»Drei Mädchen sind gestorben«, sagte Jules. »Eine nach der anderen. Ein paar Wochen später wurde die Schule endgültig geschlossen, und ich kam wieder in eine spezielle Betreuungseinrichtung. Das war vor zehn Jahren.«

»Wie sind die Mädchen gestorben?«, fragte Burton.

»Selbstmord. Es gab eine Untersuchung, und alle Beteiligten wurden freigesprochen. Es hieß, die späteren Fälle seien reine Nachahmungstaten gewesen.«

Lindi schob ihre Brille auf der Nase hoch. »Warum ist das nicht an die Öffentlichkeit gedrungen?«

»Oh, es ging sehr wohl durch die Medien, aber an einem Tag war es in den Nachrichten und am nächsten nicht mehr. Ich schätze, Kruger war ein respektierter und dazu noch untadeliger Mann, und niemand wollte der Tragödie wirklich auf den Grund gehen. Außerdem waren die Geldgeber der Stiftung *Erfolg ohne Einschränkung* wohlhabend. Sie wollten ihre Namen nicht mit dem Unglück in Verbindung gebracht wissen, daher wurde die Schule in aller Stille geschlossen, und die Polizei ermittelte mit Samthandschuhen. Dabei kam nichts heraus. Die ganze Sache wurde letzlich unter den Teppich gekehrt.«

»Okay«, sagte Burton. »Warum treffen wir uns nach Mitternacht? Weshalb die Geheimniskrämerei?«

»Channel 23 gefällt es nicht, wenn ich Negatives über

meinen Bruder und seine Aktivitäten sage oder irgendetwas, das den Ruf des Senders schädigen könnte«, erklärte Jules. »Und ich musste es Ihnen noch heute Nacht erzählen, damit Sie einen Vorsprung haben. Den brauchen Sie doch, nach dem, was Aubrey gegen Sie lostreten will, oder? Ich stehe auf Ihrer Seite. Ebenfalls ein schwarzes Schaf. Oder ein schwarzer Widder...? Wissen Sie, immerhin war Harvey mein Bruder, und er wurde bei lebendigem Leib verbrannt – oh, mein Gott, er ist durch Feuer gestorben...«

Jules starrte gedankenverloren an die Wand. Burton war dankbar dafür, dass er schwieg. Er verstand nur ungefähr die Hälfte von dem, was Jules sagte.

»Würden Sie vor Gericht aussagen?«, fragte er.

Jules kehrte in die Realität zurück. »Oh bitte, nein. Nur, wenn es unbedingt notwendig ist.«

Das war in Ordnung, dachte Burton. Jules würde im Zeugenstand keinen guten Auftritt hinlegen. Seine psychischen Probleme waren nicht zu übersehen.

»Okay«, sagte Burton, »dann vielen Dank für alles. Sie haben uns sehr geholfen.«

Er ging ein wenig wackelig zu Jules und bot ihm die Hand an. Verdammt, war er erschöpft. Er wusste nicht, wie er es schaffen sollte, die ganze Nacht wachzubleiben, wenn das Kind erst mal da war. Daran würde er sich noch gewöhnen müssen.

»Gern geschehen«, sagte Jules und schüttelte Burton heftig die Hand. »Sehr gern. Eigentlich hat es mich fast überrascht, dass Sie gekommen sind. Hoffentlich sind wir jetzt quitt.«

Burton zog die Hand zurück.

»Quitt? Inwiefern?«

Jules' Lächeln verschwand.

»Na ja. Für meinen Anteil an der Show heute Abend. Ich bin schließlich der Rechercheur.«

Lindi blickte von einem zum anderen.

»Mr. Hammond?«, fragte sie. »Was kam denn heute in der Show?«

»Sie haben die Sendung nicht gesehen?«, fragte er und schüttelte den Kopf. »Oh, Mann. Wenn Sie sie gesehen hätten, wüssten Sie, warum niemand mit Ihnen reden durfte.«

»Was kam denn in der Show?«, fragte Burton, der allmählich sauer wurde.

»Aubrey wollte mit einem Paukenschlag loslegen«, sagte Jules. Er nahm einen Plastikbeutel mit Katzenfutter von der Fensterbank, riss eine Ecke ab und drückte das Fleisch in eine Schüssel neben dem Katzenklo.

»Er ist zum Angriff übergegangen«, sagte er. »Und ist persönlich geworden. Richtig persönlich.«

27

Eine halbe Stunde später war Burton zu Hause. Leise schloss er die Tür auf und schaltete die Lampe auf dem Schreibtisch im Wohnzimmer an, die den größten Teil des Raums im Dunkeln ließ. Die Fernbedienung fand er auf der Couch. Er schaltete den Fernseher ein und regelte rasch die Lautstärke herunter, bis der Ton kaum mehr zu hören war.

Er brauchte nicht lange, bis er *Aubrey Tonite* auf dem Festplattenrekorder gefunden und geladen hatte. Er schaute halb zu und überflog die Sendung. Für Aubrey war es eine große Sache, die Show zu übernehmen. Hammond war eine Institution gewesen, daher musste Aubrey seine eigene Duftmarke setzen. Er musste mehr »Hammond« bringen als Hammond selbst. Die Sendung begann mit einer Eloge, während der #HammondForever in der rechten unteren Ecke eingeblendet wurde. Dann zerlegte Aubrey jeden, den er für den Mord für mitverantwortlich hielt. Dazu zählten Bram Coine, Solomon Mahout, die Widder-Front, die Liberalen, der Präsident, das SCPD und Detective Jerome Burton.

»Solomon Mahout und seine idiotischen Gefolgsleute in der Widder-Front sind schon schlimm genug, aber von denen erwartet man immerhin, dass sie unsere Gesellschaft zerstören. Sie pöbeln herum und sind auch noch stolz darauf. Was einen hingegen schier um den Verstand bringt, ist die Polizei, die nicht aus dem Quark kommt. Die Polizei, von der man doch annehmen sollte, dass sie auf der Seite der gesetzestreuen Bürger steht. Man möchte meinen, die würden mal richtig Gas geben, um Gerechtigkeit für einen der Ihren zu erlangen, für ihren ach so geliebten Chief, aber wenn man genau hinschaut, dann sind sie doch nur Regierungsangestellte wie alle anderen auch. Bürokraten! Oder ist da vielleicht was richtig Teuflisches im Gange?«

Ein wenig schmeichelhaftes Foto zeigte Burton, wie er vor dem Revier aus dem Wagen stieg. Er hatte nicht einmal bemerkt, dass er fotografiert wurde.

»Das ist Detective Jerome Burton vom Morddezernat des SCPD. Er leitet vom ersten Tag an die Ermittlungen in den Mordfällen von Williams und Hammond. Er ist ein Stier, verheiratet, leistet gute Arbeit und hat einen tadellosen Ruf. Warum lässt er sich diesmal also so viel Zeit?«

Burton hörte eine Bewegung hinter sich. Kate kam aus dem Schlafzimmer, die Augen halb geschlossen, eine Kuscheldecke um die Schultern.

»Jerry?«, fragte sie. »Was ist los?«

Auf dem Fernseher war wieder Aubrey an seinem Schreibtisch im Bild. Er blickte unbehaglich in die Kamera, überspielte sein Unbehagen aber mit einem Wortschwall.

»Gut möglich, dass der Fall schwierig ist, aber vielleicht ist Burton auch gar nicht so ein aufrichtiger und ehrlicher Stier, wie er tut. Unsere Rechercheure bei *Aubrey Tonite* beobachten Detective Burton schon eine Weile, vielleicht ein bisschen intensiver, seit er mit dem Fall beauftragt wurde, und was sie herausgefunden haben, ist gelinde gesagt schockierend. Burton wurde im Liberty Hospital im Norden von San Celeste geboren. Sie kennen den Namen vielleicht. Dort hat der berüchtigte Dr. Suarez sein Handwerk ausgeübt.«

Ein anderes Bild wurde eingeblendet, diesmal ein Schwarzweißfoto von einem Mann im Rollkragenpullover, der in Handschellen zu einem Polizeiwagen geführt wird.

»Suarez wurde, wie sich viele von Ihnen sicherlich erinnern, vor dreißig Jahren verhaftet, weil er Hunderte Geburtsurkunden gefälscht hat, damit es aussah, als seien Kinder im gleichen Tierkreiszeichen geboren wie ihre Eltern.«

Aubrey erschien wieder im Bild, in einem engeren Ausschnitt.

»Nun, um fair zu sein, muss man sagen, dass niemand weiß, ob er diesen Dienst auch den Eltern von Detective Burton geleistet hat, aber sehen wir uns einfach mal nur die Fakten an.«

Ein Scan von Krankenhausunterlagen wurde eingeblendet. Die Kamera fuhr langsam über die Namen, die jeweils hell hervorgehoben wurden.

»Burtons Mutter bekam die Wehen einige Tage zu früh. Sie wurde am 17. April ins Krankenhaus eingeliefert, also im Sternzeichen Widder. Dann ist Burton laut Urkunde am 21. April geboren, vier Tage später... als Stier, wie seine Eltern. Und die Geburtsurkunde wurde unterzeichnet von...? Dr. Theo Suarez.«

Schnitt auf Aubrey, der direkt in die Kamera blickte.

»Es ist möglich, dass Burtons Geburt vier Tage gedauert hat. Nun, ich weiß nicht, wie Sie das sehen, aber wenn ich höre, dass die Ermittlung der Morde an zwei der entschiedensten Kämpfer gegen die Widder-Bedrohung von jemandem geleitet wird, der vielleicht ein Hochstapler und ebenfalls ein Widder ist, dann kann ich nur sagen: Gott steh uns bei. Wir sind gleich mit ein paar abschließenden Gedanken zurück. Bleiben Sie dran.«

»Was für ein Blödsinn«, sagte Burton. »Kompletter Blödsinn.«

Seine Hände zitterten. Kate nahm ihm die Fernbedienung ab und schaltete den Fernseher mitten in einem Werbespot für einen Online-Goldhändler aus.

»Ich weiß«, sagte sie. »Ich kenne dich doch, Jerry.«

Schweigend umarmten sie sich in dem halbdunklen Zimmer.

28

Das Plow lag in einer schmutzigen Seitenstraße drei Blocks vom Polizeirevier San Celeste Central entfernt. Früher war es eine Autowerkstatt gewesen, die jedoch vor Jahrzehnten von einem pensionierten Polizisten gekauft und zum Pub umgebaut worden war. Das Plow war ein beliebter Treffpunkt bei Cops, die ein bisschen abschalten und gleichzeitig Zivilisten oder bedeutungsschwere Gespräche meiden wollten. Die Bar war holzvertäfelt und mit Flaschen und allerlei Krimskrams vollgestellt. Es gab einen Billardtisch und im hinteren Teil einige gemütliche Sitzecken. Mittags schallte Classicrock aus den Lautsprechern, laut genug, damit die Gäste tranken, und nicht zu laut, um sie zu vertreiben. Trotzdem fühlte sich das Lokal immer noch nach Werkstatt an. Es hatte keine richtige Decke, nur Neonröhren, die an einem Metallrahmen unter dem Aluminiumdach hingen. Wenn es regnete, hörte man nur das Prasseln. Eine Betonsäule in der Mitte war mit den Lackspuren Dutzender unachtsamer Fahrer übersät. Die Stammgäste mochten das Plow so, wie es war. Es fühlte sich authentisch an.

Daniel Laptons Chauffeur hielt vor dem Eingang und schaltete die Warnblinker an.

»Warten Sie hier auf mich«, sagte Daniel.

Der Chauffeur nickte und blickte nach vorn. Er war

neu, und offensichtlich hatte ihn jemand angewiesen, nicht schwatzhaft zu werden. Daniel holte tief Luft, kontrollierte den Rekorder in seiner Tasche und stieg aus.

Die Kneipe hatte kein Schild, nur eine Neonlampe mit dem Wort »Open« und zwei verrostete Halterungen, an denen früher ein echter, uralter Pflug gehangen hatte. Das letzte Tageslicht verabschiedete sich von den Wolken über der Stadt, und der Wind blies von Norden her. Daniel freute sich über die Wärme, die ihm entgegenschlug, als er die Kneipe betrat.

Ein paar Köpfe drehten sich zu ihm um. Soweit Daniel es beurteilen konnte, bemerkte er keine Ablehnung, er war nur ein bewegliches Ziel im Blickfeld der Stammgäste. Dann entdeckte er Detective Peter Williams, der mit stämmigen Cops in schwarzen Hemden und Bürstenschnitt an einem Tisch saß. Williams sah Daniel kommen und packte einen der Männer am Oberarm.

»Augenblick mal«, sagte er. »Ich muss kurz etwas erledigen.«

»Na, klar«, sagte der Mann und machte eine Geste, als würde er einen Schwanz lutschen. Die anderen lachten.

»Sehr witzig«, entgegnete Williams todernst. »Wir sehen uns gleich.«

Er nahm sein halbleeres Bierglas vom Tisch und bedeutete Daniel, ihm zu einer der Sitznischen im hinteren Teil zu folgen.

»Hey, Kumpel!«, rief einer der Schwarzhemden. »Vergiss nicht, Williams die Eier zu kraulen!«

Wieder Gelächter. Williams zeigte ihnen den Stinkefinger.

»Wer sind denn die?«, fragte Daniel, als sie sich in dicken Polstersesseln niederließen.

»Das WEK«, sagte Williams. »Das neue Sondereinsatzkommando, das gerade für Ariesville aufgebaut wurde. Die schaffen endlich Ordnung im Viertel.«

»Die sehen aus wie Arschlöcher.«

»Mann, die müssen jeden Tag ins Kriegsgebiet«, sagte Williams. »Deshalb bin ich nicht so streng mit ihnen. Was kann ich für Sie tun?«

Daniel sah, dass Williams den Kopf zu gerade hielt und nur vorgab, nüchtern zu sein. Er war definitiv betrunken und würde nicht merken, dass Daniel das Aufnahmegerät in seiner Tasche einschaltete. Daniel hatte das Treffen unter dem Vorwand vereinbart, einer der Geldgeber der inzwischen geschlossenen Lehranstalt der Wahren Zeichen zu sein, was in gewisser Weise nicht ganz gelogen war. Seine Familie hatte Harvey Hammonds Bildungsstiftung beträchtliche Summen gespendet. Williams glaubte, Daniel wolle ihn sich noch einmal vorknöpfen und sicherstellen, dass der Skandal sie nicht eines Tages doch noch einholen würde.

»Ich möchte so viel wie möglich über die Ereignisse bei den Wahren Zeichen erfahren«, sagte Daniel.

Williams blinzelte. »Steht alles in meinem Bericht.«

»Ich möchte es von Ihnen hören und prüfen, ob Sie irgendetwas übersehen haben.«

Williams trank einen Schluck Bier und wischte sich mit dem Handrücken den Schnäuzer ab.

»Aus meiner Sicht hat die Schule keine Fehler gemacht«, sagte er. »Ja, von außen sieht es vielleicht übel aus. Aber Wahre Zeichen hat alles richtig gemacht. Sie haben keinesfalls die Bedürfnisse dieser Kinder ignoriert. Die drei Mädchen, die gestorben sind, hatten alle psychische Störungen! Die Schule hat ihnen nach Kräften geholfen. Sie waren bereits in Therapie bei einem der besten Astrologen des Landes. Und nach dem ersten Selbstmord gab es noch zusätzliche Beratungsgespräche für die anderen, besonders für diejenigen, die von den Lehrern und der Verwaltung als labil eingeschätzt wurden.«

»Warum wurde die Schule nicht gleich nach dem ersten Selbstmord geschlossen?«, fragte Daniel.

Den hatte ein Mädchen namens Emma Pescowski begangen. Eine Jungfrau. Mit Schmerzmittelabhängigkeit.

»Man hat getan, was man konnte. Und sie konnten die anderen Schüler doch nicht einfach nach Hause schicken, oder? Wo sollten die denn hin?«

Er trank sein Bier aus und rülpste diskret. Daniels Hand, die sich an die Tischkante klammerte, schien er nicht zu bemerken.

»Was ist mit der Misshandlung?«, fragte Daniel.

»Misshandlung?«

»Einzelhaft. Schlafentzug.«

»Der Richter befand, dass keine der Maßnahmen über den üblichen Rahmen hinausging.«

»Er hat nach den von Ihnen vorgelegten Beweisen entschieden!«

Daniel bemerkte, dass er zu laut wurde. Die Schwarzhemden blickten zu ihnen herüber. Williams hob die Hand und beruhigte sie, dann beugte er sich näher zu Daniel vor.

»Mir sind keine Misshandlungen aufgefallen«, sagte er. »Ich erzähle Ihnen, was ich gesehen habe. Ich habe eine Schule gesehen, die einige der schwierigsten Kinder des Landes aufgenommen und versucht hat, neue Ideen umzusetzen, damit diese Stadt wieder auf die Beine kommt. Das war notwendig. Und wissen Sie, es war couragiert, besonders angesichts dieser politisch korrekten Wassermänner und Schützen, die jeden Andersdenkenden einen Zodiakisten nennen.«

Williams hatte wohl begriffen, dass Daniel nicht gekommen war, um ihm lobend auf die Schulter zu klopfen. Er rollte sein leeres Glas von einer Hand in die andere und betrachtete es säuerlich. »Das war eine gute Schule«, sagte er, wie zu sich selbst.

»Würden Sie Ihre Kinder dort hinschicken?«, fragte Daniel.

Williams grinste. »Das wird nicht notwendig sein. Meine Kinder werden reine Stiere werden. Ich bin kein Idiot, ich weiß, wie man Verhütungsmittel oder einen Kalender benutzt. Wollen Sie die Wahrheit wissen? Es spielt keine Rolle, was irgendwer von dieser Schule hält. Dort wurde geleistet, was geleistet werden musste.«

»Und zwar?«

»Man hat einen Haufen Klebstoff schnüffelnder Kuckuckskinder von der Straße geholt.«

Daniel konnte sich nicht beherrschen, seine Faust löste sich von der Tischkante und flog Williams ins Gesicht. Williams wirkte geschockt, reagierte jedoch schnell. Er warf sich über den Tisch und packte Daniels Handgelenke.

»Dafür müssen Sie schon ein bisschen früher aufstehen«, knurrte er zähnefletschend.

Daniel zerrte, aber Williams hielt ihn fest.

»Lassen Sie mich los!«

Ein scharfer Schlag traf Daniel am Kopf, dann sah er Sterne. Einer der Schwarzhemden hatte eine Flasche geworfen, und die anderen erhoben sich von ihren Plätzen und kamen herüber.

»Ey, du reicher Scheißer!«, brüllte der Größte, ein

Schweinegesicht mit flachem Bürstenschnitt. Er packte Daniel am Kragen und zerrte ihn aus der Sitznische. Vernünftig wäre es gewesen, wenn Daniel sich geduckt hätte und in Deckung gegangen wäre. Er war nicht besonders kräftig, unerfahren und stand allein gegen mehrere Männer. Stattdessen übernahmen Zorn und Adrenalin die Kontrolle.

Er überraschte sich selbst, indem er der Flachbürste einen Hieb unters Kinn versetzte. Sein Kopf flog nach hinten, er ließ Daniel los und fasste sich an den Mund, der nun rot vom Blut war. Daniel landete auf dem Boden. Sein Kopf krachte gegen das Holz, das seine Sitznische von der nächsten trennte. Im nächsten Augenblick trafen ihn die Stiefel der Schwarzhemden in den Nacken, die Rippen und die Beine. Als er nach dem Aufnahmegerät tastete, entblößte er sein Gesicht und wurde von einem Tritt an den Wangenknochen getroffen. Er hörte den Knochen knacken und spürte einen höllischen Schmerz.

»Das reicht«, sagte Williams. »Er ist ein Steinbock.«

»Ist mir scheißegal«, sagte einer der Schwarzhemden.

Noch mehr Tritte, diesmal in die Rippen. Schließlich gab Daniel auf und rollte sich zusammen, um den unaufhörlichen Hieben auszuweichen. Ein Stiefel stieg auf seinen Arm und drückte ihn auf den Boden, ein anderer erwischte ihn im Bauch. Er schnappte nach Luft. Die Rockmusik dröhnte weiter. Ein Mann klagte zum Sound kreischender Gitarren über eine verlorene Liebe.

Dann wurde die Kneipentür aufgestoßen, und eine bekannte Stimme rief: »Gentlemen!«

Die Tritte hörten auf.

»Wer zum Teufel sind Sie?«, fragte einer der Schwarzhemden.

»Ich bin hier, um meinen Klienten abzuholen.«

Daniel sah durch das geschwollene Auge eine Gestalt in der Tür stehen. Es war Hamlin. Er trug einen hellen Anzug und sah aus, als käme er gerade aus dem Sitzungssaal von UrSec. Hinter ihm standen zwei seiner Männer. Hamlin hielt die Hände nach unten, aber ausgestreckt. Er mochte unbewaffnet sein, ließ sich aber nicht einschüchtern. Daniel hatte keine Ahnung, warum er hier war.

»Ich fürchte, Ihr Klient hat gerade zwei Polizeibeamte angegriffen«, sagte Williams und verschränkte die Arme vor der Brust.

»Und sich der Verhaftung entzogen«, sagte Flachbürste. Er stieß Daniels zusammengerollten Körper mit der Stiefelspitze an.

»Wie unangenehm«, sagte Hamlin milde. »Aber glücklicherweise haben Sie ja die Lage unter Kontrolle gebracht.«

Er blickte sich im Raum um, als käme er zu einer Entscheidung.

»Wen hat er angegriffen?«

»Mich«, sagte Detective Williams.

»Hat er Sie schwer verletzt?«

Williams betastete die Stelle, an der Daniel ihn getroffen hatte. Er schüttelte den Kopf.

»Nein.«

»Und, wollen Sie Anzeige erstatten?«

Williams schüttelte erneut den Kopf.

»Ich aber«, sagte Flachbürste.

»Gewiss wird Mr. Lapton sein Benehmen in Kürze bedauern, wenn das nicht bereits der Fall ist«, sagte Hamlin. »Sicherlich wird er Sie beide großzügig entschädigen, für die Zeit, die er Ihnen gestohlen hat, und für alle Schäden an Kleidung oder Eigentum, die er angerichtet hat. Das möchte ich Ihnen garantieren.«

Flachbürste grinste höhnisch, aber Daniel sah, dass er darüber nachdachte. Er blickte Williams an, der nickte.

»Kommen Sie, Vince.«

»Na gut«, sagte Flachbürste. »Nehmen Sie Ihren Scheiß-Bock mit. Der ist es nicht wert, dass ich meine Freizeit für eine Verhaftung opfere.«

Hamlins Männer gingen zu Daniel. Einer kniete neben ihm.

»Sir, können Sie Ihre Zehen bewegen?«

Es dauerte eine Weile, bis Daniel verstand, was man von ihm wollte. Er spannte beide Füße an. Keine Verletzung am Rückgrat. Der Mann sah den anderen an und nickte. Sie packten ihn unter den Armen, zogen ihn hoch und führten ihn vorsichtig zur Tür.

Draußen parkte ein auf Hochglanz polierter schwarzer Wagen hinter Daniels. Einer von Hamlins Männern öffnete ihm die Tür, und der andere setzte Daniel auf die Rückbank.

»Warten Sie, ich möchte in meinen Wagen.«

»Ist schon in Ordnung, Sir«, sagte der zweite Mann und hob Daniels Beine vom Bürgersteig in den Fußraum. »Ihrem Wagen passiert nichts. Wir bringen Sie ins Krankenhaus.«

Seine Stimme klang ruhig, aber entschieden, als spräche er mit einem Kind, das nicht verstand, warum es nicht noch mehr Pudding essen durfte. Sie schlossen die Tür. Daniel lehnte den Kopf an die kalte Fensterscheibe und blickte durch sein zugeschwollenes Auge nach draußen.

Vor ihm sprach Hamlin mit dem Chauffeur. Er steckte ihm ein Stück Papier in die Brusttasche und klopfte ihm auf die Schulter. Der Chauffeur nickte dankbar und stieg wieder in Daniels Auto. Hamlin kam zum schwarzen Wagen und setzte sich neben Daniel. Seine Männer stiegen vorn ein, und der Wagen fuhr los.

Nach einigen Minuten sagte Daniel: »Sie haben mir nachspioniert.«

Hamlin tippte in sein Telefon. Er ließ es sinken.

»Wie bitte?«

»Ich habe Sie nicht gebeten, dorthin zu kommen«, sagte Daniel. »Ich habe niemandem gesagt, wohin ich gehe. Sie sind mir gefolgt.«

»Wir wurden von Ihrer Familie beauftragt, für Ihre Sicherheit zu sorgen. Das gehört dazu, wenn man ein Lapton ist. Sie haben einen Bodyguard abgelehnt, also haben wir uns für die zweitbeste Lösung entschieden.«

»Mich verfolgen zu lassen«, sagte Daniel ausdruckslos.

»Nichtinvasive Informationserfassung«, sagte Hamlin. »Wie haben Sie es eigentlich angestellt, sich mit dem WEK anzulegen?«

»Er hat den Tod meiner Tochter vertuscht. Die Schule hat sie umgebracht. Er hat den Bericht geschrieben. Und alles unter den Teppich gekehrt.«

»Und Sie haben ihn angegriffen. In einer Kneipe voller Cops.«

»Ich bin Ihnen keine Rechenschaft schuldig.«

Daniel sah wütend aus dem Fenster. Nach einer Weile sagte er: »Können Sie eine Überwachung durchführen? Beweise sammeln?«

»Innerhalb bestimmter Grenzen, ja«, sagte Hamlin.

»Ich möchte, dass Sie Detective Peter Williams unter die Lupe nehmen. Finden Sie heraus, wer ihn gekauft hat. Die Leute, die diese Schule geleitet haben, sollen ihre gerechte Strafe bekommen. Eine wirklich gerechte Strafe.«

Hamlin runzelte die Stirn.

»Tut mir leid, Mr. Lapton«, sagte er. »Das ist schlicht unmöglich.«

Daniel sah Hamlin an, der den Blick mit undurchdringlicher Miene erwiderte. Er versuchte es anders.

»Wenn es um Legalität geht: Sie kennen meine Anwälte. Und ich würde Sie für das Risiko gut bezahlen.«

»Mr. Lapton, es geht nicht um Legalität. Oder um Geld.«

»Um was dann?«

Hamlin antwortete nicht. Die Antwort dämmerte Daniel langsam. Ihm wurde übel.

»Andere Klienten.«

»Ich darf darüber keine Auskunft erteilen«, sagte Hamlin. Und einen Sekundenbruchteil lang glaubte Daniel, hinter Hamlins Maske Hohn zu erkennen. Er beantwortete sich die Frage selbst.

»Reiche Familien. Die Geldgeber der Schule. Die wollten Gras über die Sache wachsen lassen, deshalb hat man Sie angeheuert. Und Sie sollten mich ausspionieren.«

Hamlin antwortete nicht.

Daniel packte den Türgriff.

»Ich möchte aussteigen. Sofort.«

»Mr. Lapton, bitte, führen Sie sich nicht so dramatisch auf. Wir passen lediglich auf Sie auf.«

»Sie spionieren mich aus. Für die.«

»Nein, Mr. Lapton. Das wäre ein Interessenkonflikt. Wir beschützen Sie.«

Daniel knirschte mit den Zähnen.

»Halten Sie an, oder ich werfe mich aus dem Wagen.«

Hamlin zögerte kurz.

»Edward, fahren Sie rechts ran.«

Sie waren mitten auf der Newton Bridge. Der Wagen hielt auf dem gelbgestreiften Beton am Fahrbahnrand, und Daniel stieg aus.

Er humpelte auf dem Gehweg über die Brücke und hielt sich die schmerzenden Rippen. Bis zum Ende waren es noch mehrere hundert Meter, bevor er auf den gepflasterten Fußweg am Ufer wechseln und die Straße hinter sich lassen konnte. Eine Stimme in seinem Kopf sagte ihm, wie sinnlos das war und wie kindisch es wirken musste. Er wusste nicht, was er als Nächstes tun sollte, er wollte einfach nur weg von diesen Menschen.

Der schwarze Wagen schlich neben ihm her. Das hintere Fenster fuhr surrend herunter. Hamlin tippte in sein Telefon. Ohne aufzusehen, sagte er: »Ihr Chauffeur ist in Kürze hier, und Dr. Ramsey wartet im Nordflügel des Krankenhauses auf Sie.«

»Ich gehe nicht in dieses Scheißkrankenhaus.«

»Sie sind verletzt, Mr. Lapton. Bitte, machen Sie nicht alles noch schlimmer, nur weil Sie mir eins auswischen wollen.«

Daniel hatte Schmerzen, sein Gesicht und seine Flanke pochten. Der Wangenknochen und die Rippen waren vermutlich gebrochen. Aber er würde erst morgen ins Krankenhaus gehen, wenn er es wollte. Er musste aus diesem vergifteten Kokon ausbrechen.

»Hauen Sie ab. Sie sind gefeuert.«

»Wir sind vom Konzern beauftragt, Mr. Lapton.«

»Ich werde dafür sorgen, dass man Sie feuert.«

Hamlin seufzte.

»Das ist bedauerlich. Bis dahin werden wir Sie weiterhin beschützen, so gut, wie Sie es zulassen.«

Der schwarze Wagen fuhr über die Brücke davon. Gleich, das wusste Daniel, würde sein Chauffeur ihn auflesen, und sein kurzes Experiment mit der Selbstbestimmung wäre beendet. Ob er einfach am Fluss entlanggehen könnte, bis... ja, was? Bis er erschöpft war? Hungrig? Ausgeraubt?

Er griff in die Tasche und holte das Aufnahmegerät heraus.

Das Plastikgehäuse war gerissen. Das Band drehte sich nicht.

Die Scham lastete schwer auf ihm. Was trieb er hier eigentlich? Wollte er sich seiner Windeln entledigen? Was war er ohne die Leute, die er angestellt hatte, damit sie ihn beschützten, und die ihm zu Willen waren, damit er mehr Geld verdienen konnte?

Er war ein Nichts. Ein absolutes Nichts.

29

»Hast du das gesehen, Jerry?«, fragte Burtons Vater und streckte ihm sein Telefon entgegen.

Burton nahm es und sah sich den Bildschirm an. Es war eine Liste von Namen und Telefonnummern, wie ein Adressbuch.

»Was ist das?«, fragte er und reichte das Gerät zurück.

»Eine Chat-Gruppe für die Nachbarschaftswache«, sagte Burtons Vater stolz.

Er war dünner als bei Burtons letztem Besuch und brauchte einen neuen Haarschnitt. Sein weißes Haar verlor langsam die Form.

»Es ist genial«, fuhr Burtons Vater fort und lächelte begeistert. »Alle passen aufeinander auf. Und wenn wir einen zwielichtigen Typen auf der Straße sehen, weiß jeder sofort Bescheid. Wir behalten diese Kerle im Auge. Und haben sogar Codes für sie. ›Frische Butter‹ steht für FB. Fische-Bettler.«

Der Kessel pfiff. Burtons Vater nahm ihn vom Herd und goss eine Tasse Tee für Burton und einen Becher Instantkaffee für sich selbst auf. Die Milch befand sich in einem Plastikbehälter im Minikühlschrank. Er schenkte für beide ein und reichte den Tee Burton, der an dem kleinen Küchentisch saß.

Sein Vater wohnte allein in einem kleinen Haus in

Southglade. Er war hier eingezogen, nachdem er als Pensionär aus der Polizeitruppe ausgeschieden war, und hatte sich mit manischer Begeisterung der Nachbarschaftswache angeschlossen. Wann immer Burton ihn besuchte, wartete er mit neuen Geschichten über vereitelte Einbrüche und zwielichtige Gestalten in dunklen Ecken auf.

»Und wenn die Ladys einen Spaziergang machen oder ihre Freundinnen besuchen oder so und zu lange bleiben, sodass es schon dunkel ist, wenn sie nach Hause gehen, können Sie eine Nachricht posten, und wir gucken durch die Vorhänge und...«

»Dad«, sagte Burton bestimmt.

Burtons Vater verstummte. Er setzte sich seinem Sohn gegenüber an den Küchentisch.

»Tut mir leid«, sagte er. »Blabla, was?« Er lächelte entschuldigend.

»Hast du gestern Abend die Aubrey-Show gesehen?«, fragte Burton.

Burtons Vater starrte in seinen Kaffee.

»Nein«, sagte er. »Aber Dennis hat mich heute Morgen angerufen und mir alles erzählt. Ekelhaft. Ich mochte diesen Kerl immer, aber jetzt schreit er nur noch herum. So was hätte er nicht bringen dürfen, sagen alle, mit denen ich telefoniere. Die stehen alle hinter dir.«

»Habt ihr das getan? Bin ich wirklich ein...«

Burtons Vater sah ihm in die Augen und schnitt ihm das Wort ab.

»Was soll das, Jerry?«, sagte er. »Wühl nicht in alten Geschichten herum. Was soll dabei schon Gutes herauskommen?«

»Dad...«, sagte Burton. Er wischte sich über das Gesicht.

»Pass auf«, sagte sein Vater. »Du bist ein Burton, und die Burtons sind Stiere. Falls du ein wenig zu früh geboren sein solltest, haben wir das entsprechend geregelt. Du bist immer noch ein Burton, und zwar zu hundert Prozent ein Burton.«

»Und jedes Mal, wenn mir jemand gesagt hat, für welchen Beruf ich mich eignen würde und wen ich heiraten sollte... stand bloß ein falsches Horoskop dahinter. Und meine Schule und meine Freunde...«

»Sie waren deine Schule und deine Freunde«, sagte Burtons Vater pragmatisch. »Und es hat doch alles ein gutes Ende genommen, oder? Lass dir nicht den Kopf verdrehen. Du hast das Leben bekommen, das für dich bestimmt war. Du wurdest im Sternzeichen Widder geboren, aber das macht dich nicht zu einem Widder. Du bist ein Stier durch und durch, genau wie dein alter Herr. Und jetzt iss einen Haferkeks. Brenda backt sie für die ganze Nachbarschaftswache. Sie wohnt unten an der Straße und ist ein echter Schatz.«

30

»ZONE FÜR NEUTRALEN EINFLUSS. Besucher rufen bitten Dr. W. Kruger, 314 159 2653. UNBEFUGTES BETRETEN WIRD MIT DER VOLLEN HÄRTE DES GESETZES GEAHNDET.«

Lindi hob das Tor an und zog es über das Viehgitter. Burton fuhr hinein und wartete, während sie das Tor schloss. Der Maschendrahtzaun zu beiden Seiten war zwei Meter hoch und oben mit Stacheldraht gesichert.

»Haben Sie das Schild gesehen?«, fragte sie, als sie wieder einstieg.

»Ja«, meinte Burton. »Ungeladene Gäste sieht man hier nicht so gern.«

»Nein, ich meinte den Teil mit Neutralem Einfluss. Kennen Sie sich mit Neutralem Einfluss aus?«

»Habe noch nie davon gehört.«

»Vor einigen Jahren war die Theorie stark in Mode. Es geht darum, jeglichen Einfluss der Gesellschaft fernzuhalten, um zu überprüfen, wie sich dadurch das Verhalten der Menschen verändert. Ein Randgebiet der Astrologie.«

Burton setzte den Wagen in Gang und fuhr über den Feldweg. Sie waren mitten in den Bergen, die Stadt lag zweieinhalb Stunden Fahrt hinter ihnen. Burton war froh, weil Lindi ihn die ganze Zeit über nicht auf *Aubrey Tonite* angesprochen hatte, obwohl sie vermutlich an nichts anderes gedacht hatte. Stattdessen hatten sie sich Lindis alternative Musik angehört, die irgendwie so klang wie der Mainstream, mit dem Burton aufgewachsen war. Die Sounds waren erst populär gewesen, dann out, und nun wieder angesagt, ohne dass er davon überhaupt etwas mitbekommen hatte.

Sie erreichten die Hügelkuppe, von wo die Straße auf die Häuser zuhielt. Dann wurde der Feldweg zu einer Betonpiste. Links sah man frischgestrichene, eingeschossige Häuschen mit Wellblechdach. Rechts standen ältere, einfachere Farmgebäude. Am größten Haus war ein altes Wagenrad angebracht, das irgendwie schüchtern-rustikal wirkte.

Aus dem Hauptgebäude trat ein Mann und schirmte die Augen gegen die Sonne ab. Burton erkannte ihn von den Bildern, die er im Internet von Dr. Werner Kruger gefunden hatte, obwohl der Mann inzwischen mehrere Jahre älter war als auf den Fotos in den Infobroschüren über die Lehranstalt der Wahren Zeichen. Er sah nicht aus wie ein Sektenführer: Sein Haar war weiß und ordentlich geschnitten, die Ärmel hatte er bis zum Ellbogen hochgekrempelt.

»Lindi Childs?«, fragte er lächelnd mit einer Andeutung von deutschem Akzent.

Lindi kam um den Wagen und schüttelte ihm die Hand.

»Danke, dass Sie uns empfangen, Doktor«, sagte sie. »Ich habe meine Dissertation über Ihre Theorie der essenziellen Würden geschrieben. Das Konzept war so elegant.«

»Wie schön!«

Lindi strahlte. Burton blickte sie fragend an. Sie sah ihn an, konnte ihr Lächeln aber nicht unterdrücken. Ein echter Fan, dachte er.

Kruger reichte Burton die Hand. »Und Sie sind?«

»Detective Burton, SCPD. Vielen Dank, dass wir kommen durften.«

»Ja, gut«, sagte Kruger. »Ich hoffe, ich kann Ihnen helfen. Kommen Sie direkt aus San Celeste? Das ist eine ganz schön weite Fahrt. Möchten Sie vielleicht ein Glas Wasser? Oder etwas zu essen?«

»Wasser wäre schön«, sagte Burton.

Kruger führte sie ins Hauptgebäude. Die Wände waren dick, deshalb herrschte im Inneren eine überraschend angenehme Kühle. Die Einrichtung erinnerte Burton an ein Altersheim. Es gab Sofas und Sessel, jeweils aus unterschiedlichen Garnituren, die ringsum an den Wänden standen, manche mit Häkeldecken verziert. An einer Wand hing eine Weltkarte, und gegenüber in einem Bücherregal lagen Zeitschriften. Ein Perlenvorhang hing vor einer Tür, die tiefer ins Gebäude führte.

Eine Frau mittleren Alters saß in der Ecke und schrieb in ein Notizbuch. Sie sah auf, und ihr Stift schwebte unsicher über der Seite.

»Oh, Entschuldigung, Carol«, sagte Kruger und wandte sich an Burton und Lindi. »Carol schreibt gerade Tagebuch. Ich habe sie gebeten, ihre Gedanken und Gefühle ausführlich zu notieren. Ihre Aufrichtigkeit hat mir schon sehr bei meinen Studien geholfen. Dafür bin ich ihr zu großem Dank verpflichtet.«

Carol sammelte ihre Sachen zusammen. »Ich schreibe später in meinem Zimmer weiter«, sagte sie mit kurzangebundenem Steinbock-Akzent. »Kann ich irgendwie behilflich sein?«

»Ach, ja. Unsere Gäste hätten gern etwas Wasser.«

»Mach ich doch gern.«

Carol verließ den Raum, wobei sie ihr Tagebuch schützend an die Brust drückte. Nachdem sie gegangen war, deutete Kruger auf die Sessel.

»Eine Schande«, sagte er, während er sich Burton und Lindi gegenüber niederließ. »Carols Eltern waren Steinböcke. Sie haben eine falsche Geburtsurkunde ausstellen lassen, um sie auch zum Steinbock zu machen. Aber in Wirklichkeit ist sie Waage, was sie erst herausgefunden hat, als sie schon über vierzig war. Heute ist sie nach fast allen Verhaltensmaßstäben als Waage einzuschätzen, auch wenn das kein leichter Weg war. Ich bin sehr stolz auf sie. Aber entschuldigen Sie, Sie haben Fragen an mich.«

»Ja«, sagte Burton. »Entschuldigen Sie bitte, dass wir Sie persönlich damit belästigen müssen. Sie sind ja nicht leicht zu erreichen.«

»Ha! Ja, das stimmt«, sagte Kruger. »Ich bin in letzter Zeit fast zum Eremiten geworden.«

»Haben Sie gehört, was Harvey Hammond zugestoßen ist?«

»Ah«, sagte Kruger. Sein mildes Lächeln verschwand. »Ja. Schreckliche Sache. Ich kannte Hammond sehr gut. Wir waren zusammen an der Universität. Sein Bruder Jules war ein Steinbock, die Familie allerdings Löwe…«

»Wir haben ihn schon kennengelernt«, sagte Burton. »Tatsächlich war er derjenige, der uns zu einem Gespräch mit Ihnen geraten hat.«

Kruger nickte traurig. »Der arme Jules. Ein klassischer Neo-Steinbock. Als ich ihn damals behandelt habe, waren die astrologischen Therapien noch relativ ineffektiv, man konnte kaum etwas für falsch ausgerichtete Individuen tun. Ich würde gern mit unseren heutigen Möglichkeiten noch mal mit ihm arbeiten.«

»Was meinen Sie mit falsch ausgerichtet?«, fragte Burton.

»Ein Kuckuck«, sagte Lindi.

»Diesen Ausdruck mag ich eigentlich überhaupt nicht«, sagte Kruger. »Er hat so eine negative Konnotation. Wir müssen solchen Menschen mit Mitgefühl begegnen.«

Er blickte Burton ernst an, und Burton wurde unsicher. Ob Kruger Aubreys miese Show gesehen hatte? Würden die Leute jetzt bei ihm immer nach Widder-Verhalten suchen?

»Jedenfalls«, sagte Kruger, »war ich jung und übermäßig ehrgeizig und glaubte, schon alle Antworten zu kennen. Harvey hat mir vertraut. Er hat eine große Zahl wohlhabender Leute überzeugt, uns Geld für eine Schule zu geben, in der diese falsch ausgerichteten Individuen geheilt werden sollten.«

Carol kam mit einem Tablett herein und reichte jedem ein Glas mit Wasser.

»Danke«, sagte Burton. Er fand es seltsam, von jemandem bedient zu werden, der wie ein Steinbock sprach, und wusste nicht, ob er sich ihr gegenüber überlegen oder unterlegen verhalten sollte.

»Was ist in der Lehranstalt der Wahren Zeichen passiert?«, erkundigte sich Lindi. »Wir haben gehört, es habe mehrere Selbstmorde gegeben.«

Kruger sah sie gequält an. »Eins müssen Sie verstehen«, sagte er, »die meisten Schüler litten unter schweren Störungen. Es waren Kinder, deren Eltern ihre Geburtsurkunden gefälscht hatten, um es aussehen zu lassen, als wären sie unter einem höheren Sternzeichen geboren. Oder ihre Eltern waren so arm, dass es ihnen einfach gleichgültig war. Für die war das Leben sowieso eine Katastrophe. Niemand wusste, wie man mit ihnen umgehen sollte, denn sie hatten den notwendigen Verhaltenscodex für ihr Sternzeichen nie gelernt.«

»Und Sie haben versucht, sie zu bessern?«, sagte Lindi ermutigend.

»Ja«, antwortete Kruger. »Und weil das schmerzvoll war, wollte ich den Prozess so schnell wie möglich durchziehen, zu ihrem eigenen Besten. Ich bin davon ausgegangen, dass eine strenge Einteilung und eine immersive Umgebung am besten geeignet sind, um die Kinder anzupassen. Damit konnte ich große Erfolge erzielen und habe sehr viel dabei gelernt. Im Ganzen betrachtet, glaube ich immer noch, dass ich sehr viel mehr Gutes geleistet als Schaden angerichtet habe, und das Gericht befand das ebenfalls, aber... ja. Es gab Aggressionen, Essstörungen und Suizide. Was sehr tragisch war.«

Einen Augenblick lang sah Kruger traurig und alt aus.

»Kannten Sie die Mädchen gut, die gestorben sind?«

»Wie man seine Schüler eben so kennt. Alle drei waren unterschiedlich alt. Eine Jungfrau, eine Schütze und eine Fische, und das innerhalb weniger Tage. Die Schule wurde sofort geschlossen. Es gab eine Untersuchung, wie schon gesagt. Trotzdem: eine Tragödie.«

Burton runzelte die Stirn.

»Wäre es möglich, dass Hammond von einem ehemaligen Schüler dieser Schule ermordet wurde? Oder einem Angehörigen der toten Mädchen, der sich rächen wollte?«

»Gute Frage«, sagte Kruger. »Und nicht leicht zu beantworten. Aber warum hatte derjenige dann nicht mich ausgewählt? Schließlich habe ich viel mehr Verantwortung dafür getragen als Hammond. Allerdings ist es sehr schwierig, die früheren Schüler aufzuspüren. Die meisten Akten wurden während der Untersuchung beschlagnahmt, und viele Schüler stammten aus reichen Familien, die ihre Schande geheim halten wollten. Der Rest waren Wohlfahrtsfälle von der Straße. Wer weiß schon, was nach der Schließung der Schule aus ihnen geworden ist? Aus dem Gedächtnis kann ich Ihnen nur ein oder zwei Schüler nennen. Sicherlich haben Sie von Solomon Mahout gehört?«

Burtons Kopf fuhr hoch: »Wie?«

»Mahout war einer Ihrer Schüler?«, fragte Lindi.

»Das stimmt«, sagte Krüger. »Seine Eltern waren Schütze, glaube ich. Es war ein ziemlicher Schock, sein Gesicht im Fernsehen zu sehen, sehr beunruhigend.« Kruger schob säuerlich die Lippen vor. »Ein großer Misserfolg.«

»Wie ging es nach der Schließung der Lehranstalt mit Ihnen und Hammond weiter?«, wollte Burton wissen.

»Oh, er war nicht glücklich mit mir. Überhaupt nicht glücklich. Ich hatte seine Stiftung in ein schlechtes Licht gerückt und dabei nicht einmal seinen kleinen Bruder ausgerichtet. Er wurde sowieso leicht wütend und hat mich einen Irren geschimpft.«

»Es gab also böses Blut?«

Kruger wedelte mit der Hand, als wollte er den Gedanken verscheuchen.

»Nicht schlimm. Hammond hatte mich eine Weile auf dem Kieker. Alles, was ich unternahm, hat er öffentlich niedergemacht.«

»Wie hat sich das für Sie angefühlt?«, fragte Burton.

»Ach«, sagte Kruger und lächelte schelmisch. »Sie fragen sich, ob unsere Fehde vielleicht schlimm genug war, um mich zum Mörder werden zu lassen? Nein, nein, nein. Die öffentliche Meinung ist mir nicht wichtig. Und Wissenschaft ist Wissenschaft! Am Ende hat er doch respektiert, was ich hier tue. Ich denke, es spricht ja auch für sich.«

»Was genau machen Sie hier?«, fragte Burton.

Lindi nickte. Sie wollte es ebenfalls unbedingt wissen.

»Möchten Sie es sich ansehen?«, fragte Kruger. Er stand auf. »Kommen Sie? Ich zeige es Ihnen.«

Er führte sie hinaus, zurück in den Sonnenschein, auf die betonierte Straße zwischen den Gebäuden. Es war warm, aber nicht so drückend wie in San Celeste. Die Büsche waren erschreckend grün. Burton erwischte sich bei dem Gedanken daran, wann er das letzte Mal einen Ausflug gemacht hatte. Es war bereits eine Weile her.

»Wie viele Bewohner hat Ihre Kommune?«, fragte er.

»Wir reden lieber von einer ›Gemeinschaft‹«, sagte Kruger. »Achtundvierzig. Nur ein Viertel von uns wurde falsch ausgerichtet, obwohl ich davon ausgehe, dass ich sie erfolgreich geheilt habe. Die anderen sind vollkommen gesund. Sie sind entweder Studenten, ehemalige Studenten oder einfach Menschen, die sich uns anschließen wollten und den notwendigen Auswahlprozess bestanden haben. Ich gebe ihnen einen Ort zum Leben, und sie helfen mir bei meiner Forschung. Endlich kann ich die Arbeit vollenden, die ich an der Wahre Zeichen begonnen habe, und sie weiter voranbringen. Sehen Sie nur.«

Er zeigte nach vorn. Sie gingen auf ein langes Wellblechdach aus Aluminium zu, das von Holzpfeilern getragen wurde. Darunter befanden sich Tische, an denen Männer und Frauen in Shorts und T-Shirts Kisten mit losen Orangen durchgingen, sie begutachteten und in kleinere Kisten verpackten.

Kruger rief: »Greg! Tanya!«

Ein Mann und eine Frau aus der Gruppe blickten zu ihnen herüber. Der Mann lüftete eine Seite seines Kopfhörers. Er war Mitte zwanzig, hatte wildes rotes Haar und trug ein enges weißes T-Shirt. Das Mädchen war kleiner und hatte glattes braunes Haar. Sie trug ein »Westcroft U«-T-Shirt. Beide wirkten jung, fit und voller Schwung. Kruger winkte sie herüber, und sie schoben sich zwischen den Tischen hindurch.

»Hi!«, sagte Greg laut und nahm den Kopfhörer ab. Er schüttelte Lindis Hand kräftig. »Ich bin Greg.«

Tanya hinter ihm sah Lindi und Greg an. »Die Zusammenkunft der Afros«, sagte sie gutmütig. Sie schüttelte Burton die Hand. »Tanya. Und Sie? Neue Anwärter?«

Kruger schüttelte den Kopf.

»Nein. Detective Burton und Lindi Childs sind nur zu Besuch. Sie ermitteln in einem Mordfall.«

»Oh, Mann«, sagte Greg. »Tut mir leid. Kann ich irgendwie behilflich sein?«

»Was ist denn passiert?«, fragte Tanya und riss die Augen auf.

»Keine Sorge«, sagte Kruger. »Die Sache hat nichts mit uns zu tun. Ich führe sie nur herum. Damit sie sich willkommen fühlen.«

Greg nickte. »Großartig, okay. Cool.«

Burton sah die beiden an. Ihre Pupillen waren geweitet. Sie waren auf Droge.

»Also, ich will ja nicht unhöflich sein, aber wir haben noch einen Haufen Orangen zu sortieren«, sagte Tanya. »Wenn wir Ihnen helfen können, kommen Sie doch mit rüber, okay?«

»Ja«, meinte Greg. »Wie auch immer. War nett, Sie kennenzulernen! Viel Glück!«

Die beiden kehrten zu den Tischen zurück. Greg zog sich den Kopfhörer wieder über die Ohren und wippte ohne Hemmungen mit dem Kopf im Takt der Musik.

»Charmant, nicht wahr?«, fragte Kruger. »Sie waren eine große Hilfe. Immer positiv gestimmt.«

»Was sind sie denn?«, wollte Burton wissen.

Kruger sah ihn milde lächelnd an.

»Welches Sternzeichen würden Sie denn schätzen?«

»Löwe und Zwillinge, denke ich«, sagte Burton.

»Ganz eindeutig«, stimmte Lindi zu.

»Exakt!«, sagte Kruger, als wären Lindi und Burton kluge Studenten, die nur noch einen letzten Anstoß brauchten. »Und sie sind nicht nur das. Bei Greg stehen Sonne, Mond und Aszendent im Löwen, und beide stammen aus Familien, die seit fünf Generationen dieses Sternzeichen haben. Astrologisch gesehen, sind sie ungewöhnlich reine Exemplare.«

»Schön«, sagte Burton, der nicht ganz folgen konnte.

»Sehen Sie es denn nicht?«, meinte Kruger. »Wir haben achtundvierzig Personen hier, vier von jedem Sternzeichen, und alle sind perfekt ausgerichtet. Wir können nachvollziehen, wie eine ideale Interaktion zwischen Stier und Widder ablaufen sollte oder zwischen Krebs und Wassermann oder Zwillinge und Steinbock. Dies ist ein astrologisches Labor.«

»Wie eine Realityshow«, fand Burton. »Zwölf Personen in einem Haus, von jedem Sternzeichen eine, wie reagieren sie…«

Kruger sah ihn empört an.

»Nein, nein, nein. Hier geht es nicht um Unterhaltung, sondern um Wissenschaft. Und es besteht ein riesiger Unterschied zwischen dem Verhalten der Sternzeichen in unserer Gesellschaft und ihrer wahren Sternennatur.«

Lindi blickte sich auf dem Gelände um.

»Oh, mein Gott«, sagte sie und riss die Augen auf.

»Was denn?«, fragte Burton.

»Ah«, machte Kruger. »So langsam dämmert es Ihnen.«

»Es ist nicht nur ein Laboratorium, es ist ein Mikrokosmos.«

Kruger lächelte breit. »Exakt«, sagte er. »Was wir hier haben, ist ein Miniaturmodell einer Gesellschaft, in der alle zwölf Sternzeichen perfekt ausbalanciert sind. Aber es ist tatsächlich noch mehr. Ein Grundprinzip unserer Wissenschaft ist, die Welt als einen Mechanismus zu betrachten, der so eleganten und unveränderlichen Regeln folgt wie die Umlaufbahnen der Planeten. Der törichte Drang, unserer wahren Natur zu entfliehen, hat den Mechanismus zerstört und großes Leid hervorgerufen. Die Gesellschaft ist eine defekte Maschine. Aber hier schaffe ich eine Vorlage, wie wir sie reparieren können.«

Er breitete theatralisch die Arme aus.

»Es ist mehr als ein Laboratorium«, sagte er, »es ist ein Utopia.«

31

Kruger zeigte ihnen den Rest des Geländes, beantwortete manche von Lindis Fragen und wich anderen aus. Er sprach mit Freuden über die Interaktion von reinen oder fast reinen Tierkreiszeichen, doch was seine Methoden anging, falsch Ausgerichtete zu heilen, hielt er sich bedeckt.

»Ich fürchte, ich bin zu Verschwiegenheit verpflichtet«, sagte er. »Das ist eine Bedingung meiner Geldgeber.«

»Und wer sind Ihre Geldgeber?«, fragte Burton.

»Das unterliegt ebenfalls der Schweigepflicht«, sagte Kruger. Er lächelte entschuldigend.

Aus einer langen Scheune am Hügel hörten sie ein Tier heulen.

»Was war das?«, fragte Burton wachsam.

»Ach, nur unser kleines Nebenprojekt«, sagte Kruger ruhig. »Wir brauchten Aktivitäten, um unsere Bewohner zu beschäftigen, während sich die Dynamik zwischen ihnen einpendelt. Glücklicherweise haben wir die Orangenplantage, aber zusätzlich züchten wir auch noch Kojoten.«

»Sie haben tatsächlich Kojoten hier?«, fragte Lindi. »Wozu?«

»Kommen Sie und sehen Sie es sich an. Ich denke, auch daraus wird irgendwann ein Aufsatz werden.«

Er führte sie den Steinweg entlang und öffnete die Holztür. Im Inneren war die Scheune durch Zäune in Käfige von zwei mal drei Metern Grundfläche unterteilt. Es wirkte fast wie eine Legebatterie. In jedem Käfig befand sich ein männlicher Kojote oder ein weibliches Tier mit Nachwuchs. Eine Frau ging von Käfig zu Käfig, verteilte Hundefutter und machte sich auf einem Klemmbrett Notizen. Burton nahm an, dass die Frau Jungfrau war, so wie er die Kommune kennengelernt hatte.

»Wir replizieren eine Domestikationsstudie aus Russland«, sagte Kruger. »Dort hat man Füchse benutzt, aber Füchse gedeihen in unserem Klima nicht so gut. Wie sie herausgefunden haben, dauert es gar nicht so viele Generationen, um ein wildes Tier in ein angepasstes domestiziertes Wesen zu verwandeln.«

Er zeigte auf einen der Käfige. Ein Muttertier säugte seinen Nachwuchs. Es blickte ihn unterwürfig an und zog den Schwanz ein.

»Sie werden feststellen, dass es nach nur drei oder vier Generationen selektiver Züchtung bereits Veränderungen in der Morphologie gibt. Die körperlichen kindlichen Charakteristika treten deutlicher hervor als bei wilden Kojoten. Wahrscheinlich haben die Hormone, die Kojoten aggressiv machen, auch Auswirkungen auf ihre äußere Gestalt. Vielleicht ist doch etwas an der Phrenologie dran. Natürlich müssen wir uns noch mit dem Geheul beschäftigen.«

Die Kojoten jaulten und winselten, wenn sich das Futter ihren Käfigen näherte.

»Aber wozu tun Sie das?«, fragte Burton.

»Wozu tut man etwas?«, fragte Kruger zurück. »Um zu lernen und zu wachsen. Und ich nehme an, die Hundezüchter würden sich freuen, eine ganz neue Rasse zu bekommen. Wenn dieses Projekt beendet ist, wird die Nachfrage nach den Tieren groß sein.«

»Und wie gehen Sie dabei vor?«, fragte Lindi. »Erlauben Sie nur den Unterwürfigen die Fortpflanzung, und sterilisieren Sie die Aggressiven?«

»Das wäre zu teuer«, sagte Kruger. »Nein, wenn sie aggressiv sind, hat es keinen Sinn, sie am Leben zu lassen. Es sind ja nur Kojoten.«

Lindi sah in den nächsten Käfig. Das junge Männchen knurrte sie an.

»Platz«, befahl Kruger abwesend.

Er führte sie aus der Scheune. Lindi wirkte nachdenklich.

»Das war sehr interessant«, sagte Burton. »Können wir noch einmal auf den Mord an Hammond zurückkommen?«

»Natürlich«, sagte Kruger. »Ich hab da noch etwas für Sie. Kommen Sie mit.«

Er ging voraus, den Hügel hinauf zur Tür eines der neuen weißen Gebäude. Sie warteten auf ihn, während er es betrat.

»Vielleicht holt er ein T-Shirt, das er für Sie signiert hat«, sagte Burton. »Für meinen treuesten Fan.«

»Ach, seien Sie still«, sagte Lindi. Ihre Wangen waren rot.

Kruger kam mit einem schwarzen Ordner heraus und reichte ihn Burton.

»Was ist das?«

»Alles, was ich über die Lehranstalt der Wahren Zeichen habe«, erklärte Kruger. »Überwiegend die Aufzeichnungen zu den Schülern. Ich würde Sie allerdings bitten, sich nicht allzu große Hoffnungen zu machen. Die meisten wohlhabenden Eltern haben ihre Kinder unter falschem Namen angemeldet, und alle Adressen und Kontaktinformationen sind zehn Jahre alt. Aber vielleicht ist es doch nützlich.«

»Können wir es als Beweisstück verwenden?«, fragte Burton.

»Natürlich. Wenn es Ihnen hilft.«

Er führte Lindi und Burton zurück zu ihrem Wagen. Als sie einstiegen, fiel Burton etwas Wichtiges ein.

»Ach«, sagte er, »Entschuldigung, Dr. Kruger, nur so ein Schuss ins Blaue, aber kannten Sie auch Chief Peter Williams?«

»Ja«, sagte Kruger. »Ein schrecklicher Verlust. Ich habe ihn während meiner Promotion kennengelernt, als ich an der Polizeiakademie forensische Astrologie unterrichtete. Eigentlich war ich derjenige, der Williams und Hammond miteinander bekannt gemacht hat.«

Lindi und Burton blickten sich an. Burton wählte seine Worte mit Bedacht.

»Dr. Kruger, wissen Sie, ob Williams in irgendeiner Form in die Untersuchung an der Lehranstalt der Wahren Zeichen einbezogen war?«

»Natürlich«, sagte Kruger überrascht. »Ich dachte, das wüssten Sie. Er hat die Untersuchung geleitet.«

32

Zum ersten Mal in seinem Leben fühlte Daniel sich absolut ohnmächtig. Er konnte die Tochter, die er nie kennengelernt hatte, einfach nicht vergessen. Ihre Abwesenheit hatte sich in seine Seele eingebrannt, denn sie bedeutete alles, was für ihn in dieser Welt hätte richtig laufen können. Seine Besessenheit führte ihn zu Maria Natalia Estevez, die ein kleines Pflegeheim für Waisen und Kinder aus Problemfamilien leitete, das in einem umgebauten Wohnhaus nördlich des Stadtzentrums gleich am Rand von Ariesville untergebracht war. Über zwanzig Jahre leitete sie die Einrichtung bereits mit einem Minimum an Unterstützung von der Uplift-Stiftung aus San Celeste. Sie war Vormund von fünfzehn Minderjährigen, doch nach den jüngsten Einsparungen des Jugendamtes war das Gebäude zu einem inoffiziellen Sommerlager für viele obdachlose Kinder geworden und diente als Notunterkunft, Suppenküche und Resozialisierungsmaßnahme für minderjährige Drogenabhängige. Und Maria war für alles verantwortlich.

»In zwei Wochen bist du wieder auf den Beinen«, sagte sie zu einer Jugendlichen, die auf einer Schaumstoffmatratze lag.

Das Mädchen mit dem strähnigen Haar war vorzeitig ergraut und hatte schrecklich dürre Arme. Sie drückte sich auf die Ellbogen hoch und nahm einen Teller mit Essen entgegen – eine Burgerfrikadelle zwischen zwei Scheiben Brot, die mit Ketchup zusammengeklebt waren, und dazu ein paar fettige Pommes.

»Ich gebe mir Mühe«, antwortete sie schwach.

»Gut«, sagte Maria.

Maria war Ende vierzig und einen Kopf kleiner als Daniel, kräftig gebaut, aber nicht dick, und sie hatte ein breites Gesicht, auf dem sich Mitleid und Wut rasch abwechseln konnten. Sie trug Jeans und ein lila T-Shirt, das sie vermutlich eher ausgesucht hatte, weil es pflegeleicht war, und nicht, weil es ihr so gut stand. Ihr schwarzes Haar hatte sie mit einem roten Gummiband zum Pferdeschwanz gebunden.

»Ich habe bei deiner Schule angerufen. Die nehmen dich wieder, wenn du kräftig genug bist. Du kannst wieder in Mrs. McKennas Klasse. Du warst doch letztes Mal bei Mrs. McKenna, oder, Kelly?«

»Ja«, sagte Kelly. Ihr Blick huschte rastlos hin und her. »Sie war okay.«

»Gut. Dann iss deinen Burger.«

Auf dem Flur vor dem Zimmer spielte eine Gruppe Mädchen fröhlich schreiend Fangen. Mit verschränkten Armen baute Maria sich vor Kelly auf, die von dem Burger abbiss und sofort zu husten anfing.

»Ich muss mal ins Bad.«

»Okay.«

Maria bückte sich und zog Kelly unter den Achseln hoch, während sie durch die offene Tür rief: »Elaine? Elaine!«

Das Geschrei im Flur hörte auf, und ein Mädchen mit Zahnlücke steckte den Kopf herein.

»Was?«

»Es heißt nicht ›was‹. Komm, hilf mir«, sagte Maria. Ihre Stimme fand die perfekte Mitte zwischen Ungeduld und Zuneigung.

Elaine ging auf Kellys andere Seite und half Maria, sie hochzuziehen.

»Bring sie ins Bad.«

»O-kay«, flötete Elaine, während sie zusammen hinausgingen.

Ein paar Sekunden später hörte sie Kelly wieder im Flur husten. Maria blickte Daniel an, der still aus der Ecke des Zimmers zugeschaut hatte.

»Grippe«, sagte sie. »Zusammen mit Unterernährung und Heroinentzug. Vielleicht noch etwas. Ich habe sie noch nicht zum Test geschickt.«

»Scheiße«, sagte Daniel. »Gehört sie nicht in ein Krankenhaus?«

»Ja sicher«, sagte Maria. »In einer besseren Welt. Aber... Sie sehen ja, in welcher Welt wir leben.«

Sie deutete auf den Raum. Die Wände waren frisch gestrichen, obwohl an der Decke die Farbe wegen der Feuchtigkeit nicht gedeckt und Blasen geworfen hatte. Überall klebten Bilder, überwiegend Prominente aus Illustrierten. Eine alte Holzkommode stand in der Ecke unter einem rissigen Fenster. Drei Schaumstoffmatratzen lagen auf dem Boden, jeweils mit Decke und Kissen, die nicht zusammenpassten. Daniel konnte sich nicht vorstellen, hier aufzuwachsen.

»Trotzdem sagen Sie, es würde ihr in zwei Wochen besser gehen.«

Maria schüttelte den Kopf.

»Daran habe ich so meine Zweifel. Aber wenn ich sie

nicht mehr antreibe, denkt sie, ich hätte sie aufgegeben. Sobald ich zu nett mit den Kindern bin, wissen sie, dass etwas nicht stimmt. Kommen Sie.«

Sie ging mit schnellen Schritten hinaus. Daniel folgte ihr in den dunklen Flur.

»Also, Mr. Lapton, haben Sie schon genug von unserer Einrichtung?«

Sie sah in den nächsten Raum, überprüfte, ob er sauber und die Betten gemacht waren, ehe sie weiter den Flur entlangging. Ein kleiner Junge hockte mitten im Weg auf dem Boden und zeichnete auf einem Fetzen Papier. Maria und Daniel quetschten sich an ihm vorbei.

»Marco, mach das in deinem Zimmer.«

»Geht nicht«, sagte der Junge. »Joey ist drin.«

»Dann geh nach unten.«

Daniel sah über die Schulter, während der Junge seufzte und sein Kunstprojekt einpackte.

»Sie gehorchen ziemlich gut«, sagte er zu Maria.

»Nicht immer«, erwiderte sie. »Manchmal muss ich rumbrüllen wie ein Feldwebel, aber es sind zu viele, um auf andere Weise mit ihnen klarzukommen. Ich halte die älteren Kinder an, auf die kleineren aufzupassen, sonst wäre es völlig unmöglich. Meistens funktioniert es auch, aber leicht ist es nicht. Nun, weshalb wollten Sie mich sprechen? Wollen Sie uns ansehen, bevor Sie etwas spenden?«

»Genau«, sagte er, »eine jährliche Spende. Unter einer Bedingung allerdings.«

»Einer Bedingung?«, fragte Maria. Sie verhehlte ihre Skepsis nicht.

»Ich suche besonders nach Kindern, die an der Lehranstalt der Wahren Zeichen unterrichtet wurden. Viele von ihnen sind verschwunden. Wie ich gehört habe, sind einige bei Ihnen untergekommen, und ich möchte mit ihnen reden.«

»Ach, ja?«, fragte Maria. »Was interessiert Sie denn so an den Wahren Zeichen?«

»Ich möchte mehr über diese Schule erfahren. Und eigentlich möchte ich, dass sie eine Aussage machen. Ich möchte eine Sammelklage gegen die Verantwortlichen einreichen. Es gibt gute Gründe für einen Zivilprozess ...«

Maria blieb stehen und kratzte sich an der Wange. Es sah aus, als würde sie ihn genau abschätzen.

»Nein, ich glaube, das ist ganz und gar keine gute Idee.«

Sie schüttelte den Kopf und setzte ihre Runde fort.

»Sie haben ja noch nicht gehört, was ich Ihnen anbiete«, sagte er und folgte ihr. »Ich habe die Berichte gesehen, die Sie an die Uplift-Stiftung schicken. Das meiste Geld geht für Miete drauf. Die könnte ich übernehmen. Damit würden Sie Ihre gegenwärtigen Einnahmen mehr als verdoppeln.«

»Das ist wunderbar, und glauben Sie mir, wir könnten es gebrauchen. Aber jedes Mal, wenn ich Geld unter ›Bedingungen‹ angenommen habe, hat das mir und meinen Kids große Probleme bereitet. Wenn Sie mir ›Bedingungen‹ stellen, arbeite ich plötzlich für Sie, obwohl ich eigentlich für die fünfzehn jungen Menschen da sein sollte, die es schwer genug haben. Ich kann es mir nicht leisten, mich irgendwelchen ›Bedingungen‹ unterzuordnen. Wenn Sie mir also etwas spenden wollen, dann bedanke ich mich bei meinem Glücksstern. Und wenn Sie die Kids nach ihrem Leben ausfragen wollen, bitte sehr. Aber Sie werden niemanden bestechen. Wenn Sie mit jemandem ein Hühnchen zu rupfen haben, rupfen Sie es woanders.«

»Ich habe kein Hühnchen zu rupfen«, sagte Daniel. »Ich möchte nur helfen.«

Maria drehte sich nicht zu ihm um.

»Großartig. Dann helfen Sie einfach. Helfen Sie mir kochen und saubermachen und die Hausaufgaben nachgucken und spielen Sie mit den Kids oder schlichten Sie Streit oder spenden Sie einfach irgendwas und lassen mich in Ruhe. Aber Sie verschwenden Ihre Zeit und Ihr Geld, wenn Sie glauben, die Lehranstalt der Wahren Zeichen sei das Schlimmste gewesen, was diesen Kindern je zugestoßen ist. Sie war schlimm, aber für die, die dort gelandet sind, war es nur eine Scheißepisode unter vielen anderen Scheißepisoden. Wollen Sie wirklich helfen? Bleiben Sie eine Zeit lang hier und finden Sie heraus, was die Kids wirklich brauchen, ehe Sie sich auf einen Kreuzzug begeben. Eine Klage wird das Leben dieser Kinder nicht in Ordnung bringen. Die Sterne kann man nicht verklagen.«

33

Eigentlich hatte Daniel nicht vorgehabt, sich jemals wieder im San Celeste Uplift-Heim blicken zu lassen. Vermutlich hätte er die Stadt ganz verlassen, wenn er nicht ausgeraubt worden wäre.

Es war sein eigener dummer Fehler gewesen. Sein Wagen stand anderthalb Blocks von dem Heim entfernt. Er war daran vorbeigefahren, weil er dachte, es käme noch ein weiterer Block mit verwahrlosten Wohnungen, und war stattdessen durch das Tor einer Klinik gefahren. Auf dem Parkplatz hatte er seinen Irrtum bemerkt und auf den Stadtplan gesehen, ehe er beschloss, gleich zu parken und zu Fuß zum Heim zu gehen. Die Steinbock-Gesellschaft hätte ihn davor gewarnt. Steinböcke, die in Widderzonen eine Panne hatten, waren ein klassischer Stoff von Horrorgeschichten auf Dinnerpartys, die innerhalb der kleinen Gemeinschaft so häufig wiederholt wurden, dass sie ein Eigenleben entwickelten. Daniel hielt sie für paranoid und ignorierte sie.

Aber manchmal war Paranoia durchaus angebracht.

»Hey!«, rief jemand hinter ihm. »Bergziege!«

Er sah sie aus den Augenwinkeln kommen. Sie waren jung, siebzehn, vielleicht achtzehn, in Trainingsanzügen. Er ging weiter, den Kopf gesenkt, und gab vor, in Gedanken versunken zu sein.

»Großer Mann!«, rief einer der Jungs. Seine rot-weiße Jacke hatte er über die Schulter gehängt.

»Er kann uns nicht hören«, sagte ein anderer, ein fetter Kerl mit Baseballkappe über einem Durag. »Er ist auf seinem Berg. Wir sind zu weit unter ihm.«

Der Rest der Gang begann zu blöken und verteilte sich um ihn herum. Er saß in der Falle.

Während er versuchte, möglichst viele anzusehen, bewegte er sich ruhig, obwohl sein Herz raste. »Was wollt ihr?«, fragte er laut und hoffte, damit Passanten aufmerksam zu machen, aber es war niemand in Sicht, und falls jemand aus einem der verschmierten Fenster zuschaute, zeigte er sich nicht.

»Schschsch, großer Mann«, sagte der Bursche in Rot und Weiß. Obwohl er der Kleinste in der Gruppe war, schien er der Anführer zu sein. Er war blond und blauäugig, und seine eingefallenen Wangen kamen Daniel irgendwie bekannt vor. »Wir wollen nur wissen, ob Sie ein bisschen Kleingeld übrig haben.«

Daniel griff in seine Hosentasche und holte eine Handvoll Münzen heraus.

»Nein, Mann«, sagte der Junge und stellte sich dicht vor Daniel. Die anderen traten ebenfalls näher. »Sehen Sie doch, wie viele wir sind. Sie können doch nicht nur mir was geben. Das wäre meinen Brüdern gegenüber nicht fair, oder? Wollen Sie uns beleidigen? Man muss teilen, das bringen die uns doch bei. Teilen ist gut.«

Die anderen lachten. Der Bursche griff in Daniels Jackentasche und zog frech die Brieftasche heraus.

»Das sieht doch gleich viel besser aus.«

Daniel spürte andere Hände, die ihn abtasteten. Jemand zog ihm die Autoschlüssel aus der Hosentasche.

»Hey!«, sagte Daniel und packte seine Hand.

Nicht besonders klug, das wusste er, aber er war zu wütend, um es ihnen oder sich selbst leicht zu machen. Wenn sie ihn ausrauben wollten, würden sie kämpfen müssen. Es spielte keine Rolle, wer gewann. Er drückte die Hand, die seine Schlüssel hielt, mit aller Kraft.

»Aua, scheiße«, sagte der Junge, zog die Hand zurück und ließ die Schlüssel fallen.

Der Kerl in der rot-weißen Jacke hatte sich plötzlich vor Daniels Gesicht geschoben. »Was machst du da mit meinem Bruder?«, fragte er.

Die falsche Liebenswürdigkeit war verschwunden. Er versetzte Daniel einen harten Hieb unter die Rippen. Daniel hatte den Angriff erwartet und die Muskeln angespannt, musste sich aber trotzdem krümmen, und das war schlecht. Als Kind hatte er Hunde gehabt, und er wusste, was passierte, wenn ein Opfer Schwäche zeigte.

Ein Taxi hupte wild, immer wieder. Der Wagen rollte auf sie zu, und der Fahrer lehnte sich aus dem offenen Fenster. Er trug eine Baseballkappe mit einem Adler darauf, und sein Gesicht war rot vor Wut.

»Ihr kleinen Bastarde! Verpisst euch alle miteinander!«

Das Kind mit der roten Jacke zeigte ihm den Stinkefinger.

Der Taxifahrer holte eine kleine schwarze Handfeuerwaffe aus dem Handschuhfach und zielte damit auf die Gruppe. Sofort stoben sie auseinander, alle bis auf den Jungen in der rot-weißen Jacke.

»Verbindlichsten Dank«, sagte er sarkastisch und wedelte mit Daniels Brieftasche unter seiner Nase herum.

Ehe Daniel sie packen konnte, drehte er sich um und rannte davon. Der Taxifahrer wollte wenden und ihn verfolgen, aber der Bursche war zu schnell. Er entkam durch ein Loch in einem mit Stacheldraht gekrönten Zaun.

»Hey, Mister«, rief der Taxifahrer Daniel zu. »Alles in Ordnung? Haben die Ihnen was abgenommen?«

»Nur die Brieftasche«, sagte Daniel und ging zu dem Taxifahrer. »Danke, dass Sie die verscheucht haben. Ich bin Ihnen was schuldig.«

»Gern geschehen. Diese verfluchten Kids, Mann. Warum erlauben wir den Widdern überhaupt Nachwuchs, wenn wir doch wissen, was aus der Brut wird? Ich schnappe sie mir, wenn ich sie das nächste Mal sehe.«

Er fuchtelte mit der Waffe und warf sich in Pose. Daniel erkannte, dass der Mann nie eine richtige Schießausbildung genossen hatte.

»Keine Sorge«, sagte Daniel. »Der Kerl wird schon bekommen, was ihm zusteht.«

Denn wenn sich Daniel recht erinnerte, hatte er das Gesicht schon einmal gesehen, und zwar im Hintergrund eines körnigen Schwarzweißvideos aus der Lehranstalt der Wahren Zeichen. Also hatte er möglicherweise ein Gespräch mit dem Burschen auf Band und damit ein gutes Bild von seinem Gesicht. Gut genug für die Cops.

34

Um drei Uhr wurde das vordere Fenster eingeworfen.

Burton fuhr im Bett hoch und wusste zuerst nicht, ob der Lärm zu einem Traum gehörte. Draußen auf der Straße entfernten sich schnelle Schritte.

»Was war das?«, fragte Kate und rutschte an ihn heran.

Er legte ihr eine Hand auf die Schulter, dann schlug er die Decke zurück. Am Haken an der Schlafzimmertür hing ein Handtuch, das er sich um den nackten Unterleib wickelte, bevor er ins Wohnzimmer rannte. Das Licht der Straßenlaternen spiegelte sich in den Scherben auf dem dunklen Boden.

Er lief zum Fenster und beugte sich hinaus. Zwei Männer, zu weit entfernt, um sie zu erkennen, blickten zu ihm zurück, während sie in einen Wagen stiegen. Reifen quietschten, als sie mit ausgeschalteten Scheinwerfern davonrasten. Burton konnte das Nummernschild nicht erkennen.

Er machte die Stehlampe an. Kate kam, mit einem T-Shirt bekleidet, herein. Früher war es ihr zu groß gewesen, und an den Schultern hing es immer noch locker, doch jetzt, wo sie schwanger war, spannte es sich um die Mitte. »Du blutest ja«, sagte sie.

Burton sah auf seine Füße. Er hatte sich an der Ferse geschnitten.

»Mist«, sagte er und zog den Splitter heraus. Blut tropfte aus der Wunde.

Kate schnüffelte. »Was ist das für ein Gestank?«

Sie fanden die Quelle an der Haustür. Jemand hatte Kot durch den Briefschlitz gesteckt. Das Zeug war auf den schwarzweißen Fliesen verteilt.

Kate schlug die Hand vor den Mund und würgte. »Oh, Gott. Mir wird schlecht.«

»Ich kümmere mich darum«, sagte Burton.

Nachdem er seinen Fuß verbunden, sich angezogen und den größten Teil des Drecks an der Haustür mit Papiertüchern beseitigt hatte, beendete Kate ein längeres Telefongespräch mit ihrem Bruder.

»Nein, es ist nicht... Es wird alles gut. Okay, okay, Hugo. Genau jetzt. Okay. Danke.«

Sie legte auf.

»Hugo kommt vorbei«, sagte sie.

»Was?«, fragte Burton und blickte sie über die Schulter an. Er steckte das zusammengeknüllte Papiertuch, das er noch in der Hand hielt, in die schwarze Mülltüte. »Warum? Ich bin doch schon fertig.«

»Er sagt, ich kann bei ihm und Shelley wohnen, bis alles vorbei ist.«

»Augenblick mal«, sagte Burton. »Wir sollten nicht gleich in Panik geraten. Ich putze das noch mit Desinfektionsmittel und klebe das Fenster zu...«

»Jerry«, sagte Kate und legte eine Hand auf ihren Bauch.

Burton hatte das Gefühl, als gleite ihm sein Leben aus den Händen. Er sah ihr ebenso traurig wie entschlossen ins Gesicht. Es lag nicht an ihm. Es lag auch nicht an ihr. Sie ging, und er blieb. So musste es sein.

35

Burton hatte die beschädigte Fensterscheibe gerade zur Hälfte mit einem rechteckigen Karton ausgebessert, als draußen ein weißer Kombi hielt. Er schloss die Haustür auf, und Kates Bruder, Hugo, schritt an ihm vorbei herein. Hugo war Kontrolleur für Gesundheit und Sicherheit auf großen Baustellen. Er hatte als Maurer angefangen und immer noch eine dementsprechende Figur.

»Katie?«, sagte er. »Katie?«

Kate kam mit ihrer Reisetasche aus dem Schlafzimmer. Sie stellte sich auf die Zehenspitzen und umarmte Hugo.

»Danke, dass du gekommen bist«, sagte sie.

»Ich habe doch gesagt, wir helfen, egal, was du brauchst«, sagte Hugo. »Mist. Das ist echt schlimm.«

Er blickte Burton in die Augen. Sie waren nie gut miteinander zurechtgekommen, hatten es bis jetzt allerdings wenigstens versucht.

»Ich wäre so weit, wenn es dir recht ist«, sagte Kate.

»Ja. Habt ihr eine Ahnung, wer das war?«

»Jerry sagt, vermutlich die Krebse. Wahrscheinlich die gleichen, die sauer auf ihn waren, weil er den Mörder des Senators verhaftet hat.«

Burton beobachtete sie vom anderen Ende des Flurs. Ihm fiel die Familienähnlichkeit auf. Beide hatten die gleichen klaren Gesichtszüge und diesen pragmatisch entschlossenen Ausdruck, den er nur zu gut von den Streits mit Kate kannte. Dieser Ausdruck verkündete, dass eine Entscheidung gefallen war. Und es stimmte natürlich, es war für Kate und das Kind am besten so.

Ohne ein Wort zu Burton zu sagen, trug Hugo Kates Tasche nach draußen und stellte sie in den Kofferraum.

Burton küsste Kate zum Abschied. »Ich rufe dich morgen früh an«, sagte er und legte ihr die Hand auf die Wange.

»Sicher. Danke.«

Sie stieg in den Wagen, der in die dunkle Straße davonfuhr. Als er verschwunden war, drehte sich Burton zur Tür um. An seine weiße Hauswand war der Spruch: »GEH ZURÜCK NACH ARIESVILLE« gesprüht. Er starrte den Satz an und wartete darauf, dass Niedergeschlagenheit und Wut abflauten.

36

»Fick dich, du Scheißbock«, sagte der junge Mann und zerrte an den Handschellen. Sie waren an einen Metallring am Tisch im Verhörraum gekettet. Er beugte sich vor, zerrte an der Kette und versuchte, bedrohlich zu wirken.

»Nein«, sagte Daniel ruhig. Seine Hände lagen flach auf dem Tisch. »Ich weiß, draußen auf der Straße bist du der große Macker, und in einem fairen Kampf würdest du mich fertigmachen. Aber die Welt ist nicht fair, und wir sind hier nicht auf der Straße. Wenn du Respekt von mir willst, musst du schon ein bisschen mehr Grips zeigen.«

»Und wozu soll ich Ihren Respekt wollen?«, höhnte der Junge und warf sich noch mehr in Pose.

»Gute Frage«, sagte Daniel. »Wer denkst du, bin ich wohl?«

»Ich denke, Sie sind ein Cop. Sonst hätten die anderen Sie nicht mit mir allein in einem Raum gelassen.«

Clever, aber unerfahren.

»Nein«, sagte Daniel. »Rate noch mal.«

»Dann sind Sie ein Scheißsozialarbeiter oder irgendein Special Agent oder...«

»Nein.«

Der Kerl beäugte Daniel von oben bis unten.

»Wie auch immer, auf jeden Fall sind Sie total arrogant«, meinte er. »Sie haben mich einbuchten lassen, und jetzt wollen Sie's mir mal so richtig zeigen. Sie protzen damit, wie mächtig Sie sind.«

»Genau«, sagte Daniel. »Genau der bin ich: jemand, der mächtig genug ist, um dich verhaften zu lassen, wann immer ich will. Ich bin jemand, dem die Polizei erlaubt, allein mit dir in einem Raum zu sitzen, nur weil ich darum gebeten habe.«

»Ey, dabei kommt's Ihnen wohl«, sagte der Junge. »Perverser.«

Er versuchte, eine Reaktion zu provozieren. Daniel wusste, wie das Spiel funktionierte.

»Normalerweise wäre ich glücklich, dein Gesicht nie wieder sehen zu müssen. Aber du hast Glück. Ich kann dich gebrauchen.«

Der Kerl lehnte sich in seinem Metallstuhl zurück und betrachtete die Wände. Er hatte sich ausgeklinkt.

»Hörst du noch zu?«

»Nein«, meinte der Junge. »Sie spielen mit mir.«

»Ich möchte dir einen Deal anbieten.«

»Einen Deal?«, fragte der Junge. »Sie können mich nicht einsperren lassen und mir erzählen, Sie wollen einen Deal mit mir machen. Sie setzen mir die Pistole an den Kopf. Das ist kein Deal, das ist Erpressung! Sie sagen: ›Tu was ich will, oder sonst…‹ Besorgen Sie's sich doch selbst.«

»David Cray«, sagte Daniel langsam, »du bist aus einem ganz bestimmten Grund hier, und zwar – das möchte ich doch betonen – weil du mich ausgeraubt hast. Ich würde hier lieber nicht sitzen.«

»Großartig«, meinte Cray. »Ich auch nicht. Hauen wir ab.«

Er hielt die Handschellen hoch.

»Netter Versuch. Erzähl mir etwas über die Lehranstalt der Wahren Zeichen.«

»Und zwar?«

»Es gab spezielle Räume, in die Kinder von den Lehrern gebracht wurden. Was ist in diesen Räumen passiert?«

Cray presste die Lippen aufeinander.

»Du willst es mir nicht erzählen?«, fragte Daniel.

»Nein.«

»Okay. Hier ist mein Angebot. Wenn du nicht reden willst, nenn mir jemanden, der darüber sprechen würde. Nenn mir zehn Namen deiner Klassenkameraden von der Lehranstalt der Wahren Zeichen, und ich ziehe die Anzeige zurück. Wenn du hinterher doch noch einen Deal mit mir machen willst, kannst du das allein entscheiden. Ich brauche jemanden, der mir hilft, andere Schüler zu finden. Ruf mich an oder lass es bleiben.«

Er nahm eine Visitenkarte heraus und schob sie vor Cray auf den Tisch.

»Was zahlen Sie?«, fragte Cray.

Daniel lächelte. Während er selbst sein Leben lang nie aus der Deckung gekommen war, erfrischte Cray durch seine Direktheit.

»Sagen wir... fünf Dollar die Stunde. Mehr, wenn du das abgearbeitet hast, was du aus meiner Brieftasche geklaut hast«, sagte Daniel.

Cray schnaubte höhnisch.

»Komm schon!«, meinte Daniel. »Was hast du schon zu verlieren?«

»Meinen Ruf und meinen Stolz.«

»Ich will beides nicht. Und wenn du für mich arbeitest, garantiere ich dir, dass du beides in hohem Maße zurückbekommst. Aber im Augenblick will ich die zehn Namen.

Einfach nur zehn Namen. Meinst du, die bekommst du noch zusammen?«

Cray nickte.

»Gut«, sagte Daniel und zog sein Notizbuch hervor. »Dann los.«

37

Lindi klingelte am Haus der Coines. Kurz darauf öffnete Bram Coines Vater die Tür einen Spalt weit.

»Detective«, sagte er.

»Nein, Entschuldigung«, sagte sie und rang sich ein charmantes Lächeln ab. »Ich bin nur Beraterin bei der Poliei. Kann ich vielleicht mit Ihrem Sohn sprechen? Ist er da?«

»Haben Sie einen Beschluss?«, fragte Brams Vater und rückte nervös seine Brille gerade.

Lindi lächelte weiter.

»Nein«, sagte sie. »Wie ich schon sagte, ich bin keine Polizistin. Ihr Sohn hat mich um etwas gebeten.«

Brams Vater wirkte skeptisch. Er sah Lindi nicht in die Augen. Lindi erinnerte sich, von einer erhöhten Häufigkeit von Autismus in der Jungfrau-Gemeinde gehört zu haben. Vielleicht trat das durch Selektion noch stärker hervor als bei Krugers Kojoten.

»Ich verspreche Ihnen, sofort wieder zu gehen, wenn er mich nicht sehen will«, sagte sie.

»Versprochen?«

»Versprochen.«

Er öffnete ihr die Tür. Innen waren die Wände weiß und kahl, der Boden glänzte. Es roch nach Desinfektionsmittel. Coine führte Lindi durch den Flur, an Bücherregalen vorbei, die aussahen, als wären sie aus alten Serverracks gebaut. Den einzigen Wandschmuck bildete eine gerahmte Werbung für eine uralte Spielekonsole.

Leises Stampfen war aus dem hinteren Teil des Hauses zu hören und wurde lauter, je näher sie kamen. Brams Vater öffnete eine Tür, und der Lärm schallte heraus.

»Bram«, sagte er. »Du hast Besuch.«

Bram lag auf dem Bett und spielte mit dem Handy. Aus den Boxen in den Ecken des Zimmers dröhnte laute Musik mit starkem Bass. Lindi erkannte die Poster an der Wand gegenüber dem Schreibtisch von Brams Video: eins von einer Math-Rock-Band, die stolz auf ihre komplizierten Takte war, und eins mit einem Flussdiagramm, auf dem gefragt wurde: »In welchem Science-Fiction-Film-Universum lebst du?« Absolut typisch für eine heranwachsende Jungfrau.

Er sah zu ihnen auf.

»Oh, hi«, sagte er und setzte sich auf. »Sie sind die Astrologin.«

»Lindi Childs«, sagte sie und bot ihm die Hand an. »Schön, dass ich Sie endlich richtig kennenlerne.«

»Ehrlich?«, fragte Bram und schüttelte ihr die Hand.

»Ich habe Ihre E-Mail bekommen«, sagte Lindi.

»Yeah«, sagte Bram. »Um ehrlich zu sein, wollte ich lieber mit Burton sprechen, aber Sie sind auch okay.«

Das war die Sache mit Jungfrauen. Lindi versuchte, mit ihnen auszukommen, denn sie waren klug, interessant und unabhängig, aber oft so direkt, dass ein Gespräch mit ihnen hart wie ein Boxkampf sein konnte.

»Burton hat im Augenblick viel um die Ohren«, sagte sie.

In Wahrheit hatte Burton es nicht geglaubt, als Bram

ihnen gemailt hatte, dass er Informationen zu den Morden habe. Lindi war nur hier, um ihr Gewissen zu beruhigen, denn sie war ja diejenige gewesen, die als Erste die Aufmerksamkeit auf ihn gelenkt hatte.

»Yeah«, sagte Bram. »Ich habe die Sache bei Aubrey über Burton gesehen. Selbst wenn es eine Lüge ist, werden die Leute ihn ab jetzt schief ansehen. Mit so was kenne ich mich aus.«

»Entschuldige«, mischte sich Brams Vater hinter Lindi ein. Er hatte geschwiegen, und sie hatte ihn praktisch vergessen. »Bram? Möchtest du, dass sie bleibt?«

»Yeah, Dad, ist schon okay.«

»Okay, gut.« Brams Vater blieb unschlüssig in der Tür stehen. Lindi sah, dass er nicht wusste, wie er sich ihr gegenüber verhalten sollte. »Darf ich Ihnen etwas anbieten? Kaffee oder Tee?«, fragte er.

»Nein, danke«, meinte Lindi und lächelte verlegen.

»Oh, okay.« Er schloss die Tür hinter sich. Ein seltsamer, stiller Mann.

»Also«, meinte Lindi, »was haben Sie entdeckt?«

Bram stieg aus dem Bett und ging zum Drehstuhl am leeren Schreibtisch. Da es sonst keinen anderen Platz gab, hockte sich Lindi auf die Bettkante.

»Also, zuerst mal habe ich entdeckt, dass mich jeder Rechte im Land hasst.«

»Und, ist das schlimm?«, fragte sie.

»Am ersten Tag habe ich fünftausend Morddrohungen bekommen«, sagte Bram nüchtern. »Alle glaubten, ich hätte Harvey Hammond *und* Chief Williams umgebracht. Ich wette, die hätten mich für den Mord an Hammond eingesperrt, wenn die Polizei mich nicht schon längst beobachtet hätte. Und die Polizei hat meinen Computer beschlagnahmt und auch den von meinem Vater. Er ist ausgeflippt deswegen. Er hat Material aus drei Arbeitsjahren auf dem Gerät, und die wollen ihn nicht zurückgeben.«

»Scheiße«, sagte Lindi voller Mitgefühl.

»Yeah«, sagte Bram. »Deshalb möchte ich meinen Namen so schnell wie möglich reinwaschen, aber die Cops hassen mich, und die Zeitungen sind nicht zu gebrauchen. Ich gebe Interviews, aber die beißen sich an Nebensächlichkeiten fest und blasen sie dann falsch auf. Zum Beispiel habe ich erwähnt, dass ich regelmäßig in Foren für sozialen Wandel unterwegs bin, und die tun so, als würde ich mich an einer Onlineverschwörung beteiligen. Dabei waren die Foren viel hilfreicher als alle anderen. Normalerweise sind da bloß ein Haufen Politfreaks, die versuchen, sich gegenseitig auszustechen, aber nach meiner Verhaftung haben die sich alle hinter mich gestellt. Einige haben sich als Amateurdetektive betätigt und versucht, mich zu entlasten, was echt krass ist. Wollen Sie es sehen?«

Lindi nickte. »Klar.«

»Können Sie mir Ihren Laptop leihen? Ich würde ja meinen nehmen, aber…« Er zeigte auf den leeren Platz auf seinem Schreibtisch.

Lindi legte schützend einen Arm um ihre Laptoptasche. Sie hatte starke Vorbehalte, das Gerät jemandem zu überlassen, der gerade erst – wenn auch fälschlicherweise – als Hacker verdächtigt worden war.

»Bitte«, sagte er, »die Sache ist es definitiv wert.«

Widerwillig nahm sie den Computer aus der Tasche. Er brauchte eine Minute, bis er das Gerät im WLAN angemeldet hatte, dann öffnete er den Browser und gab eine Adresse ein. Lindi blickte ihm über die Schulter, während er schnell tippte. Das war Brams zweite Natur.

»Mein Laptop endet garantiert auf einer Überwachungsliste der Regierung, oder?«, fragte Lindi.

Bram runzelte nachdenklich die Stirn. »Würde mich überraschen, wenn das nicht längst der Fall wäre.«

Das Forum erschien auf dem Bildschirm mit dem Titel »ACTIVENATION«. Bram klickte auf den Post »<<MARB>> verhaftet: die Fakten«.

»Marb?«, fragte Lindi.

»Mein Name rückwärts«, sagte Bram verlegen. »Hier: Vielleicht finden Sie das nützlich.«

Eine Seite mit Kommentaren erschien.

RomanRoulette: Leute! Es gibt eine Menge Infos in verschiedenen Threads über <<MARB>>s Verhaftung. Das wird langsam unübersichtlich. Tragen wir alles an einer Stelle zusammen.

<<MARB>>s Originalvideo
  <<MARB>>s Video (bearbeitete Version)
  <<MARB>>s Video (Transkript)
  Bericht über den Mord an Chief Williams auf Channel 23
  Ermittlung wegen Mordes an Chief Williams: Detective Jerome Burton (verschiedene Links)
  Ermittlung wegen Mordes an Chief Williams: Detective Lloyd Kolacny (verschiedene Links)
  Ermittlung wegen Mordes an Chief Williams: Astrologin Lindiwe Childs (verschiedene Links)
  Mitglieder des WEKs (verschiedene Links)
  Die Geschichte des WEKs und Beschwerden (verschiedene Links)
  Williams und Hammond – gemeinsame Vergangenheit

(verschiedene Links, müssten in verschiedene Bereiche
unterteilt werden)
<<MARB>>s Verhaftung auf Channel 23
Hammond Tonite über <<MARB>>
Aubrey Tonite über Detective Burton
Carapace Webseitenartikel über <<MARB>>

KungFuJez: Danke, Roman! Hoffentlich geht's Marb gut. Mann, das ist scheiße.
DeepFryer: Ja, danke. Ich habe Angst, dass Hammonds Tod eine verdeckte Operation oder so was war. Schauen wir mal, was wir zusammentragen können. Postet alle neuen Links, die ihr findet, in diesem Thread.

Lindi zeigte auf ihren Namen. »Die sammeln Informationen über mich?«, fragte sie. »Was haben sie gefunden?«
»Nicht viel«, sagte Bram. »Nur Ihren Wiki-Artikel und ein paar Aufsätze, die Sie geschrieben haben, dazu Ihre Accounts in den Sozialen Medien. Es wurde spekuliert, Sie könnten ein Strohmann des WEK sein.«
»Bin ich nicht«, sagte sie entschlossen.
»Ich glaube Ihnen. Ich habe die Flame-Wars gesehen, an denen Sie teilgenommen haben. Sie sind eine richtige Kämpferin für soziale Gerechtigkeit, selbst wenn Sie sich in einer prinzipiell unentschuldbaren Disziplin spezialisiert haben.«
»Danke«, sagte Lindi unbehaglich.
Bram übersprang die nächsten zwölf Seiten der Unterhaltung. Seine Verhaftung war ein großes Thema bei den Politfreaks.
»Hier kommen die neuesten Kommentare«, sagte er. »Der ist erst eine Stunde alt.«

RomanRoulette: Neue Links, Leute! Rachel Wells (Chief Williams' Hausmädchen) Soziale Medien (verschiedene Links)

Kart33: Endlich! Ich hab doch gesagt, wir sollten der Spur der verschwundenen Putzfrau nachgehen.

DeepFryer: Warum hast du dich dann nicht selbst um diese Links gekümmert?

Kart33: Hab zu tun.

Octagon: Klar! Die Links sind heftig. Ein Haufen Trolle spammt ihre Accounts zu und behauptet, sie würde alles nur vortäuschen und gehöre zu den Mördern. Mann, es gibt vielleicht Arschlöcher.

Kart33: Sie könnte immerhin eine Mörderin sein.

Octagon: Ja, aber erzähl das nicht der trauernden Familie!

Bram hatte offensichtlich Lindis Gesicht betrachtet, während sie die Kommentare las, denn er sagte: »Die sind eigentlich total süß, wenn man sie ein bisschen kennt.« Er tippte einen neuen Kommentar ein.

<<MARB>>: Hi. Ich habe Lindi Childs hier bei mir. Zeigt ihr mal, wie schlau ihr seid.

Nach einigen Sekunden kamen die ersten Antworten.

DeepFryer: Die für die Cops arbeitet? Vertrau ihr nicht.

Kart33: Ist sie sexy? Sucht sie einen Freund?

»Sind die alle vierzehn?«, fragte Lindi und verschränkte die Arme vor der Brust.

Bram grinste. »Das ist ironisch gemeint.«

»Aha«, sagte Lindi. Ihrer Erfahrung nach war der Übergang zwischen Ironie und Sexismus fließend.

»Wir sollten mitspielen. Kann ich ein Foto von Ihnen machen?«, fragte Bram.

Ehe sie antwortete, hatte er schon sein Handy in der Hand und richtete die Kamera auf sie.

»Cheese!«

Bram machte ein Foto mit sich im Vordergrund und Lindi auf seiner Bettkante, wie sie unbeeindruckt in die Kamera guckt. Er tippte auf seinem Telefon, und Sekunden später erschien das Bild mit einem leisen Plopp im Forum. Es dauerte einige Sekunden, bis die Antworten eintrafen.

Octagon: Yeah. Sexy.

Kart33: Schade, dass du mitten im Weg sitzt, <<MARB>>. Ist mehr, als würde ein kleinerer Himmelskörper seinen Schatten auf die sexy Braut werfen.

»Okay«, sagte Lindi. Sie stand auf. »Ich wollte eigentlich ins Revier, also...«

»Nein, warten Sie, tut mir leid«, meinte Bram, der seinen Fehler einsah. »Ich hab doch gesagt, die machen nur Spaß. Im Prinzip sind die echt nett.«

»Wollten Sie mir nicht diese Link-Liste zeigen?«, fragte Lindi. »Oder haben Sie sonst etwas Besonderes für mich?«

»Ja, ja, Augenblick«, sagte Bram. »Das Gute daran, solche Sachen im Internet zu teilen, ist, dass Hunderte von Leuten simultan dran arbeiten können. Deshalb finden wir manches raus, was die Cops übersehen. Wir sind wie ein riesiger Parallelprozessor. Wir durchleuchten die Vergangenheit von Williams und Hammond, suchen nach Verbindungen, und wir haben einen Mann namens...«

»Dr. Werner Kruger«, beendete Lindi seinen Satz. »Ja. Bei dem waren wir schon.«

»Oh«, erwiderte Bram ernüchtert. »Und? Hatten Sie Glück?«

»Ich bin nicht befugt, über eine laufende Ermittlung zu reden.«

Kurz darauf verließ sie das Haus der Coines und ging zutiefst erleichtert zu ihrem Wagen. Bram war arrogant gewesen und hatte nichts Nützliches zu ihrer Ermittlung beigetragen. Jetzt hatte sie keine Schuldgefühle mehr, weil sie seine Verhaftung verursacht hatte.

38

Nachdem der junge Cray aus der Haft entlassen worden war, hörte Daniel drei Wochen lang nichts mehr von ihm. Dann, eines Morgens, wurde er durch einen Anruf geweckt.

»Steht Ihr Angebot noch?«, fragte Cray.

Daniel fuhr in die Außenbezirke von Ariesville und traf sich mit ihm auf dem Parkplatz eines Fastfood-Restaurants. Er lehnte neben einer Reihe Wagen, die in den Drive-in wollten, an einem Zaun.

Daniel fuhr neben ihn und ließ die Scheibe herunter. Als Erstes fiel ihm Crays blaues Auge auf.

»Wer war das?«

»Nicht so wichtig«, meinte Cray. »Keine große Sache.«

Cray plusterte sich immer noch auf wie eine in die Ecke getriebene Katze, doch diesmal gab er sich nicht so aggressiv. Vermutlich hatte ihm irgendein Erlebnis klargemacht, dass er es nicht ganz allein mit der Welt aufnehmen konnte. Daniel hätte gern gewusst, was das gewesen sein mochte, aber Cray wollte offensichtlich nicht darüber sprechen.

»Warum haben Sie diesen Treffpunkt ausgesucht?«, fragte er und zeigte auf die brummenden Wagen und die Plastikschilder mit Essensangeboten. »Damit jemand in der Nähe ist, falls ich Sie wieder ausnehmen will?«

»Richtig«, sagte Daniel. Wozu lügen?

»Ich könnt's trotzdem. Ist mir scheißegal. Ich hab bloß grad keine Lust.«

»Genau die richtige Art, mit seinem neuen Boss zu reden. Hast du die Adressen?«

»Ja, ich habe ungefähr dreißig Kids aus verschiedenen Klassen aufgetrieben.«

Beeindruckend.

»Wie hast du die gefunden?«

»Ich hab mich umgehört. Manche kannte ich noch, und die kannten dann noch andere. Ich habe Kontakte.«

Er fischte einen Fetzen Papier aus der Tasche und hielt ihn so, dass Daniel ihn sehen konnte. Auf beide Seiten waren Namen und Adressen gekritzelt.

»Haben Sie das Geld?«, fragte Cray.

»Klar. Fünf Bucks für jede richtige Adresse. Nachdem ich sie überprüft habe.«

Cray schnaubte empört.

»Pfft. Glauben Sie, die hab ich mir ausgedacht?«, fragte er.

»Warum nicht? Komm runter von deinem hohen Ross, du Straßenräuber.«

Cray wollte Daniel die Liste reichen, doch der winkte ab.

»Behalt sie vorerst. Ich möchte, dass du mitkommst, falls du Zeit hast.«

Er entriegelte die Türen. Cray sah ihn misstrauisch an.

»Wohin?

»Wir reden mit allen Familien auf deiner Liste.«

»Und wenn ich nicht einsteigen will?«, fragte Cray.

»Wovor hast du Angst? Die Adressen sind doch seriös?«

»Natürlich sind die ›seriös‹«, erwiderte Cray und betonte das Wort, als wollte er sich darüber lustig machen. »Ich möchte nur nicht bei Ihnen einsteigen. Dann würden alle denken, Sie fahren mit mir weg, damit ich Ihnen einen blase.«

»Sei nicht albern«, sagte Daniel. »Du kennst die Leute auf der Liste und weißt, wo sie wohnen. Und deine Handschrift ist entsetzlich. Ich zahle dir zehn Dollar die Stunde, wenn du mitkommst.«

Cray ging um den Wagen herum zur Beifahrertür und zog sie auf.

»Fünfzehn die Stunde«, sagte er und beugte sich herein, »und nur, wenn Sie sagen, ich bin Ihr Bodyguard.«

»Einverstanden«, sagte Daniel. »Wo ist die erste Adresse?«

Cray stieg ein, sah auf seinen Zettel, strich mit dem Finger nach unten und bewegte die Lippen, während er seine eigene Handschrift entzifferte. Sie war wirklich entsetzlich.

»Wenn du nicht nur heute für mich arbeiten möchtest, musst du lernen, wie man mit einer Tabellenkalkulation umgeht«, sagte Daniel.

»Ich spiel bestimmt nicht Ihren Scheißsekretär.«

»Ohne ein Minimum an Bildung wirst du es im Leben zu nichts bringen.«

»Ja, und?«, meinte Cray. »Es gibt immer Möglichkeiten, ohne solchen Scheiß Geld zu machen.«

»Selbst Drogendealer benutzen Tabellenkalkulation«, sagte Daniel. »Und wenn du einen Zettel für einen Bankraub schreibst, sollte deine Schrift lesbar sein.«

Sie fuhren durch Ariesville, besuchten die Leute von Crays Liste und hakten einen nach dem anderen ab. Jede Familie war in einer anderen Lage, und fast keine davon war – aus Daniels Sicht – in einer angenehmen. Diese Familien hatten ihre Kinder in ein unbekanntes Internat geschickt, weil sie gehört hatten, es sei umsonst. Manche hatte die Chance gelockt, dass ihre Kinder eine Bildung bekommen würden, die sie sich ansonsten nicht leisten konnten. Einige hatten keine Zeit, um auf ihre Kinder aufzupassen. Und anderen hatte man eingeredet, es sei die einzige Möglichkeit, ihre schwierigen Kinder auf den rechten Weg zu bringen.

Obwohl es für Cray einfach gewesen wäre, Daniel eine Liste mit falschen Namen aufzutischen, hatte er seine Arbeit anständig erledigt. Was Daniel allerdings auch nicht weiterhalf. Es war ein Wochentag, viele Eltern waren bei der Arbeit und hatten die Kinder ohne Aufsicht zu Hause gelassen. In einigen Fällen, in denen der eine oder andere Elternteil betrunken vor dem Fernseher saß, fand Daniel die schlimmsten Vorurteile über Widder bestätigt.

Und dann gab es noch die ganz üblen Fälle. In einem Betonblock wohnte eine vierköpfige Familie in einem winzigen Zimmer neben dem Treppenhaus. Die Tür war aufgebrochen und notdürftig mit Brettern repariert. Nachdem der Vater sich weigerte, mit ihnen zu reden, gingen Daniel und Cray durch die kalten Gänge des Gebäudes. Die anderen Bewohner starrten sie finster an oder johlten ihnen von der gegenüberliegenden Seite des Hofes nach. Daniel war zunehmend froh über seinen Bodyguard.

»Scheiße«, sagte Cray, als sie zum Wagen gingen. »Das war übel.«

»Du hast doch gesagt, du kennst die Leute.«

»Ich weiß, wo sie wohnen«, sagte Cray. »Und ich wusste, dass es dort hart abgeht. Aber nicht, dass es so hart ist.«

»Was ist mit dir?«, fragte Daniel. »Wie sieht es bei dir zu Hause aus?«

»Scheiße. Aber nicht so schlimm«, meinte Cray.

Abends waren nicht mehr so viele Familien bereit, einem fremden Steinbock und einem halbstarken Widder die Tür zu öffnen. Und die wenigen, die es taten – insgesamt sechs Familien –, reagierten mit Verunsicherung oder Misstrauen auf Daniels Vorschlag, eine Sammelklage einzureichen. Im letzten Haus, das sie besuchten, zeigte ihnen der Vormund des Kindes, eine weißhaarige Frau, die aussah wie achtzig, einen Brief von einem Anwalt.

»Ich wollte klagen, glauben Sie mir«, sagte sie. »Aber ich habe für eine Abfindung unterschrieben. Ich kann Ihnen leider nicht weiterhelfen.«

Sie war zusammen mit zwei anderen Leuten überhaupt die Einzige, die verstand, was Daniel vorhatte. Niemand hatte sich einverstanden erklärt, sich seiner Sammelklage anzuschließen.

Wieder im Wagen schlug er die Hände vors Gesicht: »Mist.«

»Warum versuchen Sie, die alle unterschreiben zu lassen?«, fragte Cray vom Beifahrersitz. »Was ändert das schon?«

»Ich will ihnen helfen.«

»Ach ja?«, meinte Cray. »Dann gehen Sie zurück und geben denen Cash.«

Daniel wandte sich an Cray. »Es reicht«, sagte er entschlossen.

»Ich versteh Sie nicht«, sagte Cray. »Die Schule war scheiße. Ich hätte sie am liebsten jeden Tag abgefackelt, und zwar mitsamt den Lehrern. Aber seitdem habe ich Schlimmeres erlebt, und da kommt garantiert noch mehr.

Den anderen Kids geht es auch nicht anders als mir. Wenn Sie helfen wollen, warum dann ausgerechnet wegen der Schule?«

»Weil mich alles andere nicht interessiert!«, sagte Daniel laut.

Cray blickte Daniel berechnend an.

»Warum? Es sei denn, Sie wären der Dad von einem der drei Mädchen.«

Daniel bedauerte seine Entscheidung, sich überhaupt mit Cray abgegeben zu haben. Er hatte es nur getan, um sich selbst etwas zu beweisen – dass man ihn retten konnte, und wenn man ihn retten konnte, galt das auch für die anderen. Falls er das schaffte, würde er wissen, dass er seine Tochter hätte retten können, wenn er nur die Chance dazu gehabt hätte.

»Ach, Kacke«, sagte Cray. »Ich liege also richtig. Darum geht es. Warum haben Sie Ihre Tochter da hingeschickt? An so einen Ort?«

Wut stieg in Daniel auf, aber er ließ sich nicht darauf ein. Ein Kampf mit Cray würde übel für sie beide ausgehen.

»Das habe ich nicht«, antwortete er.

Cray blickte Daniel an.

»Emma Pescowski«, sagte er. »Trudy Norris. Pam Scarsdale.«

Daniel umklammerte das Lenkrad.

»Pam«, sagte Cray. »Sie sehen ihr ähnlich. Aber Sie sind ein Bock, und sie war ein Hecht.«

»Raus«, sagte Daniel.

Cray schnaubte. Er stieg aus und schloss wortlos die Tür hinter sich. Aber er konnte seine Mimik nicht beherrschen, die Daniel verriet, dass er ein Idiot war und dass Cray ihn ausgestochen hatte.

39

Mendez beugte sich in seinem Stuhl vor und starrte Burton lange kalt an. Er schob die Zeitung über den Schreibtisch und zeigte auf einen Absatz in dem Artikel.

»Lesen Sie das«, sagte er.

Obwohl die Eröffnung erst zwei Wochen zurückliegt, sorgt das neue Polizeirevier schon für Spannungen im Bezirk. Besonders lautstarke Kritik übt der Anführer der Widder-Front, Solomon Mahout: »Die Widder-Bevölkerung von San Celeste lebt in einem Zustand permanenter Angst. Wir wissen, dass wir von diesen staatlich subventionierten Schlägern jederzeit legal auf der Straße überfallen werden können. Und wenn wir zu Hause sind, dürfen sie uns ohne Grund die Türen eintreten. Dieses neue Polizeirevier soll nicht für Sicherheit im Viertel sorgen. Es ist kein Kontakt mit den Bürgern geplant. Es gibt nicht einmal einen Eingang, wo Anwohner eintreten und Verbrechen anzeigen könnten. Das Gebäude ist eine Festung des WEK, eine Militärbasis, und wir leben in besetztem Gebiet.«

Burton sah von dem Artikel auf.

»Okay, Sir«, sagte er, »und was hat das mit mir zu tun?«

»Muss ich Ihnen das wirklich erklären? Was ist mit unserem großen Super-Detective? Wir haben jeden Tag mehr Demonstranten vor dem neuen Revier. Wir haben die Patrouillen in der Gegend verdoppelt. Wir stehen kurz davor, eine Ausgangssperre zu verhängen. Wir tun alles, was wir können, um neue Kardinales-Feuer-Unruhen zu vermeiden, und Sie bitten darum, dass vor Ihrem Haus Tag und Nacht ein Streifenwagen Wache schiebt, um auf Ihren wertvollen Arsch aufzupassen, falls die bösen Vandalen zurückkommen? Für wen halten Sie sich eigentlich?«

»Ja, Sir«, sagte Burton und unterdrückte seine Wut. »Tut mir leid wegen der Anfrage.«

»Ja, gut«, sagte Mendez. »Das klingt schon besser. Und wie geht es mit dem Fall voran?«

»Hammonds Bruder hat angedeutet, dass die Morde mit einer Serie von Selbstmorden vor zehn Jahren zusammenhängen könnten. Ich sehe mir einen Fall an, in dem Williams die Ermittlungen geleitet hat, und warte noch auf Akten aus dem Archiv. Wenn es Hinweise auf eine Verbindung gibt, lasse ich es Sie wissen. Es handelt sich um die ehemalige Schule von Mahout.«

Mendez riss die Augen auf. »Was?«, fragte er. »Es gibt eine Verbindung zu Mahout, und Sie erzählen mir nichts davon?«

»Er war einer von Hunderten von Schülern. Wir haben keinen Hinweis, der auf eine Beteiligung seinerseits deutet. Aber wenn ich die alten Akten einsehen könnte …«

»Was zum Teufel reden Sie da, Burton? Natürlich hat Mahout etwas damit zu tun! Dieser verdammte Solomon Mahout! Wer sonst könnte es schaffen, zwei der einflussreichsten Bürger der Stadt töten zu lassen? Wer hat diese fanatischen Anhänger? Sie verdammter, dummer …«

Mendez brachte den Fluch nicht zu Ende, starrte Burton aber weiterhin böse an.

»Ich möchte einen Bericht auf meinem Schreibtisch sehen. In fünfzehn Minuten«, sagte er. »Und Mahouts Name sollte auf jeden Fall drinstehen.«

40

Nachmittags arbeitete Lindi von ihrer Wohnung aus. Burton war mit dem Fall und seinen heimischen Problemen beschäftigt und sprach kaum mit ihr, also ließ sie ihre Arbeit an dem Mordfall ruhen und machte sich daran, die Sicherheitsmaßnahmen am Flughafen zu überarbeiten. Alle halbe Stunde bekam sie eine Nachricht von Bram Coines Telefon. Sie ignorierte alle.

Hey, Lindi, tut mir leid, ich war ein Trottel. Chat?

Wie schon gesagt, die machen bloß Spaß. Nicht ernst gemeint. Niemand wollte Sie zum Objekt machen. Die sind alle aufgeklärt und cool.

Sie sind auch hilfreich. Gucken Sie mal ins Forum.

Lindi, gucken Sie unbedingt ins Forum.

Am Ende gab sie auf. Sie nahm das Handy und antwortete wütend.

Bram, das Forum ist mir schnurz. Ich arbeite. Bitte hören Sie mit den Nachrichten auf.

Die Antwort kam postwendend.

Das wird Sie interessieren. NUR EIN KURZER BLICK.

Sie seufzte so laut und voller Verzweiflung, wie man es nur tut, wenn man allein in der Wohnung ist. Ihr Laptop war unter einem Stapel Papiere begraben. Sie zog ihn hervor und dachte nach, wie das Forum hieß. ACTIVENATION. Wie dumm war das denn. Sie fand es in ihrer Browserchronik.

Es gab ein paar Dutzend neuer Nachrichten. Die meisten waren aufgeregt in Großbuchstaben verfasst und mit Bildern von Polizeifahrzeugen, Hundertschaften und Tränengaswolken gespickt. Alle paar Sekunden erschien unten auf dem Bildschirm ein neuer Post und schob die älteren Nachrichten nach oben.

»Was zum Teufel ist denn da los?«, sagte Lindi laut.

Sie scrollte hoch und versuchte sich zusammenzureimen, was eigentlich passiert war. Das erste Bild zeigte einen Polizeiwagen, der vor einem Backsteinbau stand.

DurESSS: Polizei vor dem Widder-Front-Hauptquartier in Ariesville. 3 Wagen vom WEK und 6 Streifenwagen. Sieht aus wie eine Razzia.

Kart33: Was? Wann war das?

DurESSS: JETZT.

AKKT: HEILIGE SCHEISSE DIE VERHAFTEN SOLOMON MAHOUT! LIVE STREAM!!!!

Lindi klickte auf den Link, und ein neues Fenster öffnete sich. Nach einigen Sekunden, während deren sich das Wartesymbol drehte, startete ein Video, das aussah, als wäre es mit einem Handy gedreht und durch die Komprimierung pixelig geworden. Die Kamera war auf einen gepflasterten Bürgersteig gerichtet und hüpfte hektisch.

Lindi drehte die Lautstärke hoch, bis sie etwas hörte: schweres Keuchen, im Hintergrund Schreie und Sirenen.

»Oh, Mist, guck dir das an«, rief eine junge Frau.

Die Kamera bewegte sich nach oben zu einer Straßenecke, an der langsam ein schwarzes Polizeifahrzeug vorbeirollte. Es war gepanzert und mit schlitzähnlichen Fenstern ausgestattet. Oben im Dach öffnete sich eine Luke, und ein Cop schob sich bis zur Hüfte heraus. Er trug einen Helm mit Gasmaske und dicke Schutzkleidung, die ihn wie einen schwarz angemalten Astronauten aussehen ließ. Er zeigte auf die Kamera und schrie etwas Unverständliches.

»Was?«, rief das unsichtbare Mädchen zurück.

Der Cop antwortete nicht, sondern zog etwas durch die Luke nach draußen. Es sah aus wie ein Sturmgewehr. Lindi war sich nicht sicher, denn das Bild verschwamm plötzlich und der Ton krächzte.

Einen schrecklichen Moment lang dachte sie, der Polizist habe auf das Mädchen mit der Handykamera geschossen, aber auf dem Bildschirm bewegte sich etwas auf und ab. Es dauerte kurz, bis sie begriff, was los war: Das Mädchen rannte um ihr Leben, man konnte nur noch ihre Beine sehen.

Lindi beugte sich weiter vor und versuchte, in der verschwommenen Bewegung etwas zu erkennen. Die Kamera schwenkte auf eine Ziegelwand, drehte dann ab und zeigte eine chaotische Szene. In einer Geschäftsstraße quoll aus einem zweigeschossigen Gebäude Rauch aus den Fenstern. Polizeifahrzeuge waren in der Nähe geparkt, und Männer mit Schutzkleidung liefen in das Gebäude. Lindi erkannte es, weil sie schon mal ein Bild davon gesehen hatte: das Hauptquartier der Widder-Front.

Die Kamera schwenkte und zeigte eine Gruppe Schaulustiger. Zwei Polizisten rannten auf sie zu, und die Menge stob auseinander. Einer der Cops zielte mit einer Waffe mit dickem Lauf auf sie und schoss. Ein Geschoss landete zwischen den Menschen, und dicker, grauer Nebel wallte auf.

»Scheiße!«, rief das Mädchen mit der Kamera.

Das Bild bewegte sich wackelnd und wurde wieder auf das Gebäude gerichtet. Ein paar Männer und Frauen in vorwiegend roter Kleidung wurden von den Cops aus dem Eingang getrieben. Die Verhafteten husteten und würgten wegen des Tränengases, und ihre Hände waren gefesselt. Als sie weit genug vom Gebäude entfernt waren, mussten sie sich hinknien und wurden von einem bewaffneten Cop bewacht, während die anderen zurück ins Gebäude rannten. Lindi kniff die Augen zusammen. Die Handykamera hatte kein Zoom, und der Livestream war übel komprimiert, doch eine der knienden Gestalten sah aus wie Solomon Mahout. Sein Hemd war zerrissen und blutig, das Gesicht geschwollen.

Die Kamera zitterte und schwankte erneut. Weitere Gestalten in roten Hemden kamen die Straße herauf und hielten auf die Polizeifahrzeuge zu. Man hörte Gebrüll, wobei Lindi nicht erkennen konnte, ob es von der Polizei oder der heranstürmenden Horde stammte. Einige Angreifer in der ersten Reihe holten mit den Armen aus und warfen Steine auf die Polizei. Cops mit Schilden und Schlagstöcken sprangen aus den Fahrzeugen und stürmten auf die Angreifer zu. Die Kamera schwenkte hin und her, bis das Bild nur noch abstrakte Streifen zeigte, die schließlich einfroren. Das Ladesymbol drehte sich ein paar Sekunden lang, dann poppte ein kleines Fenster auf: »VERBINDUNG ABGEBROCHEN«.

»Nein!«, sagte Lindi laut und wischte auf ihrem Trackpad herum.

Sie schloss das Fenster und klickte sich zurück zum Forum. Mit leisen Plopplauten öffneten sich nacheinander die Beschwerden.

DurESSS: Mein Stream ist abgebrochen.
Octagon: Meiner auch.
KART33: Hey, was ist mit dem Stream los?
RomanRoulette: WTF? Hat AKT recht? Weiß irgendwer Näheres?
Funkt: Ich versuch mal, andere Cams in der Gegend anzuzapfen. Bleibt dran!

Lindi sah, dass auch Bram in die Runde kam.

<<MARB>>: Hat irgendwer einen Feed, der noch läuft?

Eine Pause entstand, die ewig zu dauern schien, dann kam die nächste Nachricht.

Funkt: Bekomme keine Nachrichten oder Streams von niemandem in der Gegend. Hab versucht anzurufen, aber alle Anschlüsse sind besetzt. Macht mir Sorgen.

Und dann:

Funkt: SCHEISSE SCHEISSE! DIE BULLEN BLOCKIEREN DIE HANDYS!

RomanRoulette: Alle Netze?
Funkt: Ja.

Lindi nahm ihr Handy und überprüfte die Signalstärke. Sie hatte vier Striche, aber sie war auch nicht in Ariesville.

Sie wählte Burtons Nummer. Nach dem fünften Klingeln ging er dran. Er klang gereizt.

»Hallo, Lindi.«

»Burton, was zum Teufel ist in Ariesville los? Sind Sie da?«

»Nein, ich bin im Büro.«

»Warum verhaften Sie Solomon Mahout?«

»Mach ich gar nicht«, verteidigte sich Burton. »Ich musste einen Bericht über unser Treffen mit Kruger abliefern. Dabei habe ich erwähnt, dass Mahout die Schule besucht hat. Ich kann Mendez nicht daran hindern, mit dieser Information zu machen, was er für richtig hält.«

»Und Sie wollten nicht weiter ermitteln? Was haben Sie denn gedacht, was passieren würde?«

»Jetzt kommen Sie mir nicht so, Lindi. Mir gefällt das genauso wenig wie Ihnen, aber was soll ich machen? Es ist mein Job. Und es tut mir leid, wenn ich mich gerade nicht so einsetzen kann, wie ich es gern möchte. Vielleicht haben Sie's ja mitbekommen: Man schaut mir plötzlich ziemlich genau auf die Finger.«

41

Daniel konnte sich nicht dazu durchringen, San Celeste zu verlassen. Er kannte sich zu gut. Wenn er ins Haus seiner Familie zurückkehrte, würde er in Kürze wieder seinen alten, depressiven Lebensstil aufnehmen. Er hatte den Krieg gegen die Lehranstalt der Wahren Zeichen aufgegeben, hatte nun nichts mehr zu tun, nichts mehr, woran er glauben konnte. Der einzige Gedanke, der den dicken Panzer seiner Beschäftigung mit sich selbst durchdrang, war Marias Kinderheim in Ariesville. Trotz all seiner Bedenken ging er hin, um ihr seine Hilfe anzubieten.

»Schön, dass Sie da sind«, sagte sie. »Nehmen Sie die mal.«

Sie reichte ihm einen Stapel sauberer Laken aus dem Wäscheschrank.

»Kommen Sie mit.«

Er trug die Laken, während sie ihre morgendliche Aufräumrunde machte, und half ihr, die Bettwäsche in den Kinderzimmern zu wechseln. Danach putzte er die Küche und brachte den Müll zum Container auf dem eingezäunten Parkplatz.

»Wie läuft es bis jetzt?«, fragte Maria am Ende des Morgens.

»Gut«, sagte er.

Er wollte nicht alle Steinbock-Klischees erfüllen, indem er jammerte. Natürlich hätte er seine Zeit besser nutzen können, indem er jemanden anstellte, der Maria bei der Arbeit half. Aber es fühlte sich gut an, an diesen grundlegenden Tätigkeiten teilzuhaben und sich die Hände schmutzig zu machen.

»Super«, sagte sie. »Seien Sie morgen um acht wieder da.«

Und wie aus heiterem Himmel hatte sein Leben einen Sinn.

Trotzdem war es nicht leicht. In seiner Welt hatte es bisher weder unangenehme Begegnungen noch aufwühlende Zwischenfälle gegeben, und in Marias Heim bekam er regelmäßig mit beidem zu tun. Die Kinder stritten sich, sie wurden krank, sie schrien, sie rissen aus und verletzten sich, aber Daniel gab sein Bestes, um alles unter Kontrolle zu behalten. Er wischte Böden und schnitt Gemüse. Er lernte alle Namen, selbst wenn es manchmal peinlich wurde, weil er mehr als einmal nachfragen musste. Er hörte sich Klagen an und schlichtete Streitigkeiten. Wenigstens hier verfügte er über einen Vorteil. Der Steinbock-Akzent war in der populären Kultur verwurzelt als die Stimme der Autorität, und obwohl die Kinder manchmal Schwierigkeiten hatten, ihn zu verstehen, gehorchten sie doch meistens.

Nach einigen Wochen fühlte er sich wie ein nützlicher Mitarbeiter des Heims. Er durchforstete mit Maria die Finanzen und spendete selbst etwas Geld. Im Gegenzug überließ ihm Maria ein »Büro« im obersten Stock, das eigentlich nur ein leerer Lagerraum war, in den er sich zurückziehen konnte, wenn ihm Lärm und Hektik zu viel wurden. Das wusste er zu schätzen.

Dabei machte er sich keine falschen Vorstellungen von

sich selbst. Er war ein reicher Mann in Ariesville, und wann immer er vor die Tür ging, war er leichte Beute. Und nicht nur er. Die Schule war drei Blocks entfernt, und die Kinder mussten die Strecke jeden Morgen und jeden Abend zurücklegen.

Eines Tages rief Daniel bei Cray an, um ihn zu fragen, ob er Zeit habe. Cray war nicht begeistert, weil er sich beim letzten Mal »wie ein Arschloch« benommen hätte, aber er sagte, er habe gerade nichts anderes vor. Sie handelten eine neue Vereinbarung aus, und Cray arbeitete fortan als Wachmann und Assistent im Heim.

Maria war darüber nicht glücklich. »Die Kinder haben Angst vor ihm«, sagte sie.

»Warum?«, fragte Daniel. »Was macht er denn?«

»Nichts. Aber alle haben schon von ihm gehört. Er hat einen Ruf hier in der Gegend. Ich möchte nicht, dass er einen schlechten Einfluss auf sie hat. Und außerdem habe ich junge Mädchen hier.«

»Ich sag ihm, dass ich ihm die Eier abschneide, wenn er eins auch nur ansieht. Okay?«

»Hm«, meinte Maria, nicht überzeugt.

»Ich habe einfach das Gefühl, ihm etwas schuldig zu sein. Und er ist schlau. Er ist besser, als Sie denken.«

Glücklicherweise blieb Cray für sich, und die Kinder hielten Abstand von ihm. Bis zu dem Tag, als er ein blutendes Mädchen ins Heim trug.

Es war Nachmittag. Maria war ausgegangen und hatte Daniel die Aufsicht überlassen, während sie Einkäufe erledigte. Er war auf dem umzäunten Parkplatz, spielte mit den Kindern eine Kompaktversion von Fußball und versuchte ihnen zu erklären, warum sie ihren Müll nicht in die Gegend werfen sollten – was ihnen, da sie in Ariesville aufgewachsen waren, lächerlich erschien –, als Cray durch den Haupteingang hereinkam und Ella auf den Armen trug, eine der Zwölfjährigen. Quer über der Stirn hatte sie eine Platzwunde, und ihr Auge war zugeschwollen. Sie stöhnte heiser, als hätte sie sich die Stimme aus dem Leib geschrien. Eines der anderen sehr jungen Mädchen, Brandy, folgte Cray. Sie war vor Angst den Tränen nahe und versuchte, sich hinter Cray vor Daniel zu verstecken.

»Was ist passiert? Wer war das?«, fragte Daniel.

»Ein paar Kinder haben sich nach dem Mittagessen aus der Schule geschlichen«, sagte Cray. »Ich habe sie auf der Weyland Street entdeckt.«

In der Straße hatte man erst kürzlich mehrere alte Gebäude abgerissen. Trotz der Schilder – Lebensgefahr! Betreten verboten! – war die Gegend zum Lieblingsspielplatz in Ariesville geworden.

»Die Großen haben Steine geworfen. Einer hat sie getroffen«, erzählte Brandy und fing an zu weinen.

Daniel nahm Cray das Mädchen aus den Armen.

»Du passt hier auf, bis Maria zurück ist«, sagte er.

Er setzte die kleine Ella in den Wagen und brachte sie ins nächste Krankenhaus, das Deacon Avenue General.

Es war ein Schock für ihn. Bis jetzt hatte er nur private, saubere Krankenhäuser kennengelernt, in denen hochbezahlte erfahrene Ärzte geduldig zuhörten und mit gelassener Autorität sprachen. Deacon Avenue war überfüllt, laut und grauenhaft. Im Wartezimmer drängten sich blutende, hustende und sterbende Menschen. Eine Handvoll unglaublich junger Ärzte rannte von Raum zu Raum und brüllte einander Anweisungen zu, während erschöpfte Krankenschwestern lethargisch auf die Krankenkasseninformationen der Patienten warteten. Der Boden war schmutzig. Daniel hielt es nur eine halbe Stunde aus, dann setzte er Ella wieder in den Wagen und brachte sie ins South SC General.

Als Maria zwei Stunden später eintraf, saß er im Wartezimmer und las eine Zeitschrift.

»Wie geht es ihr?«

»Gut«, sagte er. »Aber es war knapp. Sie haben mir gesagt, es sei ein Bruch der Augenhöhle. Wenn sie nicht richtig behandelt worden wäre, hätte sie erblinden können. Tut mir leid, dass ich Cray bei den Kindern gelassen habe. Es war sonst niemand da.«

»Schon gut. Alle sitzen vor dem Fernseher. Er ist ein kleiner Verbrecher, aber wenn es drauf ankommt, hört er auf mich.«

»Ja«, sagte Daniel. »Und die anderen hören auf ihn.«

»Tja«, sagte Maria.

Sie war angespannt. Daniel blickte sie an.

»Was denn?«

»Ich kann die Behandlung hier nicht bezahlen.« Sie deutete auf den polierten Boden und die abstrakte Kunst an den Wänden. »Das kann ich mir nicht leisten.«

»Ich weiß. Das habe ich schon geklärt.«

»Oh«, sagte sie erleichtert. »Danke.«

Sie setzte sich neben ihn und blickte ihn von der Seite an. Er klappte die Zeitschrift zu.

»Stimmt etwas nicht?«, fragte er.

»Ich frage mich, ob Sie denken, ich hätte Sie eingeseift.«

Daniel runzelte die Stirn. »Was meinen Sie damit?«

Sie holte tief Luft. »Ich habe mal für eine Firma gearbeitet, die Kleidung importiert hat«, sagte sie. »Meine

Chefin war ein Steinbock, und ich habe sie nie verstanden, bis ich begriffen habe, dass sie jede gesellschaftliche Interaktion als Geschäftsvorgang betrachtete. Sie wollte nie mehr geben als sie bekam, ganz egal, ob es um Gefühle oder Geld ging. Ich weiß also, was sie in Ihrer Situation denken würde. Sie würde denken, dass ich Sie darum gebeten habe, Ihre Zeit zu opfern, weil ich Sie richtig tief in die Sache reinziehen wollte. Sobald Sie die Kinder kennen würden, müssten Sie ja verstehen, dass ein paar Hundert Dollar im Monat nicht für Kleidung, Schuhe, Schulgebühren und gebrochene Knochen genügen. Es reicht kaum, um sie am Leben zu halten.«

»Aber das war doch gar nicht Ihr Plan«, sagte Daniel.

»Nein. Vielleicht. Ich denke nicht so voraus. Aber... wenn ich es nun getan hätte?«, fragte Maria. »Ich muss auf die Kids aufpassen, und allein schaffe ich nur eine begrenzte Menge Arbeit. Als Sie bei uns im Heim aufgetaucht sind, waren wir kurz davor zu verhungern. Ich meine das ganz wörtlich: verhungern. Nein, ich hatte nicht vor, Sie zu melken. Aber wer sonst hat schon Geld?«

Daniel rieb sich die Schläfen.

Maria seufzte. »Im Augenblick ist das Heim eine Katastrophe. Ich tue, was ich kann, aber es ist kaum besser als da, wo die Kinder herkommen. Ich muss dafür sorgen, dass es anständig läuft. Ich brauche neue Ideen. Ich habe schon überlegt, Unternehmen zu fragen, ob sie uns nicht sponsern wollen, aber niemand traut sich. Das Heim liegt in einem Slum, und es ist total chaotisch. Niemand will damit in Verbindung gebracht werden, ganz egal, wie gut meine Absichten sind oder wie unmöglich es ist, die Lage auf andere Weise zu verbessern. Alle wollen was, das klar und plakativ ist. Wie heißt das Wort noch? Quantifizierbar. Ein Mann in einem Unternehmen hat mir klipp und klar gesagt: ›Wenn bei Ihnen im Heim ein Mord oder eine Vergewaltigung passiert, würden wir damit in Verbindung gebracht werden.‹« Sie schüttelte den Kopf. »Aber Sie… Sie kennen diese Geschäftsleute. Sie sprechen doch deren Sprache? Könnten Sie sich vorstellen… ich hab keine Ahnung, eine Wohltätigkeitsveranstaltung oder so was? Irgendeine Möglichkeit, wie ich alles in den Griff bekomme? Denn im Augenblick habe ich mehr Kinder, als ich schaffen kann. Und jeden Tag muss ich welche fortschicken, und ich brauche neue Ideen, weil ich am Limit bin. Total am Limit.«

42

Burton trat vor Brams Vater in das Zimmer des jungen Mannes. Lindi saß inmitten von ausgedruckten Radixhoroskopen auf dem Bett. Bram drehte sich vom Schreibtisch um, wo er in Lindis Laptop getippt hatte. Aus einem Lautsprechersystem in der Ecke dröhnte die Art von stampfender Musik, für die Burton in seinem ganzen Leben nie jung genug gewesen war.

»Was zum Teufel, Lindi?«

»Also, Augenblick mal, Detective«, sagte Brams Vater aus dem Flur. Seine Bürgerrechte hätten ihm erlaubt, Burton am Betreten des Hauses zu hindern, doch er würde dafür nicht auf die Barrikaden gehen, und Burton war zu wütend, um sich von höflichen Einwänden aufhalten zu lassen.

Burton hob den Finger. »Schon gut, Mr. Coine. Ich bin nur hier, um meine Kollegin abzuholen. Lindi, könnten wir uns bitte draußen unterhalten? Packen Sie Ihren Kram zusammen.«

»Was haben Sie denn für ein Problem?«, fragte Lindi.

Brams Vater legte Burton eine Hand auf den Oberarm und versuchte, ihn aus dem Zimmer zu lotsen. »Bitte, Detective ...«

»Ich geh ja schon«, sagte Burton und riss sich los. »Ich warte vor dem Haus. Danke für Ihre Zeit. Lindi?«

Sie starrte ihn wütend an. Es sah aus, als wollte sie sich weigern, aber das konnte sie nicht, ohne zickig zu erscheinen.

»Na gut«, sagte sie.

Brams Vater begleitete Burton nach draußen, wo sich der Detective an seinen Wagen lehnte. Er konnte nichts tun, um die Langeweile zu überbrücken, während er auf Lindi wartete, außer in Gedanken die Gardinenpredigt durchzuspielen, die er ihr halten würde.

Fünf Minuten später war sie immer noch nicht da, und Burton dachte allmählich, sie wolle ihn absichtlich ärgern. Er wollte schon klingeln, als die Tür aufging und sie mit der Laptoptasche unter einem Arm und einem Ordner voller Papier unter dem anderen herauskam. Sie wirkte aufgebracht.

»Was soll das, Burton?«, fauchte sie ihn an. »Es gab überhaupt keinen Grund, so auszuflippen. Wir haben gearbeitet.«

»Gearbeitet?«, sagte Burton. »Sie dürfen von Gesetzes wegen keine Informationen über die Ermittlung an Außenstehende weitergeben. Besonders nicht an jemanden, der vor kaum einer Woche selbst unter Verdacht stand. Und ganz bestimmt nicht an diesen Scheißkerl Bram Coine!«

»Ich habe keinerlei Informationen an ihn weitergegeben. Ich weiß, die Cops sind sauer auf ihn, aber das bedeutet nicht, dass er nicht nützlich ist. Er ist Mitglied in dieser Internetgruppe, und die nehmen den Fall unter die Lupe ...«

»Oh, großartig«, sagte Burton, »eine Internet-Bürgerwehr.«

»Hören Sie mal eine Sekunde zu, Burton. Sie sind echt kindisch.«

Burton stand kurz vorm Explodieren. »Kindisch?«, sagte er. »Ich habe Sie gerade auf diesem Bett mit Superman-Bezug gefunden ...«

»Ein Thema nach dem anderen, bitte, ja?«, sagte sie. »Bram sagt, seine Freunde sehen sich genau an, wie Hammond die Gelder für Krugers Schule gesammelt hat, und das ist ausgesprochen seltsam. Ein Teil kam von privaten Spendern, aber eine Menge stammte auch aus der Kommunalverwaltung, als Teil der Verordnung für Ziviles Eingreifen. Sie haben von der Verordnung für Ziviles Eingreifen gehört?«

»Natürlich«, sagte Burton.

Die VZE war ein umstrittenes Gesetz, das nach den Kardinales-Feuer-Unruhen vor fünfundzwanzig Jahren durchgepeitscht worden war. Es räumte kommunalen Verwaltungen und Exekutivorganen besondere Befugnisse ein, um gegen aufständische oder terroristische Organisationen vorzugehen, vordergründig zeitlich befristet. Bürgerrechtsgruppen hatten geklagt und behauptet, die neuen Gesetze seien übertrieben hart und intransparent, doch der Widerstand war langsam abgeebbt. Die Verordnung für Ziviles Eingreifen wurde ein ebenso unabänderlicher Teil des Lebens wie die Umlaufbahnen der Planeten.

»Warum sollte eine Schule Gelder bekommen, die dafür bestimmt sind, Unruhen niederzuschlagen?«, fragte Lindi. »Das klingt so, als habe Hammond zusammen mit jemandem im Rathaus Mittel veruntreut. Und vielleicht sind diejenigen, für die das Geld bestimmt war, sauer geworden.«

»Wollen Sie jetzt das WEK des Mordes beschuldigen?«

»Ich beschuldige niemanden. Ich zeige nur Unregelmäßigkeiten auf.«

Burton massierte sich die Nasenwurzel.

»Okay, hören Sie zu«, sagte er. »Ich habe keine Ahnung, warum die Schule Geld über die VZE bekommen hat. Vielleicht wollte man im Rathaus mal was Neues ausprobieren. Vielleicht hat man gedacht, die Kinder zu bilden sei auf lange Sicht eine bessere Lösung als sie einzusperren. Wer weiß? Für mich steht nur eins fest: Ich werde nicht die nächsten fünf Jahre Anfragen nach dem Informationsfreiheitsgesetz stellen, die abgelehnt werden. Ich muss jetzt diesen Mörder finden. Also werde ich Mendez nicht verraten, dass Sie mit Coine geredet haben, aber Sie müssen aufhören, unsere Verbündeten gegen uns aufzubringen. Gehen wir ins Büro und finden wir Beweise gegen Mahout. Entweder muss ich den Fall wasserdicht bekommen, oder ich muss seine Unschuld beweisen und ihn aus dem Revier schaffen, ehe sich jemand überlegt, das mit Gewalt zu tun.«

43

Daniel wartete bis zehn Uhr abends im Krankenhaus, dann wurde Ella endlich entlassen. Ihr halbes Gesicht war unter einem Verband verschwunden, und auf dem Weg zurück nach Ariesville war sie sehr ruhig. Maria begrüßte die beiden mit großer Erleichterung. Während sie Ella ins Bett brachte, ging Daniel nach oben in sein kleines Privatbüro, um seine Aktentasche zu holen.

Das Licht brannte, und Cray saß am Schreibtisch. Er stand auf, als er Daniel in der Tür sah.

»Bleib locker«, sagte Daniel. »Kein Problem. Du kannst den Raum mitbenutzen. Ich wollte nur etwas holen.«

Cray ließ sich wieder auf den Stuhl nieder.

»Danke«, sagte er. »Die Kids sind alle im Bett. Margie und Ellen streiten die ganze Zeit, also habe ich sie in verschiedenen Zimmern untergebracht.«

»Gut. Richtig so«, sagte Daniel. Er sah eine Flasche Whiskey und zwei Gläser auf dem Schreibtisch. »Hey, wo hast du den her?«

»Gekauft«, antwortete Cray. Das Glas vor ihm war halbvoll. Er goss einen Fingerbreit in das andere.

»Dafür bist du noch zu jung«, sagte Daniel.

»Sagt wer?«, erwiderte Cray herablassend. »Das Gesetz?«

Er schraubte die Flasche wieder zu und schob das Glas

über den Tisch. Daniel hätte gern ein gutes Beispiel gegeben, aber es war ein harter Tag gewesen, und ehrlich gesagt, war es ihm auch egal. Soweit es ihn betraf, war Cray alt genug, um solche Entscheidungen selbst zu treffen. Er nippte an dem Whiskey und zuckte zusammen.

»Der ist aber heftig«, sagte er.

»Dann kaufen Sie die nächste Flasche.«

»Keine Chance.«

Cray griff unter den Schreibtisch und zog eine Tüte Fastfood hervor.

»Ich habe einen Chickenburger, wenn Sie wollen«, sagte er.

Daniel hatte seit Mittag nichts gegessen. Er griff nach der Tüte, die Cray ihm reichte. Sie war noch warm. Normalerweise hätte Daniel nicht im Traum daran gedacht, so etwas zu essen, doch diesen Burger verschlang er und die fast kalten Pommes auch. Er wischte sich den Mund mit einer Papierserviette ab, während Cray ihnen noch einen Whiskey einschenkte.

»Danke«, sagte Daniel.

Schweigend saßen sie eine Weile da und nippten am Whiskey, bis Daniel sagte: »Ich habe eine Frage. Wenn es nach dir ginge, wie könnte man das Leben dieser Kinder nachhaltig verbessern?«

Cray kniff die Augen zusammen.

»Scheiße, was ist das für eine Frage?«

»Maria hat mich nach Ideen gefragt, wie sie an mehr Geld kommen könnte, aber ich weiß nicht, ob das die Lösung ist. Mir kommt es vor, als könnte man so viel Geld in dieses Heim pumpen, wie man wollte, ohne dass sich die Aussichten für die Kids ändern. Sie finden trotzdem nur schwer einen Job oder bekommen kaum einen

Kredit oder einen sicheren Platz zum Wohnen. Ich finde einfach keine Antwort. Aber sie hat nach einem neuen Blickwinkel gefragt. Vielleicht hast du ja einen?«

Cray trank seinen Whiskey aus und stellte das Glas auf den Tisch. Er hielt es schräg, setzte es auf die Kante und legte einen Finger auf den oberen Rand. Dann gab er ihm einen Drall und schaute zu, wie es sich drehte.

»Ich sag Ihnen, was ich denke«, sagte er. »Ich denke, dieses Heim ist ein Rettungsboot. Man braucht Rettungsboote, aber man kommt damit nicht weit. Das Problem ist: Alle anderen Boote hier sinken. Zumindest haben diese Kids Maria, die auf sie aufpasst. Alle anderen in Ariesville kämpfen nur für sich selbst, auf die eine oder andere Art. Man kann das Leben dieser Kids nicht in Ordnung bringen, solange man Ariesville nicht in Ordnung bringt.«

»Wie?«

Cray schnaubte und zuckte mit den Schultern. »Keine Ahnung. Das muss die Politik machen oder so.« Er starrte weiter auf das Glas.

Daniel versuchte eine andere Taktik. »Als du klein warst, was waren deine größten Probleme?«

»Ha«, meinte Cray trocken. »Eine tote Mom, die Waage war. Ein betrunkener Dad, der Widder ist. Ein Arschloch als Bruder. Eine Million Arschlöcher auf den Straßen da draußen.«

»Ich wusste nicht, dass du einen Bruder hast.«

»Er ist tot. Er war in der Armee und hat sich bei einem Einführungsritual das Rückgrat gebrochen. Ein paar Monate hat er noch im Rollstuhl gejammert, dann ist er im Krankenhaus gestorben. Lungenentzündung.«

»Scheiße«, sagte Daniel. »Mein Beileid.«

Cray blickte Daniel an, als habe er keine Ahnung. Daniel ließ das Thema auf sich beruhen.

»Und dein Dad?«

»Auch ein Arschloch?«

»Hat er dich geschlagen?«

»Nee«, meinte Cray und wischte sich mit dem Ärmel über die Nase. »Gut, als wir klein waren, aber wir haben gelernt, uns zu wehren. Und er war normalerweise so besoffen, dass wir ihn fertigmachen konnten. Das versucht er gar nicht mehr. Jetzt ist er einfach nur noch jämmerlich.«

»Was hat er gearbeitet?«

»Er war Fliesenleger. Das lief gar nicht so schlecht, bis der Vermieter ihm den Finger gebrochen hat. Danach hat er einfach aufgegeben.«

»Was?«, fragte Daniel schockiert.

»Man muss die Miete pünktlich zahlen«, sagte Cray. »Das weiß in Ariesville jeder. Die Leute nehmen lieber Kredite mit unglaublichen Zinsen auf, als sich mit Hernandez anzulegen.«

»Mit wem?«, fragte Daniel.

Cray zog die Augenbrauen hoch. »Hernandez! Haben Sie noch nie von Miguel Hernandez gehört?«, fragte er. »Ich dachte, Sie wären so ein großes Tier.«

Im Laufe der nächsten Stunde erklärte er Daniel die Sachlage: Der Großteil aller Immobilien in Ariesville gehörte drei oder vier Familienunternehmen. Sie bestimmten den Preis, weshalb die Mieten in Ariesville trotz der schäbigen Wohnungen deutlich höher lagen als im Rest der Stadt. Die ärmsten Bewohner der Stadt saßen in der Zwickmühle, weil ihnen niemand in einem anderen Stadtteil eine Wohnung vermieten wollte und die Vermieter ihnen hier nicht verboten, mit einer quasi unbegrenzten Personenzahl in einem Apartment zu leben. So teilten sich manchmal große Familien einen einzigen Raum.

»Hernandez ist der größte Vermieter«, sagte Cray. »Ihm gehört das Meiste nördlich vom Fluss. Ich kann mir gar nicht vorstellen, dass Sie noch nie von ihm gehört haben. Wenn er kein Widder wäre, würden ihn alle in der Stadt kennen.«

»Aber das ist ja Wucher«, sagte Daniel.

»Na klar«, murmelte Cray in sein Whiskeyglas.

»Und niemand versucht, ihm das Handwerk zu legen?«

»Wie denn? Die einzigen Leute, die in Ariesville noch reicher sind als er, sind die Dealer, und denen geht das am Arsch vorbei. Die stecken mit ihm unter einer Decke. Dem Rest der Stadt ist es egal.«

»Und seine Männer haben deinem Vater den Finger gebrochen?«

»Nicht nur meinem Vater. Fragen Sie, wen Sie wollen. Die Vermieter sorgen dafür, dass alle wissen, was los ist, wenn man die Miete nicht zahlt.«

44

Lindi saß in Burtons Büro und arbeitete an ihren astrologischen Recherchen, während er auf der anderen Seite des L-förmigen Schreibtisches einen detaillierten Fortgangsbericht verfasste. Seit sie im Revier angekommen waren, hatten sie kaum ein Wort gewechselt. Er war immer noch sauer auf sie, weil sie mit Bram gesprochen hatte, und sie war wütend auf ihn, weil er ausgeflippt war und Brams Recherchen nicht ernst genommen hatte.

Es klopfte, und Detective Rico steckte den Kopf herein.

»Hier sind Hammonds und Mahouts vollständige Geburtsurkunden«, sagte er und hielt einen Umschlag für Burton in die Höhe.

Lindi drehte sich auf ihrem Stuhl um. »Ich nehme sie«, sagte sie.

Rico sah Burton fragend an. Vollständige Geburtsurkunden würden es Lindi oder jedem anderen Astrologen erlauben, genaue Geburtshoroskope zu erstellen, und das waren natürlich absolut vertrauliche Dokumente. Ein Unternehmen konnte Angestellte feuern, wenn das Horoskop ungünstig ausfiel. Versicherungsgesellschaften benutzten sie, um die Prämien ihrer Kunden festzulegen.

Burton nickte, und Rico reichte Lindi den Umschlag.

»Danke«, sagte sie, drehte sich wieder dem Schreibtisch zu und öffnete ihn.

Sie spürte die Blicke beider Männer auf sich ruhen. Vermutlich hatte Burton Rico von ihr und Bram erzählt. Sie konzentrierte sich darauf, die Informationen in ihr Astrologie-Programm einzugeben, erstellte zwei neue Geburtshoroskope und ließ die Synastrie-Vergleiche laufen. Nach einer Weile murmelte sie etwas vor sich hin.

»Seltsam.«

»Was?«, fragte Burton über die Schulter.

Sie zeigte ihm eins der Horoskope.

»Sehen Sie. Ein seltsamer Zufall.«

»Was denn?«

»Dies ist Harvey Hammonds Horoskop im Vergleich mit dem von Chief Williams. Sehen Sie? Ihre Sonnen stehen fast exakt neunzig Grad zueinander. Neunundachtzig Grad.«

»Okay«, sagte Burton leicht ungeduldig. »Lassen Sie mich wissen, wenn Sie etwas entdecken, das einen von beiden mit Mahout in Verbindung bringt.«

Er wandte sich wieder seinem Computer zu und tippte weiter. Lindi betrachtete die Radix und trommelte leicht mit den Fingern auf den Tisch, während sie nachdachte.

Kurz darauf seufzte Burton hinter ihr.

»Es hat nichts zu bedeuten«, sagte er, »vergessen Sie's.«

»Tut mir leid«, sagte Lindi. Ihr Blick huschte über den Bildschirm. »Meiner Meinung nach schon.«

»Können Sie sich nicht einfach Mahouts Horoskop anschauen und überprüfen, ob es sich irgendwie mit Hammond oder Williams in Verbindung bringen lässt? Es spielt keine Rolle, ob Hammond und Williams in Verbindung stehen.«

»Warum nicht?«, fragte Lindi und drehte ihren Stuhl in seine Richtung.

»Weil wir das bereits wissen. Sie waren Freunde. Wir müssen es der Jury nicht beweisen. Aber wir brauchen einen Beweis für Mahouts Verwicklung, und zwar sofort, und noch dazu so überzeugend, dass wir damit Unruhen verhindern können.«

Lindi verschränkte die Arme vor der Brust.

»Was würde es mich kosten, Ihnen beweisen zu dürfen, wie wichtig das hier ist?«, fragte sie.

Burton dachte darüber nach. »Drei Dinge«, sagte er schließlich und zählte an den Fingern ab. »Erstens: Ist es ein so verrückter Zufall, dass er eine besondere Erklärung braucht? Ich hatte mal einen Fall, in dem zwei Opfer und ein Mörder den gleichen zweiten Vornamen hatten. Das brauchte nicht untersucht werden, denn so unwahrscheinliche Dinge passieren manchmal. Zweitens: Gibt es möglicherweise eine einfache Erklärung für den Zufall? Und drittens: Können wir es nutzen, um unseren Mörder zu prognostizieren?«

»Okay«, sagte Lindi und äffte ihn nach, wie er an den Finger abzählte. »Also, erstens: Ja, ich glaube, der Zufall ist seltsam genug, um ihn sich genauer anzusehen. Zweitens: Wir haben Jahrhunderte astrologischer Theorien, die uns einfache Erklärungen liefern. Und drittens: Wir können nur herausfinden, ob es uns in diesem Fall hilft, wenn wir uns ein wenig mit der Spur beschäftigen. Aber ich finde das Muster einfach wahnsinnig interessant.«

»Warum?«, fragte Burton. »Was ist daran so außergewöhnlich?«

»Weil wir Krugers Geburtsdatum und -zeit nicht genau kennen, aber er ist Wassermann wie ich, also ist er im Januar oder Februar geboren, und dann steht die Sonne im rechten Winkel zu Williams und genau gegenüber von Hammond. Moment mal.«

Sie nahm sich ein Stück Papier von Burtons Schreibtisch und zeichnete sechs Linien darauf, die sich in einem zentralen Punkt trafen, wodurch sich zwölf Segmente ergaben. Mit geübter Hand zeichnete sie die astrologischen Symbole in die Abschnitte: Widder, Stier, Zwillinge, Krebs, Löwe, Jungfrau, Waage, Skorpion, Schütze, Steinbock, Wassermann, Fische.

»Das ist der Himmel«, sagte sie.

»Ja«, gab Burton zurück. »Ich weiß.«

Sie ignorierte seinen genervten Tonfall.

»Und jetzt Astrologie für Anfänger! Jedes der Tierkreiszeichen erhält seine Wesensmerkmale durch zwei Dinge: Das Element...«

Sie begann mit Widder, ging im Uhrzeigersinn die Symbole durch und schrieb »FEUER«, »ERDE«, »LUFT«, »WASSER«, »FEUER«, »ERDE«, »LUFT«, »WASSER«, ...

»Und die Qualität des Elements.«

Nun ging sie den Kreis erneut durch und schrieb: »kardinal«, »fix« »veränderlich«, »kardinal«, »fix«, »veränderlich«...

»So, Sie sind ein Stier, also fixe Erde. Dementsprechend haben Sie die Eigenschaften des Elements Erde, Sie sind bodenständig, vertrauenswürdig, verlässlich und treu. Fische sind veränderliches Wasser, also unentschlossen und mit dem Strom schwimmend. Was ich sagen will: Unsere Elemente prägen fundamental, was wir sind. Können Sie mir bis hierher folgen?«

»Überwiegend«, sagte Burton.

»Okay. Williams wurde also geboren, als die Sonne im Stier stand...«

Sie schrieb »WILLIAMS« über »ERDE«.

»Und Hammond wurde mit der Sonne im Löwen geboren.«

Sie schrieb »HAMMOND« über »FEUER«.

»Sehen Sie?«, fragte sie.

»Verdammte Scheiße«, fluchte Burton.

»Genau«, sagte Lindi. »Beide wurden mit dem Element ihres Sternzeichens getötet. Das ist so schlicht, dass man es kaum Astrologie nennen kann. Und jetzt das hier.«

Sie zog eine gestrichelte Linie von »HAMMOND« durch das Zentrum des Horoskops zum Wassermann. Sie schrieb: »KRUGER« über »LUFT«.

»Und wenn ich recht habe, gibt es noch einen Punkt in dem Viereck...«

Sie zog eine gestrichelte Linie von »WILLIAMS« zum Skorpion, schrieb aber keinen Namen dazu.

»Und das«, sagte sie, »nennen wir ein großes Geviert. Normalerweise wird es als überaus ungünstig betrachtet, denn ein Viereck bedeutet, dass Energie blockiert wird, obwohl ich schon gehört habe, dass manche Leute es absichtlich suchen. Die Anhänger von Morinus glauben, dass Vierecksaspekte eigentlich überlagerte Harmonien sind, die...«

Sie sah Burtons Gesicht und bremste sich.

»Tut mir leid«, sagte sie. »Es läuft alles darauf hinaus, dass es astrologisch bedeutsam ist.«

»Aber was erfahren wir Neues, das wir nicht schon wussten?«, fragte Burton. »Williams, Hammond und Kruger kannten sich. Ist das da nicht nur der Beweis, der in den Sternen steht?«

»Ja, aber sehen Sie sich das hier an«, sagte Lindi. Sie zeigte auf die Namen der Elemente. »Tod durch Erde.

Tod durch Feuer. Kruger wird durch Luft sterben, und eine vierte Person, die wir noch nicht kennen, wird durch Wasser sterben.«

Burton betrachtete das Diagramm. Sein Blick wanderte von einem Element zum anderen.

»Mist«, sagte er leise.

»Ja. Genügt Ihnen das als Prognose?«

45

Am nächsten Morgen ging Daniel nicht zu Marias Kinderheim. Stattdessen erledigte er ein paar Anrufe und besuchte seine Anwälte. Am Tag darauf rief er Cray an.

»Wie viel weißt du über Miguel Hernandez?«, fragte er.

»So viel wie alle hier«, antwortete Cray. »Wieso?«

»Würdest du seine Mieteintreiber erkennen? Die brutalen?«

»Sicher! Einige schon. Gill, Hank, Cesar ...«

»Großartig. Wir treffen uns in einer Stunde vor dem Heim.«

Als Daniel ankam, lehnte Cray am Tor. Er stieg zu Daniel in den Wagen.

»Was soll das Spionieren?«, fragte er. »Was machen Sie? Haben Sie es auf Hernandez abgesehen?«

»Ich zeig's dir. Schnall dich an.«

Cray verdrehte die Augen, schnallte sich aber an.

Sie verließen Ariesville auf dem Western Boulevard und fuhren durch das Industriegebiet auf der anderen Seite hinaus. Nach und nach wurde die Bebauung spärlicher, und weite grüne Wiesen wurden hinter Sicherheitszäunen sichtbar.

Daniel fuhr durch ein Tor mit einem Schild: »Stone River Business Park«. Er zeigte seinen Ausweis einem Wachmann, der daraufhin eine Schranke öffnete und sie durchwinkte. Sie parkten in einer Tiefgarage und gingen hinaus zu einem zweiten Sicherheitstor, von wo sie in einen gepflasterten Hof kamen. An den Türen verkündeten Schilder, welche Firmen sich dahinter befanden: NRV Sports, Axonic Consulting, Dynamic Human Logistics.

Daniel führte Cray zu einer Tür ohne Schild am Ende des Hofs hinter einem kleinen, runden Springbrunnen, auf dem ein paar magere Jungfrauen und Schützen saßen, schwatzten und die Möwen mit Brot fütterten. Er holte einen Schlüssel hervor, schloss auf und löste das schrille Kreischen der Alarmanlage aus. Cray zuckte zusammen. Daniel gab neben der Tür einen Code ein, und der Lärm hörte nach dreimaligem Piepen auf. Er schaltete die Neonbeleuchtung ein und führte Cray hinein.

Die Wände des Büros waren kahl. Außer ein paar aufeinandergestapelten Schreibtischen und sechs in Blasenfolie verpackten Drehstühlen neben dem Eingang gab es keine Möbel. Der Teppich war blaugrau und zeigte kreisförmige Abdrücke von früher vorhandenen Tischen. In einer Ecke befand sich eine kleine, leere Küchenzeile, und im hinteren Bereich gelangte man durch eine offene Tür in ein kleineres Büro. An der Wand standen Kartons und Computermonitore.

»Was soll das?«, fragte Cray, als sie hineingingen, und blickte sich verwirrt um.

»Von hier aus«, sagte Daniel, »werden wir Miguel Hernandez zur Strecke bringen. Ich gründe eine neue Firma: Neue Immobilien. Was hältst du davon?«

Cray schnaubte. »Sie wollen Hernandez von diesem schäbigen Büro aus zur Strecke bringen?«

»Warum nicht? Für das, was ich vorhabe, benötige ich nicht viel Personal. Jedenfalls im Augenblick noch nicht.

Hier haben wir alles, was wir brauchen, um ein legales Geschäft zu betreiben, und die Fixkosten sind niedrig.«

»Ich verstehe nicht«, sagte Cray. »Sie wissen ja wohl: Wenn Sie sich mit Hernandez anlegen, werden seine Jungs Sie sofort umbringen, klar? Als Sie gesagt haben, Sie wollten mir etwas zeigen, habe ich gedacht, es ginge um eine Kanone und eine kugelsichere Weste.«

»Was, echt?«, fragte Daniel.

»Oder um Nachtsichtgeräte und einen Taser oder so was. Dann könnten Sie Hernandez' Leuten in dunklen Gassen auflauern, und niemand würde Sie sehen, zack Handschellen, und man lässt sie für die Cops liegen.«

Daniel konnte nicht anders, er musste lachen. »Wie ein Superheld?«

Cray wurde rot. »Keine Ahnung! Ist auch nicht verrückter als das, was Sie vorhaben. Was immer das sein mag.«

Daniel fühlte sich ein bisschen schlecht. Cray war nicht dumm und hatte so schnell erwachsen werden müssen, dass Daniel manchmal vergaß, wie jung er eigentlich war. Er musste noch viel lernen.

»Pass auf, Cray«, sagte er. »Hernandez mag ein Gangster sein, aber nach außen hin spielt er den Geschäftsmann, und das tut er schlecht. Das bedeutet, wir können ihn auf absolut legale Weise ausnehmen, und er kann nichts dagegen tun. Es gibt ein ganzes System, um Leute wie ihn fertig zu machen. Wenn es stimmt, was du sagst, wenn er offen Gewalt einsetzt, um Schulden einzutreiben, wird das nicht schwer zu beweisen sein. Und das verschafft uns einen Ansatzpunkt. Wir zwingen ihn, seine Immobilien zu einem vernünftigen Preis zu verkaufen, und das ist der erste Schritt, um in Ariesville aufzuräumen.«

»Er wird sich wehren. Wenn er rausfindet, was Sie vorhaben, wird er nicht lange zögern und dieses Büro abfackeln.«

»Er findet es nicht heraus«, sagte Daniel. »Keine Sorge. Ich bin unauffällig und habe einen großen Vorteil: Ich weiß, wer er ist, und kann ihn leicht im Auge behalten. Und er hat keine Ahnung, wer ich bin. Wenn er mich also bedrohen will, muss er erst einmal herausfinden, was ich vorhabe, und mich dann finden. Und bei dem, was ich vorhabe, kann ich ihn von jedem Ort der Welt aus angreifen. Dieses Büro könnte in Helsinki stehen, und ich würde ihn trotzdem erwischen.«

»Sie werden sich noch wünschen, dass es in Helsinki steht, wenn er Wind von der Sache bekommt«, sagte Cray.

Daniel zuckte mit den Schultern. »Mit diesem Büro kann er anstellen, was er will. Es ist nur gemietet.«

46

Detective Kolacny schob die Finger zwischen die Aluminiumjalousie im Morddezernat, drückte die Lamellen auseinander und sah zu den Demonstranten herunter.

»Es sind noch viel mehr geworden«, sagte er.

Burton stellte sich zu ihm. Ein Teil der Menge trug rote Hemden, doch andere sahen aus wie ganz normale Bürger von San Celeste, was noch viel unheimlicher war. Sie hatten Solomon Mahout zu früh verhaftet, und jetzt siegte die Widder-Front im Krieg der Worte. Jemand hatte Plakate gedruckt, auf denen »Freiheit für Mahout!« stand.

»Die sind aber angeschmiert«, sagte Rico. »Wir haben Mahout gar nicht hier.«

»Echt? Wo ist er denn?«

»Das WEK hat ihn gestern Abend mitgenommen. Ich glaube, sie haben ihn in ihrem neuen Revier in Ariesville.«

»Ich dachte, das wäre noch gar nicht eröffnet«, meinte Burton.

»Oh, doch, doch. Der Bürgermeister hat zwar mit seiner großen Schere noch kein rotes Band durchgeschnitten, aber das Revier ist komplett einsatzbereit. Sie sind schon seit Wochen da drin.«

Das Gebrüll der Menge schwoll zu einem gleichmäßigen Gesang an.

»Widder-Rechte! Widder-Rechte!«

»Scheiß drauf«, sagte Rico. »Die haben nicht das Recht, für diesen Kotzbrocken zu demonstrieren. Diese Widdergangster sind in mein Haus eingebrochen. Meine Schwester wurde im Zug überfallen. Wo ist unser Protestmarsch?«

»Burton!«, rief jemand von den Türen am anderen Ende der Abteilung her. Mendez kam zu ihnen. »Danke für den Bericht über Mahout. Sie haben Ihr Bestes getan, aber ein paar handfeste Beweise würden erheblich dazu beitragen, die Leute draußen zum Schweigen zu bringen.«

»Ja, Sir«, sagte Burton. »Haben Sie meinen Bericht über dieses Tierkreiszeichen-Muster bekommen, das Lindi Childs entdeckt hat?«

»Ja.«

»Und haben Sie die Notiz gelesen, die ich darangeklebt habe? Der einzige prominente Skorpion, den Williams und Hammond kannten, ist der Bürgermeister, und falls der Killer es auf ihn abgesehen hat...«

Mendez hob die Hand.

»Nein, Burton. Werfen Sie nur mal einen Blick nach draußen. Wir wissen längst, dass der Bürgermeister Schutz braucht, und deshalb passen die Special Investigation Services auf ihn auf. Er ist absolut sicher. Ich schicke den SIS eine Warnung, und Kruger auch, aber Lindi Childs' Theorie ist bestenfalls vage. Der Bürgermeister steht zurzeit enorm unter Druck. Vielleicht verhängt er den Ausnahmezustand. Lassen wir ihn in Ruhe, bis wir etwas Belastbares haben. Und wo stehen wir jetzt bei Mahout?«

47

An dem Abend erhielt Burton einen Anruf von einer unbekannten Nummer. Er schaltete auf laut.

»Hallo?«

»Guten Abend, Detective. Hier spricht Bruce Redfield.«

Die Stimme klang ruhig und sicher. Burton brauchte einige Sekunden, bis er den Namen einordnen konnte.

»Herr Bürgermeister«, sagte er überrascht.

»Richtig. Captain Mendez sagt, Sie hätten etwas Interessantes in meinem Geburtshoroskop entdeckt.«

»Nicht ich, Sir. Die Astrologin, mit der ich zusammenarbeite, Lindi Childs.«

»Ach ja«, sagte der Bürgermeister und zögerte. »Und haben Sie schon jemandem davon erzählt?«

»Nein, Sir, nicht dass es mir bewusst wäre.«

»Gut, Detective. Wenn Sie morgen Nachmittag Zeit hätten, würde ich gern mit Ihnen beiden sprechen, privat. Kommen Sie gegen fünf zu mir nach Hause. Die Wachleute werden Bescheid wissen.«

»Sir«, fragte Burton, »stimmt etwas nicht?«

»Nein, nein, ganz und gar nicht«, sagte der Bürgermeister. »Es ist nur... Man hat mich gewarnt, dass ein bestimmter Aspekt meines Horoskops missverstanden werden könnte. Ich möchte Sie beide hier sehen, damit ich es Ihnen unter vier Augen erklären kann. Dann werden Sie besser verstehen, warum ich es bevorzugen würde, wenn es nicht an die Öffentlichkeit gelangt. Und deshalb sollte auch niemand von dem Treffen wissen. Ich weiß Ihre Diskretion zu schätzen.«

»Ja, Sir. Fünf Uhr.«

»Danke, Burton. Und diese Sache mit Aubrey tut mir sehr leid. Hammond hätte sich niemals zu einer derart haltlosen Beschuldigung herabgelassen. Ich habe selten jemanden kennengelernt, der so wenig Widder ist wie Sie.«

Burton wusste, dass der Bürgermeister sich einfach nur politisch klug äußerte, trotzdem war er dankbar. Es tat ihm gut, so etwas zu hören.

»Danke, Sir«, sagte er. »Das bedeutet mir sehr viel.«

48

Kaum einen Monat später hatte Daniel sein neues Unternehmen an den Start gebracht und verfügte über fünfzehn Angestellte, darunter Empfangsdamen, Lohnbuchhalter, Projektmanagement und eine große Rechtsabteilung. Cray war Daniels erster Angestellter und offiziell sein Assistent. Dabei musste man es ihm hoch anrechnen, dass er im Büro auf seine übliche Großtuerei verzichtete. Er stürzte sich in die Arbeit, was auch immer es war, wofür Daniel ihn gerade brauchte – im Normalfall einfache Büroaufgaben wie Dateneingabe, Suche in öffentlichen Verzeichnissen und der Vergleich von Preisen. Er blieb bis spät in die Nacht, um alles zu erledigen, und war beharrlich und konzentriert bei der Sache. Er strengte sich besonders an und erledigte zusätzliche Recherchen, machte Vorschläge und, das Wichtigste, er stellte Fragen. Außerdem lernte er schnell.

Daniel musste sich dennoch selbst ermahnen, Cray nicht zu sehr zu vertrauen. Cray hatte zwar inzwischen Respekt vor Daniel, vermutlich, weil Daniel ihm gegenüber ebenfalls Respekt zeigte, aber er hatte klare Grenzen. Sobald Daniel über die Lehranstalt der Wahren Zeichen sprach, machte Cray dicht oder wich sarkastisch aus. Alle im Büro waren auf der Hut vor ihm, und Daniel übertrug ihm keine Aufgaben, bei denen er telefonieren musste.

Cray konnte skrupellos sein, und daher war es möglich, wenn auch unwahrscheinlich, dass er sich einfach nur bei Daniel einschmeicheln wollte, um sich eine Vertrauensposition zu erschleichen. Sobald er dann Zugang zum Firmenkonto hätte, könnte er es durchaus leerräumen und verschwinden. Schließlich war er immer noch derselbe Junge, der Daniel einen Schlag in den Bauch versetzt hatte, um an seine Brieftasche zu kommen.

Aber Misstrauen war anstrengend. In den folgenden Monaten gab Daniel ihm viele Gelegenheiten, ihn zu betrügen, manchmal absichtlich, manchmal aus Versehen. Cray nahm keine davon wahr. Er beschwerte sich nicht und klaute nicht einmal einen Hefter. Obwohl Daniel gelacht hatte, als Cray andeutete, er werde ein Superheld werden, gefiel ihm die Vorstellung, dass sie eine Art Batman und Robin geworden waren. Cray hatte gute Instinkte und ein aggressives Charisma. Daniel hatte Geld und Einfluss. Gemeinsam würden sie die Stadt verändern. Und als Erstes mussten sie Miguel Hernandez hinter Gitter bringen.

Der Plan war simpel. Daniel hatte ihn ausführlich mit seiner Rechtsabteilung diskutiert. Hernandez umging eindeutig verschiedene Gesetze und kommunale Vorschriften, indem er Inspektoren bestach. Durch eine Verhaftung würde man ihn in die Defensive drängen und es ihm erschweren, sein Geschäft so zu führen, wie er es gewohnt war. Er würde im Rampenlicht stehen und müsste nach den Regeln spielen, und sobald es so weit war, hätte Daniel ihn an den Eiern.

Die Einzige, die nicht mitspielte, war Maria.

»Das ist Schwachsinn, Daniel.«

Daniel und Cray verbrachten die meisten Wochenenden weiterhin mit Arbeit im Heim. Cray war im Spielzimmer und passte auf, dass die Spiele nicht ausarteten, während Daniel und Maria in der Küche das Abendessen zubereiteten. Auf Daniels Einwirken hin gab es Gemüse zum Tiefkühl-Hähnchen, auch wenn er wusste, dass die meisten Kinder es auf dem Teller liegen lassen würden. Er hackte Tomaten, während Maria mit ihm schimpfte.

»Warum machen Sie das?«, fragte sie. »Wenn Hernandez herausfindet, was Sie vorhaben, wen wird er sich dann wohl vornehmen? Sie nicht, in Ihrem hübschen Hotel mit seinen Wachleuten.«

»Er wird nichts über mich herausfinden«, sagte Daniel. »Und ich werde ihn mir vorknöpfen, um die Dinge hier in Ordnung zu bringen. Wenn Ariesville bleibt, wie es ist, werden Sie eine Generation Kinder nach der anderen für Ihr Heim bekommen. Es ist doch auch für die Kinder das Beste.«

»Ach, kommen Sie mir nicht so!«, sagte Maria und warf geschnittene Kartoffeln ins siedende Öl. »Spielen Sie sich nicht als großer Retter auf! Ihnen geht's doch nur um Ihre Geschäftsinteressen!«

»Das ist nicht fair«, sagte Daniel. »Wollen Sie, dass Hernandez in Ariesville das Sagen hat? Nein? Okay. Dann muss jemand anderes das Land besitzen. Zumindest werde ich diese Leute nicht ausnehmen.«

»Nein, aber Sie werden ihr Geld nehmen, damit sie auf Ihrem Land leben dürfen.«

Daniel setzte sein Messer ab. »Sie können mir doch nicht ernsthaft vorwerfen, dass ich Immobilien besitze«, sagte er. »Was soll ich tun? Das Land den Mietern schenken?«

»Nein, aber Sie könnten aufhören, sich und allen anderen in die Tasche zu lügen. Und bitte, halten Sie meine Kids aus Ihrem Immobilienspiel raus.«

»Ich werde mich nicht in einen Hernandez verwandeln, Maria.«

»Ach, nein?«, sagte sie. »Und was machen Sie, wenn Ihre Mieter nicht zahlen können? Oder wenn sie das Gesetz brechen und ganze Familien in kleine Wohnungen zwängen, weil sie sich mehr nicht leisten können?«

»Ich gebe ihnen eine faire Chance und verlange eine vernünftige Miete.«

Maria sah ihn skeptisch an.

»Klar«, sagte sie. »Und wenn sie trotzdem nicht zahlen, schmeißen Sie sie raus, weil Sie sich Verluste nicht leisten können, oder? Dann landen sie auf der Straße, und die Kinder landen bei mir. So läuft es nun mal im Leben. Bilden Sie sich bloß nicht ein, dass Sie ein Held sind.«

Abgesehen von Marias Skepsis erwies es sich auch als deutlich schwieriger, Hernandez hinter Gitter zu bringen, als Daniel erwartet hatte. Während es keinen Zweifel daran gab, dass Hernandez kriminellen Mietwucher betrieb, wollte keiner seiner Mieter gegen ihn aussagen, nicht einmal, nachdem er ihnen versprochen hatte, für ihre Sicherheit zu sorgen. Er brauchte eine andere Quelle für Beweise. Während die Wochen ins Land gingen und die Kosten stiegen, begann er verzweifelte Maßnahmen in Betracht zu ziehen. Er kaufte Überwachungstechnik – Mikrofone, Minikameras und GPS-Tracker – und gab seinen Anwälten den Auftrag, die genauen Grenzen von Legalität und Statthaftigkeit der Aufnahmen zu prüfen, die er machen wollte.

Ton- oder Bildaufnahmen auf Hernandez' Eigentum anzufertigen stand nicht zur Diskussion, daher musste es in der Öffentlichkeit geschehen. Glücklicherweise waren Hernandez' Geldeintreiber nicht zimperlich. Am Anfang des neuen Monats folgten Daniel und Cray ihnen in sicherer Entfernung bei ihrem Inkasso-Gang durch Ariesville. Noch ehe eine Stunde um war, hatten die Männer bereits eine Tür eingetreten und eine schreiende Frau an den Haaren auf die Straße gezerrt. Daniel filmte alles mit einem Teleobjektiv aus dem Auto heraus, und Cray ging vorbei und machte Tonaufnahmen mit einem Mikrofon am Handgelenk. In Crays Fantasie war er damit schon nahe daran, ein Superheld zu werden, nur dass die Frau, nachdem es vorbei war, immer noch auf der Straße saß und heulte, nachdem Hernandez' Männer ihr das ganze Geld aus dem Portemonnaie in ihrer Handtasche abgenommen hatten. Daniel war schockiert darüber, wie offen die Männer Gewalt ausgeübt hatten. Allerdings würde niemand in Ariesville jemals die Cops rufen.

»Das reicht nicht«, sagte einer von Daniels Anwälten, nachdem er sich die Aufnahmen im Büro angesehen hatte. »Hernandez könnte einfach behaupten, diese Praktiken nicht zu billigen, und seine Männer feuern. Na ja, wenn sie seinen Namen erwähnt hätten, wäre es vielleicht leichter, es ihm persönlich anzuhängen...«

Daniel dachte darüber nach. »Wenn diese Leute verhaftet werden, würden sie gegen Hernandez aussagen?«

Cray schüttelte den Kopf. »Auf gar keinen Fall«, sagte er. »Er würde sie umbringen lassen.«

Daniel blieb an diesem Abend lange im Büro und stellte alle Investmentvorschläge zusammen, um die Finanzierung von Hernandez' Immobilien zu sichern, falls er den Kerl je dazu bringen konnte zu verkaufen. Cray blieb ebenfalls, las Artikel über die Verpflichtungen von Immobilienbesitzern und ging auf einem der Bürocomputer Regierungsunterlagen durch.

Nach einigen Stunden sah er Daniel an.

»Hernandez hat einige Wohnhäuser, bei denen eine Inspektion fällig ist. Feuersicherheit, Bausicherheit und so weiter.«

»Ich weiß«, sagte Daniel. »Ich wollte ihn verhaften lassen, ehe es so weit ist, damit die Inspektoren nicht in Versuchung kommen, Bestechungsgelder anzunehmen. Dann hätten wir ihn.«

»Ja«, sagte Cray. »Aber vielleicht gehen wir's auch von der falschen Seite her an.«

»Wie meinst du das?«

»Wir können uns nicht auf die Mieter verlassen und auch nicht auf Hernandez' Männer, aber wie wär's mit ein paar netten Inspektoren der Stadt, die sich haben bestechen lassen? Die kennen Hernandez nicht so gut, deshalb haben sie mehr Angst vor dem Knast als vor ihm.«

Daniel starrte ihn an. »Cray, du bist genial!«

Dazu brauchten sie nicht einmal ihr Überwachungsequipment einzusetzen. Im Grunde reichte eine anonyme Beschwerde bei der für Mietwohnungen zuständigen Behörde, und zwei Tage später wurde eine Inspektorin losgeschickt, um drei von Hernandez' Häusern vor der Fälligkeit zu untersuchen. Sie wurden alle nicht beanstandet, was zu erwarten war. Cray ging später hin und fotografierte heimlich mit dem Handy die Schäden am Gebäude – blockierte Fluchtwege, überbelegte Räume, nicht funktionierende Fahrstühle, bröckelnder Beton und rostende Bewehrungen. Das schickte er mit aktuellem Datum versehen an eine Zeitung, zusätzlich anonym an den Vorgesetzten der Inspektorin in der Behörde. Die betreffende

Inspektorin wurde in aller Stille entlassen, aber Daniel zog ein paar Strippen und sprach mit einem Bekannten im Rathaus. Der Vorgesetzte wurde zu einem Disziplinargespräch einbestellt, und die Inspektorin wurde verhaftet.

Daniel bekam sogar die Mitschrift ihres tränenreichen Geständnisses zu sehen. Sie gab zu, dass Hernandez ihr Geld angeboten und ihre Familie bedroht hatte, falls sie es nicht nehmen würde. Und sie habe gedacht, es sei doch nur in Ariesville...

Ein Haftbefehl wurde für Miguel Hernandez ausgestellt, und weil er in Ariesville wohnte, wurde er vom WEK abgeholt. Da die Gefahr bestand, dass Hernandez auch die Cops bestach, war Daniel skeptisch gewesen, doch diesmal machten die Stier-Cops ihrem Sternzeichen alle Ehre, und zwar zu Daniels Vorteil. Keiner stand auf Hernandez' Gehaltsliste. Er hatte bei ihnen keinen Fuß in die Tür bekommen. Manche der mit ihm befreundeten Drogendealer hätten vielleicht den einen oder anderen Hebel ansetzen können, um ihm zu helfen, aber keiner wollte für ihn den Kopf riskieren. Er war auf dem absteigenden Ast, seine Rechtsanwaltskosten würden in die Höhe schießen. Und Daniel würde sich ihm als finanzieller Retter präsentieren.

An dem Abend, an dem er erfuhr, dass Hernandez verhaftet worden war, schmiss Daniel eine Party im Heim. Er bestellte drei Kuchen – Schokolade, Erdbeersahne und Vanille mit Marzipan – und besorgte Luftschlangen und Partyhüte für die Kinder. Auf dem langen Tisch verteilte er bunte Süßigkeiten.

»Warum sollen die Kinder deinen Geschäftsabschluss feiern?«, fragte Maria.

»Noch ist es kein Abschluss«, sagte Daniel. »Das kommt als Nächstes, wenn wir es schaffen. Jetzt haben wir erst mal einem bösen Mann ein Bein gestellt, und das ist eine Feier wert, oder?«

»Für wen ist die Party?«, fragte eines der Mädchen, Zoë. Sie hatte Sommersprossen und langes Kraushaar in Zöpfchen.

»Ich hatte vor drei Tagen Geburtstag«, sagte ein Junge namens Max hoffnungsvoll.

»Ist es Max' Party?«, fragte Zoë und verschränkte die Arme vor der Brust. »Wieso kriegt Max eine große Party und ich krieg nichts?«

»Die Party ist nicht für Max«, sagte Maria streng.

»Ha! Hörst du?«, sagte einer der größeren Jungs. Er packte Max an den Schultern und zog ihn vom Tisch fort. »Nicht für dich.«

Er lachte über seinen Scherz, aber Maria hob warnend den Finger.

»Brad! Lass das! Es ist Mr. Laptons Party.«

Die Kinder wandten sich misstrauisch Daniel zu.

»Mr. Lapton? Haben Sie Geburtstag?«

»Nein«, sagte er.

»Warum geben Sie dann eine Party?«, fragte Brad. »Machen Steinböcke das so?«

Maria blickte Daniel mit gerunzelter Stirn an und versuchte, nicht zu selbstgefällig zu grinsen.

Daniel blickte in die erwartungsvollen Gesichter. Er konnte es ihnen nicht erklären. Falls Hernandez von Daniels Rolle bei seiner Verhaftung erfuhr, würde das Geschäft wohl kaum zustande kommen, und seine Firma würde untergehen.

»Nein«, sagte Daniel. »Die Feier ist für euch alle.«

Sie sahen ihn zweifelnd an.

»Ich wollte euch etwas schenken, um euch etwas zurückzugeben. Ihr habt mir etwas gezeigt, für das es sich zu kämpfen lohnt. Danke. Euch allen.«

Es war nicht die ganze Wahrheit, aber ein Teil, und er meinte es ehrlich. Den Kindern schien die Antwort zu genügen, denn sie bejubelten sich unbefangen und stürzten sich auf Süßigkeiten und Limonade. Sogar Marias Skepsis verflog vorübergehend. Daniel schaltete den alten CD-Player des Heims an, bei dem nur ein Lautsprecher funktionierte. Zusammen mit dem Lärm der Kinder wurde es laut genug für eine Party.

Daniel schnitt gerade Kuchen, als sein Telefon klingelte. Er zog es heraus und sah aufs Display.

Es war Cray. Daniel hatte schon vermutet, dass er nicht kommen würde. Cray war achtzehn und musste nicht mit einem Haufen Kinder feiern, wenn er nicht wollte. Deshalb verwunderte es ihn nicht, dass er nicht hier war, sondern nur, dass er anrief.

Daniel ging dran. »Hallo.«

In der Leitung knisterte es. Es klang, als sei Cray auf der Straße. Im Hintergrund hörte man Rufe und Motoren.

»Hernandez weiß Bescheid«, sagte Cray. In seiner Stimme schwang Panik mit.

»Was?«

»Seine Leute haben unsere Tür eingetreten. Er hat meinen Dad auf die Straße gezerrt und seinen ganzen Kram rausgeworfen. Mein Dad sagt, die hätten nach mir gesucht. Er weiß Bescheid. Ich weiß nicht, woher, aber er weiß Bescheid.«

Daniel blickte sich im Zimmer um, sah die bunten Süßigkeiten und die glücklichen, selbstvergessenen Mienen der Kinder. Die Vordertür war verschlossen und mit Riegeln gesichert, aber plötzlich fühlte er sich verwundbar.

Irgendetwas stimmte nicht mit dem Licht draußen. Es war ihm im Partytrubel erst gar nicht aufgefallen, doch durch die alten roten Vorhänge fiel ein sanftes Flackern herein.

»Mist!«, fluchte Daniel.

Er zog die Vorhänge zurück. Das Fenster ging nicht direkt zum Parkplatz, aber er sah den orangegelben Schein, der sich auf der blätternden weißen Farbe der Mauer widerspiegelte.

Die Kinder merkten langsam, dass etwas nicht stimmte, und das fröhliche Schnattern verwandelte sich in panisches Geschrei. Daniel legte das Telefon auf den Tisch und rannte in die Küche. Er schob sich an Maria vorbei, die gerade neue Limonade brachte.

»Hey!«, fragte sie. »Was ist los?«

»Feuer!«

In der Ecke des Küchenschranks neben dem sechsflammigen Gasherd stand ein alter Feuerlöscher. Daniel hoffte, dass er noch funktionierte – er war mit einer dünnen Schicht Staub bedeckt, und Daniel wusste, dass Feuerlöscher ein Verfallsdatum hatten. Er zog den Riegel der Hoftür zurück, die zum Parkplatz führte. Sie öffnete sich quietschend.

Sein Wagen brannte. Die Flammen hüllten das Fahrzeug ein, breiteten sich über das Dach aus und reichten bis auf den Asphalt. Es roch nach Benzin. Jemand hatte seinen Wagen in Brand gesetzt. Das Tor des Heims hing schief, das Kettenschloss war unversehrt. Das untere Scharnier war mit einer Brechstange ausgehebelt worden, und das ganze Tor war verdreht, sodass man darunter durchkriechen konnte.

Daniel rannte zum Feuer und hob einen Arm vor das Gesicht, um es vor der sengenden Hitze zu schützen. Wegen der Ausdünstungen der brennenden Reifen und des Benzins musste er husten. Er fummelte am Feuerlöscher herum und fand die Plastiksicherung, als ein Mann angerannt kam und ihm den Feuerlöscher aus der Hand riss. Einen Augenblick lang dachte Daniel, es sei jemand, der sich auskenne und ihm helfen wollte, doch stattdessen schwang der Mann das Gerät und ließ es ihm wie einen Baseballschläger gegen das Kinn krachen.

Sehnen schnappten, und er spürte, wie sein Kiefer ausgerenkt wurde. Einen solchen Schmerz hatte er noch nie empfunden. Seine Beine gaben unter ihm nach, er taumelte und landete seitlich auf dem Boden.

Der Mann, der über ihm stand, trug eine braune Bikerjacke aus Leder und eine schwarze Sturmhaube. Er schleuderte den Feuerlöscher wie einen Football auf Daniel. Er konnte sich nicht rechtzeitig bewegen, um ihn abzuwehren, und das Geschoss traf seine Brust. Rippen brachen. Der Mann bückte sich, packte Daniel an den Haaren und zerrte ihn herum, bis er zum Kücheneingang guckte. Zwei weitere Männer mit Sturmhauben gingen mit Kanistern auf das Haus zu. Lautes Geschrei brach aus. Der Mann über Daniel hielt seine Haare gepackt und sorgte dafür, dass er den Blick nicht abwenden konnte.

»Guck dir das an, Arschloch! Guck dir gut an, was passiert, wenn du dich mit Hernandez anlegst!«

49

Burton kam um halb fünf in Lindis Wohnung, um sie abzuholen. Sie schien viel bessere Laune zu haben als bei ihrer letzten Begegnung.

»Hey«, sagte er, während sie über den Freeway in die südlichen Vororte fuhren. »Tut mir leid, dass ich so sauer war, weil sie Bram besucht haben. Ich wollte nur alles zusammenhalten. Aber Sie sind eine erwachsene Frau, Sie können gegen die Klauseln Ihres Vertrags verstoßen, wenn Sie möchten.«

»Nein«, sagte sie. »Das ist okay. Um ehrlich zu sein, hatte ich mich schon ein bisschen zu sehr an dieses Jungenkinderzimmer gewöhnt.«

»An den Geruch von Teenager, meinen Sie?«, fragte Burton.

Es hatte ihn an sein eigenes Zimmer erinnert, als er um die zwanzig gewesen war und dachte, er könnte seine Körperausdünstungen mit einer ordentlichen Dosis Deo übertünchen.

»Nein«, sagte Lindi. »So schlimm war es gar nicht. Aber ich glaube, er ist ein bisschen in mich verknallt.«

Burton sah sie an. Sie unterdrückte ein Grinsen.

»Hat er Sie angebaggert?«

»Nicht direkt, aber er gibt sich sehr viel Mühe mit mir, und ich glaube, er gibt mit mir an. Richtig süß.«

»Er weiß aber über Ihre... Vorlieben Bescheid?«

»Was?«, meinte Lindi. »Dass ich eine blöde Lesbe bin?«

Burton sah auf die Straße und bekam heiße Ohren.

»Noch nicht«, fuhr sie fort, »aber das Gespräch wird bestimmt peinlich.«

Das Haus des Bürgermeisters lag weit draußen vor der Stadt, wo die ummauerten Anwesen in Farmland übergingen und der Geruch von Dünger schwach in der Luft hing. Das Anwesen war von einer Dornenhecke umgeben, die eine dahinterliegende Betonmauer kaschierte. Am Tor wurden sie von einem Beamten der Special Investigation Services angehalten.

»Tag«, sagte Burton. »Burton und Childs. Wir möchten zu Bürgermeister Redfield.«

Der Beamte nickte. »Steigen Sie bitte aus, Sir und Ma'am.«

»Was? Wozu?«

»Verschärfte Sicherheitsmaßnahmen.«

Der Beamte hatte etwas Übergewicht und einen Schnurrbart und arbeitete von einem Wachhäuschen vor dem schmiedeeisernen Tor aus. Burton sah einen Kriminalroman auf dem kleinen Schreibtisch liegen, dahinter standen acht Überwachungsmonitore.

Burton und Lindi stiegen aus. Der Wachmann ging um den Wagen, überprüfte ihn von allen Seiten und untersuchte mit einem Spiegel an einem Stab die Unterseite. Er schaute unter alle Sitze, ins Handschuhfach, in den Kofferraum und unter die Haube.

»Machen Sie das mit jedem Wagen, der hier durchfährt?«, fragte Burton.

»Ja, Sir«, sagte der SIS-Beamte barsch. »Ich muss Sie abtasten, ehe ich Sie reinlassen darf.«

Allmählich wurde Burton ärgerlich.

»Ich komme zu spät zum Bürgermeister.«

»Keine Sorge, Sir. Er weiß, dass die Überprüfung ungefähr fünfzehn Minuten dauert. Die wird er in seinen Zeitplan eingerechnet haben.«

»Nun, ich aber nicht.«

Er drehte sich um, ließ sich von dem Beamten gründlich abtasten und fühlte sich wie ein Krimineller.

Als Lindi dran war, verschränkte sie die Arme vor der Brust.

»Ich dachte, man darf nur von jemandem vom gleichen Geschlecht abgetastet werden.«

»Das gilt, wenn Sie verhaftet werden, Ma'am«, sagte der Beamte. »In diesem Fall ist es freiwillig.«

»Also, mich tasten Sie nicht ab«, sagte sie entschlossen.

Der Beamte sah sie stirnrunzelnd an, als verstehe er nicht, weshalb sie etwas dagegen hatte. Nachdenklich saugte er an seinem Schnurrbart.

»Ohne Durchsuchung kann ich Sie nicht durchlassen, Ma'am. Dann müssen Sie vor dem Tor warten.«

»Ach, kommen Sie!«, sagte Lindi.

Der Beamte verschränkte die Arme, ganz Lindis Spiegelbild.

»Tut mir leid, Ma'am. Vorschrift.«

»Das ist bescheuert«, sagte Lindi. »Und diskriminierend.«

Sie suchte bei Burton Solidarität.

»Ich gehe rein und spreche mit dem Bürgermeister. Er wird es schon verstehen. Da er Sie sehen will, macht er bestimmt eine Ausnahme.«

»Gut«, sagte Lindi.

Der SIS-Beamte zog skeptisch eine Augenbraue hoch, öffnete Burton jedoch das Tor und zeigte ihm den Weg.

»Immer geradeaus.«

»Danke.«

Burton fuhr den gepflasterten Weg an grünen Rasenflächen und zischenden Rasensprengern vorbei. Auf der einen Seite stand ein kleiner Bambuswald, auf der anderen befand sich ein rechteckiger Karpfenteich. Er parkte vor dem zweigeschossigen Herrenhaus. Die Tür stand ein Stück offen, was ihn nach der strengen Sicherheitskontrolle am Tor überraschte.

Burton ging hin und blickte durch den Spalt in ein sonnendurchflutetes Foyer und auf eine mit braunem Teppich ausgelegte Treppe. Es gab keine Klingel, nur einen alten Messingklopfer in der Mitte der Tür. Burton benutzte ihn, erhielt aber keine Antwort.

Nachdem er kurz gewartet hatte, klopfte er lauter und rief: »Herr Bürgermeister? Hier ist Detective Burton.«

Er lauschte. Aus der Ferne hörte er Poltern und ein Zischen, das an die Rasensprenger erinnerte.

»Mayor Redfield!«, rief er. »Detective Burton! Ihre Tür steht offen!«

Burton drückte sie weiter auf. Das Foyer war zwei Stockwerke hoch, und die Treppe führte an beiden Seiten nach oben zu einer Galerie. An der Decke prangte ein Kornleuchter, und an den Wänden hingen drei große Gemälde, eins in der Mitte und jeweils eins am Fuß jeder Treppe. Zusammen bildeten sie eine Jagdszene, links die eleganten Reiter, in der Mitte die Hunde und der blutende Keiler rechts. Es war der fast gelungene Versuch, sich mit der Eleganz von altem Geldadel zu umgeben.

Das Trommeln kam von oben. Jetzt im Inneren hörte Burton deutlich das Rauschen von laufendem Wasser.

Wer lädt Besuch ein und lässt sich zeitgleich ein Bad einlaufen?

Er machte ein paar vorsichtige Schritte ins Haus. Vom oberen Absatz fielen Tropfen, dann folgte ein lauwarmes Rinnsal. Es spritzte in eine Pfütze vor seinen Füßen.

Burton sah nach oben, er musste den Beamten vom Tor holen.

»Mayor Redfield!«, rief er wieder.

Das Rinnsal verwandelte sich in einen Strom.

»Scheiße«, fluchte er und rannte die Treppe hinauf.

Der dunkelrote Teppich auf der Galerie war klitschnass. Das Wasserrauschen kam von rechts, von dort, wo der Balkon war. Burton rannte mit quatschenden Schritten hin. Warmes Wasser quoll in seine polierten Schuhe.

Die zweite Tür auf der rechten Seite stand halb offen. Burton sah weiße Fliesen und Wasserdampf. Das Wasser prasselte wie Kriegstrommeln. Das Badezimmer war unverhältnismäßig geräumig. In einer Ecke befand sich die Toilette, in der anderen ein Schrank mit Handtüchern, an der Wand unter einem breiten Milchglasfenster stand eine antike viktorianische Badewanne mit Bronzefüßen. Am Hahn war ein Schlauch mit Duschkopf montiert.

Bürgermeister Bruce Redfield lag mitten im Raum auf dem Rücken. Seine Augen starrten leer an die Decke. Das Wasser auf dem gekachelten Boden um ihn herum war rosa von verdünntem Blut. Jemand hatte den Duschkopf abgeschraubt – und ihm den Schlauch in die Luftröhre gerammt. Das Wasser strömte aus dem offenen Mund und aus der Nase.

Burton zog den Schlauch heraus und fühlte den Puls

des Bürgermeisters. Nichts. Er versuchte es mit Herz-Lungen-Massage und drückte mit seinem ganzen Gewicht rhythmisch auf die Stelle unter dem Brustbein. Knochen knackten, und noch mehr Wasser floss aus dem Mund des Bürgermeisters.

Burton musste die Lunge freibekommen. Dazu war Mund-zu-Mund-Beatmung notwendig. Als er den Kopf des Bürgermeisters packte, fühlte sich der Schädel unter seinen Fingerspitzen weich an. Er drehte den Kopf zur Seite.

Die Rückseite des Schädels war eingedrückt. Knochensplitter ragten aus dem verfilzten Haar. Der Bürgermeister war von hinten erschlagen worden. Das Wasser war nur Show.

Burton drehte den Hahn ab. Nachdem das Rauschen verstummt war, herrschte gespenstische Stille im Haus, nur das ferne Tropfen des Wassers im Eingang war noch zu hören und ein leises Scharren irgendwo hinter Burton.

Neben dem Waschbecken stand ein Regal mit Seifen, Hautcreme und Rasierzeug. Darin lag eine kleine, blaue Geschenkschachtel mit einer Schleife auf dem Deckel. Von dort kam das Scharren. Burton hob den Deckel an der Schleife hoch.

Ein großer schwarzer Skorpion schlug mit dem Schwanz um sich und verfehlte dabei nur knapp Burtons Hand. Der Detective fuhr zurück.

Durch die Mattglasscheibe bemerkte er eine Gestalt, die davonlief. Er riss das Fenster auf und sah unten einen Mann mit Baseballkappe über den Rasen sprinten. Der Kerl hatte ein schwarzes Tuch über die untere Hälfte des Gesichts gezogen.

»Stehen bleiben!«, schrie Burton.

Der Mann blickte über die Schulter zu Burton zurück, lief jedoch nicht langsamer.

50

Lindi wartete am Tor, mit dem Rücken zur Mauer, um nicht in der Nachmittagssonne zu stehen. Der Beamte saß in seiner Bude und las seinen Roman. Sie wollte Burton eine Nachricht schicken, dass er es vergessen solle. Das war es nicht wert. Sie würde mit einem Taxi nach Hause fahren.

Ein silbernes Cabrio fuhr langsam die Straße entlang. Am Steuer saß eine Platinblondine, etwa Mitte vierzig, die ihr Haar unter einem gold-violetten Tuch zusammengebunden hatte. Sie hielt neben Lindi und blickte sie durch die getönte Brille an.

»Wer sind Sie?«, fragte sie im besten Westküsten-Skorpionakzent.

»Lindi Childs. Und Sie?«

»Veronica Redfield. Warum stehen Sie vor meinem Haus?«

Die Frau trug ein kurzes weißes Kleid und Ohrringe. Wäre es nicht helllichter Tag gewesen, hätte man denken können, sie sei zu einer eleganten Abendgesellschaft unterwegs. Lindi gefiel ihr Ton nicht.

»Der Bürgermeister hat mich eingeladen. Aber Ihr Wachmann wollte mich begrapschen.«

Die Frau des Bürgermeisters nahm die Sonnenbrille ab und blinzelte Lindi an. Sie drehte sich um und rief zum Wachhäuschen: »Ian!«

Der SIS-Beamte kam wieder heraus.

»Ja, Ma'am?«

»Wer ist das?«

»Eine Besucherin Ihres Mannes. Sie hatte um fünf einen Termin mit ihm. Aber sie wollte sich nicht abtasten lassen.«

Burtons Stimme war aus der Ferne zu hören. »Stehen bleiben! ... Sofort stehen bleiben! Polizei!«

Der Beamte schob das Kinn vor. Lindi sah, wie seine Hand automatisch zum Holster ging. Er drückte einen Knopf in seinem Häuschen, und das Tor glitt auf.

»Meine Damen, ich denke, Sie sollten lieber hier warten.«

»Verflucht, nein!«, sagte die Frau des Bürgermeisters und fuhr mit dem Cabrio durchs Tor.

51

»Sofort stehen bleiben!«, schrie Burton aus dem Fenster. »Polizei.«

Der Mann unten rannte über den Rasen auf die Baumreihe im hinteren Teil des Grundstücks zu. Burton drehte sich um und lief hinaus in den Flur. Der Mörder hatte einen großen Vorsprung, während er erst durch den Vordereingang hinaus und dann ganz ums Haus laufen musste. Und Mist, er hatte nicht einmal eine Waffe dabei.

Er lief zur Treppe und dann die Stufen hinunter. Als er aus der Tür kam, fuhr ein silbernes Cabrio vor dem Haus vor. Die Fahrerin, eine Frau in weißem Kleid, bemerkte Burton und schrie.

Burton sah an sich selbst nach unten. Sein weißes T-Shirt war mit dem Blut des Bürgermeisters besudelt.

Aber für so etwas hatte er jetzt keine Zeit, der Täter entkam. Er rannte weiter, zur Seite des Hauses. Der Beamte vom Tor rannte die Einfahrt entlang, dicht gefolgt von Lindi. Als er Burton sah, zog er die Waffe.

»Keine Bewegung!«

Burton blieb neben dem Haus stehen, genau an der Ecke.

»Wo ist der Bürgermeister?«, schrie der Wachmann.

»Oben, im Bad, aber...«

Der Beamte lief zum Eingang. »Bleiben Sie, wo Sie sind. Keine Bewegung!«

»Ich bin Polizist!«

Der SIS-Beamte hörte nicht auf ihn. Er lief die Treppe hinauf ins Haus. Die Frau des Bürgermeisters folgte ihm. Burton sah zur Ecke. Scheiß drauf, dachte er. Er rannte los zum Rasen hinter dem Haus, und Lindi folgte ihm.

Als sie dort angekommen waren, begann die Frau des Bürgermeisters oben zu schreien.

»Oh Gott, Bruce. Bruce! Er atmet nicht mehr!«

Burton sprintete zu den Bäumen und Büschen rechts hinter dem Anwesen, wo der Täter verschwunden war, und entdeckte die hintere Mauer. Dort war eine Betonplatte entfernt worden, und zwar genau unter einer der Überwachungskameras.

Burton rannte zu dem Loch, bückte sich und sah hindurch. Auf der anderen Seite war ein Feld, dahinter verlief ein Weg parallel zur Mauer. In der Ferne fuhr ein schwarzer Wagen davon. Weil er zu weit entfernt war, konnte Burton das Nummernschild nicht entziffern.

»Ich habe gesagt: stehen bleiben!«

Burton zog den Kopf durch das Loch zurück und blickte sich um. Der SIS-Beamte stand auf dem Rasen und richtete die Pistole auf ihn. Er schwitzte. Lindi hob die Hände.

»Auf den Boden! Beide! Gesicht nach unten!«

»Sind Sie verrückt?«, fragte Burton. »Er entkommt! Ein schwarzer Wagen, ich konnte nicht erkennen, was für eine Marke...«

»Ich hab gesagt: auf den Boden!« Er fuhr mit der Waffe zu Lindi herum. »Sie auch, Ma'am. Na, los!«

Das war Schwachsinn. Burton blickte zu dem Loch, hob aber die Hände und ging auf die Knie.

»Richtig! Hinlegen! Hände auf den Rücken!«

Burton gehorchte. »Das ist beknackt«, sagte er. »Der

Mörder ist durch das Loch entkommen. Ich habe Ihnen doch gesagt, ich bin Polizist! Sehen Sie in meine Brieftasche!«

Die Handschellen klickten an seinen Handgelenken.

»Das werde ich«, sagte der SIS-Beamte, »aber Sie gehen erst mal nirgendwo hin.«

Er fesselte Lindi mit Kabelbindern die Hände und rief über sein Funkgerät Verstärkung.

Die Frau des Bürgermeisters taumelte über den Rasen auf sie zu und sah völlig verstört aus.

»Gehen Sie nicht zu nah ran, Ma'am«, sagte der SIS-Beamte.

»Sie haben ihn umgebracht«, sagte sie leise und starrte Burton an. »Verfluchter Widder-Abschaum. Sie haben meinen Mann umgebracht.«

Sie wusste also, wer er war. Alle wussten, wer er war.

52

Wenn das Leben ein Film wäre, hätte Daniel das Bewusstsein verloren und wäre in einem sauberen weißen Krankenhauszimmer wieder aufgewacht. Aber im echten Leben läuft es ganz anders. Er musste mit ansehen, wie die Männer aus der Küchentür kamen und ein brennendes Feuerzeug hinter sich warfen. Er sah die Flammen und hörte die panischen Schreie aus dem Inneren. Er spürte höllische Schmerzen, als der Mann, der ihn hielt, ihn mit dem Gesicht nach vorn stieß, als sein gebrochener Kiefer auf den Boden krachte und der Mann ihn unten hielt, während er seine Taschen durchsuchte. Er fühlte, wie der Mann sich auf sein Knie stellte, wie es brach, wie er ihm ein Messer in den Rücken stach, zwischen die Muskeln, die seine Rippen hielten. Er sah, wie der Mann mit den anderen davonlief und unter dem zerstörten Tor hindurch in der Nacht verschwand. Trotzdem wurde Daniel nicht ohnmächtig. Er erlebte jede Sekunde dieser Qualen bei Bewusstsein.

Er war jede Minute lang bei Besinnung, bis die Feuerwehr eintraf, er hörte jeden Schrei aus dem Heim. Ein paar Kinder schafften es nach draußen – vermutlich hatten sie den Haupteingang aufgeschlossen. Er sah ihre Füße um sich herum. Er versuchte, sie zu zählen, konnte sich aber nicht erinnern, wie viele es hätten sein sollen. Irgendwie waren es nicht genug. Er versuchte, auf die Beine zu kommen, um denen zu helfen, die noch im Gebäude waren, aber jedes Mal, wenn er sich bewegte, war es, als würde er mit einer Axt niedergeschlagen.

Als die Feuerwehr eintraf, loderte das Heim wie eine viergeschossige Feuersäule. Der Rettungswagen kam eine halbe Stunde später. Die Sanitäter fanden Daniels Brieftasche nicht, und er konnte nicht sprechen, deshalb brachte man ihn ins San Celeste General Hospital, wo er eine weitere Stunde in der Notfallaufnahme warten musste. Schließlich reichte ihm eine gelangweilte Krankenschwester ein Stück Papier und einen Stift, damit er die Daten seiner Krankenversicherung aufschreiben konnte. Binnen Minuten wurde er in ein privates Zimmer verlegt und von erfahrenen und zuvorkommenden Chirurgen vorbereitet. Ein Anästhesist setzte ihm eine Kanüle in den Handrücken, und kurz darauf war die Welt verschwunden.

Danach kam und ging das Bewusstsein, überrollte ihn mit Schmerz, ehe es sich wieder verzog. Um ihn herum war es irgendwie blau. Ferne Erinnerungen an seine Kindheit zogen vorbei, daran, wie er in einen Pool gefallen war, bevor er schwimmen konnte. Er erinnerte sich an die ruhige Gewissheit, dass er nie wieder atmen würde. Vielleicht war er immer noch dort. Durch seine halb geschlossenen Augen konnte er nur eine hellblaue Wand erkennen.

»Sie sind wach«, sagte eine Stimme. Ein Gesicht tauchte vor ihm auf. »Erkennen Sie mich jetzt?«

Daniel wollte sprechen, doch sein Mund öffnete sich nicht.

»Crr?«

»Pst«, sagte Cray. »Vorsichtig. Die haben Ihren Kiefer mit Draht zusammengebastelt. Hier.«

Cray reichte Daniel einen Notizblock und einen Stift. Daniel lag auf der Seite, eine eher ungünstige Position zum Schreiben, doch der Schmerz, der von seinem Gesicht und seinem Rücken ausging, warnte ihn vor auch nur der geringsten Bewegung. Benommen schrieb er das Wort **Kinder**.

Cray las es und verstand.

»Die meisten haben es nach draußen geschafft«, sagte er.

Mehr sagte er nicht. Wahrscheinlich hatte man Cray eingebläut, ihn mit jeglicher Aufregung zu verschonen. Er blickte Cray flehend an. Schließlich gab Cray nach.

»Kelly war noch oben und… Sie wissen, wie sie ist.«

Daniel schloss die Augen fest. Als er sich stark genug fühlte, schrieb er **Maria**.

»Sie ist wegen Kelly noch mal rein.«

Er verlor die Fassung. Die Tränen rannen ihm über das Gesicht, seine Brust hob sich, und ein stechender Schmerz fuhr ihm in die Rippen. Er fluchte durch das verdrahtete Kinn.

»Mst… Schß…Schß!«

»Die Polizei hat gefragt, wer das getan hat. Ich hab nichts verraten. Ich wollte zuerst mit Ihnen sprechen.«

Daniel versuchte den Kopf zu schütteln, aber der Schmerz war zu heftig. Er schrieb *NEIN* und hielt den Block hoch. So verängstigt und wütend und dabei noch benommen er war, es kam nicht mehr in Frage, weiter gegen Hernandez vorzugehen. Den Kindern drohte Gefahr. Mist, er wusste nicht einmal, wer sich jetzt um sie kümmerte. Ein anderer, drängenderer Gedanke ging ihm durch den Kopf.

Wie sind die draufgekommen?

»Keine Ahnung«, sagte Cray, als sei es nicht wichtig. »Irgendwer redet immer.«

Daniel dachte genau nach, ehe er die nächste Zeile schrieb. Er wusste, dass er Cray verärgern könnte, aber Cray war nicht dagewesen, und Cray war der Letzte, der Grund hatte, ihn hier zu besuchen. Er kritzelte: **Warst du's?**

Er legte den Finger auf den Knopf, mit dem er die Krankenschwester rufen konnte.

»Was?«, sagte Cray, erst entsetzt, dann sauer. »Nein. Nein! Wie können Sie so was nur denken? Nach allem, was ich für Sie getan habe!«

Wer wusste sonst Bescheid?

»Hernandez ist kein Idiot!«, sagte Cray. »Der passt genau auf, was in seiner Umgebung abläuft. Vielleicht hat er jemanden im Einwohneramt bestochen. Sie haben da alle aufgescheucht.«

Daniel sah weg, was Cray noch wütender zu machen schien.

»Ich hab's ihm nicht verraten! Warum auch? Vertrauen Sie mir immer noch nicht? Ich dachte, Sie hätten mittlerweile ein bisschen Respekt für mich.«

Eine junge Schwester mit Haube und grünem Kittel sah ins Zimmer herein.

»Was ist hier los?«

»Nichts«, knurrte Cray. »Mein Boss und ich bringen uns nur auf den aktuellen Stand.«

»Mr. Lapton braucht Ruhe«, sagte die Schwester entschieden.

»Schon okay«, sagte Cray verbittert. »Ich bin sofort still, sobald er sich angehört hat, was ich ihm zu sagen habe.«

»Bitte. Kommen Sie morgen wieder.«

Die Schwester führte ihn sanft am Ellbogen hinaus. Cray schüttelte sie ab, ging aber zur Tür.

»Soll ich Ihnen zeigen, dass ich nicht der Verräter war?«, sagte er zu Daniel. »Soll ich's Ihnen beweisen? Gut, ich beweis es Ihnen.«

53

Cray wartete und beobachtete den Eingang des Knife. Das war kein nobler Nachtclub, sondern die Art Lokal, in der man in Ariesville seinen Freitagabend verbrachte: eine Bar auf drei Etagen, wobei mittlerer und oberster Stock durch eine klapprige Metalltreppe verbunden waren, die außen ans Gebäude geschraubt war. Dutzende Gäste standen hier, rauchten, drängten sich aneinander vorbei oder starrten leer in die Gegend. Cray wollte unsichtbar bleiben. Er saß mit gesenktem Kopf gegenüber der Tür, hatte die Kapuze hochgeschlagen, die Arme um die Knie geschlungen und spielte einen Betrunkenen.

Die Geduld zahlte sich aus. Ungefähr um elf, als die Musik drinnen am lautesten war, fuhr Hernandez' hochglänzende schwarze Limousine vor dem Eingang vor. Der Türsteher rannte hin, stellte die Verkehrskegel zur Seite, die einen privaten Parkplatz absperrten, und die Limousine parkte ein. Hernandez und zwei seiner Männer stiegen aus und betraten das Knife.

Cray hatte sie erwartet. Hernandez war auf Kaution draußen und musste demonstrieren, dass er sich keine Sorgen machte. Er musste beweisen, dass er alles unter Kontrolle hatte.

Jetzt begann das eigentliche Warten. Cray stand auf, reckte die Beine, pisste in eine Gasse und ging los, um seine Waffe zu holen. Er hatte sie unter einem Mülleimer um die Ecke versteckt, falls er jemandem auffiel, weil er hier herumgammelte. Die Waffe hatte er vor einigen Jahren gestohlen, als er mit seinem Freund Elroy in eine der Wohnungen oben im Norden am Strand eingebrochen war. Ab und zu waren sie danach mit dem verbeulten Wagen von Elroys Bruder in den Wald gefahren und hatten auf Flaschen geschossen. Normalerweise bewahrte Elroy die Waffe auf, doch er hatte jetzt einen Job als Nachtwächter an einer Tankstelle und laberte nur noch so arrogantes Zeug, dass er endlich ehrlich werden wollte. Deshalb hatte er die Waffe Cray gern für alle Zeiten überlassen.

Cray schob sie sich in das Gummiband seiner Jogginghose. Das Gewicht zog die Hose an einer Seite nach unten. Er zog den Reißverschluss seiner Jacke bis zur Brust hoch und benutzte sie wie einen Gürtel, der die Waffe an Ort und Stelle hielt und gleichzeitig die Beule verbarg, dann ging er wieder zur Straße vor dem Knife. Von einer Gruppe betrunkener Mädchen, die gerade herausgekommen waren, schnorrte er eine Zigarette, rauchte mit ihnen, schwatzte und flirtete, ging zurück zu seinem Hauseingang, senkte wieder den Kopf und wartete weiter.

Nach ungefähr einer halben Stunde beobachtete er, wie sich Hernandez und seine Männer durch das Gedränge auf der Außentreppe schoben, die vom obersten in den mittleren Stock des Clubs führte. Scheiße, dachte er. Er hatte gehofft, sie würden sich mehr Zeit lassen. Je länger sie im Club blieben, desto betrunkener würden sie sein.

Er ging zur Kneipe und stellte sich unauffällig ein paar Meter neben den Eingang. Als Hernandez herauskam, hatte er ein Mädchen mit engem Kleid und Pelzkragen im Arm, und seine Männer folgten ihm. Cray ging los.

Er dachte an Daniel, an die Kids und an Maria. Er dachte, wenn er draufgehen sollte, würde Daniel von dem Überfall erfahren und wissen, dass er kein Spitzel war. Ob er tatsächlich ins Gras beißen würde, war ihm egal, alles war leichter, wenn es einem egal war.

Es war wie mit dem Lügen. Und es war leicht, wenn man sich einfach nur mit dem beschäftigte, was man gerade tat, und nicht so sehr an den Plan dachte, keine Aufmerksamkeit darauf verschwendete, was später kam.

Er ging Hernandez und seinen Männern entgegen, sodass er direkt an ihnen vorbeikommen würde. Er war ganz relaxt. Er sah sie nicht an, hatte die Kapuze immer noch hochgeschlagen, aber das fiel nicht weiter auf, denn die Nacht war kalt.

Und dann griff er an seine Seite, tastete nach der Waffe und entsicherte sie.

Er wandte den Kopf ab, betrachtete eins der Plakate an der Wand, eine alte Bierreklame, die unter den vielen Graffiti kaum noch zu erkennen war.

Jetzt war er nahe genug an Hernandez, um zu hören, wie er seinen Männern Befehle gab.

»Ihr setzt euch hinten rein«, sagte er zu ihnen. »Eddie fährt.«

»Warum muss ich fahren?«, fragte beleidigt derjenige, der Eddie genannt wurde.

»Weil ich es gesagt habe.«

Und dann drückte er Hernandez die Waffe in den Rücken. Feuerte. Rannte los.

Die Frau hinter ihm schrie. Hernandez' Männer reagierten schneller als erwartet. Ihr erster Schuss knallte fast augenblicklich hinter ihm.

Er bog um die Ecke, das brachte ihm für ein paar Sekunden Deckung, und rannte die Straße entlang. Wenn er sich einen Vorsprung von vielleicht hundert Metern verschaffen konnte, sanken die Chancen, dass die Männer ihn mit ihren Waffen trafen. Sie würden versuchen, im Laufen zu schießen, und konnten daher nicht besonders genau zielen. Er war jünger als sie, schneller, und er hatte seine Flucht geplant. Er musste es einfach nur bis zur Brücke schaffen.

Er sprintete weiter durch den lächerlicherweise so genannten Entwicklungsbezirk Zentrum, über die Delaney Street, die parallel zum Fluss verlief, und hoch zum Zaun rechts von der Highway-Brücke. Auf halbem Weg fand er das Loch, das er vorbereitet hatte, und duckte sich hindurch. Die Böschung zum Fluss war steil und führte so weit nach unten, dass das Licht der Straßenlaternen nicht mehr bis dorthin reichte. Cray verschmolz mit der Dunkelheit.

Am Ufer führte ein matschiger Pfad entlang, in beide Richtungen. Links versperrte die Brücke den Weg. Rechts gelangte man in ein Industriegebiet, die Richtung, die jemand auf der Flucht aller Wahrscheinlichkeit nach einschlagen würde.

Cray bog nach links ab.

Vor sich sah er einen schwachen Lichtschein. Ein Dutzend Zelte standen um ein kleines Feuer, das nach brennendem Plastik stank. Obdachlose hatten sich im natürlichen Schutz der Umgebung eingerichtet – der Fluss auf der einen Seite, der Zaun auf der anderen und die Betonmauer der Brücke hinter ihnen – und hier mit ihren Nylonunterkünften ihr Lager aufgeschlagen. Manche schliefen, doch Cray sah einige Gesichter im Feuerschein, ein Mädchen mit Dreadlocks in übergroßer Jacke und einen einbeinigen Alten mit weißem Bart und runzligem Gesicht. Ein angeleinter Deutscher Schäferhund bellte, als Cray vorbeirannte.

Die Zeltbewohner beäugten ihn neugierig, versuchten aber nicht, ihn aufzuhalten, während er zu der kahlen Betonmauer rannte, die der Fuß der Highway-Brücke war. Sie ragte ein paar Meter ins Wasser. Dieses Hindernis konnte er nicht umgehen, ohne zu schwimmen, und das wäre gefährlich langsam. Ohnehin hatte Cray nicht vorgehabt, ins Wasser zu springen.

In knapp über zwei Metern Höhe befand sich ein Spalt, nur fünfzig Zentimeter hoch, zwischen dem Betonfundament und der eigentlichen Brücke. Die Decke wurde durch plumpe Säulen gestützt, aber die Lücke war groß genug, um hindurchzukriechen, wenn man Möwenkacke auf der Kleidung in Kauf nahm. Cray war als Junge oft hindurchgekrabbelt und wusste, dass er schnell auf die andere Seite kommen würde. Drüben gab es noch einen Zaun, aber der war viel kürzer. Wenn er um den herum war, konnte er sich in die Gassen von Ariesville verkrümeln, wo er relativ sicher sein würde, weil seine Verfolger nicht die geringste Ahnung hatten, wohin er verschwunden war.

Er sprang und packte die Kante des Spalts. Seine Füße scharrten über den Beton, während er sich hochzog. Er hatte ein wenig Licht von der anderen Seite erwartet, aber unter der Brücke war es stockfinster. Während er krabbelte, verfing sich ein Finger in warmem Stoff.

Die Geräusche im engen Raum wurden durch seinen eigenen Atem übertönt. Er hielt kurz die Luft an und lauschte. Sein Puls rauschte in seinen Ohren, aber er hörte ein leises Husten und das Rascheln von Nylon.

Scheiße.

Vor ihm lagen zehn oder mehr Leute in Schlafsäcken und versperrten ihm den Weg. Es war das reinste Labyrinth aus Leibern. Er versuchte, zwischen ihnen hindurchzukriechen, und tastete sich durch die Dunkelheit.

Das hatte er nicht zu Ende gedacht. Es war ihm nicht in den Sinn gekommen, dass diese Spalte nachts besetzt sein könnte, aber eigentlich war das klar. Hier hatte man ein Dach über dem Kopf.

Er hörte ein Klicken, und vor ihm ging ein Licht an. Ein Mann, kaum älter als er, mit zotteligem blondem Bart, hielt ein Feuerzeug hoch und blickte Cray verschlafen an. Er war in einen grün-blauen Schlafsack gehüllt.

»Wer bist du, Scheiße?«, flüsterte er scharf. »Der Platz gehört uns.«

Er bemühte sich, die anderen nicht zu wecken. Trotzdem wandten sich Cray von allen Seiten Blicke und Köpfe zu.

»Pst!«, zischte Cray. Er zog die Waffe aus der Hose und richtete sie auf den Kopf des Sprechers.

»Ey, Teufel, Mann!«, sagte der Kerl. Wahrscheinlich hätte er gern lauter geflucht, doch die Überraschung bremste ihn.

»Ich habe gesagt: pst!«

Auf Crays Gesicht musste sich die Angst gezeigt haben, denn der Kerl verstummte. Cray rollte sich auf den Rücken und blickte nach draußen. Er hörte jemanden rennen.

»Wo ist er lang?«, rief jemand.

Einer von Hernandez' Männern. Einer der Zeltbewohner antwortete undeutlich, aber Cray zweifelte nicht daran, dass man ihn verraten würde. Er grätschte die Beine und zielte zwischen den Füßen hindurch. Wahrscheinlich würde er nur eine Gelegenheit zum Schuss bekommen.

Zwei Hände erschienen an der Kante der Öffnung und hoben sich als Silhouette vor dem schwachen Licht des Himmels ab. Ein Kopf tauchte auf und schaute in den Spalt. Auf diesen dummen Fehler hatte Cray gehofft.

Er schoss.

In dem beengten Raum bohrte sich der Knall wie Nägel in seine Ohren. Um ihn herum schrien schlafende und halb schlafende Obdachlose vor Schreck und Schmerz los.

An dem Umriss des Kopfes fehlte eine Ecke. Dann bewegte er sich abwärts.

Die Körper um Cray kamen in Bewegung. Schlafsäcke krochen davon wie fette Maden. Die Obdachlosen wären dumm, wenn sie nicht bewaffnet wären, und Cray war sicher, dass es nur Sekunden dauern würde, bis sich die ersten Messer zeigten. Abgesehen von der Bedrohung in seiner unmittelbaren Umgebung hatte er jetzt seine Position verraten. Nach vorn, zur anderen Seite, war der Weg versperrt, und er hatte keine Zeit, die Leute vor ihm mit Drohungen zu verscheuchen. Der Rückweg war ebenfalls tabu – der andere Verfolger wartete dort bestimmt auf ihn. Es gab nur eine Möglichkeit.

Er steckte die Waffe ein und rollte sich seitlich zwischen den runden Säulen hindurch zur Kante am Wasser. Die Entfernung war kürzer als erwartet. Plötzlich hatte er keinen Beton mehr unter sich und fiel kopfüber in den Fluss. Einen Augenblick lang fürchtete er, das Wasser sei nicht tief genug und er werde auf Felsen oder Müll aufschlagen. Dann klatschte er ins Wasser, das ihm die Luft aus den Lungen trieb.

Rasch richtete er sich auf. Der Fluss reichte ihm bis

über die Taille. Es hatte laut geplatscht – falls Hernandez'
Mann vorher nicht schon gewusst hatte, wo er steckte,
wusste er es jetzt. Cray musste sich sputen. Er biss die
Zähne zusammen und schob sich durch den stinkenden
Fluss zur anderen Seite der Brücke.

Zitternd watete er das Ufer hinauf. Auf dieser Seite
brannten keine Feuer. Der Wind wehte von Osten her,
deshalb war es hier kälter. Überall war Müll von einem
verlassenen Obdachlosenlager verstreut – ein kaputter Kühlschrank, der auf dem Rücken lag und als Feuerstelle missbraucht worden war, ein großes Stück weiße
Plastikplane, die am Beton flatterte. Er sah hinauf zu den
Straßenlaternen auf der Delaney Street. Wo sein Verfolger steckte, wusste er nicht. Falls er jetzt hinaufging, bestand die Gefahr, dass er entdeckt wurde. Unten am Fluss
herrschte Dunkelheit, und deshalb war es vielleicht besser, hier zu bleiben. Er legte sich auf den Beton an der
Brücke und wickelte sich in die Plastikplane wie ein Obdachloser. Im schwachen Licht unterschied er sich hoffentlich nicht von dem übrigen Müll, der hier herumlag.

Er wartete und hielt Ausschau. Da er davon ausging,
dass der zweite Mann ihm unter der Brücke durchs Wasser folgen würde, zielte er aufs Ufer. Stattdessen bewegte
sich plötzlich oberhalb von ihm ein Schatten. Jemand
ging oben am Zaun die Straße entlang.

Scheiße.

Wahrscheinlich hatten sie seinen Plan durchschaut.
Und während Cray den ersten Kerl erschossen hatte, war
der zweite zurück zur Straße hochgestiegen, um sich in
den Hinterhalt zu legen. Wenn der Kerl gesehen hatte,
wie er sich in die Plastikplane wickelte, war Cray praktisch erledigt.

Aber der Typ bewegte sich langsam und unsicher. Er ging ganz um den Zaun herum und stieg zum Wasser hinunter. Im Dunkeln sah Cray die Silhouette näher kommen. Er hielt die Waffe mit beiden Händen zu Boden gerichtet, was in Crays Augen professionell aussah, nach Polizei oder Militär.

Er wusste, dass die Plastikplane seine Gestalt verhüllte und er deshalb schwer zu erkennen war. Aber wenn er sich zu schnell bewegte, würde sie rascheln. Langsam und vorsichtig hob er die Waffe unter der Plane an und richtete sie auf den näherkommenden Mann. Sein Kopf befand sich über dem Plastik, doch Arme und Waffe waren darunter, deshalb konnte er nicht genau zielen.

Der Kerl war noch fünf Meter entfernt, unten am Wasser. Er blieb stehen, lauschte und betrachtete die Ecke der Brücke, um die Cray eben gekommen war. Ein Hinterhalt. Er hatte nur nicht begriffen, dass Cray schon hier war.

Cray drückte ab.

Nichts passierte. Kein Schuss. Kalte Panik breitete sich in ihm aus. Feuerte die Waffe nicht, wenn sie nass war? Er tastete am Lauf entlang, und seine Finger berührten die Sicherung. Der Hebel war verriegelt. Vermutlich war er eingeschnappt, nachdem er auf der Brücke geschossen hatte.

Er entsicherte. Es klickte.

Der Mann fuhr herum und entdeckte Cray.

»Scheiße!«, sagte er und hob die Waffe.

Cray feuerte. Die Kugel traf den Mann in die Schulter und warf ihn nach hinten. Er taumelte, schrie und ließ seine Waffe fallen.

Er fiel auf die Knie und tastete im Dunkeln nach der Waffe. »Scheiße, Scheiße, Scheiße...«

Cray feuerte noch zwei Mal. Der zweite Schuss traf den Mann in den Hals. Er ging zu Boden, lag still und gab ein leises Blubbern von sich.

Cray stand auf und warf die Plane zur Seite. Seine Waffe warf er so weit er konnte in den Fluss. Sie prallte von einem der Brückenpfeiler ab und landete klatschend im Wasser. Dann rannte er los.

Wenn er nur die Plastikplane mitgenommen hätte. Er war klitschnass und zitterte vor Kälte und Adrenalin. Heute Nacht konnte er weder bei seinem Vater noch bei Maria unterkriechen. Ihm fiel nur ein Ort ein, an dem er Unterschlupf finden konnte: die abgerissenen Häuser, in denen die Kids spielten. Da kannte er ein Versteck – einen alten Keller, den man über eine Betontreppe noch betreten konnte. Für den Rest der Nacht würde das genügen. Und morgen früh konnte er ins Krankenhaus gehen und Daniel erzählen, dass die Gefahr vorbei war.

Er hatte es getan.

54

Ein Polizeiwagen traf ein, dann noch einer, schließlich ein Rettungswagen und die Spurensicherung. Burton und Lindi warteten vor dem Haus, gefesselt und unter den wachsamen Augen des SIS-Beamten, während Sanitäter, Detectives und Forensiker das Anwesen betraten, verließen und wieder betraten.

»Wie ist der Mörder an den Kameras vorbeigekommen?«, fragte Lindi.

Burton dachte darüber nach. »Die müssen gewusst haben, dass der Wachmann hier vorn die Monitore nicht überwachen kann, während er Besucher überprüft.«

Der Täter, wer immer es war, hatte alles minutiös geplant. Er hatte sogar gewartet, bis der Detective, der in den Mordfällen ermittelte, zu Besuch kam. Dafür musste man schon außergewöhnlich arrogant sein.

Es wurde Abend, und die Sonne ging hinter dem Bambuswald unter. Eine Stunde später traf Captain Mendez persönlich ein. Er blieb zwanzig Minuten im Haus des Bürgermeisters, kam dann heraus und sprach mit dessen Frau, die immer noch wegen des Schocks im Rettungswagen behandelt wurde. Als er fertig war, kam er zu Lindi und Burton.

»Sie beschuldigt Sie des Mordes, Burton.«

»Und was meinen Sie, Sir?«, fragte Burton.

»Was ich meine?«, fragte Mendez zurück. »Ich meine: verdammter Mist, Burton, ich habe Ihnen klare Anweisungen erteilt! Sie sollten sich vom Bürgermeister fernhalten und die Ermittlungen gegen Mahout abschließen. Und was machen Sie? Sie lassen sich nach dem Mord am Bürgermeister am Tatort erwischen, über und über mit Blut besudelt.«

»Der Bürgermeister hat mich um ein privates Treffen gebeten«, sagte Burton.

»Ach ja? Und warum sind Sie damit nicht zuerst zu mir gekommen?«, fragte Mendez.

Burton antwortete nicht, die Wahrheit war schlicht und einfach: Er hatte nicht gemusst, und er hatte nicht gewollt.

»Ja«, sagte Mendez und las es ihm vom Gesicht ab. »Ich sehe schon, was hier los ist.«

»Augenblick mal«, sagte Lindi. »Wir haben Ihnen gesagt, dass es so kommen würde. Die Radix, die ich erstellt habe ...«

»Ist einen Scheißdreck wert«, schnitt Mendez ihr das Wort ab. »Denn die Information stammt von Ihnen, und Sie wurden gerade am Tatort erwischt. Man muss kein Genie sein, um ein Verbrechen vorauszusagen, das man selbst begehen will.«

»Nein! Warten Sie. Eine Radix ist eine Radix. Das können Sie jedem Astrologen zeigen ...«

»Jetzt machen Sie mal halblang, Childs«, sagte Mendez. »Ich weiß gar nicht, warum ich Sie eigentlich in die Sache mit reingenommen habe, Sie gottverdammte Scharlatanin.«

Er drehte ab und ging zurück zum Eingang.

»Und wie geht es jetzt weiter, Sir?«, rief Burton ihm

hinterher. »Sind wir verhaftet? Sollen wir die ganze Nacht hier warten.«

»Gehen Sie und besaufen Sie sich«, rief Mendez über die Schulter. »Rico und Kolacny übernehmen morgen den Fall.«

»Kolacny? Wollen Sie mich verarschen?«

Kolacny hatte gerade erst den Detective-Lehrgang absolviert. Er war ein guter Junge, verfügte aber über keinerlei Erfahrung.

»Wollen Sie mir in Personalentscheidungen reinreden?«, fragte Mendez und richtete den Zeigefinger auf Burton. »In meiner unendlichen Güte und Großzügigkeit lasse ich Sie laufen, anstatt Sie für die Nacht in eine Zelle zu sperren, was Sie verdient hätten. Gehen Sie nach Hause, schlafen Sie sich aus und wachen Sie dann endlich auf. Und hören Sie auf zu erwarten, dass alle sie wie einen Helden behandeln. Gut, Sie haben den Mörder des Senators gefasst. Aber vergessen Sie das, es interessiert niemanden mehr.«

55

Am nächsten Morgen ging Cray in Daniels Zimmer und erzählte ihm alles. Er hatte praktisch nicht geschlafen, fror und war immer noch voller Adrenalin. Er sprach leise, damit das Krankenhauspersonal ihn nicht hören konnte, aber er hatte die Augen weit aufgerissen, und seine Stimme zitterte vor Aufregung.

Daniel hörte aufmerksam zu, ohne, abgesehen von seinen Augen, irgendetwas zu bewegen. Sein Kiefer war immer noch mit Draht fixiert und verbunden, weshalb Cray seine Miene nicht erkennen konnte, doch am Ende streckte er die Hand aus, nahm sich Block und Stift vom Nachttisch und schrieb ein einziges Wort: **Verschwinde.**

Cray starrte es an, zuerst ungläubig, dann wütend.

»Sie kranker Scheiß-Steinbock«, zischte er. »Ich hab die Kerle umgebracht, die Ihnen das angetan haben. Jetzt wollen Sie mich loswerden? Fick dich!«

Daniel kritzelte auf die Seite: **Falsch verstanden. Wir sind jetzt beide in Gefahr. Bleib weg von mir, zu deiner eigenen Sicherheit.**

»Meine Sicherheit? Glauben Sie, die ist mir noch wichtig?«

Nimm das Geld in meiner Brieftasche und geh. SOFORT!

Cray nahm die Brieftasche vom Nachttisch. Er zog ein

Bündel Zwanziger heraus und ließ die Brieftasche auf den Boden fallen.

»Ich hab Sie gewarnt«, sagte er zu Daniel. »Sie dachten, Sie könnten sich Hernandez vorknüpfen wie ein Geschäftsmann, aber ich hab's Ihnen gleich gesagt.«

Er verließ das Zimmer, ehe die Schwestern Gelegenheit bekamen, ihn hinauszuwerfen.

In dieser Nacht schlief er in einem Topp-Hotel in der Innenstadt. Topp-Hotels waren überall im Land gleich – billige, winzige Zimmer mit der stets gleichen Bad-Toilette-Kombination aus Formplastik. Es kostete keine zwanzig Dollar die Nacht. Das Zimmer war sauber, die Dusche warm, und Cray konnte den größten Teil von Daniels Geld für später sparen.

Am nächsten Morgen bekam er ein Frühstück gratis. Es war Selbstbedienung, also häufte er sich den Teller mit Speck, Eiern und Pfannkuchen voll und dachte beim Essen darüber nach, was er jetzt tun könnte. Pläne hatte er keine, außer nach Ariesville zurückzukehren und dort eine neue Bleibe zu finden, möglichst weit von seinem Dad entfernt. Er musste einen Weg finden, Geld zu verdienen, und ohne die Gang war es schwieriger, Leute auszurauben. Die meisten seiner Freunde hatte die Polizei einkassiert.

Allerdings war er mit Daniel noch nicht fertig. Den ganzen Morgen ging ihm die Sache nicht aus dem Kopf. Daniel wollte ihn sich vom Leib halten, jetzt, wo er in der Scheiße steckte, aber Cray konnte Daniel leicht mit in den Abgrund reißen. Wenn Daniel ihn fallen ließ, gab es keinen Grund für Loyalität mehr, ganz egal, was sie füreinander getan hatten. Er könnte ihm damit drohen, zu den Cops zu gehen. Er brauchte es ja nicht zu tun. Er könnte einfach behaupten, mit ihnen einen Deal zu machen und zu erzählen, dass die Morde Daniels Idee gewesen seien. Klar, Daniel hatte seine Anwälte, aber Cray könnte seinen Ruf ziemlich ramponieren, schließlich hatte Daniel mehr zu verlieren als Cray.

Nach dem Frühstück fuhr er mit dem Bus zum Krankenhaus. Er überquerte gerade die Straße zum Eingang, als ein Wagen vor ihm hielt und das Fenster herunterging. Der Fahrer war eine ernst blickende Frau in dunkelgrauem Kostüm mit schwarzem Bob und Sonnenbrille.

»David Cray!«

Cray wollte weglaufen, bis er sie erkannte: Sie gehörte zu Daniels Anwälten.

»Gehen Sie nicht rein«, sagte sie. »Wir treffen uns in einer halben Stunde im Park. Bei den Bänken am unteren Tor.«

Der Wagen fuhr weiter und fädelte sich in den Verkehr ein. Cray starrte ihr nach und sah dann zur Drehtür des Krankenhauses. Es gab keinen Grund, sie nicht einfach zu ignorieren und trotzdem zu Daniel zu gehen. Das Treffen mit der Anwältin konnte eine Falle sein. Er überlegte, steckte die Hände in die Taschen und schlenderte zum Fellowship Park.

Der lag fünf Minuten Fußweg vom Krankenhaus entfernt – ein grüner Fleck, ungefähr drei Blocks groß, diagonal von einer Joggingstrecke geteilt. Am Nordende gab es einen alten Spielplatz mit kaputten Schaukeln und einer verrosteten Rutsche, und am Südende trafen sich bei warmem Wetter auf einer Wiese Löwen- und Schütze-Studenten zum Picknick, spielten Frisbee und lagen mit nacktem Oberkörper in der Sonne.

Cray setzte sich in den Schatten der Bäume auf der anderen Seite der Wiese vor dem Südeingang und wartete. Pünktlich kam die Anwältin und setzte sich auf eine leere Bank. Cray musterte alle Leute im Park, konnte aber nicht erkennen, ob irgendwer zur Anwältin gehörte. Sie sah auf ihr Telefon, vermutlich nur auf die Uhr, und wippte ungeduldig mit dem Fuß. Nach zehn Minuten war er sicher, dass sie tatsächlich allein gekommen war, und trat aus dem Schatten auf sie zu.

»Warum benehmen wir uns wie Geheimagenten?«, fragte er.

Durch die dunkle Sonnenbrille konnte er ihren Gesichtsausdruck nicht erkennen, aber sie hatte die Lippen fest aufeinandergepresst.

»Ich habe versucht, Sie anzurufen«, sagte sie. »Lapton hat mir Ihre Nummer gegeben.«

»Ich hab mein Telefon weggeworfen.«

Sie nickte. »Das dachte ich mir. Und auch, dass Sie am Ende wieder zum Krankenhaus kommen. Ich habe auf Sie gewartet, seit die Besuchszeit begonnen hat.«

Er setzte sich zu ihr. Sie rutschte zur Seite und hielt Abstand zu ihm.

»Und worum geht's jetzt?«, fragte er.

»Ich weiß es nicht. In den Nachrichten habe ich gelesen, was mit Hernandez passiert ist, deshalb stelle ich keine Fragen. Hier.«

Sie reichte ihm einen dünnen Umschlag. Cray drehte ihn um. In Daniels sauberer Handschrift war die Zahl *1* darauf geschrieben.

»Er sagte, Sie sollen ihn gleich lesen.«

Cray riss ihn auf. Es befand sich eine einzige, handgeschriebene Seite darin.

Lieber Cray,

tut mir leid, dass ich gestern so barsch war. Ich hatte nicht erwartet, dass unsere Freundschaft auf diese Weise enden würde. Und leider muss ich sagen, dass unsere Freundschaft ziemlich definitiv beendet ist.

Was du getan hast, habe ich dir überhaupt nicht zugetraut. Zuerst habe ich es auch für unentschuldbar gehalten, aber je länger ich darüber nachdenke, desto weniger sicher bin ich mir dessen. In Anbetracht der Umstände ist es vielleicht der einzige ehrliche Weg gewesen zu reagieren.

Und so gut du es auch gemeint haben magst, du hast uns beide in beträchtliche Schwierigkeiten gebracht. Indem ich dies schreibe, mache ich mich zu deinem Komplizen, weil ich dich nicht anzeige und alles in meiner Macht Stehende tue, die Sicherheit für uns beide zu gewährleisten. Ich gebe es auf, die Immobilien zu erwerben, denn dann würde die Verbindung zu H. offensichtlich, und ich schließe das Büro und lasse alle Akten vernichten. Außerdem behalte ich die relevanten Behörden im Auge, so gut ich dazu in der Lage bin, und tue, was ich kann, um sie von uns abzulenken.

Unglücklicherweise bedeutet dies, dass wir uns nicht mehr treffen und auch sonst keinen Kontakt halten dürfen, zu unserer beider Sicherheit. Wenn man betrachtet, was für Geschäfte ich mache und was du tust, wird vermutlich keiner von uns in Verdacht geraten, und keiner von uns dürfte für den anderen einstehen müssen.

Hoffentlich verstehst du, dass ich versuche, mich fair dir gegenüber zu verhalten, und weder dich noch deine Tat als selbstverständlich betrachte. Ich muss dir für unsere gemeinsame Zeit danken und für alles, was du für mich getan hast. Es war eine schreckliche Tat in einer schrecklichen Zeit, aber sie war viel befriedigender als jedes gerechte Urteil eines Gerichts.
Jessica hat noch einen weiteren Umschlag für dich. Hoffentlich bist du damit zufrieden.

Beste Grüße,
D. L.

»Fertig?«, fragte Jessica und griff nach dem Brief. Er reichte ihn ihr zurück, und sie zerriss das Papier in Stücke.

»Was machen Sie damit?«, fragte er.

»Er hat mir gesagt, ich sollte ihn verbrennen, wenn ich zu Hause bin.«

»Wollen Sie nicht wissen, was drinsteht?«

Sie sah ihn eine Sekunde lang an, ehe sie den Kopf schüttelte. Die Fetzen steckte sie in die Innentasche ihrer Jacke und holte einen zweiten Umschlag heraus, auf dem die Zahl 2 stand. Cray nahm ihn. Angesichts von Form und Gewicht befand sich ohne Zweifel Geld darin.

»Er sagt, Sie sollen ihn nicht hier öffnen.«

»Danke.«

»Gut«, sagte sie. Sie stand rasch auf und ging zum Tor des Parks.

»Jessica!«, rief er.

Sie fuhr herum.

»Sagen Sie ihm, dass er ein Scheiß-Bock ist.«

Sie zögerte, nickte dann, drehte sich wieder nach vorn und ging rasch weiter. Cray lächelte. Sie würde es ihm sagen. Und sie würde den zerrissenen Brief verbrennen.

Denn wenn nicht, würde Cray sich um sie kümmern.

56

Burton saß in dem Büro, das jetzt Kolacny und Rico gehörte, und hatte einen Karton auf den Knien, auf dessen Boden der gerahmte Zeitungsartikel lag. Es war sein einziger persönlicher Besitz in dem Büro. Kolacny starrte in einen Becher und rollte ihn zwischen den Händen.

»Und, haben Sie alles, was Sie brauchen?«, fragte Burton.

Kolacny erwachte wieder zum Leben. »Sicher, sicher. Danke. Ich freue mich schon drauf. Ich brauchte nur die letzten Akten und kann direkt loslegen.«

»Was meinen Sie damit?«, fragte Burton. »Ich habe Ihnen alles übergeben, was Sie brauchen.«

»Fast. Ich bin die Checkliste durchgegangen, und es sieht aus, als hätten Sie sich die Finanzen des WEKs aus dem Archiv kommen lassen, ja?«

»Ja. Aber die sind nie gekommen.«

»Dem Computer nach aber doch.«

Burton kratzte sich das Stoppelkinn. Am Morgen hatte er den Wecker überhört und es nur auf Kosten von Morgentoilette und Rasur pünktlich zur Arbeit geschafft.

»Was wollten Sie überhaupt mit der Finanzübersicht?«, fragte Kolacny.

»Ich wollte wissen, warum Kruger Gelder von der Stadt bekommen hat. Das könnte etwas mit den Morden zu tun haben. Da das meiste VZE-Geld über das WEK läuft, dachte ich, Kruger würde vielleicht in deren Bilanz erwähnt.«

»Nun, dem Ausdruck nach haben Sie die Akte bekommen.«

»Tja«, sagte Burton. »Wir können runtergehen und es prüfen.«

Das Archiv befand sich in einem Keller, in dem sich Metallregale zwischen den Säulen erstreckten, die das Gebäude stützten. Die meisten waren mit cremefarbenen Kartons gefüllt, die ausgedruckte Akten enthielten. Der Raum zwischen den Regalen war mit Kartons gefüllt, die sonst keinen Platz gefunden hatten. Die Stapel ragten bis zur Decke. Die unteren Kartons wurden vom Gewicht der über ihnen gestapelten zerdrückt und schimmelten vor sich hin. Der ganze Raum war überwiegend sinnlos, seit man oben auf elektronische Datenverarbeitung umgestellt hatte. Vor einem Jahrzehnt hatte man damit gerechnet, dass das Archiv irgendwann leergeräumt und für sinnvolle Zwecke verwendet werden würde, als Asservatenkammer zum Beispiel. Doch wie alle schlechten Gewohnheiten verschwand die Bürokratie nicht einfach, weil sie keinen Sinn hatte. Der Raum wurde immer voller, nur jetzt bezeichnete man ihn als »ausgedrucktes Back-up«. Nicht viele Beamte ließen sich von hier Akten aushändigen, nur hin und wieder ein paar übergründliche Detectives wie Burton.

Walters war einer der Hüter des Archivs und arbeitete in der kleinen, hell erleuchteten Ecke des Raums am Eingang. Um ihn herum standen drei hohe Regale (Aufzeichnungen über die Aufzeichnungen), ein Schreibtisch mit Computer, ein an der Wand angebrachter Heizkörper und ein großer Drucker, den Walters benutzte, um weitere Akten auszudrucken, die er wiederum in einen cremefarbenen Karton packte. Er war ein blasser Mann und wirkte kränklich. Entweder brachte ihn das Leben unter der Erde um, oder es war das Einzige, was ihn am Leben hielt. Er zuckte zusammen, als Burton, gefolgt von Kolacny, eintrat.

»Huch«, sagte er, »tut mir leid, habe niemanden erwartet.«

»Hey, Rob«, sagte Kolacny. »Burton meint, er habe ein paar Akten über das WEK angefordert, sie aber nicht erhalten.«

»Echt«, sagte Walters. »Komisch.«

Er führte sie zwischen den dunklen Stapeln hindurch. Außer dem Licht am Eingang gab es keine Lampen, doch Walters ging sicheren Schritts zur anderen Seite des Raums voraus, wo er einen Lichtschalter an einer Betonsäule drückte. Eine nackte Glühbirne leuchtete auf.

»JR97, JR97«, murmelte Walters in sich hinein und suchte die Kartonstapel ab. »Ha.«

Er ging zu einem der kleinen Stapel und zählte die Nummern ab, die mit schwarzem Stift darauf geschrieben waren.

»JR95, JR96 ... und dann JR100. Sehen Sie? Drei Kartons aus dem Stapel fehlen.«

»Und, wer hat sie?«, wollte Burton wissen.

»Keine Ahnung. Vor Ihnen hat sie niemand angefordert. Sie sind der einzige Name im Computer. Wenn jemand gekommen wäre, hätte ich ihn zu Ihnen geschickt.«

Burton merkte, wie Kolacny ihn nachdenklich anblickte.

»Könnte sich jemand die Akten geholt haben, ohne

dass sie in den Computer eingetragen wurden?«, fragte Burton.

Walters schüttelte den Kopf.

»Ich meine... möglich ist es schon«, sagte er. »Aber das müsste vor meiner Zeit passiert sein. Heutzutage bin nur noch ich hier.«

57

»Irgendwas läuft da«, sagte Burton leise, als sie den Flur zurück zum Fahrstuhl gingen.

Er wusste, dass es in der Behörde korrupte Beamte gab. Nichts Großes, aber wann immer ein Beamter in Schwierigkeiten geriet, schlossen sich die Reihen. Schließlich standen sie alle auf der gleichen Seite. Jeden Tag riskierten sie ihr Leben. Wenn sie nicht aufeinander zählen konnten, auf wen dann? Aber Burton hatte das Gefühl, dass in der Polizeibehörde von San Celeste etwas Größeres, Dunkleres im Gange war, das sich hinter den allgegenwärtigen abgewendeten Blicken und kleinen Lügen verbarg.

»Das sollten Sie Mendez mitteilen«, sagte er. »Wenn hier jemand etwas unter den Teppich kehren will, sollte er es wissen.«

Kolacny war skeptisch. »Unter den Teppich kehren? Was?«

»Ich weiß es nicht genau, aber wir wissen, dass Kruger mit Williams und Hammond in Verbindung stand, und irgendwie scheint es auch eine Verbindung zum WEK zu geben. Williams hat das WEK jahrelang unterstützt, und Sie kennen diese Jungs. Die verprügeln jeden Tag irgendwen oder feuern Kugeln durch geschlossene Türen. Glauben Sie nicht, dass Williams denen immer wieder geholfen hat, wenn sie mal wieder über die Stränge geschlagen haben? Die brauchten vielleicht nicht mal darum zu bitten, sondern nur die Lage einer Leiche zu verändern oder den Todeszeitpunkt zu manipulieren. Und vielleicht hat auch mal jemand unangenehme Kugeln am Tatort übersehen.«

»Burton!«, sagte Kolacny.

Burton begriff, dass er zu viel redete. Kolacny blickte sich um, aber niemand hörte zu.

»Der Fall gehört jetzt mir und Rico«, sagte er. »Sie können mit Ihrer Paranoia aufhören. Ja, schon seltsam, dass diese Kartons verschwunden sind, aber ich spüre die schon auf. Das ist nicht mehr Ihr Fall.«

Burton musterte Kolacny. Der junge Cop machte ein unschuldiges Gesicht. Trotzdem konnte sich Burton einen letzten Kommentar nicht verkneifen.

»Ich habe die Akten nicht. Das glauben Sie mir doch, oder?«

»Ja«, antwortete Kolacny und lächelte. »Sicher. Ich glaube Ihnen.«

58

Nach der Arbeit fuhr Burton zu Kate, die immer noch auf der anderen Seite der Stadt bei Hugo wohnte. Seine Schwägerin Shelley begrüßte ihn verlegen an der Tür. Sie lächelte und blickte ihn forschend an, als suche sie unter der vertrauten Oberfläche nach einem Widder.

Kate saß am Esstisch mit Hugos und Shellys zweijährigem Sohn Benjy auf den Knien. Er verschmierte mit den Patschhändchen rote Farbe auf einem Blatt Papier.

»Schön machst du das!«, sagte Kate. »Was malst du denn?«

»Feuer«, antwortete Benjy ernst.

Kate sah auf und bemerkte Burton.

»Jerry!«

Sie küssten sich. Shelly kam dazu und nahm Benjy von Kates Schoß.

»Komm, wir waschen dir mal die Hände, ja?«

Sie hielt Benjy unter den Armen, damit er mit den farbigen Händen nicht ihre Kleidung oder die Möbel schmutzig machte, und trug ihn hinaus.

»Bin aber noch nicht fertig!«, jammerte er.

»Du kannst nach dem Abendessen weitermalen.«

Burton zog einen Stuhl vom Tisch und setzte sich neben seine Frau.

»Wie niedlich«, sagte er.

Kate lächelte. »Ja, er ist richtig süß. Im Augenblick ist er völlig verrückt nach Drachen. Warst du als Kind auch so?«

»Ich hatte mehr für Flugzeuge übrig«, sagte Burton. »Wie ist es gelaufen?«

»Gut«, sagte sie und streckte ihm die Hand entgegen. Er stützte sie, als sie langsam aufstand.

»Puh«, sagte sie. »Ich habe dauernd das Gefühl, nach vorn umzukippen.«

Sie ging in die Küche, und Burton folgte ihr.

»Shelley hat mir diesen Kräutertee gekauft, der sehr gut für Schwangere sein soll. Möchtest du eine Tasse?«

Burton schüttelte den Kopf. »Nein, danke.«

»Ja, schmeckt auch ein wenig seltsam.«

Sie füllte Wasser in den Kessel und setzte ihn auf.

»Ich habe gehört, du hast gestern Abend Schwierigkeiten gehabt«, sagte sie beiläufig, aber Burton kannte sie gut genug, um zu wissen, dass es sie beunruhigte.

»Ja. Wer hat es dir erzählt?«

»Charlie und Sarah.« Das waren Nachbarn, die gegenüber wohnten. »War es schlimm?«

»Nein«, erwiderte er. »Eigentlich nicht.« Dazu ein paar Steine, die jemand aus einem fahrenden Wagen geworfen hatte. Einer hatte die Regenrinne getroffen.

»Sag mal, Jerry ... bist du sicher, dass du weiter da wohnen willst? Ich wüsste gern, dass du in Sicherheit bist, bis es vorbei ist.«

Burton holte tief Luft und seufzte.

»Ich kann da jetzt nicht weg«, antwortete er. »Ich muss auf das Haus aufpassen. Wir brauchen es doch bald, oder? Sie muss doch ein Zuhause haben.«

Er legte die Hände an Kates gewölbten Bauch.

»Bewegt sie sich noch?«, fragte er.

»Im Moment zu viel«, antwortete Kate. »Vor ein paar Minuten hat sie wie verrückt getreten. Genau auf meine Blase.«

»Großartig«, sagte Burton.

Unbeeindruckt zog Kate eine Augenbraue hoch.

»Du weißt, was ich meine.«

Kate ließ sich nicht ablenken.

»Bitte, zieh da für eine Weile aus«, sagte sie. »Such dir was anderes, jemanden, bei dem du wohnen kannst. Du solltest nicht allein sein, ich mache mir Sorgen um dich.«

»Glaubst du, Hugo und Shelley würden mich bei sich wohnen lassen?«, fragte er.

Kate sah ihn schmerzlich an. »Jerry ...«

»Nein?«, sagte Burton. »Okay.«

»Versteh es nicht falsch. Sie denken einfach an Benjy. Du willst doch nicht, dass irgendeiner dieser Verrückten dich bis hierher verfolgt, oder?«

»Natürlich nicht.«

Shelley kam in die Küche, den sauberen Benjy auf dem Arm.

»Hugo kommt in einer halben Stunde nach Hause«, sagte sie. »Tut mir leid, ich habe nicht für so viele eingekauft.«

»Schon gut«, sagte Burton. »Ich muss sowieso wieder los. Ich brauche noch Farbe für die Hauswand.«

Er küsste Kate auf den Mund.

»Pass gut auf dich auf«, sagte sie.

»Natürlich. Ich bin aus dem Fall raus. Für mich ist die Sache erledigt, bald denkt niemand mehr an mich.«

59

Als er zum Wagen ging, bekam Burton einen Anruf von Bram Coine. Er ignorierte ihn. Coine versuchte es noch einmal, als er die Tür öffnete. Burton lehnte sich mit den Ellbogen aufs Dach und nahm den Anruf entgegen.

»Was gibt's?«

»Detective Burton?«, fragte Bram. »Hören Sie, ich weiß nicht, ob Sie mal einen Blick in die Sozialen Medien geworfen haben, aber Sie werden da gekreuzigt.«

»Ich nutze nur E-Mails«, erwiderte Burton.

»Was? Geht das überhaupt?«

Burton hatte keine Energie für solchen Quatsch.

»Sagen Sie bitte einfach, was Sie wollen, Sir.«

Bram zögerte. Es behagte ihm bestimmt überhaupt nicht, »Sir« genannt zu werden.

»Die Krebse drehen online durch. Irgendein Sender hat die Frau des Bürgermeisters interviewt, und die behauptet, Sie hätten ihn umgebracht, und die anderen Cops würden Sie decken. Jetzt heißt es in einer ganzen Reihe von Blogs, dass Sie ein Schläfer der Widder-Front wären und Williams, Hammond und Redfield ermordet hätten.«

»Und? Wen interessiert es, was irgendwelche Verrückten erzählen?«, fragte Burton.

»Alle! Jeder ernstzunehmende Journalist schreibt darüber, weil es leichter ist, einfach etwas aus dem Internet zu übernehmen, als vom Schreibtisch aufzustehen. Die wissen, dass es Unfug ist, trotzdem schreiben sie Artikel mit Fragen wie: Ist es zu fassen, was die Leute über diesen Cop sagen?!‹ Dadurch wird alles noch schlimmer. Sie stehen da gerade vor Gericht!«

»Und was soll ich Ihrer Meinung nach dagegen unternehmen, Mr. Coine?«, fragte Burton. Er hatte die Welt satt.

»Verteidigen Sie sich!«, sagte Bram. »Halten Sie dagegen! Kommen Sie zu mir. Wir können einen Chat veranstalten oder ein Interview oder wir...«

»Nein! Vergessen Sie's. Auf gar keinen Fall.«

»Aber es geht um Ihren Ruf! Ihr Leben wird von einem Haufen Arschlöcher gekapert!«

»Ich bin Polizist, Bram. Wenn ich ein Interview gebe, läuft das über unsere Presseabteilung.«

»Ist das Ihr Ernst? Die anderen Cops machen doch bei Ihrer Kreuzigung mit. Sie sind der Sündenbock, Detective. Erzählen Sie alles! Decken Sie die Korruption auf!«

Der Gedanke an die fehlenden Akten schoss ihm durch den Kopf, aber das hier ging zu weit.

»Was zum Teufel schlagen Sie vor? Ich soll ins Internet gehen und schlecht über Kollegen reden? Wie soll sich das für einen von uns beiden auszahlen, Bram?«

»Das ist Ihre Chance, sich zu verteidigen!«, sagte Bram ernst. »Ich will Ihnen doch nur helfen.«

»Nein!«, schrie Burton. Der Druck, die Wut und die Paranoia der letzten Tage entluden sich explosionsartig. »Hören Sie gut zu! Wenn Sie und Lindi nicht gewesen wären, würde ich meinen Job jetzt nicht verlieren! Mein Haus würde nicht jede Nacht von Irren mit Steinen beworfen! Ich würde nicht im Fernsehen auseinandergenommen werden! Ich würde nicht mal wissen, dass ich ein verfluchter Widder bin! Ich brauche mir solche Anrufe nicht anzuhören und auch keine versponnenen Theorien von irgendwelchen paranoiden Schizophrenen mit einer Tastatur!«

Bram verstummte. Schließlich sagte er leise: »Mann, tut mir leid.«

Burton wusste, dass er zu schroff reagiert hatte, aber er war einfach zu müde, es war ihm egal.

»Ich brauche Ihre Hilfe nicht, Mr. Coine. Es ist sowieso nicht mehr mein Fall. Lassen Sie mich einfach in Ruhe, damit ich mein Leben wieder auf die Reihe bekomme.«

60

Bram beendete das Gespräch und steckte das Handy in die Tasche seiner Jeans. Seine Wangen waren gerötet, vor Wut und vor Verlegenheit. In den letzten zwei Tagen hatte er für Burton Schadensbegrenzung im Internet betrieben, weil Lindi ihm gesagt hatte, er gehöre zu den Guten, und weil er Bram leidtat. Was für ein Arsch. Er hätte ihn im Feuer der öffentlichen Meinung verbrennen lassen sollen.

Die Universität lag knapp zwei Kilometer von Brams Haus entfernt. Weil es kühl war, hatte er sich gegen den Bus entschieden und ging über den Palmolive Court nach Hause. Das war ein großer, betonierter Platz im Stadtzentrum – irgendwer hatte sich hier mit seiner Idee für ein futuristisches Kapitalistenparadies ausgetobt. Die hohen Gebäude hatten langweilige Glasfassaden. Uniformierte Sicherheitsleute standen an den Eingängen der verschiedenen Unternehmen, überwiegend Banken und Versicherungen. Unter Brams Füßen befanden sich drei Stockwerke eines Parkhauses für Luxuskarossen. Die Mitte des Platzes nahm eine riesige abstrakte Skulptur ein, die bei niemandem auch nur ein Fünkchen Freude oder Fantasie weckte.

Die einzige Aktivität fand vor der Filiale einer Café-Kette statt, an der Ecke des Platzes, wo ein Obdachloser auf einer klobigen Betonbank saß und Tauben Brotkrümel zuwarf. Ein Wachmann mit orangefarbener Weste ging auf den Mann zu, der ihn kommen sah und seine verstreuten Habseligkeiten zusammenzupacken begann – eine Flasche Wasser, ein Regenmantel und ein Bündel Plastiktüten.

Bram wusste, ohne zu fragen, dass der Obdachlose Widder oder Fische war. Vielleicht auch ein Stier oder Krebs mit psychischen Problemen, ohne Rückhalt in der Familie. Nicht zum ersten Mal dachte er darüber nach, wie die Welt wohl aussähe, wenn soziale Trennlinien sichtbar gemacht würden. Wenn jeder einen Farbcode bekäme, könnte man die kulturelle Zugehörigkeit auf den ersten Blick erkennen – Rot für Widder, Weiß für Steinbock, Blau für Jungfrau. Er stellte sich den Stadtplan vor, auf dem alle wie kleine Punkte markiert würden. Jeder konnte sich frei bewegen, und doch würde jeder die Gesellschaft seiner eigenen Farbe suchen, aus eigener Entscheidung und unter finanziellem oder sozialem Druck. Ein großer roter Fleck in Ariesville, ein weißes Band in den äußeren Vororten und ein Farbmix dort, wo sich Wassermann, Jungfrau und Schütze mischten, aber doch ihre jeweilige Identität nie ganz aufgaben.

Wie würde sich die Gesellschaft verändern, wenn die Menschen die Trennlinien besser erkennen konnten? Würde alles besser oder schlechter werden? Im Augenblick musste man das Tierkreiszeichen an subtilen Merkmalen ablesen, an Stil und Preis der Kleidung, an der Wortwahl und der Aussprache, an Interessen und politischen Ansichten. Tierkreiszeichen einzuschätzen war eine verbreitete und wichtige Fähigkeit, die die meisten Menschen automatisch beherrschten, obwohl man es nicht in der Schule lernte. Nur Jungfrauen und kleine

Kinder hatten Schwierigkeiten damit. Selbst wenn einige Sonderlinge, besonders Schützen, gern neue Wege gingen, verrieten sie doch genug über ihren Hintergrund, um sich im Netz der Einschätzung zu verfangen.

Wie schlimm würde die Welt aussehen, wenn jeder mit einem Farbcode markiert würde? Wenn die Menschen dächten, sie könnten das Wesen eines Menschen auf einen Blick erfassen? Wenn Ungleichbehandlung reine Gedankenlosigkeit würde? Vielleicht würden sich die Leute dann nicht mehr so sehr darüber aufregen. Möglicherweise würden sie nicht mehr so viel Zeit damit verbringen, dafür zu sorgen, dass sie wie ihre Nachbarn handelten, und nicht mehr darüber klagen, weil sie keine Angst mehr haben mussten, für das falsche Zeichen gehalten zu werden. Vielleicht würden sie dann begreifen, wie willkürlich das alles war.

Er ging durch eine Lücke zwischen zwei Hochhäusern in eine Gasse, die dem Kapitalistenutopia als Lebensader diente. Die Klimaanlagen brummten, aus versteckten Containern roch es nach Müll. Es war, als würde der Schmutz vom Platz nur ein wenig beiseitegerückt werden, um ihm eine schützende Schicht Scheußlichkeit zu lassen.

Die Gasse führte zu einer Seitenstraße, von der Bram wusste, dass sie erst nach Einbruch der Dunkelheit zum Leben erwachte. Es gab einen Sexshop, einen Plattenladen, der dichtgemacht hatte, zwei Schwulenbars und den Club K Plus, einen fensterlosen koreanischen Nachtklub mit handgeschriebenem Schild, auf dem **KARAOKE DRINKS FUN** angeboten wurden. Bram fragte sich, ob es in Korea entsprechende westliche Bars gab.

Eine weiße Limousine fuhr langsam an ihm vorbei. Der

Fahrer war mittleren Alters, trug eine verspiegelte Sonnenbrille und lehnte mit dem Ellbogen aus dem offenen Fenster. Er sah Bram an, ohne zu lächeln, und fuhr weiter. Bram wurde nervös und ging schneller.

Er hatte sich fast davon überzeugt, dass es nichts war – nur ein grundloses ungutes Gefühl –, als ein großer schwarzer Mannschaftswagen mit getönten, kugelsicheren Scheiben heranrollte. Bram kannte das Fahrzeug aus den Nachrichten im Internet: das Widder-Einsatz-Kommando. Kalte Panik überfiel ihn.

Das Fahrzeug kroch neben ihm her, genau in seiner Geschwindigkeit. Nach einer Minute beschleunigte es und fuhr davon. Bram spürte, wie sich die Angst in Wut verwandelte. Das war schlicht Einschüchterung.

»Fickt euch!«, schrie er ihnen hinterher.

Der Mannschaftswagen bremste abrupt, und Bram blieb stehen. Kurz wollte er wegrennen, doch dann richtete er sich auf. Die machten sich über ihn lustig. Lachten über ihn. Das war Mist.

Die Fahrertür des Mannschaftswagens ging auf, und ein Mitglied des WEKs stieg aus und baute sich zu voller Größe auf. Er trug die typische Einsatzkommando-Ausrüstung – Körperschutz, schwarzer Helm, Schutzbrille, Gewehr.

»Hast du was zu sagen, Bursche?«, rief der Cop. »Spuck's aus!«

»Sie schikanieren mich!«, schrie Bram. »Das ist Einschüchterung! Lassen Sie mich in Ruhe!«

Er zog das Telefon aus der Tasche. Er musste das aufnehmen.

»Hey!«, rief der Cop. »Hände dahin, wo ich sie sehen kann.«

Bram hob die Hände, hielt aber weiterhin das Telefon. Er hatte den Bildschirm von dem Cop abgewandt. Ohne hinzuschauen, tippte er mit dem Daumen aufs Display und startete die Kamera.

»Nimm das Handy runter!«, sagte der Cop und ging auf ihn zu.

»Was?«, fragte Bram. Er tippte blind auf den Bildschirm und hoffte »Aufnahme« erwischt zu haben.

Der WEK Cop trat auf ihn zu und schlug ihm das Handy aus der Hand. Es fiel auf den Boden, und Bram hörte, wie das Display splitterte.

»Scheiße!«, sagte Bram. »Dafür kann ich Sie anzeigen.«
»Halt's Maul!«

Der Cop kickte das Handy weg, sodass es über den Bürgersteig schlitterte und auf der Straße landete. Dann packte er Bram am Kragen und zog ihn zu sich heran.

»Du kommst mit. Musst wohl noch ein paar Manieren lernen.«

Bram kam ins Stolpern und griff nach der Schutzweste des Cops, um nicht hinzufallen. Der Polizist schlug seine Hände weg.

»Tätlicher Angriff auf einen Beamten!«, schrie er, damit alle ihn hören konnten. Er versetzte Bram einen Ellbogenstoß ins Gesicht und zog ihn am Arm zum Mannschaftswagen.

Bram blickte sich nach Hilfe um. Er sah nur zwei weitere Menschen auf der Straße, eine Frau, die einen Block entfernt mit Kopfhörern auf den Ohren in die andere Richtung ging, und einen Mann mittleren Alters, der den Kopf aus der Tür eines Tattoo-Studios steckte. Er hob ebenfalls das Handy, doch der Cop bemerkte ihn.

»Wagen Sie es nicht!«, schrie er.

Der Mann zögerte, dann senkte er das Handy.

Bram schleifte über den Bürgersteig, während der Cop ihn zum Fahrzeug zerrte. Die hinteren Türen gingen auf, und zwei weitere Einsatzkräfte in Schutzausrüstung kamen zum Vorschein.

»Du fährst, Ken«, schrie der Cop, der Bram zog.

»Hilfe!«, rief Bram verzweifelt.

Der Cop holte mit dem Kopf aus und versetzte ihm einen Stoß ins Gesicht. Bram fiel auf den Stahlboden im Laderaum des Transporters. Der Polizist stieg hinter ihm ein und zerrte ihn weiter ins Fahrzeug, während ein anderer Cop ausstieg. Die Türen wurden zugeschlagen. Kurz darauf wurde der Motor angelassen, und der kalte Boden unter Brams Gesicht vibrierte.

Das einzige Licht fiel durch zwei vergitterte, total verdreckte Fenster im Dach herein. An den Wänden des Laderaums waren lange Bänke angeschraubt. Ein Cop lehnte in der Ecke, den Helm abgenommen, die Arme verschränkt. Der Boden war feucht, und während das Fahrzeug beschleunigte, flossen Reste von Desinfektionsmittel nach hinten und spritzten Bram ins Gesicht.

Er drehte sich auf den Rücken, und der Cop drückte ihn an der Kehle nach unten. Bram wollte ihn wegschieben.

»Hände an die Seite«, verlangte der Cop.

Bram wollte sich aufsetzen, doch der Cop legte ihm die Hand auf die Stirn und drückte seinen Kopf hart auf den Boden.

»Ich hab gesagt: Hände weg!« Er beugte sich vor. Bram roch Zigarettenrauch in seinem Atem. »Tätlicher Angriff auf einen Polizisten und Widerstand bei der Festnahme, Mr. Coine. Was für ein Vergnügen, Sie persönlich kennenzulernen.«

Bram würgte. Sein Atem rasselte, während er versuchte zu husten.

»Was?«, fragte der Cop und neigte Bram ein Ohr zu. »Habe ich gehört: ›Entschuldigung‹?«

Er zog seinen Schlagstock und rammte ihn Bram in die Rippen, dann nahm er seinen Arm von Brams Kehle. Bram rollte sich zu einer Kugel zusammen und krächzte atemlos. Tränen traten ihm in die Augen.

»Schau mal einer an! Jetzt fängt er an zu heulen, der Kleine.«

»Übertreiben Sie es nicht, Captain«, sagte der andere Cop und klang dabei gelangweilt.

»Leck mich«, sagte der Captain. »Er will uns doch eine reinwürgen, wie jeder weiß. Niemand wird ihm glauben, außer den Arschlöchern, die uns sowieso schon für Teufel halten.« Er drückte Brams Kopf wieder auf den Boden. »Ich habe eine Familie, du verfluchter kleiner Depp. Ich kann es nicht gebrauchen, dass irgendwelche Widder-Ärsche hinter mir herrufen oder meine Kinder bedrohen. Die müssen auch nicht wissen, wo ich wohne. Hände runter, habe ich gesagt!«

Er hob den Schlagstock und schmetterte ihn auf Brams Unterarme. Bram schrie auf.

»Mann, Captain«, sagte der andere Cop und beugte sich besorgt vor.

Durch den Schmerz spürte Bram ein seltsames Knacken im linken Unterarm. Ein Knochen war gebrochen.

Ein sonderbares Grinsen breitete sich auf dem Gesicht des Captain aus. Er packte Brams Handgelenk und drehte es. Bram schrie so heftig, dass er zu würgen begann.

»Entschuldige dich!«, schrie der Captain Bram ins Gesicht.

Bram konnte nicht sprechen, sein Arm glühte. Seine Lippen bewegten sich, aber er brachte keinen zusammenhängenden Laut heraus.

»Das reicht nicht!«

Der Captain verdrehte seine Hand noch weiter. Diesmal konnte Bram nicht einmal mehr schreien.

»Sag ›Entschuldigung, Captain‹. Los, sag es! Ich höre nichts! Sag ›Entschuldigung‹, und alles ist vorbei. Sag es!«

»Entschuldigung!«, stammelte Bram, ehe er wieder schrie.

»Entschuldigung und?«, fragte der Captain und schlug Bram knapp unter das Auge.

»Entschuldigung, Captain.« Bram hustete die Worte heraus.

»Captain!«, sagte der andere Cop. »Bitte!«

»Ach, jetzt machen Sie sich mal nicht in die Hose! Sie gehen mir echt auf die Eier!«, schrie der Captain. Er zog Bram an den Haaren in eine sitzende Position. »Hey«, sagte er. Brams Augen rollten hin und her. »Hey!«, sagte der Captain und schlug Bram ins Gesicht. »Wer hat dir das angetan? Wenn dich jemand fragt, was antwortest du?«

Bram schüttelte den Kopf, unfähig zu sprechen.

»Hey«, schrie der Captain und ohrfeigte ihn erneut. »Du sagst, die Widder waren das. Hörst du? Die Widder. Sag es!«

Ein schlichter Gedanke ging Bram durch den Kopf. Diese Cops hatten verloren. Es stand nicht nur ihr Wort gegen seins – je übler sie ihn zurichteten, desto mehr Beweise für körperliche Gewalt gab es. Und einen Namen hatte er auch. Es gab nur einen Captain des WEK.

»Ich hab gesagt: ›Sag es‹!«, wiederholte Vincent Hare.

»Wenn du nicht möchtest, dass wir vorbeikommen und uns dich noch einmal vorknöpfen! Wir sind wie ein Taxi, Mr. Coine. Eine kleine Runde gefällig? Wir holen dich ab, Tag oder Nacht! Wer hat dich so zugerichtet? Sag schon!«

Bram beugte sich vor. Mit dem schwellenden Kiefer fiel ihm das Sprechen schwer.

»Fick... dich...«

»Falsche Antwort«, sagte Vince und drückte Bram hart auf den Boden.

Brams Hinterkopf schlug gegen die scharfe Kante der Bank. Er lag auf dem Rücken und schnappte röchelnd nach Luft, griff nach seiner Tasche, versuchte seinen Inhalator herauszuholen, damit er wenigstens wieder sprechen konnte.

»Nee, nee«, sagte Hare, kickte Brams Tasche zur Seite und hockte sich auf ihn.

Bram spürte das Gewicht auf seinem Hals. Hare kniete auf seiner Kehle. Brams Hände und Füße begannen zu kribbeln, und plötzlich war der Polizeiwagen ganz weit weg.

»Ich möchte es von dir hören. ›Widder haben mich so zugerichtet.‹ Bist du bereit? Sag es.«

Vince ließ ein wenig locker, und die Welt kehrte zu Bram zurück, als würde er aufwachen. Kurz wunderte er sich, dass er immer noch in dem Polizeitransporter war. Er wollte sprechen, konnte aber nur krächzen. Seine Lungen waren dicht.

»Nein«, sagte Hare und drückte ihm das Knie wieder auf die Kehle.

Wieder machte der Schmerz kribbelnder Ruhe Platz. Vor lange Zeit hatten seine Freunde einmal eine Flasche Lachgas in die Finger bekommen, und Bram hatte das Gefühl gehabt, dass jeder Gedanke sich anfühlte wie mentale Geometrie vor samtigem Hintergrund. Er stahl sich zu diesem Ort davon, und der Schmerz in Lunge und Körper war plötzlich nicht mehr so wichtig. Es würde sich alles regeln. Er musste nur Geduld haben. Die Gerechtigkeit würde sie alle einholen.

61

Zehn Jahre nach dem Überfall ging Daniel immer noch am Stock. Sein Kiefer war chirurgisch wiederhergestellt worden. Die besten Ärzte des Landes hatten ihn behandelt, aber Daniel fand sein neues Gesicht immer noch befremdlich. Die Haut an seinem Kinn glänzte und spannte. Er hatte sich einen Bart stehen lassen wollen, aber er wuchs nur ungleichmäßig, und am Ende hatte er sich rasieren und damit abfinden müssen, mit einem Gesicht zu leben, das immer ein wenig *schief* war.

Dieser Umstand und dazu die fortwährende Gewöhnung an Schmerzmittel steigerten seine normale soziale Scheu immens. Er wusste, dass er niemals neue Freunde finden würde. Er würde nicht zufällig seine zukünftige Frau oder einen aufregenden neuen Geschäftspartner kennenlernen. Oberflächliche Menschen würde er mit seinem Aussehen abschrecken, andere mit seinem Verhalten. In gewisser Hinsicht war das eine Erleichterung. Es lieferte ihm eine Entschuldigung dafür, sich im Haus seiner Familie zu vergraben und in sein früheres Elend zu versinken, denn er wusste, es war unabänderlich. Zwei Mal in der Woche ließ er sich Lebensmittel und Medikamente liefern, und hin und wieder bekam er Besuch von seinem Physiotherapeuten oder seinem Logopäden. Darüber hinaus machte er nichts aus seinem Leben, außer darüber nachzudenken, was er alles verloren hatte.

In der selbstauferlegten Isolation schweiften seine Gedanken immer wieder zurück zu Marias Heim oder noch weiter zurück zur Suche nach seiner Tochter und blieben an einzelnen Augenblicken hängen – daran, was jemand gesagt hatte, oder einem Gesichtsausdruck in einer bestimmten Situation. Dann verlor er sich in langen Analysen und versuchte, die Bedeutung darin zu erkennen. Wieder und wieder gingen ihm Crays letzte Worte im Krankenhaus durch den Sinn, Marias Warnung oder sein Kampf mit Detective Williams in dem Polizistenpub, und er versuchte zu verstehen, was das alles wirklich zu bedeuten hatte, was er hätte sagen sollen und wie die Geschichte einen anderen Ausgang hätte nehmen können. Und dann bemerkte er, was er gerade tat, und begriff, dass wieder zwanzig Minuten vergangen waren und er immer noch vor dem offenen Kühlschrank stand oder in der Badewanne lag oder auf die gleiche Buchseite starrte. Die Schmerzmittel, so erkannte er, beeinflussten seine Gedanken, aber ohne die Medikamente konnte er nicht leben. Es ging nicht nur um den körperlichen Schmerz. Ohne Schmerzmittel brauchte er den ganzen Tag, um genug Energie zu sammeln, aus dem Bett aufzustehen. Er wusste, dass es nicht zu entschuldigen war. Er führte ein absolut privilegiertes Leben, doch das verschlimmerte die Depression nur. Er hätte alles tun können, aber er hatte nichts getan, und er würde nie etwas tun, weil er der war, der er war. Die Welt war schlechter, weil er in ihr lebte.

Er war ganz schön ins Schleudern geraten. Jeden Abend saß er in seinem Büro und ging die alten Akten von Marias Heim und seiner damaligen Immobilienfirma durch, alte Berichte über Hernandez und Williams und die Lehranstalt der Wahren Zeichen. Er las sie immer und immer wieder und listete dabei jeden Punkt auf, an dem er versagt hatte. Schließlich entschied er sich für Selbstmord.

Zyanid erschien ihm als der einfachste und am wenigsten umkehrbare Weg. Ein Scheitern war praktisch ausgeschlossen. Er fand jemanden bei einer Schädlingsbekämpfungsfirma, der zu einem exorbitanten Preis Zyanid verkaufte, und besorgte sich 500 Milligramm – das Doppelte einer tödlichen Dosis.

Eines Morgens lag es im Briefkasten, ein Reagenzgläschen mit ein paar farblosen Kristallen am Boden. Er nahm es mit ins Haus und legte es mitten auf den Tisch. Noch war es nicht so weit. Er ließ den Tag verstreichen und dann die Woche, bis er wusste, dass er bereit war. Manchmal starrte er das Reagenzgläschen an und war kurz davor, den Stöpsel zu ziehen. Manchmal dachte er daran, es wegzuwerfen.

So hätte es Monate weitergehen können, doch eines Mittwochs wachte er spät auf. Längst nahm er mehr als die empfohlene Dosis der Schmerzmittel, und an diesem besonderen Morgen schluckte er zusätzlich drei Kapseln, ehe er sich ein Bad einließ. Als er aus dem Wasser stieg, war ihm schwindelig. Er stolperte über den Rand der Wanne und schlug sich den Kopf an der Toilette auf.

Er verlor die Orientierung. Blut strömte aus der Wunde an seinem Kopf. Benommen drückte er sich ein Handtuch an die Stirn, doch die Blutung wollte nicht aufhören. Er fand Verbandszeug im Badezimmerschrank und starrte es an, weil er zu verstehen versuchte, wie er es benutzen sollte.

Dann wankte er ins Schlafzimmer zurück und zog

sich an. Überall war Blut. Wo kam das her? Sein Kopf schmerzte, er betastete ihn. Als er die Finger herunternahm, waren sie warm und rot. Ach ja, er war gestürzt.

Er sollte Hilfe rufen. Er wollte nichts mit fremden Menschen zu tun haben, wusste jedoch nicht, was er sonst tun sollte. Er wählte den Notruf. Am anderen Ende der Leitung stellte ihm jemand jede Menge verwirrender Fragen. Daniel beantwortete sie so gut er konnte, und als es ihm nicht gelang, wurde er wütend, schrie und fing an zu weinen.

Er ging davon aus, dass ihn der Mann am anderen Ende nun nicht mehr mochte, aber der redete weiter freundlich auf ihn ein und stellte die verwirrenden Fragen erneut, bis Daniel sich an seine Adresse erinnerte. Dann setzte er sich neben das Telefon und wartete.

Nach einer Weile klingelte es an der Tür. Einige Männer in orangefarbener Kleidung wollten Daniel mitnehmen. Sie waren nett, deshalb stieg er in ihren Rettungswagen und ließ sich fortbringen.

Zwei Wochen lag er im Krankenhaus. In den ersten Tagen hatte er große Schmerzen. Die Medikamente wirkten nicht mehr, und niemand wollte ihm neue geben. Selbst nachdem die Gehirnerschütterung abgeklungen war und er wieder klar denken konnte, behandelten ihn die Spezialisten ebenso vorsichtig wie herablassend, wie ein Kind, das die Pistole des Vaters entdeckt hatte. Der leitende Neurologe führte eine ganze Reihe Untersuchungen mit ihm durch und bat ihn, einen langen Fragenkatalog über sein tägliches Leben auszufüllen. Daniel antwortete ehrlich.

»Wie lange werden Sie mich hierbehalten?«, fragte er, als er fertig war.

»Sie können gehen, wann immer Sie wollen«, sagte der Neurologe.

Er war ein stämmiger Mann. Daniel gefiel es, wie er seine Patienten behandelte, nämlich aufrichtig, aber auch nicht zu leidenschaftslos.

»Mir scheint, Sie haben eine Depression, eine Obsession, eine Sucht und vermutlich eine Posttraumatische Belastungsstörung. Medikamente werden Ihnen nicht helfen. Ehrlich gesagt, empfehle ich Ihnen dringend, einen Psycho- oder Astrotherapeuten aufzusuchen. Kelly Milton hat ihre Praxis in Ihrer Gegend. Sie hat schon vielen Menschen erfolgreich geholfen, sich nach einem Trauma und einer Sucht wieder im Leben zurechtzufinden.«

Und so fuhr Daniel jeden Freitag nach dem Lunch zu Kelly Miltons Privatpraxis in einem umgebauten Bauernhaus und absolvierte eine zweistündige Therapiesitzung.

Jede Sitzung verlief gleich. In der ersten Stunde hörte Kelly, eine silberhaarige Jungfrau in den Sechzigern, ruhig und unvoreingenommen hinter ihrem Schreibtisch zu, während Daniel ihr aus einem bequemen Ledersessel heraus erzählte, wie ihm zumute war. In der zweiten Hälfte der Sitzung fertigte Kelly am Computer eine Radix der gegenwärtigen Stellung der Planeten an und verglich sie mit Daniels Geburtshoroskop. Dann sprach sie darüber, wie die Energien der Planeten derzeit in ihm verstärkt oder gedämpft wurden und wie das zu seinen momentanen Gefühlen und Sorgen führte. Sie erklärte es ihm ausführlich, damit er ein tiefes Verständnis für die astrologischen Mächte entwickeln konnte, die das Fundament seines Lebens bildeten, und für seine Verbindung mit dem Kosmos. Im Laufe der Zeit verstand er mehr und mehr, wie sie die Welt sah – nicht als Ursache und Wirkung, sondern als Manifestation einer gigantischen Maschine aus reiner Energie, mit Zahnrädern in der Größe von Planetenumlaufbahnen, einer Maschine, bei der sich jedes Teil perfekt regelmäßig und perfekt vorhersehbar bewegte. In ihren Augen war alles, was auf dem Planeten Erde geschah, eine Spiegelung der Bewegungen im Kosmos. Alles, was geschah, war ebenso bedeutsam wie unausweichlich.

»Astrologie enthüllt das wahre Wesen der Welt«, sagte sie. »Nichts in unserem Leben oder unserer Gesellschaft ergibt Sinn, solange man den Schleier der körperlichen Erscheinung nicht beiseitezieht und die kosmische Welt dahinter erkennt.«

Daniel verstand, was an dieser Vorstellung so verführerisch war. Sie befreite ihn von seiner Schuld, denn die Privilegien, in die er hineingeboren worden war, waren sein Schicksal, und folglich konnte man nicht von Gerechtigkeit oder Ungerechtigkeit sprechen. Die Konstellation des Kosmos zum Zeitpunkt seiner Geburt hatte ihm besondere Eigenschaften gegeben, über die andere Menschen nicht verfügten, und diese Eigenschaften sorgten für seinen Wohlstand und seine Macht, nicht etwa das Geld seines Vaters oder die Ausbildung, die dieser sich für ihn hatte leisten können, auch nicht die tausend kleinen Chancen, die ihm eine Gesellschaft bot, in der männliche Steinböcke die Norm darstellten, der alle anderen irgendwie *untergeordnet* waren. Kelly ermutigte ihn, seinen inneren Frieden zu finden und sich und die Welt so zu akzeptieren, wie sie war.

Er hasste Kelly.

Trotzdem brauchte er die Sitzungen. Er wusste, es war verschwenderisch und verstärkte seine Ich-Besessenheit, doch er musste seine Gedanken einem Fremden erzählen.

Seine Probleme in Worte zu fassen gab ihnen Struktur und erleichterte es, damit umzugehen.

Eines Tages, nachdem er gefühlt zum tausendsten Mal über Pamela und die Lehranstalt der Wahren Zeichen gesprochen hatte, sagte Kelly: »Diese Schule bekommen Sie überhaupt nicht aus dem Kopf, oder?«

Das war eine ungeheure Untertreibung. »Ja.«

»Möchten Sie eine zusätzliche Sitzung für ein Horoskop buchen? Wir könnten die Sterne um Einsicht bitten. Was möchten Sie wissen?«

Daniel dachte darüber nach.

»Ich möchte wissen, was diese Astrologen und Lehrer mit den Kindern in den privaten Räumen gemacht haben. Ich möchte wissen... ich möchte wissen, was sie meiner Tochter angetan haben.«

»Dafür brauchen wir kein Horoskop. Fragen Sie doch einfach die betreffenden Lehrer.«

Daniel fuhr in seinem Stuhl herum und sah Kelly an. »Was meinen Sie damit?«

»Ich habe die Adressen und Telefonnummern der meisten guten Astrologen im Land. In San Celeste gibt es nicht viele. Ich wette, dass einige damals in dieser Schule gearbeitet haben, wenn man bedenkt, wie viele Therapeuten dort benötigt wurden. Ich könnte bestimmt ein Treffen arrangieren. Würden Sie dann Ihren Seelenfrieden finden?«

»Ja«, sagte Daniel und verspürte eine Aufregung wie schon seit Jahren nicht mehr. »Ganz bestimmt!«

62

Daniel flog von der Ostküste zurück nach San Celeste. Es hatte sich nicht viel verändert in den letzten zehn Jahren. Einige Geschäfte waren umgezogen, es gab mehr Mobilfunktürme, und die Highways, die damals noch im Bau gewesen waren, waren endlich fertiggestellt. Aber es war immer noch zu heiß, die Straßen waren schmutzig, und er spürte die Spannung, die in der Luft lag.

Kelly hatte ihm Kontakt zu einer gewissen Cynthia Marsh vermittelt. Sie war Ende sechzig gewesen, als sie an der Lehranstalt der Wahren Zeichen unterrichtete, und danach war sie eigentlich in den Ruhestand gegangen. Heute erstellte sie nur noch Einzelhoroskope in ihrem Wohnzimmer.

Daniel schickte ihr eine SMS, um einen Termin zu vereinbaren, und traf sie am frühen Abend. Er erkannte sie sofort. Sie war die Frau mit Dauerwelle, die er im Unterricht und im Gespräch mit seiner Tochter gesehen hatte. Marsh wohnte in einem bescheidenen Bungalow in einem ruhigen Viertel, hatte einen wohlgepflegten Blumengarten, und auf der Veranda schlief ein alter Hund. Die Einrichtung bestand aus antiken Möbeln und einer Art-déco-Tapete. Ein grauer Papagei schaute wachsam von einer Holzstange in der Ecke aus zu.

»Wir haben wirklich geglaubt, wir könnten ihnen helfen«, erzählte Cynthia Marsh bei einer Tasse Tee. »Werner war ein astrologisches Genie. Er war überzeugt davon, sie alle heilen zu können, und er hat auch uns überzeugt. Ich denke, das war sein hervorstechendster Charakterzug, als Mensch. Er war überzeugend.«

»Erzählen Sie mir von den Räumen«, sagte Daniel.

»Von welchen Räumen?«

»Ich habe die Aufzeichnungen gesehen. Kruger hat Kinder in besondere Räume gesteckt. Er nannte sie Wasserraum oder Feuerraum oder Erdraum. Ich habe nie Aufnahmen aus einem der Räume gesehen, und niemand spricht darüber, was darin passiert ist. Können Sie es mir sagen?«

Cynthia gab einen zweiten Zuckerwürfel in ihren Tee, rührte um und lehnte sich in ihrem Stuhl zurück.

»Nein«, antwortete sie, »kann ich eigentlich nicht. Das war Werners kleines Geheimnis. Ich war natürlich neugierig. Deshalb habe ich die Kinder gefragt, aber die haben mir nur Unfug erzählt. Manche behaupteten, diese Räume seien Türen zu Welten, die aus reinem Feuer oder reiner Erde bestanden. Andere sagten, Werner sei ein Magier, der sie in solche Elemente verwandelte. Ich weiß nicht, was da mit den Kindern passiert ist. Vielleicht haben sie halluziniert. Es war eine eigenartige Zeit, Wahnsinn hing in der Luft und tarnte sich als Fortschritt.«

Daniel verließ der Mut. Die nächste Sackgasse.

»Haben Sie noch Kontakt zu Kruger?«, fragte er. Vielleicht würde er von dem Mann selbst die Wahrheit erfahren.

»Nein«, sagte Cynthia. »Noch vor der Schließung der Wahren Zeichen kamen wir nicht mehr sonderlich gut miteinander aus. Er entwickelte eine Besessenheit für esoterische Astrologie und fing an, die Kinder völlig zu ignorieren. Er redete nur noch davon, ein großes Geviert zu erschaffen.«

»Was ist das?«

»Hm«, sagte Cynthia. »Das ist schwer zu erklären, aber im Grunde... Kruger glaubte, es gebe die Möglichkeit, vier Menschen aus verschiedenen Tierkreiszeichen zu nehmen und sie dazu zu bringen, die gleiche... kosmische Essenz zu teilen.«

»Wozu sollte man das tun?«, fragte Daniel.

»Ich bin mir nicht sicher«, sagte Cynthia. »Vielleicht nur um zu beweisen, dass es möglich ist. Vielleicht wusste er aber auch, dass, wenn vier Menschen mit sehr unterschiedlichen Einflusssphären an einer Sache zusammenarbeiten, sie mehr erreichen können als jeder von ihnen allein.«

Daniel starrte sie an. Sie wich seinem Blick aus und stocherte in den Blättern am Boden ihrer Tasse.

»Er hat es getan, ja?«

»Ich glaube schon, ja«, sagte Cynthia und sah in ihren Tee.

»Wo liegt das Problem?«

Einen Moment lang sah es so aus, als wollte sie es ihm nicht sagen. Sie machte den Mund auf und schloss ihn wieder.

»Ich habe einen Schreck bekommen, als Kelly mir gesagt hat, Sie würden mich anrufen, Mr. Lapton«, sagte sie. »Und gleichzeitig war ich froh, weil ich es mir endlich von der Seele reden kann.«

Er beugte sich vor.

»Was?«

Sie blinzelte langsam.

»Er wollte Magie anwenden«, sagte sie. »Er wollte es in

wissenschaftliche Begriffe kleiden, aber eigentlich wollte er Magie benutzen. Magie entsteht aus Ritualen, und Rituale sind schwach, wenn man nicht etwas dafür opfert. Rituale kann man ignorieren, man kann darüber lachen oder sie vergessen. Aber sobald man ein Opfer bringt, sobald Blut vergossen wird, kann man nicht mehr über das Ritual lachen, denn dann ist jemand dafür gestorben.«

Daniels Hände begannen gegen seinen Willen zu zittern. Er versuchte, sie zu kontrollieren.

»Wer…«, sagte er und unterbrach sich. Er bekam die Frage nicht heraus.

»Ich weiß nicht, ob Kruger das wirklich getan hat«, sagte Cynthia. Sie hatte Tränen in den Augen. »Ich hoffe nicht. Aber er hatte Kinder dort, die niemand vermissen würde…«

Sie hielt inne.

»Was ist los? Alles dreht sich. Tut mir leid, mir wird schrecklich übel.«

Sie stand auf, taumelte nach vorn und stolperte über den Tisch zwischen ihnen. Das Teetablett klapperte, der Papagei in der Ecke kreischte aufgebracht.

Sie lag auf dem staubigen Perserteppich und blickte zu Daniel hoch. Er konnte ihr nicht ins Gesicht sehen. Er weinte immer noch.

»Bitte, helfen Sie mir«, krächzte sie. »Helfen Sie mir.«

Sie streckte einen Arm zu ihm aus, konnte ihn jedoch nicht in die Höhe halten. Eine Minute lang atmete sie noch flach, während sich ihre Augen verdrehten.

Daniel wartete, bis sie nicht mehr atmete, dann nahm er ihr Handy aus der Handtasche. Er löschte seine Nachricht an sie, wischte das Gerät mit seinem Taschentuch ab, und steckte es zurück.

Beim Hinausgehen zog er die Tür hinter sich zu, sodass der Riegel einrastete. Der alte Hund auf der Veranda blickte kurz zu ihm auf, dann seufzte er tief und schlief weiter.

Eine Woche später bekam er einen Anruf.

»Hi, Daniel, ich bin's, Kelly. Wie geht es Ihnen?«

»Gut«, fragte Daniel. »Was kann ich für Sie tun?«

»Es tut mir leid, aber Sie erinnern sich doch an Cynthia Marsh, die Astrologin in San Celeste? Deren Nummer ich Ihnen gegeben habe? Ich habe heute erfahren, dass sie gestorben ist.«

»Oh nein«, sagte Daniel, »wie schrecklich.«

»Ja. Man hat sie tot in ihrem Wohnzimmer gefunden. Vermutlich ein Herzinfarkt. Konnten Sie vorher noch mit ihr sprechen?«

»Nein«, sagte Daniel, »ich hatte leider keine Gelegenheit. Na ja, die werde ich dann wohl auch nicht mehr bekommen. War sie alt?«

»Über siebzig«, sagte Kelly. »Und sie war sehr erfolgreich. Ich werde sie sehr vermissen.«

Daniel ging zu keiner weiteren Sitzung mehr bei Kelly Milton. Er bezahlte die fälligen Rechnungen, sagte die vereinbarten Termine ab und löste seine Probleme von nun an auf seine eigene Weise.

63

Lindi fühlte sich, als hätte sie eine Panikattacke. Sie versuchte, ihren Atem zu beruhigen.

»Bram Coine ist tot«, sagte sie ins Telefon.

Am anderen Ende der Leitung sagte Burton: »Was? Wie?«

»Man hat ihn in einem Graben an der Emperor Street gefunden, Burton. In Ariesville. Was hat er in Ariesville gemacht? Oh, mein Gott, sein armer Vater...«

»Lindi, bitte, Sie reden zu schnell. Sind Sie sicher, dass er tot ist?«

»Ja, Burton! Es kam in den Nachrichten. Ich kann es nicht fassen. Ich...«

»Wollen Sie reden? Möchten Sie vorbeikommen? Bei mir sieht es gerade schlimm aus, aber...«

»Ja, bitte«, unterbrach ihn Lindi.

Megan ging nicht ans Telefon. Lindi war sicher, dass Megans On-Off-Beziehung gerade wieder aktuell war.

»Okay. Kommen Sie einfach vorbei. Ich bin draußen und streiche die Hauswand.«

Eine halbe Stunde später traf sie bei Burton ein. Tatsächlich war Burton draußen, und neben der Haustür sah sie einen langen Streifen frischer Farbe, der ein wenig heller war als der Rest der Wand. Er trug den Farbeimer herbei und stellte ihn an der Tür ab.

»Möchten Sie was trinken?«

»Haben Sie Rotwein?«

»Ich habe welchen zum Kochen. Wahrscheinlich ist der noch gut.«

»Ich probiere ihn mal«, sagte sie leicht gequält. »Danke.«

Sie saßen zusammen im Wohnzimmer. Lindi trank den Wein, und Burton nippte an einem Whiskey.

»Er war ein guter Junge«, sagte Burton schließlich. »Eine Nervensäge, aber im Herzen war er gut.«

»Er hat Sie im Internet wie eine Löwin verteidigt«, sagte Lindi.

»Ich weiß. Das hat meinem Ruf wirklich ungemein gut getan.«

Lindi lachte halb, bremste sich aber. Schweigend saßen sie da.

Nach einer Weile sagte sie: »Ich muss Ihnen etwas zeigen.«

»Schön.«

»Kann ich Ihren Computer benutzen?«

Sie zeigte auf das alte Gerät auf seinem Schreibtisch im Wohnzimmer. Er nickte. Als der Computer hochgefahren war, ging sie in das Forum, in dem sich Bram Coine herumgetrieben hatte. In den Kommentaren fanden sich Schock und Wut. Auf halbem Weg nach unten gab es einen Post von jemandem, der sich AKT nannte.

Ich habe Bram gut gekannt. Im ersten Jahr hatten wir die gleichen Kurse. Ich bin Widder, und er war Jungfrau, trotzdem war das für unsere Freundschaft kein Problem, weil Bram keinen Wert auf Sternzeichen gelegt hat. Oder sie nicht unterscheiden konnte. Wenn er mich angesehen hat, hat er tatsächlich mich gesehen.

Vielleicht war er ein schwieriger Typ, sozial betrachtet, aber er hat sich echt um Leute gekümmert, und es hat ihm richtig wehgetan, wenn er Ungerechtigkeit gesehen hat. Wir haben bis zum Ende zusammengearbeitet. Manches, was Bram gemacht hat, war illegal, aber trotzdem notwendig. Ich weiß nicht, ob er zufällig Opfer eines Verbrechens geworden ist oder ob es was damit zu tun hat, was wir gemacht haben. Aber ich weiß, dass er vor seinem Tod Informationen aufgetrieben hat, mit denen die Behörden trotz des Informationsfreiheitsgesetzes nicht herausrücken wollten. Wir haben darüber diskutiert, ob wir sie veröffentlichen sollten, denn das hätte Bram ins Gefängnis bringen können. Aber jetzt ist es zu spät, um sich solche Sorgen zu machen.

Ich schick's raus. Vielleicht kriege ich dafür Ärger, aber ich muss es für Bram tun.

Unter dem Post gab es einen Link zu einer Datei. Lindi öffnete sie und zeigte sie Burton. Der brauchte eine Weile, um sich durch die Juristensprache zu arbeiten.

»Das kann nicht wahr sein«, sagte er.

»Ich glaube, doch.«

Es war eine Liste von Projekten, die von der Kommunalverwaltung unter Berufung auf die VZE durchgeführt wurden. Weiterführende Details standen darin zwar nicht, aber Förderung und Geheimhaltung waren für Projekte gewährt worden, die solche Namen trugen:

Makrosoziale Intervention
Chemische Astrotherapie
Erweiterte Vernehmungstechniken
Fortgeschrittene Resozialisierungsmaßnahmen

Die zweite Hälfte des Dokuments bestand aus einer ausführlichen Warnung an Unbefugte, die sich im Besitz von Materialien über diese Projekte befanden. Soweit Burton es verstand, gestattete die ZVE es, Personen zu verhaften und ohne richterliche Überprüfung zu verwahren und zu verhören.

»Was ist ›chemische Astrotherapie‹?«, fragte Burton.

»Ich habe nicht die geringste Ahnung. Was immer es ist, die Sache dürfte für Bram eine Nummer zu groß gewesen sein. Und für uns auch.«

Schweigend tranken sie weiter.

64

Eigentlich hatte Daniel die Prämissen der Astrologie nie wirklich akzeptiert. Je mehr er von der Welt sah, desto sicherer war er, dass die Charakterzüge, die sie den Menschen zuschrieb, vor allem auf selbsterfüllenden Prophezeiungen beruhten. Er wusste, dass ihn das zu einem Antizodiakisten, einem sozialen Paria gemacht hätte, wäre er nicht schon längst einer gewesen. Aber nur weil er etwas für lächerlich hielt, bedeutete das nicht, dass andere Leute es nicht trotzdem todernst nahmen. Und dementsprechend musste er es ebenfalls ernst nehmen.

In der Astrologie-Abteilung der Bibliothek suchte er sich so viele Bücher wie möglich heraus, in denen er Hinweise auf das Große Geviert fand. Er las alles aufmerksam wie ein General, der den Feind studiert.

Es war das, was er in der Gesellschaft und bei sich selbst verabscheute, in seiner komprimiertesten Form. Es war nicht nur die Ungleichheit, es war auch ein Schlag gegen Mitgefühl und Vernunft. Kruger benutzte eine fiktive Astrologie, um eine Mikroverschwörung für seine eigenen Zwecke zu starten. Und Daniel wusste in seinem Zorn, der jeden Zweifel übermannte, genau, wen Kruger in seine kleine Kabale hineingezogen hatte.

Zuerst war da dieser Cop, der die Ermittlung in der Lehranstalt der Wahren Zeichen vermasselt hatte, Detective Williams. Daniel hatte es schon bei ihrer Begegnung gespürt. Williams benahm sich wie ein Mann, der den Stier nur spielte, um zu den Cops in seiner Umgebung zu passen. Und das Zeichen im Neunzig-Grad-Winkel zu ihm war Löwe. Daniel fiel es nicht schwer, sich vorzustellen, um wen es sich handelte: um den Wichtigtuer Hammond, das Gesicht der Stiftung, die Wahre Zeichen förderte. Außerdem musste es noch einen Skorpion geben. Den Bürgermeister von San Celeste.

In seinem Zorn war Daniel sicher, dass er richtiglag. Es konnte niemand sonst sein. Die vier hielten sich für ein magisches Viereck, für unantastbar, und seine Tochter war ihrer Arroganz zum Opfer gefallen.

Daniel, dem solche Gewissheit sein Leben lang gefehlt hatte, wusste auf einmal, was er zu tun hatte.

Allerdings würde er es nicht allein schaffen.

Cray zu finden war leicht. Daniel hatte bereits einen Anwalt auf seine Spur gesetzt, damit er nichts sagte oder tat, was ihn in Schwierigkeiten bringen würde.

Cray war überrascht und misstrauisch, als er aus heiterem Himmel einen Telefonanruf bekam, stimmte aber einem Besuch von Daniel zu. Er wohnte immer noch in Ariesville, in einer Wohnung, die früher Hernandez gehört hatte und nun an dessen Cousin gegangen war. Bei ihrer letzten Begegnung war er noch ein Kind gewesen, doch inzwischen war er Ende zwanzig, und sein Körper war runder geworden. Er trat auf wie jemand, der das Sagen hatte.

»Kommen Sie rein«, sagte er stolz und stellte Daniel seiner Frau und seinem Sohn vor.

»Das ist Ella«, sagte er.

»Ella!«

Als Daniel sie zuletzt gesehen hatte, war sie zwölf gewesen und hatte einen Verband über dem Auge gehabt. Jetzt war sie zweiundzwanzig und Mutter. Sie umarmte Daniel mit einem Arm, während sie auf dem anderen das Baby hielt.

»Und das ist der kleine Danny.«

Daniel sah ihn an. »Danny?«

Cray führte ihn in die kleine Küche. Während er Drinks einschenkte, sah sich Daniel die Bilder an den Wänden an. Es waren Kreidezeichnungen von Straßenszenen in Ariesville in einem impressionistischen Stil.

»Hast du die gemacht?«

»Nein, Ella.«

»Sehr gut«, sagte Daniel.

Ella lächelte stolz.

Cray füllte drei Gläser, doch bevor sie trinken konnten, fing Danny an zu schreien.

»Scheiße, Ella. Kümmerst du dich drum, ja?«, fragte Cray.

Ella verdrehte die Augen. »Ich gehe mit ihm raus. Beim Spazierengehen beruhigt er sich.«

Sie trug ihn nach draußen. Das Geschrei hallte durch den Flur vor der Wohnung.

»Also«, fragte Daniel, »was hast du in der Zwischenzeit so getrieben?«

Cray zuckte mit den Schultern. »Ich war im Mittleren Westen. Hatte eine Weile lang einen guten Job als Türsteher. Dann bin ich zurück und habe Ella wiedergetroffen, tja, und sie war älter, und ich war älter...«

»Glückwunsch«, sagte Daniel.

Sie stießen an und tranken. Cray hatte immer noch einen schrecklichen Geschmack, was Whiskey anging.

»Also«, sagte Daniel, »ich sollte dir sagen, dass es nicht um einen Höflichkeitsbesuch geht.«

»Das habe ich mir schon gedacht.«

»Ich brauche dich für einen Job. Einen großen.«

Cray nickte. »Büroarbeit? Oder... eine andere Sorte Job?«

»Die andere Sorte.«

Cray blickte ihn hart an. »Das geht nicht«, sagte er. »Das mache ich nicht. Ich habe jetzt den Jungen und Ella. Ich bekomme einen Job bei einer kleinen Firma, die Fahrstühle repariert. Als Ungelernter zwar nur, aber die zahlen gut. In ein paar Monaten könnten wir hier raus sein. Irgendwo in den Süden ziehen. Müsste ich das Gesetz brechen?«

Daniel nickte.

»Dann läuft da nichts. Ich bin da raus, Daniel. Ich habe meinen Platz gefunden.«

Daniel lächelte, trank aus, verabschiedete sich und verließ Ariesville. Die Neuigkeit musste er erst einmal verdauen. Das konnte er so nicht akzeptieren. Daniel hatte seinen Plan, aber er brauchte Cray, um ihn umzusetzen.

Cray mochte vielleicht raus sein, aber Daniel konnte ihn jederzeit zurückholen.

Ella war eine begabte Künstlerin. Daniel kannte mehrere Akademien an der Ostküste, die verzweifelt nach Vielfalt suchten und Studenten aus sozial schwachen Verhältnissen mit Kusshand aufnahmen. Ein Stipendium wäre leicht zu organisieren. Und Crays Fahrstuhlfirma, nun, die großen Unternehmen, die sie beauftragten, konnten sich auch schnell für eine andere entscheiden.

Er wusste, dass es nicht fair war. Cray würde leiden.

Aber es musste getan werden, im Dienst der einzigen Sache, die zählte – Gerechtigkeit in einer zerrütteten Welt.

65

»Ich frage mich, ob die ihn erkannt haben«, sagte Detective Rico.

»Wer?«, erwiderte Vince Hare, Captain des WEKs.

Er saß Rico und Kolacny gegenüber und hatte sich in einem der Bürostühle zurückgelehnt.

»Die Widder«, sagte Rico. »Man möchte meinen, sie würden jemandem, der sich für sie einsetzt, doch etwas loyaler gegenüber sein, Sir.«

Hare schnaubte und zuckte mit den Schultern.

»Liegt wahrscheinlich nicht in ihrer Natur«, meinte er. »Aber vielleicht haben sie auch noch nie von ihm gehört. Die verschwenden ihr Leben vielleicht nicht damit, vor dem Computer rumzuhocken wie andere Zeichen.«

Rico betrachtete den Erstbericht, der vor ihm auf dem Schreibtisch lag. Bram Coines Leiche war kurz vor Einbruch der Dämmerung in einem Graben für eine neue Abwasserröhre in Ariesville gefunden worden. Den Leichenflecken zufolge war er ungefähr am Nachmittag des Vortages gestorben und vermutlich gegen Mitternacht abgelegt worden. Eine Fahrkartenverkäuferin vom Bahnhof hatte ihn auf dem Weg zur Arbeit entdeckt.

»Finden Sie oft solche Leichen in Ariesville, Sir?«, fragte Rico.

»Ja«, antwortete Hare ruhig. »Meistens Dealer oder

Bosse von Gangs. Ein Glück, dass sie sich gegenseitig umbringen, nicht wahr? Normalerweise kriegen sie selten eine Strafe, und selbst wenn wir sie mal einbuchten können, laufen sie nach ein paar Jahren wieder auf der Straße herum und haben aus ihrer Zeit im Knast doppelt so viele Kontakte. Ist doch schön, wenn sich jemand um sie kümmert.«

Rico tippte mit dem Stift auf den Schreibtisch. Er war wütend. Nicht nur, weil man von ihm erwartete, dass er etwas übersah, sondern weil man es zu Recht von ihm erwartete. Niemand in der Abteilung Gewaltverbrechen durfte das WEK provozieren. Nur deshalb hatte sich Hare auf die Vernehmung eingelassen. Das Morddezernat bedeutete ihm einen feuchten Kehricht.

»Demnach hatte Mr. Coine nur einen unglücklichen Unfall«, sagte Rico. »Ist zur falschen Zeit im falschen Viertel spazieren gegangen.«

»Sehe ich auch so.« Hare schüttelte den Kopf. »Man kann die Leute noch so oft warnen, die hören einfach nicht.«

Wenn Rico es darauf anlegte, könnte er wahrscheinlich genug Beweise zusammentragen, um sie dranzukriegen. Ganz sicher hatte das WEK im Laufe der Jahre Spuren hinterlassen, die leicht zu verfolgen waren. Doch wenn er sich an sie hängte, würde er das Revier spalten. Ein Haufen guter Cops würde mit ihnen untergehen. Und er würde lange brauchen, und in dieser Zeit könnte das WEK sich allerhand ausdenken, um ihn fertigzumachen.

Und natürlich erledigte das WEK auch Arbeiten, die sonst niemand übernehmen konnte.

Hare reckte die Arme. »Wär's das dann? Wir haben Meldungen über Plünderungen auf der Ellen Street, da müssen wir hart durchgreifen.«

»Eins noch«, sagte Kolacny, der neben Rico saß. »Sie haben Solomon Mahout bei sich im neuen Revier, aber wir müssen ihn noch vernehmen. Könnten wir...«

»Machen Sie sich keine Gedanken wegen Mahout. Wir haben da unsere eigene Verhörtechnik. Was wir aus ihm herausbekommen, teilen wir Ihnen mit. Kann ich gehen?«

»Aber sicher«, antwortete Detective Rico. »Vielen Dank für den Besuch.«

»Für die Kollegen tue ich doch alles«, erwiderte Hare sarkastisch und stand auf.

»Sie hatten ein gutes Verhältnis zu Chief Williams, nicht wahr?«, fragte Rico.

»Ich persönlich? Es war ganz okay. Er hat das WEK respektiert und uns den Weg geebnet. Hat uns die Arbeit erleichtert. Er war ein guter Cop.« Er lächelte Rico an. »Und ihr macht euch auch nicht schlecht, Jungs.«

66

Sechs Monate nachdem er Daniel Lapton das letzte Mal gesehen hatte, holte Cray sein bestes Hemd aus den vollgestopften Plastiktaschen seines Spinds im Obdachlosenheim. Er ging in seiner einzigen guten Hose zu dem Waschsalon an der Ecke und wartete eine Stunde, bis das Hemd gewaschen und getrocknet war. Als es aus der Maschine kam, war es stark zerknittert, aber im Waschsalon gab es kein Bügeleisen, und Cray hatte sowieso noch nie eins benutzt. Also steckte er das Hemd in die Plastiktüte. Er ging zurück ins Heim, holte sein sauberstes T-Shirt, zog es an und die alte Armeejacke seines Bruders darüber.

Er ging in den Coffeeshop an der Ecke und traf sich dort mit dem alten Mann. In den zehn Jahren, die er Daniel kannte, hatte er sich stark verändert. Seine Haut hing schlaffer am Körper, und er zog wie zum Schutz die Schultern hoch. Er saß an einem Tisch in einer dunklen Ecke unter einem Schwarzweißbild einer alten Rösterei. Neben seinem Stuhl stand ein Gehstock, und sein Bein wippte vor Unruhe. Aber als er Cray sah, lächelte er und winkte ihn zu sich.

»Mein Gott, wie siehst du denn aus?«, fragte Daniel, während sich Cray ihm gegenüber niederließ. »Alles in Ordnung? Was ist passiert?«

Cray schnaubte, hob einen Finger und winkte eine

Kellnerin zu sich. Sie brachte gerade anderen Gästen die Karte, nickte aber, dass sie ihn bemerkt hatte.

»Wie läuft es mit Ella?«, fragte Daniel.

»Nicht so gut«, antwortete Cray.

»Oh?«

»Sie hat einen Platz an einer Kunsthochschule auf der anderen Seite des Landes angeboten bekommen. Und zwar mit Stipendium. Sie wollte annehmen, und ich habe ihr gesagt, sie soll absagen. Ich habe hier ein paar Eisen im Feuer. Aber sie wollte nicht auf mich hören, da habe ich ihr mal die Meinung gesagt.«

»Ach?«, fragte Daniel. »Was?«

Cray zuckte zusammen. Er hatte vergessen, wie hartnäckig Daniel sein konnte. Jeder andere hätte einen Schlag ins Gesicht riskiert, wenn er auf diese Weise mit ihm redete, aber Daniel war wie ein Kind. Wegen seines Reichtums und seiner Ahnungslosigkeit hatte er nie gelernt, wann er den Mund halten musste.

»Sachen, die sie mir nicht so leicht verzeihen wird«, erwiderte Cray ausdruckslos. »Sie hat Danny mit an die Ostküste genommen.«

»Und dein Job? Alles in Ordnung?«

Wenn Daniel Crays wachsende Verärgerung bemerkte, ließ er sich davon jedenfalls nicht aufhalten. Cray wäre dem alten Mann am liebsten an die vernarbte Kehle gesprungen.

»Nein, läuft nicht so gut. Vor ein paar Monaten sind uns die Aufträge ausgegangen.«

»Tja, dann hast du ja Glück, dass ich hier bin.«

Die Kellnerin kam lächelnd an den Tisch. Sie trug ein kurzes, kariertes Kleid und eine Schürze und hatte das blonde Haar zu einem Pferdeschwanz zurückgebunden.

Vermutlich drängte der Wirt sie dazu, dieses Kleid zu tragen, weil es seinen schmutzigen Fantasien entsprach.

»Was kann ich Ihnen bringen?«

»Kaffee«, sagte Cray.

»Und darf es für Sie noch etwas sein?«, fragte sie Daniel, der den Kopf schüttelte.

Als sie gegangen war, beugte sich Daniel vor. »Ich muss mit dir reden«, sagte er. »Über etwas Privates. Können wir irgendwo anders hingehen? Mir wäre es lieber, wenn wir nicht alle fünf Minuten gestört würden.«

»Nein«, erwiderte Cray. »Hier ist es gut. Was immer Sie mir sagen wollen, dies ist der richtige Ort dafür. Niemand kann uns hören, und solange wir uns nicht seltsam benehmen, wird sich die Kellnerin unsere Gesichter nicht merken. Sie wollen sich doch nicht seltsam benehmen, oder?«

Er betrachtete Daniel unverwandt. Der alte Mann öffnete und schloss den Mund. Es machte den Eindruck, als sei er keine Widerworte gewohnt, vielleicht hatte sich aber auch sein Verstand in den letzten zehn Jahren abgenutzt. Cray brauchte Arbeit, aber er würde sich nicht erneut auf Daniel einlassen, solange er nicht ganz sicher war.

Daniel seufzte. »Ich wollte wissen, ob ich dir noch vertrauen kann«, sagte er.

Cray hob die Stimme nicht und blinzelte auch nicht. »Ich habe drei Männer für Sie umgebracht.« Am liebsten hätte er hinzugefügt: *Also fick dich!*

»Ich weiß«, sagte Daniel.

»Wozu brauchen Sie mich diesmal?«

»Ich möchte, dass du es noch einmal machst. Vier Männer dieses Mal.«

Die Kellnerin kam mit Crays Kaffee.

»Milch?«, fragte sie.

Cray nickte, wandte den Blick aber nicht von Daniel ab. Sie schenkte ein und ließ ein paar Beutelchen Zucker auf dem Tisch zwischen ihnen liegen.

Als sie gegangen war, erkundigte sich Cray: »Wen und warum?«

»Wie gut kennst du dich mit Astrologie aus?«, fragte Daniel.

Er redete über Gevierte und Vierecke und anderen akademischen Scheiß. Cray hörte nur mit halbem Ohr zu, beobachtete ihn aber genau. Daniel ging in seiner Innenwelt auf und sprudelte Worte hervor, die Cray noch nie gehört hatte, und sah ihn dabei nicht einmal an. Das war ein schlechtes Zeichen. Cray wollte schon aufstehen und gehen, als Daniel schließlich zu den wichtigen Sachen kam.

»Kruger war der Leiter bei den Wahren Zeichen. Hammond hat die Gelder aufgetrieben und gewaschen. Williams und Redfield haben die Sache gedeckt, als alles schiefgelaufen ist. Sie haben mit dem Leben von Menschen gespielt, und wofür? Um sich selbst und ihre verrückten Ideen darüber, wie die Welt zu laufen hat, zu schützen.«

Cray hatte es satt, den Unterwürfigen zu spielen.

»Und?«, sagte er. »Das machen Sie doch auch. Und ich. Jeder macht das. Und Sie haben gut reden. Die Steinböcke sind doch die Schlimmsten.«

Daniel knirschte mit den Zähnen. Cray fiel auf, wie seltsam das Kinn aussah, so als hätte man es anders zusammengesetzt, nachdem es gebrochen worden war. Daniel wirkte wie ein anderer Mensch, wobei Cray ihn auch nie richtig gekannt hatte.

»Gut«, sagte Daniel angespannt. »Vergiss die Rechtfertigung. Die haben meine Tochter ermordet, bevor ich sie kennenlernen konnte, und zwar aus dummen, selbstsüchtigen Gründen. Ich habe mein Leben damit verschwendet, über Gut und Böse nachzudenken, aber ich habe genug Geld und Macht, um sie zu vernichten. Und sonst habe ich nichts mehr, wofür ich leben möchte.«

Das klang schon besser. Cray trank seinen Kaffee aus und stellte die Tasse zur Seite.

»Rache«, sagte er.

»Ja. Eine Chance, es den Leuten zurückzuzahlen, die uns beiden Leid zugefügt haben.«

»Beim letzten Mal haben Sie mich weggeschickt und sich dann zehn Jahre lang nicht mehr blicken lassen.«

Cray wusste nicht, weshalb er sich überhaupt mit Daniel abgab. Vielleicht wollte er nur dessen Reaktion testen.

»Irgendwie habe ich das anders in Erinnerung«, erwiderte Daniel.

»Ach, ja? Wie gut ist denn Ihr Gedächtnis?«, fragte Cray. »Wissen Sie noch, was Sie damals als Letztes zu mir gesagt haben?«

»Du hast gesagt, es wäre falsch, Hernandez auf geschäftlicher Ebene anzugreifen«, sagte Daniel. »Mit vielem hast du damals recht gehabt. Und jetzt brauche ich deine Hilfe. Dieser Job bedeutet mir mehr als mein eigenes Leben.«

»Bedeutet er Ihnen mehr als 80 000 Dollar?«

Daniel erstarrte. Er musterte Crays Gesicht.

»Was?«, fragte er.

»Ich habe das damals aus Loyalität getan«, sagte Cray. »Ich hatte noch nicht viele echte Steinböcke kennengelernt, und als Sie in meinem Leben aufgetaucht sind, waren Sie so was wie ein König für mich. Ich dachte, wenn ich täte, was Sie wollen, und wenn ich Ihnen gegenüber loyal wäre, würden Sie auf mich aufpassen, und dann müsste ich mir wegen des anderen Mists keine Gedanken mehr machen. Dann habe ich diese Burschen umgebracht. Sie haben mich fallen gelassen, und ich musste selbst auf mich aufpassen. Klar kann ich diese Leute für Sie umbringen, aber nicht aus Spaß. Wenn ich es machen soll, muss es sich für mich schon lohnen.«

»Und ich möchte, dass es sich für mich lohnt«, sagte Daniel.

»Achtzig Riesen«, sagte Cray. »Zwanzig für jeden. Und wir machen es anständig. Wir nehmen uns Zeit, wir planen alles gründlich durch, und wir verschwinden anschließend. Deal?«

»Machen wir hundert draus«, sagte Daniel und schob ihm über den Tisch die Hand entgegen.

Cray sah sie an. Da gab es noch jede Menge zu bedenken. Wie ernst war es Daniel? Wenn es hart auf hart kam, würde er Cray verraten? Das finanzielle Angebot war ein guter Start, aber besser noch wäre es gewesen, wenn er gewusst hätte, was in Daniels Kopf vorging. Falls ein solcher Austausch zwischen Widdern und Böcken überhaupt möglich war.

Er nahm Daniels Hand und schüttelte sie.

»Deal.«

67

»Das ist verrückt, Captain!«

Burton wusste, was es bedeutete, sich einem Vorgesetzten zu widersetzen, aber das ging inzwischen zu lange so, und Burton war zu wütend, um sich zu beherrschen.

»Ich habe den Mörder mit eigenen Augen gesehen«, sagte er. »Ich war Sekunden nach der Tat beim Bürgermeister. Wenn Sie mich von dem Fall abziehen wollen, bitte. Sie sind der Captain. Aber Rico und Kolacny blocken alle vernünftigen Ermittlungsansätze. Was machen die mit diesem Fall? Sie sind viel zu unerfahren für so eine große Sache!«

»Ja, sind sie«, erwiderte Captain Mendez. Er stand über ein paar Berichte gebeugt am Schreibtisch in seinem Büro. So hatte ihn Burton vorgefunden, als er hereingestürmt war. »Und schauen Sie sich nur an, wohin die Erfahrung Sie in diesem Fall gebracht hat.«

Er war zu ruhig, er musste mit diesem Überfall gerechnet haben. Burton starrte ihn an.

»Sie haben sie angewiesen, meine Arbeit zu verwerfen, ja?«

Mendez starrte zurück. »Ich habe ihnen gesagt, sie sollen die Ermittlung ordentlich durchführen. Und sich auf die wahrscheinlichsten Verdächtigen konzentrieren, wie zum Beispiel Mahout.«

»Ach, Scheiße!« Burton schlug mit der Hand auf Mendez' Schreibtisch. »Glauben Sie, ich würde nicht sehen, was hier abläuft? Ich stelle Fragen über den Bürgermeister und das WEK, und plötzlich verschwinden meine Akten und ich werde von dem Fall abgezogen. Einer meiner Zeugen wird ermordet und in Ariesville abgelegt. Das ist ja nicht mal mehr Vertuschung, das grenzt schon an offene Korruption! Wenn die Presse davon Wind bekommt…«

»Und wer soll auf Sie hören?«, schrie Mendez. »Na? Wer wird schon einem Kuckuck glauben? Sie sind kein heldenhafter Whistleblower. Sie sind wie ein Blinder in diesem Fall herumgetrampelt, Sie haben es nicht geschafft, Beweise zu finden, Sie haben wichtige Akten verschlampt…«

»Diese Akten wurden vom gottverdammten WEK gestohlen!«, unterbrach ihn Burton.

»Halten Sie den Mund und verschwinden Sie!«, schrie Mendez zurück. »Ich habe es satt, Ihren Arsch zu retten.«

»Meinen Arsch zu retten?«, fragte Burton und spürte, wie ihm die Hitze ins Gesicht stieg. »Sie verarschen mich schon, seit die ganze Sache angefangen hat.«

»Sie sind suspendiert, Burton. Verlassen Sie verflucht noch mal mein Dezernat.«

Mendez versetzte Burton einen Stoß vor die Brust. Burton stolperte rückwärts und musste sich am Türrahmen festhalten. Draußen standen mehrere Detectives des Morddezernats. Der lautstarke Streit hatte sie angelockt, und sie beobachteten Burton kalt, ohne sich einzumischen, aber doch so, dass er ihre Anwesenheit bemerkte. Sollte Burton sich zur Wehr setzen, war unmissverständlich klar, welche Seite sie ergreifen würden. Er hob entschuldigend die Hände und sah Mendez an.

»Jawohl, Sir!«

Damit verließ er das Büro des Captains. Die Cops traten zur Seite und ließen ihn wortlos passieren.

68

Daniel ließ sich Zeit mit der Planung der Morde. Unter falschem Namen mietete er zwei Wagen und ein Haus in der Nähe von Conway Heights – einen Bungalow mit Holzverkleidung und Kieseinfahrt. Es war das perfekte, diskrete Hauptquartier für die Operation. Ein paar Tage später ging er mit Cray zur Bank und zeigte ihm ein Bankschließfach auf dessen Namen, in dem 100 000 Dollar lagen. Er zeigte ihm das Geld, verschloss das Fach und überreichte den Schlüssel einem Anwalt zusammen mit der Anweisung, ihn Cray nach beendeter Arbeit auszuhändigen. Daniel besorgte Cray eine falsche Identität, eine überzeugende Legende und einen Busfahrschein zu einer geheim gehaltenen Stadt im Norden. Falls Daniel verhaftet wurde, konnte Cray einfach verschwinden.

Der nächste Schritt bestand aus Recherche, sie mussten erst einmal an ihre Opfer herankommen. Durch die Geschichte mit Hernandez hatten sie Erfahrung mit Beschattung. Daniel scheute keine Kosten, kaufte anonym teures Equipment und ließ es zu dem gemieteten Haus liefern. Sie brachten GPS-Tracker an den Fahrzeugen von Williams und seinen Nachbarn an, um deren Tagesablauf auszuspähen. Es gelang ihnen, durch Lüftungsschlitze in den Mauern Mikrofone ins Haus zu schmuggeln. Außerdem hörten sie seinen Festnetzanschluss ab, den Williams jedoch selten benutzte. Mehr Erfolg brachte es, sein Handy zu überwachen, nachdem Daniel anonym die richtigen Leute bei Williams Mobilfunkanbieter bestochen hatte, und indem er einen gelangweilten Angestellten der Sicherheitsfirma bezahlte, kam er auch an die Pläne zum Aufbau von Williams' Alarmanlage.

Die anderen drei Zielpersonen waren schwieriger zu erreichen. Hammond war eine Person des öffentlichen Lebens und paranoid, deshalb war sein Haus viel besser gesichert. Kruger lebte vor der Stadt und war praktisch nie allein. Seine Fahrten nach San Celeste ließen sich schwer vorhersagen, und er benutzte jedes Mal ein anderes Fahrzeug. Es war fast, als ahnte er, dass ihm jemand nach dem Leben trachtete. Und der Bürgermeister war am kniffligsten. Er stand permanent unter Polizeischutz. Ihm musste sich Daniel ganz besonders vorsichtig nähern und war sich dabei stets der Tatsache bewusst, dass die Bodyguards die Schwachpunkte, die er entdecken konnte, längst unter Beobachtung hatten.

Es dauerte Monate, doch am Ende hatten sie alles bis ins letzte Detail geplant, wie es sich für einen guten Steinbock gehört. Sie waren bereit. Eines Abends saßen sie am Tisch im Esszimmer des gemieteten Hauses und tranken eine Flasche Whiskey auf alte Zeiten.

»Samstagmorgen ist am besten«, sagte Cray. »Williams hat frei, und die meisten Nachbarn werden unterwegs sein. Ich bin innerhalb einer Minute drin und wieder raus.«

Daniel schüttelte den Kopf. »Das erledige ich selbst.«

Cray sah ihn skeptisch an, aber Daniel blieb stur.

»Mein Leben lang habe ich andere dafür bezahlt, die wichtigen Sachen für mich zu erledigen«, sagte er. Dies ist meine Rache, und die werde ich mir nicht nehmen lassen.«

69

Am Samstagmorgen stellten Daniel und Cray einen Block von Williams' Haus entfernt ihr Auto ab. Daniel wartete außer Sicht, während Cray klingelte.

Sekunden später ging die Tür auf. Daniel hörte, wie Cray die Situation exakt so ausnutzte, wie sie es geplant hatten.

»Chief Williams? Entschuldigen Sie die Störung, aber ich muss Ihnen etwas erzählen und würde es ungern auf dem Revier tun. Es geht um die Widder-Front. Kann ich reinkommen?«

»Was ist mit der Widder-Front?«

Daniel sah, wie Cray von einem Fuß auf den anderen trat. Sie hatten gehofft, dass Williams den Köder sofort schlucken würde. Misslang das, musste Cray improvisieren.

»Ich war fünf Jahre lang Mitglied bei denen, aber sie haben mich rausgeschmissen, als ich mich mit Solomon Mahout in die Wolle gekriegt habe. Ich weiß ein bisschen was über die, zum Beispiel über Widder-Sympathisanten im Morddezernat und im Drogendezernat. Tut mir leid, Mann, ich glaube, darüber sollte ich lieber nicht auf der Straße reden.«

Es entstand eine Pause. Daniel konnte Williams nicht sehen, vermutete aber, dass er versuchte, Cray einzuschätzen.

»Okay«, sagte er. »Warten Sie. Ich rufe einen Freund vom WEK.«

»Nein, Mann! Ich bin hier, weil ich mit Ihnen allein sprechen wollte, Sie dürfen niemandem trauen.« Cray trat vor, aber Williams versperrte ihm den Weg.

»Bleiben Sie draußen!«

So weit der Plan. Daniel humpelte heran und sah, wie Cray den Fuß in den Türspalt rammte. Williams war schnell. Er kickte Crays Fuß aus dem Weg und knallte ihm die Tür ins Gesicht.

Daniel wusste, dass die Alarmanlage im Haus zwei Notrufschalter hatte, einen im Schlafzimmer und einen im Wohnzimmer. Falls Williams einen von beiden erreichte, war die Sache für Daniel und Cray vermutlich schon gelaufen. Cray warf sich mit der Schulter gegen die Tür. Sie krachte, gab jedoch nicht nach. Beim zweiten Versuch flog sie auf.

Daniel sah, wie sich im Haus etwas bewegte. Williams rannte nach rechts zu seinem Schlafzimmer. Cray zog das Messer und rannte ihm hinterher.

»Die Alarmanlage zuerst!«, schrie Daniel.

Cray wandte sich am Ende des Flurs nach links zum Kasten der Alarmanlage. Daniel erwartete jeden Moment das schrille Heulen, doch es blieb still. Offensichtlich hatte Cray das Kabel durchtrennt, ehe Williams den Notrufschalter drücken konnte.

Daniel hinkte zur Haustür. Cray kam aus der Nische, in der die Alarmanlage angebracht war, nickte Daniel zu und ging mit seinem Messer in Richtung des Schlafzimmers. Zusammen bogen sie um die Ecke. Williams stand in der Schlafzimmertür und hielt verteidigungsbereit einen Golfschläger in den Händen.

»Raus aus meinem Haus, ihr verfluchten Widder!«

Das würde leichter werden, als Daniel gedacht hatte. Er zog die Pistole aus dem Holster unter der Jacke und richtete sie auf Williams.

»Fallen lassen«, verlangte er entschlossen.

Williams zögerte. Er betrachtete abschätzend das Messer, die Schusswaffe und die beiden Männer.

»Sofort!«, verlangte Cray.

Williams ließ den Schläger fallen, hob die Hände, straffte die Schultern und ging ganz leicht in die Knie, damit er schnell reagieren konnte.

»Hast du das Klebeband?«, fragte Daniel.

Cray nickte. Er schob das Messer in die Scheide an seinem Gürtel, holte eine Rolle silbernes Gewebeband heraus und zog ein Stück von fünfzig Zentimetern Länge ab.

Während Cray auf ihn zuging, griff Williams an. Für einen so alten Mann war er überraschend schnell. Er krümmte die Finger, schlug mit dem Handballen zu und wollte Cray die Nase brechen, doch der duckte sich nach links. Williams traf ihn an der Wange.

Er sprang auf Daniels Waffe zu, doch Cray stieß ihn zur Seite. Williams prallte gegen die Flurwand, ging zu Boden und wurde von Cray nach unten gedrückt.

»Das reicht!«, rief Daniel und richtete die Waffe auf Williams' Kopf. »Keine Gegenwehr mehr. Wir fesseln Sie mit Klebeband, nehmen ein paar von Ihren Sachen mit, und dann verschwinden wir. Wenn Sie keinen Ärger machen, sind wir in zehn Minuten wieder aus dem Haus, und Sie haben Ihre Ruhe. Okay? Keine Bewegung jetzt!«

Cray klebte Williams den Mund zu und fesselte ihn an Händen und Füßen.

»Okay«, sagte er zu Daniel, als er fertig war. »Wo wollen Sie's machen?«

»Ich habe gedacht, draußen«, antwortete Daniel. »Im Garten werden Gräben für die neuen Abflussrohre des Pools ausgehoben. Wir sollten ihn dazu bringen, sein Element zu umarmen.«

Williams sah von einem zum anderen, riss die Augen auf und begriff, dass sie ihn belogen hatten.

»Ha«, meinte Cray mit breitem Grinsen. »Hört sich so richtig nach Serienkiller an!«

Williams strampelte wild und versuchte wegzukriechen. Vergeblich. Cray packte ihn am Haar, damit er still hielt, und sah Daniel an.

»Draußen ist es riskant. Sind Sie sicher, dass Sie es da machen wollen?«

Daniel starrte Williams an.

»Ja«, sagte er. »Ich möchte die Aufmerksamkeit der Menschen wecken. Ich will sie aufschrecken. Vor allem möchte ich Werner Krugers Schattenseite enthüllen. Wenn ich das schon mache, dann richtig.«

Cray packte Williams unter den Achseln, und Daniel nahm seine Beine. Sie schleppten ihn durchs Haus und die drei weißgekachelten Stufen hinunter ins Wohnzimmer. Williams warf sich hin und her.

»Hören Sie auf damit«, sagte Cray.

Er ließ Williams auf den Boden fallen und versetzte ihm einen Tritt, aber das hinderte diesen nicht daran, sich weiter zu wehren. Warum sollte es auch? Williams wusste, was ihn erwartete.

Cray schloss auf und öffnete die Glasschiebetür in den Garten. Er ging hinaus und prüfte, ob die Luft rein war, dann kam er wieder zurück.

»Wie wollen Sie's machen?«, fragte er Daniel. »Wollen Sie ihm sagen, warum Sie ihn umbringen?«

»Das sollte ich, oder?«, meinte Daniel.

»Wie auch immer, Hauptsache, Sie beeilen sich.«

Daniel beugte sich dicht zu Williams vor.

»Das ist für meine Tochter«, sagte er. »Es ist für alles, was sie mit Redfield, Kruger und Hammond verbrochen haben. Es ist dafür, dass Sie Menschen so verbogen haben, dass sie in Ihre kleine Realität passten. Dafür, dass Sie meinen, Sie stünden über dem Gesetz. Na ja, das glaube ich wohl auch, also vergessen Sie's wieder. Es ist, weil ich Sie umbringen will.«

Williams schüttelte den Kopf, Tränen liefen über sein Gesicht. Es sah aus, als wollte er Daniel um sein Leben anflehen, doch dazu war es längst zu spät.

Cray packte ihn wieder unter den Armen und schleppte ihn nach draußen. Er ließ ihn am Graben neben dem Swimmingpool liegen. Daniel hinkte zu Williams und hielt dem Chief die Pistole an den Kopf.

»Was zum Henker machen Sie da?«, zischte Cray. »Das macht zu viel Lärm.«

»Und wie soll ich es dann anfangen? Ihn erwürgen?«

Cray griff zur Scheide an seinem Gürtel und zog das Messer. Er reichte es Daniel mit dem Griff voraus.

»Na los«, sagte er und trat einen Schritt zurück.

Daniel richtete die Klinge auf Williams, der sich vor ihm wand.

»Machen Sie schon!«

Das reichte. Daniel sprang vor und stieß Williams die Klinge in die Seite des Bauchs. Er war zu langsam und spürte, wie das Messer sich mühsam durch Haut und Muskeln zwängte. Williams brüllte ins Klebeband.

Das Weiße in seinen Augen wurde sichtbar, sein Körper bäumte sich auf, heißes Blut spritzte über Daniels Hände. Es war viel schlimmer, als er es sich vorgestellt hatte, aber er machte sich Mut.

Du willst das.

Mit beiden Händen und mit seinem ganzen Gewicht zog er das Messer seitwärts und schlitzte Williams den Bauch auf. Williams schrie wieder ins Klebeband, und vor seiner Nase bildeten sich Blasen. Er hatte sich übergeben und würgte. Sein Darm quoll durch den Schnitt heraus. Es stank entsetzlich.

»Was für eine Sauerei«, sagte Cray. »Schneiden Sie ihm doch einfach die Kehle durch!«

»Hallo? JiffyMaids!«

Die Stimme kam aus dem Haus. Cray und Daniel drehten sich um.

»War da jemand bei ihm im Haus?«, flüsterte Cray.

»Keine Ahnung.«

»Scheiße.«

Daniel hinkte leise zurück ins Haus. Hinter ihm stieß Cray Williams' Leiche in den Graben.

»Hallo?«

Es war die Stimme einer jungen Frau, die von der Haustür kam. Sie hatte einen Fische-Akzent. Die Klingel brummte. Daniel ging leise durchs Haus, bis er an der letzten Ecke vor der Tür war. Sie stand noch einen Spaltbreit offen, und Licht fiel herein. Ein Schatten, der sich bewegte, verriet ihm, dass jemand davorstand.

Einen Moment später begann sie, leise mit jemandem zu reden. Er konnte sie nicht verstehen, vielleicht war sie nicht allein, allerdings klang es eher, als würde sie telefonieren.

Der Schatten bewegte sich weg. Daniel schlich hin und spähte durch den Spalt. Da war sie, eine junge Frau mit blaukariertem Kleid, Schürze und blondem Pferdeschwanz, die in ihr Telefon sprach. Sie bog um die Ecke des Hauses und verschwand außer Sicht. Er hoffte, dass sie weggegangen war, bis er hörte, wie sich das Gartentor öffnete.

Mist.

»Hallo? Mr. Williams?«, rief sie erneut.

Daniel humpelte so schnell er konnte durch das Wohnzimmer. Cray war hereingekommen und lugte zwischen den cremefarbenen Vorhängen hindurch nach draußen. Daniel stellte sich schweigend zu ihm. Im nächsten Moment kam die junge Frau den Weg entlang ums Haus in den Garten. Sie ging langsam und vorsichtig, schaute sich immer wieder nervös um und sprach weiter ins Handy.

Daniel blieb ganz still. Er wusste, dass er im dunklen Haus schwierig auszumachen sein würde. Langsam griff sich Cray an den Hals und zog sich sein schwarzes Tuch über die untere Gesichtshälfte.

Das Mädchen ging zum Pool und blieb stehen. Sie hatte Williams entdeckt. Dann ließ sie die Plastiktüte fallen, die sie bei sich hatte und drückte das Handy an den Kopf, als würde es sie trösten. Ihr Blick klebte an Williams, und Daniel sah, dass sie weinte.

Am liebsten hätte er ihr zugerufen: *Nein, nicht. Er ist ein Monster.*

»Ich hole den Wagen«, flüsterte er Cray zu.

Cray nickte, ließ die junge Frau aber nicht aus den Augen.

Daniel hinkte zur Haustür und auf die Straße. Der Wagen stand an der Ecke, er stieg ein und ließ den Motor an.

Als der Motor ansprang, sah er, wie das Gartentor vor Williams' Haus aufschwang.

»Scheiße!«

Die junge Frau kam heraus und zog das Tor hinter sich zu. Daniel drückte aufs Gaspedal und hielt auf sie zu. Er dachte darüber nach, sie zu überfahren. Sie rannte mit erhobenen Händen auf die Straße, und im letzten Augenblick überlegte er es sich anders und hielt vor ihr an. Sie rannte zu seinem Fenster.

»Helfen Sie mir!«, schrie sie. »Bitte, lassen Sie mich rein!«

Sie glaubte, er würde sie retten. Cray kam hinter ihr durchs Gartentor gerannt. Daniel betätigte die Zentralverriegelung, und das Mädchen warf sich auf den Rücksitz. Als sie die Tür zuschlagen wollte, packte Cray den Griff und hielt ihn fest. Das Mädchen wollte ihn wegstoßen.

»Nun fahren Sie schon!«, rief sie Daniel zu. »Fahren Sie los!«

»Schsch!«, machte Daniel. Er richtete die Waffe auf sie. »Keinen Laut, verstanden?«

Bevor er ihr die Hände fesseln konnten, heulten in der Ferne Sirenen auf. Daniel gab Gas, und sie fuhren zu ihrem gemieteten Haus zurück.

Der Mord hatte keine zehn Minuten gedauert. Abgesehen von der jungen Frau hatte niemand sie gesehen.

70

Burton saß vor dem Fernseher, neben sich ein Glas Whiskey auf dem Beistelltisch. Er trank nicht viel, aber der Whiskey, ein Weihnachtsgeschenk von seinem Schwager, stand schon seit einer Weile oben im Küchenschrank, und heute schien ein guter Abend für ein Gläschen zu sein.

Doch er blieb sich treu. Nach einer halben Flasche sagte er sich, dass es keines seiner Probleme lösen würde, wenn er sich betrank, und dass nichts, was im Fernsehen kam, es wert war, sich davon ablenken zu lassen. Er gehörte nicht zu den Leuten, die ihren Kummer ertränken konnten. Im Grunde konnte er nichts Äußerliches tun, um sich besser zu fühlen.

Früher am Abend hatte er Kate angerufen. Sie klang, als ginge es ihr gut, und sagte, Hugo und Shelley kümmerten sich um sie. Sie hatten sogar einen Babysitz für den Wagen gekauft. Burton erzählte ihr, in welcher Lage er steckte, denn er belog sie nie, bemühte sich jedoch, seine Angst nicht in seiner Stimme mitschwingen zu lassen. Sie hörte verständnisvoll zu und hoffte, alles würde ein gutes Ende nehmen.

Burton ging das Gespräch im Kopf noch einmal durch. Sie sollte sich keine Sorgen machen, aber überhaupt keine emotionale Reaktion von ihr war genauso schlimm. Bewusst oder unbewusst entfernte sie sich aus seinem Leben.

Er dachte über den Fall nach. Es gab eine Verschwörung. Er war reingelegt worden, und das nicht nur einmal. Der Mörder hatte gewusst, dass er zum Haus des Bürgermeisters kommen würde. Er hatte es darauf angelegt, dass Burton die Leiche finden würde. Offensichtlich hatte der Mörder den Bürgermeister beobachtet und die Arbeitsweise des Wachmanns am Tor gekannt. Vermutlich hatte der Täter außerdem das Telefon des Bürgermeisters angezapft und deshalb gewusst, wann sie kamen.

Womöglich hörte der Mörder auch Burtons Telefon ab, das würde erklären, warum er ihm stets so weit voraus war.

Burton trank noch einen Schluck Whiskey und griff zu seinem Festnetztelefon. Er lauschte hinein und hoffte auf ein verräterisches Klicken, um herauszubekommen, ob er abgehört wurde. Natürlich nichts. Er knallte den Hörer auf die Gabel und blickte sich im Zimmer um. Wo könnten die Wanzen stecken?

Er tastete die Unterseite des Tisches ab und sah in die Vase mit den getrockneten Rohrkolben auf dem Kaminsims. Er zog die Möbel von der Wand und schaute hinter seinem Schreibtisch und hinter dem Fernsehschrank nach. Er nahm alle Bücher aus dem Regal und stieß dabei versehentlich eine Vase um, die zu Bruch ging. Vor dem Fenster sah er, wie bei den Nachbarn das Licht anging. Er suchte im Rest des Hauses weiter nach Wanzen. Irgendwo musste doch eine stecken.

Nach einer halben Stunde setzte er sich wieder hin und dachte nach. Der Mörder könnte auch auf andere Weise von dem Treffen erfahren haben. Vielleicht versorgte ihn jemand aus der Einsatzzentrale mit Informationen. Er durfte niemandem mehr trauen…

Und dann war da noch diese Sache, die Lindi in den vier Horoskopen entdeckt hatte – das Große Geviert. Was hatte das zu bedeuten?

Irgendetwas lief da, entweder in den Sternen oder im Geheimen. Es bestand eine Verbindung zwischen Kruger, Williams, Hammond, Redfield und dem WEK. Lindi konnte er jetzt nicht danach fragen, es war schon nach Mitternacht. Stattdessen ging er zum Computer und suchte nach Gevierten.

Sofort schlug ihm Paranoia entgegen. Die meisten Webseiten zeigten Bilder von Schädeln und Pentagrammen zwischen Texten in Großbuchstaben. Manche behaupteten, Gevierte seien Gift für die Gesellschaft, während andere Rituale vorschlugen, wie man sie erschaffen konnte. Burton brauchte eine Weile, bis er eine Quelle fand, die einigermaßen glaubhaft und wissenschaftlich wirkte.

Ein großes Geviert ist ein theoretisches Gebilde in der interpersonellen Astrologie. Dabei können vier Entitäten, deren einzelne Sonnenstände ein Quadrat bilden, sich zu einer einzigen Entität vereinen und eine singuläre Essenz teilen. Dies ist möglich, da die Sonne, die Quelle des Selbst, durch die Quadrataspekte neutralisiert wird und damit alle vier Entitäten unter dem Einfluss der Vereinigung und nicht unter dem der gewohnten Sonnenenergie stehen. Große Gevierte entstehen nicht spontan und wurden noch nie erfolgreich unter Laborbedingungen generiert. In den letzten Jahren wurde die Realisierbarkeit durch die Hauptströmungen der Astrologie stark angezweifelt.

Burton starrte auf den Text. *Eine singuläre Essenz?* Was sollte das bedeuten?

Jemand klopfte an der Haustür. »Aufmachen!«

Burton sprang auf.

»Aufmachen, oder wir brechen die Tür auf!«, rief eine zweite Stimme.

Er stolperte durch den Flur. Die Angreifer waren wieder zurück, aber er war vorbereitet.

»Verpisst euch!«, schrie er.

Er lief in die Küche und zog die oberste Schublade auf. Neben dem Besteck lagen Küchenmesser. Er nahm ein Fleischermesser mit rotem Griff und wog es in der Hand.

Eine Sekunde später schlug jemand gegen die Tür. Die Angreifer versuchten, sie einzutreten. Burton wusste nicht, wie viele Tritte sie aushalten würde.

Er lief zurück und stellte sich in den Flur.

»Wenn Sie nicht aufmachen, müssen wir die Tür aufbrechen!«

»Ja, nur zu!«, sagte Burton. »Kommt rein und holt mich!«

Inzwischen war ihm alles gleichgültig. Wenn sie in sein Haus einbrachen, hatten sie verdient, was sie erwartete. Er packte das Messer fester.

Er erwartete, dass sie weiter auf die Tür eintreten würden. Stattdessen blieb es still, in der Ferne war ein Funkgerät zu hören. Einen schrecklichen Moment lang dachte er an den Karton über dem Fenster im Wohnzimmer. Vielleicht war die Aktion an der Tür nur ein Ablenkungsmanöver, und die Angreifer drangen hinter ihm ein. Er schlich zurück und riskierte einen Blick. Durch das Fenster fiel Licht herein. Rot. Blau. Rot.

Er ging zur Tür, schloss auf und öffnete sie vorsichtig.

Draußen parkten zwei Polizeifahrzeuge, auf seinem Gartenweg standen zwei Cops, hinter ihnen ein schwarzer Mannschaftswagen.

»Waffe fallen lassen! Lassen Sie die Waffe fallen!«

Burton war so perplex, dass er eine Sekunde brauchte, bis er reagierte. In der Zwischenzeit war ein dritter Cop ausgestiegen und richtete seine Waffe ebenfalls auf Burton.

Es waren keine Vandalen.

»Ich habe gesagt: fallen lassen!«

Burton ließ das Messer fallen und hob instinktiv die Hände.

»Ist ja gut! Ich bin selbst ...«

Der Cop, der ihm am nächsten stand, lief auf ihn zu. Er packte Burton an der Schulter und warf ihn zu Boden. Burton schlug mit dem Knie auf einer der Betonplatten auf, die zwischen Straße und Haustür im Gras verlegt waren.

»Ich bin auch Polizist!«, rief er. »Ich bin ein gottverfluchter Cop!«

»Schnauze!«, sagte der Streifenpolizist, drückte Burton auf den Boden, setzte ihm das Knie in den Nacken und legte ihm Handschellen an.

71

Panik erfasste Rachel. Ihre Arme und Beine zuckten unkontrollierbar. Sie lag geknebelt und mit verbundenen Augen auf der Rückbank eines Wagens und konnte nichts tun, als dem Gespräch ihrer Entführer zu lauschen.

»Das war eine verdammte Sauerei«, hörte sie den Mann neben sich sagen. »Ab jetzt übernehme ich das Töten.«

»Ich bezahle niemanden, damit er für mich mordet«, sagte der Fahrer, der alte Steinbock, dessen Gesicht sie gesehen hatte.

»Na, wir wären fast beide geschnappt worden. Von jetzt an übernehme ich das, oder Sie machen allein weiter.«

»Gut.«

Es herrschte einige Minuten Stille, dann sagte der neben ihr: »Was machen Sie denn? Fahren Sie nicht zum Haus! Das Mädchen hat Ihr Gesicht gesehen. Oben am Nordstrand ist ein alter Sumpf. Ordentlich zugewachsen, da sind wir ungestört.«

Rachel schrie ins Klebeband und warf sich gegen die Wagentür. Sie rammte den Oberarm dagegen und versuchte, sie aufzustemmen. *Ich muss hier raus, ich muss hier raus.*

»Hey! Hör auf damit!«, sagte der neben ihr. »Wir fahren über hundert. Wenn du rausfällst, reißt dir der Asphalt die Haut ab.«

»Ich will sie nicht umbringen«, sagte der Steinbock-Fahrer.

»Ihr Pech!«, sagte der andere. Er klang wie ein Widder. »Das Mädchen hat Ihr Gesicht gesehen. Und wenn die Sie kriegen, kriegen sie mich auch. Entweder das, oder ich kriege kein Geld. So oder so...«

»Sie erwischen mich nicht. Wenn das hier zu Ende ist, verlasse ich San Celeste für immer.«

»Und was, wenn sie Ihr Gesicht in der Zeitung sieht? Was, wenn die Polizei sie als Zeugin aufruft?«

»Ich bin nie in der Zeitung. Und selbst wenn sie aussagt, gegen mich hat sie vor Gericht keine Chance. Vertrau mir.«

»Sie haben gerade einem Kerl ein Messer in den Bauch gerammt!«, rief der Widder. »Warum riskieren Sie unsere Freiheit für eine Wildfremde? Halten Sie sich für eine Art Superheld? Sie haben doch den Verstand verloren!«

»Ja, stimmt: Ich habe nämlich einen Straßenräuber engagiert. Wer macht denn so etwas?«

Wieder breitete sich Schweigen aus, dann sagte der alte Mann: »Für dich besteht keine Gefahr, du verschwindest sowieso hinterher. Wenn wir die anderen drei getötet haben, kannst du gehen, wohin du willst. Selbst ich werde dich nicht mehr finden.«

»Wenn Sie das Mädchen laufen lassen, rennt sie direkt zu den Bullen.«

»Dann lasse ich sie im Keller«, sagte der alte Mann. »Nachdem wir den Job erledigt haben und du verschwunden und in Sicherheit bist, setze ich sie irgendwo aus. Dann verschwinde ich auch.«

»Sie riskieren eine Menge Ärger für sie«, sagte der Widder.

»Ja«, sagte der alte Mann. »Und ich riskiere auch eine Menge Ärger, um dich reich und glücklich aus dieser Sache rauszubringen. So lautet die Vereinbarung. Das ist mein Problem, nicht deins.«

Rachel schöpfte ein bisschen Hoffnung, war sich aber nicht sicher. Vielleicht waren die Männer Sadisten, die nur so taten, als wollten sie sie freilassen, um am Ende doch noch ihre Meinung zu ändern.

Für eine Weile war nur das leise Surren des Motors zu hören. Es wurde leiser, als sie langsamer wurden, und sie spürte, dass der Wagen abbog.

»Das wird besser nicht zu meinem Problem«, sagte der Widder. »Sonst kümmere ich mich selbst darum.« Er beugte sich zu ihr herüber. »Wenn du irgendwem irgendwas über uns erzählst, bring ich deine ganze Familie um. Verstanden, Süße? Ja, das hast du verstanden.«

72

Burton verbrachte die Nacht in einer ihm unbekannten Zelle. Er war nicht im Polizeirevier San Celeste Central untergebracht, wo Verdächtige gewöhnlich in großen Sammelzellen eingesperrt wurden. Seine Zelle hatte ein Einzelbett und eine Toilette. Der Boden war weiß wie in einem Krankenhaus. Es gab eine ganze Reihe von gleich aussehenden Zellen, die vorne Gitter hatten und Wände nach hinten. Eine kleine Überwachungskamera war direkt auf ihn gerichtet.

Zuerst dachte er, man habe ihn in eins der reicheren Reviere in den südlichen Vororten geschafft, aber das erschien ihm unlogisch. Das Gebäude war zu ruhig für ein Polizeirevier im Dienst und roch nach feuchtem Beton und Ammoniak. Nachdem er mehrere Stunden lang keine andere Stimme gehört und keinen anderen Insassen gesehen hatte, war er sicher, sich im neuen Revier des Widder-Einsatzkommandos im Herzen von Ariesville zu befinden.

Am liebsten hätte er geschrien und gefragt, warum er hier war und wie lange sie ihn festsetzen wollten, aber er wusste, wie Cops mit Verhafteten umgingen, die sich so benahmen. Widerwillig legte er sich aufs Bett und versuchte zu schlafen. Zumindest waren die Matratze und das Kissen sauber und unbenutzt.

Er erwachte, als jemand in einer Zelle am anderen Ende hustete. Da es keine Fenster gab und das Licht der Neonröhren hell und konstant im Gang brannte, wusste er nicht, ob es schon Morgen war.

»Hallo?«, rief er. »Jemand da?«

Es folgte ein Moment Stille, dann antwortete jemand: »Gefangener oder Wache?«

»Gefangener«, antwortete Burton.

»Ihr Zeichen?«

»Schwierige Frage.«

»Sie klingen wie ein Stier«, sagte die Stimme und hustete erneut.

Wer auch immer es war, die Stimme hatte er schon einmal gehört. Burton erkannte das raue Selbstvertrauen.

»Sind Sie Solomon Mahout?«

»Höchstpersönlich«, sagte Mahout. »Und Sie?«

»Jerome Burton.«

»Schon? Die Mühlen der Justiz mahlen schnell in San Celeste.«

»Was meinen Sie mit ›schon‹?«, fragte Burton.

»Ich habe Sie beobachtet, Burton. Kaum hat man Sie als Widder geoutet, stehen Sie auf der falschen Seite des Gesetzes. Entweder liegt Channel 23 richtig, und alle Widder kennen keine Moral, oder ich habe recht, und Widder zu sein verstößt einfach gegen das Gesetz. Was meinen Sie?«

»Ich meine, Sie reden zu viel, Mahout.«

Mahout lachte.

»Das sagt man mir dauernd. Aber wir möchten doch alle gern gehört werden, nicht?«

Mahout schwieg. Burton dachte, das Gespräch wäre zu Ende, und legte sich wieder auf sein Bett, dann sprach Mahout doch weiter.

»Die Mühlen drehen sich immer«, sagte er. »Der Polizeichef. Der unantastbare Bürgermeister. Das WEK. Sie. Ich. Es gibt keine Guten mehr, Burton. Der Himmel ist zu kompliziert. Man kann nur hoffen, dass das Mühlrad einen nicht zermalmt. Behandelt man Sie jetzt anders?«

»Was glauben Sie denn?«

»Ich glaube, Sie brauchen neue Freunde.«

Burton antwortete nicht. Die Kamera war immer noch auf ihn gerichtet. Ihm ging der paranoide Gedanke durch den Kopf, dass er überhaupt nicht mit Mahout redete. Vielleicht war es nur ein Imitator, mit dem man austesten wollte, ob er die Polizei verraten würde.

»Ich hatte gehofft, mit Ihnen reden zu können«, sagte Mahout. »Sie sind in einer interessanten Lage. Der Star-Cop, der sich in einen Widder verwandelt hat. Auf uns hört niemand, aber Ihnen würde man zuhören, wenn Sie sich uns anschließen.«

»Vergessen Sie's.«

»Warum? Niemand wird Sie mehr als der ansehen, der Sie mal waren.«

»Das spielt keine Rolle. Ich habe mich nicht verändert, ich bin immer noch ich«, sagte Burton.

Mahouts Lachen hallte durch den Gang.

»Was ist daran so lustig?«, rief Burton.

»Unterschätzen Sie diesen Ort nicht.«

Ein Riegel klickte an der Tür auf Burtons Seite des Gangs.

»Scheiße«, sagte Mahout.

»Was ist los?«

»Die bringen mich wieder in den Raum.« Mahout versuchte, die Angst in seiner Stimme zu unterdrücken.

»Welchen Raum?«

Ein zweiter Riegel klackte, und die Tür öffnete sich quietschend. Stiefel marschierten den Gang entlang.

»Was ist hier los, Mahout?«

Drei WEK-Cops in schwarzer Uniform gingen an Burtons Zelle vorbei zu Mahout. Sie trugen Helme, und ihre Gesichter waren hinter dem getönten Glas nicht zu erkennen.

Mahout sprach schnell, ihm lief die Zeit davon.

»Das kann ich nicht erklären. Sie haben einen Astrologen hier. Er hat einen Feuerraum eingerichtet. In der Schule hat er mich schon da reingesteckt, und jetzt geht das hier wieder los...«

Die Stiefel blieben stehen, und einer der WEK-Cops sagte: »Gut, Mahout, das reicht. Zeit für die nächste Sitzung. Nehmen Sie die Fesseln.«

Eine Zellentür öffnete sich rasselnd.

»Kämpfen Sie gegen ihn an, Burton. Glauben Sie ihm nicht...«

Seine Stimme wurde erstickt, als sie ihn knebelten.

»Ab zu Kruger mit ihm«, sagte der Cop.

Die Stiefel marschierten wieder auf Burton zu, etwas wurde quietschend über den Boden geschleift.

Die Cops marschierten an Burtons Zelle vorbei. Einer ging voran, die zwei anderen zogen Mahout an den Armen. Er war geknebelt und an Handgelenken und Knöcheln gefesselt. Seine Füße waren nackt.

Kurz trafen sich ihre Blicke, und Burton sah seinen Trotz. Dann war es vorbei. Die Tür schloss sich, und die Riegel wurden wieder vorgelegt.

73

Die Entführer trugen Rachel aus dem Wagen eine Treppe hinauf. Den Geräuschen nach mussten sie in einem Gebäude sein. Der Widder legte sie auf eine Art Sofa. Es hörte sich an, als würden er und der alte Mann irgendwo im Haus Sachen hin und her räumen.

Sie hatte immer noch Angst, und ihre Blase war voll. Wenn man sie nicht bald von ihren Fesseln befreite, würde sie aufs Sofa pinkeln müssen. Andererseits könnte sie das sowieso machen, aus reiner Gehässigkeit. Sie richtete sich auf, rieb den Kopf an der Sofalehne und versuchte, das Klebeband abzurubbeln. Es ging nicht.

Und jetzt? Vermutlich könnte sie wegkriechen, aber mit verbundenen Augen würde sie nicht weit kommen. Sosehr sie es hasste, sie würde zunächst abwarten müssen.

Der Widder kam zurück und hob sie hoch. Er trug sie eine Treppe hinunter in einen kälteren Raum, wo er sie auf den Betonboden legte. Sie hörte, wie er davonging, zurück nach oben. Erst dachte sie, sie wäre allein, bis eine Hand ihren Hinterkopf packte und ihr das Klebeband vom Mund zog. Es brannte auf ihrer Haut, als es sich ablöste. Sie schrie.

»Pst«, sagte der alte Mann.

Wieder spürte sie seine Hand, diesmal zog er das Band von ihren Augen.

Sie befand sich in einem Keller mit grauen Steinmauern. Der Raum war fast vollständig leer. Eine Werkbank stand in einer Ecke, ein Campingbett mit Schlafsack in der Mitte neben einer Betonsäule. In der anderen Ecke stand ein Eimer und daneben eine Rolle Toilettenpapier. Das Licht stammte von einer altmodischen Birne, die von der Decke hing, welche wiederum aussah wie die Unterseite eines Holzfußbodens.

Endlich konnte sie sich den alten Mann genau ansehen, während er sorgfältig das benutzte Klebeband einsammelte. Eigentlich war er gar nicht so alt, aber er sah aus und bewegte sich, als stamme er aus einer anderen Zeit.

»Wann immer ich hier runterkomme«, sagte er, »gehst du zur Wand und legst die Hand daran.« Er zeigte auf die Wand gegenüber der Tür und der Treppe. »Was machst du?«

»Ich lege die Hand an die Wand«, sagte Rachel. Ihre Stimme zitterte, aber sie konnte sich beherrschen.

»Dann mach schon.«

Rachel ging zur Wand und legte die Hand darauf. Sie blickte ihn an.

»Gut. Wie heißt du?«

»Rachel.«

»Also gut, Rachel. Tut mir wirklich leid. Wie du weißt, hätte ich dich lieber nicht entführt, aber angesichts der Alternative...«

»Warum haben Sie den Mann getötet?«, fragte sie.

»Je weniger Fragen du stellst, desto leichter wird es mir fallen, dich irgendwann laufen zu lassen. Verstehst du?«

Er war höflich, aber das bedeutete nicht, dass er auch freundlich war. Es war nur eine Gewohnheit, eine Maske.

Sie wusste nicht, ob sie nicken sollte, und tat es schließlich einfach.

»Gut«, sagte der Mann. »Ich bringe dir jeden Morgen und jeden Abend etwas zu essen. Mittags gibt es auch Snacks, um die Zeit bis zum Abend zu überbrücken. Falls du irgendetwas brauchst, kannst du es mir sagen, und ich besorge es. Bleib da, bis ich durch die Tür bin.«

Er stieg langsam die Treppe hinauf. Es sah aus, als würde er hinken.

Ehe er durch die Tür ging, fragte sie: »Wie lange werden Sie mich hierbehalten?«

»Ich weiß noch nicht«, sagte der Mann. »Vielleicht ein paar Wochen. Ich würde dir raten, dich auf eine Weile einzustellen.«

Als er gegangen war, weinte sie endlich, so leise wie sie konnte.

Einige Stunden später hörte sie seine Stimme vor der Tür. »Rachel, an die Wand.«

Sie erhob sich von dem Campingbett und gehorchte.

»Hand an der Wand?«

»Ja«, antwortete sie.

Sie hörte, wie ein Riegel zurückgeschoben wurde, und die Tür ging auf. Durch den Spalt erhaschte sie einen Blick auf eine Küche: den oberen Teil eines großen Kühlschranks und ein weißes Regal. Es sah alles ziemlich edel aus.

Der Mann kam die Treppe herunter und trug einen Teller mit Essen. Gebratenes Hähnchen, Püree und Erbsen. Rachel hatte seit dem Frühstück nichts mehr gegessen. Es sah gut aus.

»Warte dort«, sagte er und stellte den Teller ab. »Keine Bewegung.«

Er ging die Treppe hinauf, verschwand durch die Tür und verriegelte sie hinter sich. Nach einer Minute ging die Tür wieder auf, und er kam mit einem Stapel Bücher herunter.

»Keine großartige Auswahl«, sagte er, »tut mir leid. Die Leute, die das Haus vermieten, haben nicht viel Ahnung von Literatur.«

»Wo ist Ihr Freund?«, fragte Rachel.

Der Mann zog eine Augenbraue hoch, ernst, aber leicht amüsiert.

»Was habe ich über Fragen gesagt?«, fragte er.

»Darf ich meiner Mutter eine Nachricht schicken?«, fragte sie. »Damit sie weiß, dass es mir gutgeht.«

Der Mann schüttelte den Kopf. »Tut mir leid. Das geht nicht.«

»Bitte!«, bettelte Rachel. »Es gibt doch viele Möglichkeiten, ihr das mitzuteilen, ohne dass irgendwer Sie findet! Sie stirbt vor Angst. Ich wette, sie hält mich inzwischen für tot!«

Das Gesicht des Mannes wurde hart. »Ich habe nein gesagt, Rachel. Frag nicht noch einmal.«

Er stieg langsam nach oben. Von da aus sah er sie an.

»Wenn die Tür zu ist, kannst du dir das Essen holen. Bon appétit.«

Er ging hinaus, und die Tür schloss sich. Rachel holte sich den Teller und aß auf dem Campingbett.

Am nächsten Morgen schickte der Mann sie wieder durch die Tür zur Wand. Er kam herunter und brachte ihr einen Teller mit Speck und Eiern und einen frischen Eimer.

»Wie war die Nacht? Ist eins der Bücher brauchbar?«

»Ich lese nicht gern«, sagte Rachel.

»Tut mir leid. Das ist das Beste, was ich für dich tun kann.«

»Kann ich einen Fernseher bekommen?«

»Leider nein. Du könntest den Bildschirm zerschmettern und das Glas als Waffe benutzen.«

Den Rest des Tages las sie in den Büchern. Sie waren groß und dick, und die Namen der Autoren standen in riesigen Silberbuchstaben auf dem Umschlag. Die Hälfte waren Liebesromane, die andere Hälfte Krimis und Thriller. Die Geschichten waren dumm, aber sie hatte sonst nichts zu tun.

Die Tage zogen dahin. Der Mann brachte ihr Kleidung zum Wechseln und Tampons, wenn sie darum bat. Zuerst sagte sich Rachel: Du bist eine Waage. Waagen können gut mit Menschen umgehen. Gehorche einfach und mach keinen Ärger, dann stehst du die Sache durch.

Am fünften Tag dachte sie: Es gibt schon einen Grund, warum Waagen nicht die Welt regieren.

Sie wartete bis einige Stunden nach dem Frühstück. Dann lauschte sie an der Tür, und als sie aus dem Haus kein Geräusch hörte, klopfte sie gegen die Tür. Kurz darauf begann sie zu treten, da es keine Reaktion gab, und warf sich schließlich mit dem ganzen Gewicht dagegen. Die Tür bewegte sich nicht.

Sie suchte nach etwas, mit dem sie die Tür aufstemmen könnte, und entdeckte, dass sie ihr Campingbett auseinanderbauen konnte. Es bestand aus einem Stück Tuch und ein paar ineinandergesteckten Stahlstangen, die man zerlegen und zusammenpacken konnte wie ein Zelt. Sie waren leicht gebogen, um das Tuch straffzuziehen. Also zog sie eine heraus und versuchte, sie wie ein Brecheisen zu benutzen, aber der Spalt der Tür war zu schmal.

Jetzt blieb ihr nur noch eins: Lärm machen. Sie stellte sich an die Tür und schrie so laut sie konnte und so lange wie möglich um Hilfe.

Als sie nach zehn Minuten Luft holte, hörte sie Schritte näher kommen. Kurz keimte Hoffnung auf, die sofort zerstört wurde, als der alte Mann sprach. Er klang verärgert.

»Die Hand an die Wand, Rachel.«

Sie blieb, wo sie war, schnaufte heftig und spannte den Körper an.

»Bist du an der Wand?«, fragte er.

»Ja.«

»Es klingt aber nicht danach.«

Sie ging die Treppe hinunter zur anderen Seite des Raums.

»Jetzt«, sagte sie schließlich.

Der Riegel klapperte, und die Tür ging auf. Der alte Mann stand oben an der Treppe als Silhouette im Tageslicht.

»Ich sollte dir mitteilen, dass es keine anderen Häuser in Hörweite gibt«, sagte er gereizt. »Wenn du herumschreist, wirst du nur heiser. Und außerdem strapazierst du meine Geduld.«

»Gut«, sagte Rachel und spuckte das Wort regelrecht aus.

»Meine Geduld ist deine Lebensversicherung, meine Liebe.«

Er begutachtete die Tür.

»Hast du versucht auszubrechen?«

Rachel schwieg.

»Natürlich. Wenn du es weiter versuchst und mein Freund erwischt dich... Dann kann ich dir auch nicht mehr helfen, tut mir leid.«

»Ihr Freund ist also wieder da?«, fragte Rachel.

Sie hatte seit einigen Tagen nichts mehr von ihm gehört und hoffte, er sei verhaftet worden.

»Ja«, antwortete der alte Mann.

Rachel wusste nicht, ob er log oder die Wahrheit sagte. Sie wollte ihm nicht glauben, doch nachdem er ihr das Abendessen gebracht hatte, lauschte sie an der Kellertür und hörte die beiden in der Küche reden.

»Wer arbeitet an dem Fall?«, fragte der Widder.

»In erster Linie ein Detective aus dem Morddezernat, Burton, soweit ich weiß. Kennst du ihn?«

»Nee.«

»Ich behalte ihn im Auge«, sagte der alte Mann. »Wir sollten uns seine Vergangenheit anschauen. Vielleicht gibt es eine Möglichkeit, ihn abzulenken.«

»Und zwar wie?«, fragte der Widder.

»Ich weiß nicht. Verdächtige Aktivitäten. Wer ist seine Familie? Welchen Hintergrund hat er? Ich finde schon was.«

»Ja, klar. Niemand ist sauber, vor allem nicht bei den Cops.«

Die Tage verstrichen, und der alte Mann gab ihr durch nichts zu verstehen, dass ihre Freilassung näher rückte. Von Anfang an hatte Rachel an die Geschichten über entführte Frauen denken müssen, die Jahrzehnte in einem einzigen Raum ausharren mussten, während sich die Welt draußen ohne sie weiterdrehte und alle, denen sie etwas bedeuteten, längst glaubten, sie seien tot.

Eines Tages hielt sie es nicht mehr aus. Sie ließ es drauf ankommen.

Als der alte Mann an der Tür stand und ihr sagte, sie solle die Wand berühren, machte sich Rachel bereit. Sie rief vom anderen Ende des Raums zurück und griff an, als sich die Tür öffnete.

Die Stufen bremsten sie etwas, aber sie erreichte die Tür, noch bevor sie ganz aufgegangen war. Sie stürmte an dem alten Mann vorbei und hatte sich fast befreit, als sie einen stechenden Schmerz im Rücken spürte. Plötzlich konnte sie weder Arme noch Beine bewegen, und sie stürzte und rutschte über den Küchenboden. Als sie liegen blieb, zuckte ihr Körper vor Schmerzen. Der alte Mann hatte einen Taser. Warum hatte sie den Taser übersehen?

»Ach, Rachel. Rachel, Rachel, Rachel«, sagte der alte Mann und zog die Taserhaken aus ihrem Rücken.

Der Schmerz ließ nach, trotzdem konnte sie sich nicht bewegen.

»Komm«, sagte er, griff ihr unter die Arme und zog sie hoch.

Er schleppte sie zurück in den Keller, ließ sie auf der Treppe liegen und schloss die Tür. Dort lag sie zuckend vor Schmerz in völliger Dunkelheit.

An dem Nachmittag kam der alte Mann mit einer langen Kette, Handschellen und einem Vorhängeschloss. Rachel stand mit einer Hand an der Wand, während er die Kette um die Säule in der Mitte des Raums schlang und mit dem Vorhängeschloss sicherte. Dann hängte er die Handschellen an der Kette ein und winkte Rachel zu sich.

»Es tut mir wirklich leid«, sagte er. »Wir sind fast fertig hier. Nur um eine einzige Person müssen wir uns noch kümmern, und dann ist alles vorbei. Aber jetzt kann ich dich nicht laufen lassen.«

»Nein«, sagte Rachel.

Sie holte die Metallstange hinter ihrem Rücken hervor.

Es war die mittlere, gebogene Stange aus dem Campingbett, die sie den ganzen Morgen auf dem rauen Betonboden abgeschliffen hatte, bis sie spitz wie eine Kugelschreibermine war. Ehe der alte Mann reagieren konnte, rammte Rachel sie ihm mit aller Kraft in die Achsel. Er schrie.

74

Nach mehreren Stunden hörte Burton, wie die Tür zum Gang rasselnd aufging. Wieder kam das WEK mit Mahout vorbei. Der Knebel war weg, und er war auch nicht mehr an Händen und Füßen gefesselt. Seine Augen waren verdreht.

Burton konnte sich nicht beherrschen. »Was haben Sie mit ihm gemacht? Hey! Ich rede mit Ihnen!«

»Warten Sie, bis Sie dran sind«, rief einer der Cops zurück.

Er hörte, wie sie Mahout in seine Zelle warfen und die Tür zuknallten. Einige Sekunden später hörte man, wie Mahout sich auf den Boden übergab.

»Gerade noch rechtzeitig«, sagte ein Polizist. Ein anderer lachte.

Burton spürte ein Kribbeln im Nacken. Die Stiefel klackerten über den Boden, und die drei Cops blieben vor seiner Zelle stehen. Der vordere schob das Visier hoch, unter dem das Gesicht von Vince Hare zum Vorschein kam. Er grinste Burton an.

»Na, kommen Sie, Jerry«, sagte er. »Sie haben einen Termin beim Doktor.«

»Was machen Sie hier, Hare? Das ist doch Wahnsinn.«

»Nein, Jerry. Hier ist der einzig normale Ort in der Stadt.«

Hare zog die Zellentür auf und zerrte Burton heraus. Er wehrte sich nicht wie Mahout, weil er wusste, dass es nichts ändern würde.

Sie führten ihn durch die dicken Türen und dann eine Treppe hinauf zum Stockwerk darüber. Sie hielten sich dicht neben ihm, damit er nicht weglaufen konnte. Am Ende des Gangs betraten sie durch eine Schwingtür einen sauberen weißen Bereich mit zwei Reihen leerer Krankenhausbetten an den Wänden. Durch eine Seitentür ging es in eine Art Verhörraum. Die Wände waren schalldicht gepolstert, und es gab einen Tisch mit zwei einander gegenüberstehenden Stühlen. Alles war sauber und neu. Nur der durchlässige Spiegel und die Kameras in den Ecken fehlten. Die Cops machten Burton mit Handschellen an einem Ring im Tisch fest, gingen hinaus und schlossen die Tür. Er zog an den Handschellen, doch der Tisch war am Boden festgeschraubt.

Er wusste, dass es am besten wäre, ruhig abzuwarten, aber innerlich kochte er vor Wut. Das war Wahnsinn! Er konnte nicht hier herumsitzen, bis diese Leute zu Verstand kamen.

»Hey!«, rief er. »Was soll ich hier? Was zum Teufel wollen Sie von mir? Hey!«

Er zerrte erneut an den Handschellen, so kräftig er konnte, bis ihm das Metall ins Fleisch schnitt.

»Hey!«, brüllte er. Seine Kehle fühlte sich allmählich rau an.

Die Tür ging auf, und Dr. Werner Kruger trat ein. In einer Hand hielt er ein Sandwich in einer dreieckigen Verpackung und in der anderen ein Glas Wasser. Er winkte Burton zur Begrüßung mit einem Finger zu.

»Moment noch, Detective«, sagte er und setzte sich

ihm gegenüber. »Ich hatte den ganzen Morgen zu tun und noch keine Gelegenheit, etwas zu essen. Ich hoffe, es stört Sie nicht.«

Er setzte sich ihm gegenüber und biss vom Sandwich ab, als wären sie Arbeitskollegen in der Pause.

»Tankstellenfraß«, sagte er und verzog das Gesicht. »Nicht so toll.«

»Ich habe das Recht auf einen Anwalt, Kruger«, sagte Burton. »Das wissen Sie.«

Kruger schluckte und wischte sich die Krümel vom Mund.

»Tut mir leid, Detective, aber laut VZE haben Sie das Recht auf überhaupt nichts. Außerdem bin ich kein Polizist, und Sie werden nicht vernommen.«

Burton zerrte an den Handschellen. Der Schmerz spielte keine Rolle, er war das Einzige, was Sinn ergab.

»Das können Sie nicht machen. Lassen Sie mich gehen.«

»Keine Sorge, Detective, das ist der Plan. Sie wurden als störendes Element in der Gesellschaft ausgemacht, fürchte ich, aber die gute Nachricht ist, dass ich hier bin, um Ihnen mit einer astrologischen Therapie zu helfen.«

Er schob Burton das Glas Wasser hin. Burton hatte nichts getrunken, seit man ihn verhaftet hatte. Seine Zelle hatte eine Toilette, aber kein Waschbecken.

»Können Sie mit den Handschellen trinken?«

Burton versuchte es. Er griff das Glas mit beiden Händen und kippte sich das Wasser in den Mund. Es war eiskalt und schmeckte leicht nach Chemie.

»Tut mir leid, ich konnte Ihnen bei unserer letzten Begegnung nichts über meine derzeitige Arbeit beim WEK erzählen«, sagte Kruger. »Sicherlich hätte ich Ihnen eine

Menge Zeit bei der Ermittlung gespart, aber das läuft alles als Staatsgeheimnis unter der VZE.«

Burton schluckte das letzte Wasser und schob das Glas von sich. Es rutschte halb über den Tisch.

»Haben Sie die anderen umgebracht?«, fragte er.

»Welche anderen?«, fragte Kruger leicht verwirrt.

»Williams«, sagte Burton. »Hammond. Redfield.«

»Oh, nein«, sagte Kruger. »Nein, nein, nein. Das war vermutlich irgendein Irrer, der unser großes Geviert im Internet entdeckt hat. Auf einen nicht wissenschaftlich geschulten Verstand muss es sehr verstörend wirken. Aber in dieser kleinen Festung hier bin ich sicher, und das WEK arbeitet eng mit Ihren früheren Kollegen zusammen, um den Mörder zu erwischen. Aber eigentlich ist das nicht wichtig.«

Er zuckte mit den Schultern. Burton bekam eine Gänsehaut. Kruger war ein Psychopath. Er war angenehm, charmant und bar jeder Menschlichkeit.

»Also geht es um eine Verschwörung?«, fragte er.

»Aus Ihrem Mund klingt das so böse, Detective!«, erwiderte Kruger. »Betrachten Sie das Geviert als kleinen... Herrenclub. Privat, aber ganz und gar nicht ominös. Wir haben gemeinsam an einer Sache gearbeitet, die größer war als unsere eigenen Interessen oder unsere Tierkreiszeichen. Wir waren bereits Freunde. Ich habe das Geviert nur erschaffen, um uns aneinander zu binden, damit jeder dem anderen blind vertrauen konnte. Keiner konnte aussteigen, ohne die anderen zu entlarven.«

»Und was war das für eine große Sache?«

»Frieden, Detective Burton. Das WEK ist sehr gut darin, Türen aufzubrechen, aber allein dadurch verärgert es eine Menge Menschen. Um den Frieden zu bewahren, müssen wir die Gesellschaft reparieren. Das habe ich Ihnen doch schon gesagt: Unsere Gesellschaft ist wie eine beschädigte Maschine. Sie arbeitet nur, wenn alle Zahnräder die richtige Form haben. Und ich kann die Zahnräder zurechtschleifen.«

Burton spürte, dass er schwitzte. Der Raum war überhitzt, eigentlich hätte Kruger auch schwitzen müssen, doch der Doktor wirkte kühl und entspannt. Er lächelte Burton ruhig an.

»Sie haben etwas mit mir vor.«

»Ja«, sagte Kruger liebenswürdig.

»Ich habe gesehen, was Sie Mahout angetan haben. Ich werde nicht in Ihren geheimnisvollen Raum gehen.«

Kruger lächelte, seine Augen leuchteten.

»Oh, Detective! Sie sind schon drin.«

Das Licht ging aus, und Burton saß in völliger Dunkelheit.

75

Rachel hatte sich im Internet Videos über Selbstverteidigung angesehen. Sie wusste, dass ein Stich in die Achselhöhle einen Angreifer lähmte. Der alte Mann schrie und schlug um sich. Der Schmerz hatte ihn außer Gefecht gesetzt.

Sie zog die scharfe Spitze der Metallstange mit einem leisen Plopp heraus und setzte sie ihm an die Kehle. Dabei drückte sie so fest zu, dass sie fast die Haut aufritzte.

»Die Autoschlüssel!«, schrie sie ihm ins Gesicht. »Sofort!«

Der alte Mann verdrehte die Augen. Sie klopfte ihn ab und zog ihm den Schlüssel aus der Hosentasche.

»Du Miststück!«, schrie er.

Sie lief die Treppe nach oben, schlug die Kellertür hinter sich zu und schob den Riegel vor. Dann rannte sie durchs Haus und fürchtete, hinter jeder Ecke dem Widder-Mörder in die Arme zu laufen. Aber da war schon die Vordertür, durch deren buntes Glasfenster die Sonne hereinschien.

Sie riss die Tür auf und rannte hinaus. Einen flachen Hang hinunter ging es über den Rasen zum offenen Tor. An der Seite des Hauses stand ein schwarzes Auto. Am Schlüsselbund fand sie eine Fernbedienung, richtete sie auf den Wagen und drückte auf den Knopf. Das Licht blinkte, und die Zentralverriegelung klickte.

Sie stieg ein und drehte den Schlüssel im Zündschloss. Nichts passierte.

Sie drehte erneut. Wieder nichts. Sie schlug mit den Fäusten aufs Lenkrad. Am liebsten wäre sie ausgestiegen und durch das offene Tor gelaufen, doch vorher mahnte sie sich zur Ruhe und versuchte es erneut, wobei sie diesmal die Kupplung trat, ehe sie den Schlüssel drehte. Der Motor sprang sofort an. Vor Erleichterung stiegen ihr Tränen in die Augen.

Das Getriebe knirschte, als sie den Rückwärtsgang einlegte und durch das Tor auf die von Bäumen gesäumte Straße zurücksetzte. Wie es aussah, war sie irgendwo im Süden der Stadt. Wenn sie nach Westen fuhr, würde sie irgendwann auf die Beach Road stoßen, und von dort wäre es leicht, in die Stadt zu gelangen.

Als sie losfuhr, fiel ihr ein, dass sie dem Mann das Handy hätte abnehmen sollen. Daran hatte sie nicht gedacht. Er konnte seinen Freund anrufen und sich befreien, ehe die Polizei eintraf.

Und schlimmer noch: Sein Freund könnte sie oder ihre Mutter aufspüren. Sie trat aufs Gaspedal.

76

Zuerst versuchte Lindi, Burton anzurufen, weil ihr langweilig war. Sie war im Polizeirevier und von Captain Mendez aufgefordert worden, die Ermittlungen fortzusetzen und Geburtshoroskope aller kürzlich verhafteten Aktivisten der Widder-Front zu erstellen, um herauszufinden, welche man am leichtesten zu Informanten umpolen könnte. Aber da weder Rico noch Kolacny etwas mit ihr zu tun haben wollten, hielt sie sich von deren Büro fern. Da sie so viel Zeit mit Burton verbracht hatte, galt sie im Morddezernat inzwischen als Widder-Sympathisantin und Karrierebremse.

Burton reagierte nicht auf ihre Anrufe. Jedes Mal sprang die Mailbox an. Er antwortete auch nicht auf Nachrichten, und mittags begann Lindi, sich Sorgen zu machen. Also entschied sie, bei ihm vorbeizuschauen, und hinterließ Rico eine Nachricht, dass sie zu Hause weiterarbeiten würde. Sie wusste, dass es ihm sowieso gleichgültig war.

Als sie bei Burtons Haus eintraf, war ihr sofort klar, dass etwas nicht stimmte. Das Auto war da, und die Haustür stand offen. Sie ging zum Eingang.

»Hallo? Burton?«

Neben der Tür standen noch die Farbeimer, auf einem lag ein Pinsel.

»Hallo?«, rief sie erneut, während sie in das leere Haus ging.

Alles war durchwühlt. Tische waren von den Wänden gezogen, Gemälde waren abgehängt. An dem mit Karton verklebten Fenster stand ein Stuhl, und eine leere Flasche Whiskey lag auf dem Boden.

Es sah allerdings nicht nach einem Raubüberfall aus. Der Fernseher stand im Wohnzimmer, der Computermonitor auf dem Schreibtisch. Der eigentliche Computer war jedoch verschwunden.

Sie ging wieder hinaus und blickte sich um. Auf der anderen Straßenseite bemerkte sie eine Bewegung am Fenster der Nachbarn, jemand beobachtete sie hinter den Gardinen. Sie ging hinüber und klingelte. Nach einigen Sekunden öffnete ein Mann mit weißem Haar, dem eine Lesebrille um den Hals hing.

»Entschuldigen Sie«, sagte Lindi, »mein Kollege Jerome Burton wohnt gegenüber und ist spurlos verschwunden. Die Tür steht offen. Haben Sie eine Ahnung, ob etwas passiert ist?«

Der alte Mann nickte mit besorgter Miene.

»Ja. Er hat gestern Nacht sehr viel Lärm gemacht, und irgendwann hatten wir die Nase voll. Wissen Sie, wir passen auf unsere Enkel auf und haben ein bisschen Ruhe verdient. Da haben wir die Polizei gerufen, allerdings dachte ich, die würden ihm bloß sagen, er solle leiser sein. Dass die ihn gleich mitnehmen, haben wir nicht geahnt.«

Lindi runzelte ungläubig die Stirn.

»Sie hätten doch rübergehen und selbst mit ihm sprechen können, oder?«

»Na ja, hätte ich auch, aber nachdem wir gehört haben, dass er ein Widder ist... Wir hielten es für sicherer.«

Arschloch, dachte Lindi.

»Danke für Ihre Hilfe«, sagte sie.

Sie ging zurück über die Straße und rief Kolacny an.

»Burton wurde gestern Nacht verhaftet«, sagte sie. »Ist er im Revier?«

»Nein.«

»Könnten Sie das überprüfen?«

»Brauche ich nicht«, sagte Kolacny ungeduldig. »Vertrauen Sie mir, das wüssten wir.«

»Dann ist er verschwunden.«

»Er könnte überall stecken«, sagte Kolacny. »In letzter Zeit hat er sich seltsam benommen. Vielleicht ist er bei seiner Frau? Ich habe zwar gehört, sie hätten sich getrennt, aber vielleicht haben sie sich ja wieder versöhnt. Tut mir leid, ich habe zu tun.«

Er legte auf.

Lindi zog Burtons Tür zu und prüfte, ob sie geschlossen war. Dann ging sie zu ihrem Wagen und loggte sich mit dem Handy in den ACTIVENATION-Chat ein.

LChildsSky: Detective Burton ist verschwunden. Die Haustür stand offen (ist jetzt zu). Keine Spur von ihm. Wurde angeblich verhaftet, ist jedoch nicht auf dem Revier. Möglicherweise suizidgefährdet. Ich weiß nicht, an wen ich mich sonst wenden soll. Helft mir bitte, ihn zu finden.

Sie postete die Adressen, unter denen sie erreichbar war, und wartete.

Kart33: Heilige Scheiße. Echt?

AKT: Keine Sorge, wir halten die Augen offen.

Ansonsten konnte sie wenig tun, außer wieder zum Revier zu fahren. Unterwegs überlegte sie, welche Möglichkeiten blieben. Sie konnte versuchen, die Nummer von Burtons Frau herauszufinden, aber das würde sicherlich ein schwieriger Anruf werden. Oder sie könnte selbst im Revier die Zellen kontrollieren. Und außerdem konnte sie ein Horoskop erstellen.

Sie parkte in der Nähe des Reviers. Eine Gruppe Menschen stand vor dem Empfang am Eingang, aber die Wachen ließen niemanden ein.

»Nur Personen mit Dienstmarke«, sagte der gelangweilte Wachbeamte.

»Und wenn wir ein Verbrechen melden wollen?«, fragte ein Mann aus der Gruppe.

»Das nächste Revier ist Midtown. Drei Blocks westlich. Die nehmen Anzeigen auf.«

»Nein! Bitte!«, rief eine ältere Frau vorn in der Gruppe. Sie hielt schützend eine junge blonde Frau im Arm. »Wir müssen mit einem Detective sprechen. Er hat gesagt, ich sollte mit ihm reden, aber er geht nicht ans Telefon! Sie müssen uns reinlassen. Es ist ein Notfall!«

»Wir haben alle einen Notfall!«, rief der Mann.

Die anderen stimmten laut zu.

»Niemand ohne Dienstmarke darf rein!«, rief der Wachbeamte. »Zurück. Alle!«

Lindi drängelte sich nach vorn durch und hielt ihren Besucherausweis hoch. Die ältere und die junge Frau standen immer noch vorn und beschwerten sich.

»...um Leben und Tod«, sagte die junge Frau. »Bitte. Er arbeitet im Morddezernat!«

»Ich habe gesagt, gehen Sie weg«, sagte der Wachbeamte.

Die ältere Frau begann zu weinen, und die jüngere legte ihr eine Hand auf den Arm, um sie zu beruhigen. Lindi wollte sich vorbeidrängen, als sie das Gesicht der jungen Frau sah.

Es war Rachel Wells.

77

Cray zog den Riegel zurück, öffnete die Tür und schaute in den schummrigen Keller hinunter. Daniel lehnte an der Säule und hielt sich mit einer Hand die Achselhöhle. Sein Gesicht war blass, und Blut tropfte von der Hand auf das weiße Hemd und auf den Boden.

»Sie hat mit einer Stange nach mir gestochen.«

»Scheißschlampe«, sagte Cray und ging zu ihm nach unten. »Ich hab doch gesagt, wir sollen sie umbringen. Und das mach ich jetzt auch.«

»Wir müssen alle Spuren im Haus beseitigen«, meinte Daniel.

Er stützte sich auf Crays Schulter ab. Als sie nach oben gingen, schnüffelte er.

»Du riechst nach Alkohol.«

»Na und?«, sagte Cray. »Ich habe fünf Tage in einem Auto gesessen. Irgendwie muss ich doch bei Verstand bleiben.«

Er hatte das neue Polizeirevier in Ariesville observiert und die Eingänge überwacht. Kruger, der in dem Gebäude arbeitete, kam und ging mit einer Polizeieskorte. Cray hatte eine Gelegenheit gesucht, um zuzuschlagen, bislang aber keine entdeckt. Die Observation war stumpfsinnig, und er hatte sich einen Flachmann besorgt, der ihm ein wenig Gesellschaft leistete.

Oben an der Treppe ließ er Daniel stehen und holte den Erste-Hilfe-Kasten, der unter dem Spülbecken verstaut war.

»Was machst du?«

»Ich verbinde Sie.«

»Dafür haben wir keine Zeit. Wir müssen im Haus klar Schiff machen.«

»Sie bluten«, sagte Cray. »Sie verteilen Beweismittel.«

Daniel blickte auf die roten Flecken auf den Küchenfliesen.

»Mist«, sagte er. »Gib mir ein Tuch. Das geht schon. Wir müssen hier aufräumen. Und zwar schnell.«

Cray warf Daniel ein Küchentuch zu, das dieser sich unter den Arm drücken konnte, während sie ihren Fluchtplan in die Tat umsetzten. Cray packte seine Taschen und stopfte das Bettzeug in schwarze Müllsäcke, während Daniel die Böden wischte und Oberflächen, Türgriffe und alles, was sie angefasst hatten, mit Desinfektionsmittel putzte. Er warf den Mop hinten in den Wagen, zusammen mit der Bettwäsche und den Taschen. Nachdem sie jedes Zimmer ein letztes Mal überprüft hatten, schloss Cray die Tür ab und fuhr sie davon, ohne in ihrem zeitweiligen Heim irgendetwas zurückzulassen, das man mit ihnen in Verbindung bringen könnte.

Cray sah Daniel an, während er den Wagen lenkte. Daniel zuckte und schob das Tuch unter seinem Arm zurecht.

»Ich bringe Sie ins Krankenhaus«, sagte Cray.

»Nein, die suchen bestimmt nach Leuten mit einer Verletzung wie dieser. Das geht schon. Ich kann es selbst verbinden.«

»Wir müssen uns ein Versteck suchen, wo wir erst mal untertauchen können.«

»Nein«, widersprach Daniel erneut. »Wir töten Kruger. Jetzt.«

»Haben Sie den Verstand verloren?«, fragte Cray.

»Alles bleibt beim Alten.«

Sie blieben vor einer roten Ampel stehen. Cray schlug wütend aufs Lenkrad.

»Nichts ist mehr beim Alten!«, rief er. »An Kruger kommen wir nicht ran. Der wartet doch bloß auf uns. Wir haben das Haus aufgegeben. Das Mädchen hat Ihr Gesicht gesehen. Wir haben sie nicht getötet, und sie wird zu den Cops rennen. Die Sache ist gestorben!«

»Nein. Wir müssen lediglich schneller handeln.«

Der Wagen hinter ihnen hupte. Cray sah auf. Es war grün geworden. Am liebsten wäre er ausgestiegen und hätte dem Fahrer hinter ihm ins Gesicht geschossen. Stattdessen trat er aufs Gas und ließ die Reifen quietschen.

»Vor dem Revier steht eine Menschenmenge«, sagte er. »Die stürmen garantiert bald. Wir sollten einfach abwarten. Sollen die Kruger für uns töten.«

»Nein!«, sagte Daniel und starrte stur vor sich hin. »Wenn ihn jemand anderes tötet, war alles umsonst. Ich habe schon darauf verzichtet, es persönlich zu machen. Und ich werde mir seinen Tod nicht von irgendeinem Scheißmob wegnehmen lassen!«

»Ich habe drei getötet«, sagte Cray. »An den vierten komm ich nicht ran. Was wollen Sie denn noch?«

»Ich will, dass du dich an unsere Vereinbarung hältst!«, schrie Daniel.

Cray wurde langsamer und hielt am Straßenrand an. Der Wagen hinter ihnen hupte und überholte.

»Schreien Sie mich noch einmal an«, sagte er zu Daniel. »Versuchen Sie's.«

»Willst du jetzt aufgeben?«, fragte Daniel. »Du willst 100 000 Dollar abschreiben? Und weißt du was, es ist noch viel mehr als das. Ich hätte dir geholfen, Dinge zu bekommen, die du mit Geld nicht erreichen kannst. Willst du Ella zurück? Und deinen Sohn? Dazu brauchst du Einfluss, du brauchst Anwälte. Wenn du jetzt kneifst, bekommst du gar nichts.«

Cray starrte Daniel ungläubig an.

»Halten Sie mich für ein Kind?«, fragte er. »Glauben Sie, Sie könnten auf diese Weise mit mir spielen?«

»Warst du ein guter Vater?«, fragte Daniel. »Ein guter Ehemann?«

Cray spitzte den Mund. »Ich könnte Ihnen hier an Ort und Stelle das Genick brechen.«

»Sicherlich«, sagte Daniel. »Denn Töten ist etwas, das du gut beherrschst. Und wer wird dich dafür belohnen? Wie willst du sonst heute 100 000 Dollar verdienen?«

»Ich habe eine Idee«, sagte Cray.

Er spürte das Gewicht der Waffe im Halfter unter der Jacke. Es wäre einfach: Er würde Daniel an einen ruhigen Ort bringen und eine Gartenschere mitnehmen. Erst die Zehen, dann die Finger. Daniel würde ihm erzählen, wo er die Anwälte finden und wie er an den Schlüssel kommen würde. Und Cray würde vermutlich noch eine Menge mehr aus ihm herausholen.

Doch Daniel las seine Gedanken.

»Für wie dumm hältst du mich, Cray?«, sagte er. »Glaubst du, ich vertraue auf dein gutes Herz? Glaubst du, ich hätte keine Vorkehrungen für den Fall getroffen, dass du mich übers Ohr hauen willst? Ich habe mich vorbereitet. Wenn du versuchst, mich zu zwingen, dir das Geld auszuhändigen, mache ich dich fertig.«

Cray sah die Entschlossenheit in seinen Augen. Daniel log nicht.

»Was denn?«, fragte er. »Haben Sie einen Killer angeheuert, der mich wegpustet? Oder wird mich Ihr Anwalt der Polizei übergeben?«

»Meine Vorkehrungen sind vollkommen uninteressant«, sagte Daniel. »Weil du Kruger töten wirst. Heute.«

Crays Wut wandelte sich in Bitterkeit. Er könnte Daniel auf der Stelle töten, doch das würde ihm nichts bringen. Daniel saß am längeren Hebel.

»Ich will offen zu dir sein«, sagte Daniel ernst. »Offener als du zu mir. Ich werde dich anständig behandeln. Diese Stadt wird brennen. Willst du Ella und deinen Sohn mit nichts als Asche in der Hand holen? Oder willst du diese Stadt hier als einer der Menschen mit Macht verlassen? Das würde ich dir wünschen, du hast es verdient.«

»Fick dich«, fluchte Cray. »Sie wollten, dass ich bei Ihrer kleinen Vendetta draufgehe.«

»Vendetta?«, meinte Daniel. »Kruger hat dich gefoltert! Er hat meine Tochter ermordet! Es geht um Gerechtigkeit! Er muss sterben!«

»Ach, Schnauze!«

Daniel kniff die Augen zusammen. »Ich weiß, worum es geht. Du hast Angst. Du hast Angst vor dem Feuerraum.«

Cray spürte einen Stich in der Brust.

»Fick dich!«, sagte er. »Fick! Dich! Sie haben keine Ahnung, wie das war!«

Er biss die Zähne zusammen. Daniel wusste, wie er die Fäden ziehen musste. Dieser kranke, manipulative Bastard. Er sah auf und erwartete einen triumphierenden

Blick von Daniel, weil er gewonnen hatte, aber Daniel ließ den Kopf hängen. Seine Stimme war ruhig.

»Ja«, sagte er. »Die Wut ist gut. Lass Kruger zahlen. Er hat dich in diesen Raum gesteckt, in dem du immer noch festsitzt. Du brennst, seit du ein Kind warst. Dein einziger Weg nach draußen führt über ihn. Mach dem Ganzen ein Ende, Cray.«

Cray schämte sich. Er war wütend auf Daniel, weil der seinen einzigen wunden Punkt entdeckt hatte.

»Ich mach's«, sagte er. »Für mich. Nicht für Sie.«

»Gut«, erwiderte Daniel ausdruckslos, ohne sich seine Selbstgefälligkeit anmerken zu lassen.

Er ist stolz auf sich, dachte Cray. Weil er mich dazu gebracht hat, für ihn die Drecksarbeit zu erledigen, und weil er glaubt, er hätte mir weisgemacht, dass es meine eigene Entscheidung gewesen sei.

Er würde Kruger töten und Daniels Geld nehmen. Und dann, im richtigen Augenblick, würde er Daniel Lapton umbringen.

78

Die Dunkelheit verwandelte sich in krisseligen Schnee wie bei einer Bildstörung in einem alten Fernseher. Jeder Punkt zerfloss zu einer Linie, und jede Linie glühte zu einem starrenden Auge auf.

»Sie haben Ihr Leben immer nur von innen wahrgenommen«, hörte er Krugers Stimme aus der Dunkelheit. Sie drang in Burtons Verstand ein, spaltete sich in Silben ohne Bedeutung und in Wahrheit ohne Worte.

»Was ist das?«

Eine Million Gesichter flammten vor ihm auf, überlagerten sich und verschwommen. Sein Vater. Kate und Hugo und Shelley. Seine Mutter. Eine Million Bilder, wie Fotos, die eins nach dem anderen auftauchten, auf jedem ein Moment seines Lebens.

»Endlich erfahren Sie die Welt von außen«, sagte Kruger. »Sie haben sich für einen Menschen gehalten, eine kleine Seele in der Hülle eines Körpers. Aber das stimmt nicht. Die Energie, die Sie kontrolliert, kommt nicht aus dem Inneren. Die Hülle ist eine Marionette. Sie sind der Kosmos.«

Die überlagerten Gesichter verzerrten sich, und dahinter enthüllten sich verborgene Formen. Leuchtende Urbilder, Götter und Ungeheuer. Burton zerrte an seinen Handschellen. Er konnte sie mit den Augen nicht sehen, aber er spürte ihr Glühen.

»Vergessen Sie Verluste und Enttäuschungen. Sie waren nur der schwere Weg, den Sie entlangstolpern mussten, um hierherzugelangen. Zur Wahrheit. Kehren Sie Ihr Innerstes nach außen. Werden Sie zu dem, der Sie wirklich sind.«

Er blinzelte in die Dunkelheit.

»In dem Wasser waren Drogen«, sagte er. »Sie haben mich vergiftet.«

»Das war kein Gift, Burton. Es setzt die Wahrheit frei. Können Sie leugnen, was Sie fühlen?«

Aus der Dunkelheit krabbelten Dinge auf ihn zu. Skorpione. Krebse. Große Tiere, immer gerade außer Reichweite, aber sie kamen näher. Er roch ihren Schweiß und spürte ihren heißen Atem. Die einzige Flucht lag im mystischen Licht.

Chemische Astrotherapie.

»Spüren Sie die Energien des Kosmos. Erde. Luft. Wasser.«

Kruger legte nach jedem Wort eine Pause ein. Burton sah einen Schössling in der Erde, einen Hurrikan, der unter dunklen Wolken an Palmen zerrte, einen schäumenden Wasserfall.

Das ist nicht real.

»Aber Sie sind keins davon«, sagte Kruger. »Sie sind…«

Burtons Körper überhitzte. Als er auf seine Hände sah, riss die Dunkelheit auf und enthüllte die Lava unter der Welt.

»…Inferno.«

Die Hölle öffnete sich vor Burton. Unendlicher Schmerz und unendlicher Verlust. Er erstarrte vor Entsetzen, Augenblicke vom Tod entfernt.

»Ich möchte mit Ihnen über Kojoten reden«, sagte Kruger. »Erinnern Sie sich an meine Kojoten?«

Burton erinnerte sich an die Dämonen in Käfigen, nichts als Zähne und Instinkt.

»Wir machen sie zu etwas Besserem. Für sie gibt es Hoffnung. Doch die meisten Kojoten sind bösartig und nicht zu zähmen. Sie nützen niemandem. Deshalb müssen sie weichen, und was übrig bleibt, wird die neue Wahrheit. Aller Fortschritt gründet auf Opfern.«

Wie Kruger es sagte, klang es vernünftig, Burton erkannte die tiefe Wahrheit dahinter.

»Sie passen nicht in die Welt, die wir erschaffen«, sagte Kruger. »Wenn sie nicht sterben, ändert sich nichts.«

Es war nicht der Tod, es war die Zähmung.

Nein, es war Wahnsinn. Er war in einem dunklen Raum mit einem wahnsinnigen Arzt eingesperrt, der ihn unter Drogen gesetzt hatte, damit er nicht mehr klar denken konnte. Burton wurde wütend. Er fauchte und zerrte an seinen Handschellen.

»Ja, lassen Sie es zu«, sagte Kruger. »Energie. Zorn. Man hat sie so schlecht behandelt. So vieles in Ihnen wurde ausgebrannt. Und was ist noch übrig? Ihr wahres Ich. Sie sind keine passive Erde, Sie sind das Feuer!«

Eine ferne Supernova explodierte vor Burtons Augen. Es war das erste Licht, seit es im Raum dunkel geworden war, und es schmerzte in seinen Augen.

Es war eine Flamme. Krugers Gesicht wurde von einem Feuerzeug erhellt. Im Vergleich zu dem riesigen Kosmos in Burtons Kopf wirkte es winzig.

»Ich halte es Ihnen unter die Hände«, sagte Kruger. »Und Sie spüren keinen Schmerz. Feuer kann Feuer nicht verbrennen.«

Burton schaute zu, wie die Flamme näher kam, bis sie die Fingerspitzen seiner rechten Hand berührte. Kruger irrte. Er spürte Schmerz, wenn auch nur von ferne. Er machte sich nichts daraus, sondern schaute zu, wie die Spitze seines Zeigefingers vom Ruß schwarz wurde.

»Sehr gut«, sagte Kruger.

Licht schnitt wie eine Sichel durch die Dunkelheit und verwandelte Krugers weißes Haar in einen Heiligenschein. Die Tür hinter ihm ging auf, und ein Cop des WEK kam mit hochgeklapptem Visier herein. Der schwarze, polierte Helm reflektierte das Licht. Kruger drehte sich zornig um. Burton war schockiert, in ihm das Monster zu erkennen.

»Was machen Sie hier? Ich bin mitten in einer Sitzung!«

»Die Unruhen werden immer heftiger, Dr. Kruger. Hier sind wir nicht sicher. Viele Fenster sind noch nicht vergittert. Captain Hare sagt, wir müssen Sie vielleicht in einem der Mannschaftswagen evakuieren.«

Krugers Maske klinischer Distanziertheit kehrte zurück, und er schickte den Cop mit einer Handbewegung hinaus.

»Es besteht keine Gefahr. Ich habe ein Horoskop erstellt. Die werden uns nichts tun.«

»Tut mir leid, Doktor. Hare hat gesagt, ich soll Ihnen sagen, dass, wenn Sie tun wollen, worum er Sie gebeten hat, jetzt der richtige Zeitpunkt wäre.«

Kruger blickte Burton an und fuhr sich mit der Hand über das Gesicht, müde, aber unbesorgt. »Nun, wir können genauso gut auch gleich überprüfen, ob die Therapie angeschlagen hat.« Er winkte den Cop herein. »Kommen Sie. Schließen Sie die Handschellen auf. Wir machen in den Zellen weiter.«

Der Cop schloss die Kette auf, mit der Burton an den Tisch gefesselt war, und packte ihn am Kragen.

»Können Sie gehen?«

Burton antwortete nicht. Der Cop zog ihn hoch und schob ihn hinaus.

Der weiße Raum nebenan war verwirrend. Burton nahm jeden Kratzer auf dem Boden und jeden Fleck an den frischgestrichenen Wänden wahr. Sie schienen über der reinen, sauberen Architektur zu schweben.

Er wurde durch die Türen zurück ins Treppenhaus geführt. Burton blieb an der obersten Stufe stehen. Er konnte nicht nach unten gehen, weil er nicht klar sehen und seinen Füßen nicht trauen konnte.

»Weiter!«, sagte der Cop hinter ihm.

Burton machte einen Schritt, und ihm wurde schwindelig.

»Los, weiter!«

Der Cop stieß ihn voran, Burton taumelte die Treppe hinunter.

Im nächsten Stockwerk wurde er in den Gang mit den Zellen zurückgeführt. Er hoffte, der Cop und Kruger würden ihm Zeit lassen, um sich zu erholen, doch sie schoben ihn an seiner Tür vorbei zum Ende des Gangs. Solomon Mahout lag in seiner Zelle seitlich auf dem Bett und hatte einen Arm ausgestreckt. Sein Gesicht war grau und eingefallen. Der Cop schob Burton hinein.

Burton wandte sich zu Kruger um, als die Tür ratternd zuging.

»Was soll das?«

»Sonderbefehl von Captain Vince Hare«, sagte Kruger. »Mahout ist unser größtes Problem. Selbst das WEK kann mit ihm nicht machen, was es will, weil er ein potenzieller Märtyrer ist. Glücklicherweise gibt es andere Möglichkeiten, jemanden zu vernichten. Wir müssen ihn ausbrennen. Und Sie sind das Feuer, Burton. Wir brauchen ein Opfer.«

Das Wort klang seltsam in seinen Ohren. Burton wiederholte es im Kopf. *Opfer.*

»Officer«, fragte Kruger den Cop neben ihm, »haben Sie die Waffe?«

Der Polizist zog einen scharf aussehenden Gegenstand aus der Tasche am Gürtel. Es dauerte kurz, bis Burton ein Stück scharf geschliffenes Metall erkannte, an dessen Ende ein Plastikgriff angebracht war. Der Cop legte das Metallstück auf den Boden und schob es mit dem Fuß in die Zelle. Es rutschte Burton vor die Füße.

»Wir dürfen weder ihm noch Ihnen irgendwelche Verletzungen zufügen«, sagte Kruger. »Jedenfalls keine sichtbaren. Aber wir können Ihre wahre Essenz freisetzen und der Natur ihren Lauf lassen. Diese ganzen Demonstranten haben vergessen, was einen Widder wirklich ausmacht. Bald werden sie sich daran erinnern.«

Burton betrachtete die Klinge zu seinen Füßen. Das Licht spiegelte sich in dem Metall. Er spürte, wie sich in ihm ein Lachen aufbaute. Es war so bitter, so absurd. Er kicherte.

»Oh, Mann«, sagte der Cop. »Der ist bis obenhin voll mit Drogen.«

Kruger reagierte nicht auf Burtons Lachen.

»Das ist Ihr großer Plan?«, fragte Burton. »Sie glauben, ich würde ihn umbringen? Sie sind doch krank. Sie können einem nicht einfach LSD oder PCP geben oder... oder was immer Sie mir gegeben haben, und glauben, dass ich für Sie töte. Ich... ich stehe unter Drogen. Aber Sie haben mir nicht das Gehirn gewaschen!«

»Stimmt«, sagte Kruger abwesend. Er blickte an Burton vorbei. »Aber Sie hatten ja auch nur eine Sitzung.«

Mit einem Krachen flog Burtons Kopf zur Seite. Er hatte

von hinten einen Schlag bekommen. Schmerz flutete von seinem rechten Ohr aus in den Hinterkopf. Burton taumelte nach vorn und hielt sich am Gitter fest.

»Mahout hat seine Sitzungen komplett«, sagte Kruger.

Burton drehte sich um. Mahout war aufgestanden. Schweiß tropfte von seinem Gesicht. Seine Augen waren weit aufgerissen, die Pupillen winzig, die Lippen vor Angst weit zurückgezogen.

Er bückte sich und griff nach der Klinge. Burton schwang den Fuß. Er traf ihn an der Schulter. Mahout taumelte zurück, fing sich jedoch in der Hocke und war zum Angriff bereit.

»Das ist ihre wahre Natur«, sagte Kruger zu dem Cop. »Die Zahnräder greifen ineinander. Wer immer gewinnt, Mahout ist erledigt, und das Widder-Problem wird gelöst, indem man sie ihr wahres Wesen erkennen lässt.«

79

Ihm lief die Zeit davon. Die Demonstranten, die Solomon Mahouts Freilassung forderten, wurden lauter, die Cops, die den Vordereingang bewachten, waren nervös. Bald würde es losgehen, und Cray musste jetzt handeln. Er bewegte sich mit der Menschenmenge, hielt sich am Rand und suchte nach einer Gelegenheit.

Er beobachtete die WEK-Leute. Die zwei vor dem Revier hatten die Waffen gezogen und hielten sie mit den Läufen nach unten, bereit, sie auf jeden zu richten, der ihnen zu nah kam. Hunderte von Smartphones wurden von den Demonstranten in die Luft gehalten, um jede unangemessene Reaktion aufzuzeichnen. Drei weitere Cops patrouillierten außerhalb der Menge wie Wölfe um eine Schafherde und ließen sie spüren, dass sie umzingelt waren. Und die beobachtete Cray genau.

Ein junger Demonstrant, ein pickliger Bursche mit langem Haar und Schweißband, machte den Fehler, sich aus dem hinteren Teil der Menge zu lösen. Er ging auf eine Gasse gegenüber dem Revier zu, vermutlich, weil er irgendwo pinkeln wollte. Einer der patrouillierenden Cops sah ihn und folgte ihm. Die Demonstranten schienen nichts zu bemerken. Cray wartete, bis der junge Mann und der Cop in der Gasse verschwunden waren, dann folgte er ihnen.

Die Gasse war nur eine L-förmige Lücke zwischen zweigeschossigen Backsteingebäuden und einem fensterlosen Parkhaus. Cray hörte die Stimme des Polizisten hinter der Ecke.

»Ich habe gesagt: Her damit!«

»Was? Nein!«

Cray ging leise zur Ecke. Der Beamte hatte den jungen Demonstranten an die Ziegelwand gestellt.

»Das ist Beweismaterial«, sagte er. »Ich möchte wissen, wer die Proteste organisiert. Her damit.«

»Sie können mir nicht mein Handy wegnehmen!«

Der Cop drückte dem Demonstranten den Schlagstock an die Kehle.

»Schon mal was von Gefahr im Verzug gehört?«, fragte er.

Er trug Schutzkleidung und Helm und hatte das Visier über dem Helm hochgeklappt. Cray trat näher, bis er direkt hinter ihm stand.

»Hey!«, schrie er.

Der Cop ließ den Jungen los, fuhr herum und schwang zur Verteidigung den Schlagstock. Aber es war zu spät. Cray feuerte dem Cop seinen Taser ins Gesicht.

Ein Widerhaken bohrte sich in die Lippe, der andere knapp oberhalb des Auges in die Haut. Der Cop stöhnte und ging zuckend zu Boden. Cray starrte den jungen Demonstranten an, der ihn dankbar und gleichzeitig verängstigt ansah.

»Pst«, sagte er und legte die Finger an die Lippen. »Verpiss dich.«

Der Junge nickte und lief aus der Gasse. Nachdem er verschwunden war, beeilte sich Cray. Er trug bereits schwarze Kleidung. Jetzt brauchte er den Gürtel, den

Helm und den Körperschutz. Er nahm dem Cop alles ab, damit nichts eingesaut wurde, dann schlitzte er dem gelähmten Polizisten schnell und effektiv die Kehle auf. Der Cop grunzte und verdrehte die Augen. Blut lief schäumend aus seinem Hals. Cray legte die Ausrüstung an und ignorierte den Sterbenden.

Mit heruntergeklapptem Visier kehrte er auf die Straße zurück. Einer der Polizisten am Eingang hob die Hand, als wollte er sagen: Ich gebe dir Deckung. Cray hob ebenfalls die Hand. Der Cop am Eingang nickte.

Es funktionierte. Cray ging außen um die Menge herum zum Eingang. Als er den halben Weg zurückgelegt hatte, gingen die Schlachtrufe los.

»Ma-hout! Ma-hout!«

Die Demonstranten drängten sich dichter an das Revier heran und verteilten sich vor dem Eingang. Sie versperrten Cray den Weg. Die Cops am Eingang hoben die Waffen, doch diesmal zog sich die Menge nicht mehr zurück.

»Runter!«, schrie ein Cop einem der Demonstranten ins Gesicht. »Auf die Knie!«

Die Menge drängte sich weiter vor. Die Demonstranten hinten schoben, und die vorderen wurden in die Reihe der Cops gedrückt, ob sie wollten oder nicht. Ein Cop hob die Waffe und feuerte in die Luft. Die Demonstranten stoben auseinander.

Cray wurde fast umgeworfen, als die Leute in hirnloser Panik davonrannten.

Mist.

Ein Demonstrant schlug mit einem Metallrohr nach ihm und traf ihn seitlich am Helm. Cray verpasste ihm mit dem Schlagstock einen Hieb in die Seite. Der Mann taumelte. Cray schlug erneut zu, mitten ins Gesicht, und sah einen blutigen Zahn zwischen den Füßen auf den Boden fallen.

Er stieß den schreienden Mann zur Seite und ging weiter auf den Eingang zu. Hände griffen nach seinem Körperschutz und bremsten ihn. Wieder schwang er den Schlagstock, vertrieb die Demonstranten und rannte die Treppe hinauf.

»Wir brauchen die Schilde!«, rief einer der Cops an der Tür und winkte Cray hinein. »Los, holen Sie die Schilde!«

Die Menschenmenge wogte wie eine Welle vorwärts, brach über den Cops zusammen, riss ihnen die Waffen aus den Händen und die Helme von den Köpfen.

Cray stürmte durch die zweiflüglige Glastür. Er warf sie hinter sich zu und fand den Riegel, mit dem er sie zusperren konnte. Das würde nicht lange halten. Hinter dem Milchglas zeichneten sich die Umrisse der Demonstranten ab. Die Tür klapperte und bebte unter dem Ansturm. Eine der Scheiben splitterte bereits.

Cray drehte sich um und rannte ins Gebäude. Hinter ihm flog die Tür auf, und Leiber in roten Hemden strömten herein.

80

Von draußen hörte man Schüsse, die wie ein Feuerwerk klangen. Der Cop blickte Kruger an.

»Es ist so weit, Doktor. Wir müssen los.«

»Pst«, sagte Kruger und beobachtete Burton und Mahout. »Ich will es mir ansehen.«

Burton krabbelte auf die Klinge auf dem Zellenboden zu. Mahout warf sich auf Burton und umklammerte ihn. Als sie zu Boden gingen, packte Burton die Waffe. Es wäre so leicht gewesen, sie einfach so zu halten, dass sich Mahout hineingestürzt hätte, doch Burton kontrollierte seine Angst. Er schleuderte die Klinge aus der Zelle, außerhalb von Mahouts Reichweite. Dann warf er Mahout von sich ab, zog sich in die Ecke zurück und richtete seinen verbrannten Zeigefinger auf ihn.

»Mahout, Schluss jetzt!«, schrie er ihn an.

Die Zelle um ihn verschwamm.

Mahout erstarrte wie ein Tier. In seinen Augen loderte der Wahnsinn, und er fletschte die Zähne.

»Die Räder«, sagte er, »die Räder.«

Aus dem Stockwerk unter ihnen hörten sie Krachen, splitterndes Glas und lautes Gebrüll. Überall im Gebäude heulten Sirenen auf.

»Das reicht, Doktor«, sagte der Cop und packte Kruger am Arm. »Wir müssen zu den Autos. Jetzt!«

Kruger wollte ihn abschütteln.

»Nur keine Panik, hier kommen die Randalierer nicht rein.«

»Die Sirenen bedeuten, dass sie schon drin sind.«

»Aber die beiden ...«

»Los, Doktor«, sagte der Cop, ohne seinen Griff zu lockern.

Kruger sah zu ihnen und nickte dem Polizisten zu, der ihn losließ. Mahout griff durch das Gitter und versuchte, die Klinge vor Krugers Füßen zu erwischen. Kruger bückte sich und wollte sie aufheben.

»Eins noch«, sagte er.

Mit einer schnellen Bewegung stach er Mahout in die Halsschlagader, seelenruhig, als würde er eine Spritze setzen.

Mahouts Augen traten hervor. Er umklammerte seine Kehle, während Kruger dem WEK-Cop folgte. Scheppernd fiel die Tür hinter ihnen zu.

Blut tropfte aus Mahouts Hals und schäumte in seinem Mund. Er packte den Griff der Klinge und zog daran.

»Mahout! Nein!«, sagte Burton.

Aber es war zu spät. Die Klinge hatte die Wunde verschlossen. Als Mahout sie herauszog, spritzte das Blut aus seinem Hals. Mahout fiel erst auf die Knie und kippte dann um.

Burton rannte zu ihm und drückte die Hand auf die Wunde, um die Blutung zu stoppen. Vom anderen Ende des Gangs hörte er ein Poltern. Schritte kamen näher, und ein Dutzend Stimmen schrien durcheinander.

»Die sind alle leer.«

»Hier hinten!«

Es war zu viel für Burton. Er ließ Mahout los, nahm die

Klinge und hielt sie vor sich, während er vom Gitter zurückwich. Die Ränder seines Gesichtsfeldes flimmerten, und er musste sich aufs Atmen konzentrieren, um nicht in Panik zu geraten.

Die Eindringlinge erreichten seine Zelle. Zuerst dachte Burton, sie wären ebenfalls mit Blut besudelt, und er richtete drohend die Klinge auf sie. Aber es war nur rote Kleidung. Sie bewegten sich wie in Zeitlupe und hinterließen Spuren in der Luft.

»Au, Scheiße, nein!«

»Er hat Mahout erstochen! Er hat ihn ermordet!«

»Nein«, sagte Burton. »Ich war es nicht!«

Sie starrten entsetzt in seine Zelle, sie sahen alle so unglaublich jung aus.

»Das ist Burton«, sagte ein Mädchen. Sie hatte die Haare seitlich am Kopf zu glatten Stoppeln rasiert und hielt ein Smartphone, mit dem sie ihn filmte. »Der ist ein Cop.«

Burton wandte das Gesicht ab.

»Nein, bitte, nehmen Sie das weg.«

Er wollte nicht, dass ihn jemand in diesem Zustand sah.

»Er hat Mahout getötet!«, rief einer der Jungen.

»Nein!«, schrie Burton verzweifelt. »Nicht ich. Kruger hat uns unter Drogen gesetzt. Er wollte, dass ich ihn töte. Aber Kruger hat es selbst getan, ich schwöre es. Ich schwöre!«

Das Mädchen sah Burton an.

»Mein Gott, der ist total durchgeknallt.«

Mahout hustete Blut. Er atmete noch.

»Er lebt noch«, sagte das Mädchen. »Wir müssen rein zu ihm.«

»Der Irre hat ein Messer«, sagte einer der Jungen.

Das Mädchen blickte Burton an. »Wir kommen in die Zelle«, sagte sie entschieden. »Legen Sie das Messer weg.«

»Nein«, sagte Burton. »Sie glauben, ich hätte Mahout umgebracht, Sie werden mich töten.« Er zitterte, der Schweiß rann ihm in Strömen über den Leib.

»Nein, bestimmt nicht«, sagte das Mädchen. »Vertrauen Sie mir. Also, legen Sie das Messer weg.«

Burton zögerte, aber er wusste, dass er nicht gegen sie ankommen konnte. Er ließ das Messer einfach fallen.

Die Demonstranten fanden den Türöffner, und das Gitter glitt zur Seite. Sie kamen herein und versuchten, Mahout hochzuheben. Er wehrte sich, aber sie waren stärker.

Das Mädchen kam zu Burton.

»Detective«, fragte sie sanft, »können Sie gehen?«

»Sie sind ins Revier eingedrungen«, sagte er. Er konnte nicht aufhören, mit den Zähnen zu knirschen.

»Richtig«, sagte das Mädchen, als wäre er ein Kind. »Jetzt wird alles gut.«

»Sie verstehen das WEK nicht«, sagte Burton. »Die haben sich zurückgehalten, aber jetzt haben sie jede Berechtigung, hart durchzugreifen. Die bringen uns um, die bringen uns alle um.«

81

Lindi wartete mit Rachel und ihrer Mutter Angela in einer Sitzecke vor dem Morddezernat. Vier weiße Plastikstühle standen neben einem Kaffeespender, der von schmutzigen Plastikbechern umstellt war, und an den Wänden listeten laminierte Plakate die Rechte von Regierungsangestellten auf.

Lindi war es gelungen, ins Revier zu kommen, doch das bedeutete nicht, dass Kolacny und Rico Zeit für sie hatten. Keiner der Detectives saß in ihrem gemeinsamen Büro, und alle anderen, die Lindi ansprach, waren im Stress und mussten dringend woanders hin. Die Polizei bereitete sich auf den Krieg vor.

Während sie warteten, wurde Rachels Mutter immer ängstlicher und immer wütender.

»Warum kümmern die sich nicht um sie? Was sollen wir machen? Nach allem, was meine Tochter durchgemacht hat, muss sie sich das auch noch bieten lassen? Es sind Mörder hinter ihr her! Ist das denen denn völlig egal?!«

Lindi legte Angela mitfühlend eine Hand aufs Knie und versuchte zu verhindern, dass sie sich noch mehr aufregte. Das würde Rachel, die auf ihrem weißen Plastikstuhl vor und zurück schaukelte, nicht helfen. Ihre Lippen waren fest aufeinandergepresst, ihre Augen zuckten nervös hin und her, als wollte sie jeden Moment aufspringen und hinausrennen.

»Ich bin an der Ermittlung beteiligt«, sagte Lindi und zog Notizbuch und Stift aus der Handtasche. »Während wir auf die Detectives warten, muss ich schon mal so viel wie möglich über Ihre Entführer erfahren.«

Rachel schaute sie skeptisch an. Es war ein durchschaubarer Versuch, sie zu beruhigen, aber sie war traumatisiert, und nach dem, was sie erlebt hatte, musste sie es jemandem erzählen, der auch zuhörte.

»Sie waren zu zweit. Ein alter, reicher und ein junger, der mir Angst gemacht hat. Der alte ist Steinbock, echt ein gruseliger Typ. Er dachte, er wäre nett zu mir, aber er hat die ganze Zeit davon geredet, diese Leute zu töten. Vom jungen habe ich das Gesicht nicht gesehen, aber der ist ein Widder. Ich weiß, wo ihr Haus ist, aber Namen habe ich nicht gehört.«

Allein es laut auszusprechen schien Rachel schon von einer großen Last zu befreien. Sie unterdrückte ihre Tränen.

»Und der alte Steinbock? Dessen Gesicht haben Sie gesehen?«

»Ja«, antwortete Rachel. »Sein Haar wird schon grau, er hinkt und hat immer einen Anzug getragen. Ich könnte Ihnen ein Bild von ihm zeichnen. Er hat gesagt, sie würden vier Menschen töten, und einer wäre noch übrig.«

»Ja, das wissen wir schon«, sagte Lindi.

Kruger.

Einer der Fahrstühle gegenüber gab ein leises *Ping* von sich. Lindi sah auf und erblickte den daraus hervortretenden Kolacny, der abwesend in Richtung Morddezernat ging.

»Hey!«, rief Lindi, stand auf und lief ihm hinterher. »Kolacny!«

Er drehte sich zu ihr um. »Was denn?«

»Rachel Wells. Das entführte Mädchen.« Sie zeigte auf Rachel.

»Heilige Scheiße«, sagte Kolacny, dessen Verärgerung sich in Luft auflöste. »Wo zum Teufel hat sie gesteckt?«

»Sie wurde entführt. Und konnte fliehen.«

»Scheiße«, sagte er erneut.

Er strich sich unsicher durch die Haare, dann ging er zu den beiden Frauen. Sie standen auf, als er auf sie zukam, und schüttelten ihm die Hand.

»Miss Wells«, sagte er zu Rachel und schlug einen beruhigenden Ton an, »ich bin Detective Kolacny. Es freut mich, dass Sie zu uns gekommen sind. Tut mir leid, wenn sich noch niemand um Sie kümmern konnte. Sie werden schon davon gehört haben, dass wir es gerade mit Unruhen zu tun haben. Aber jetzt kümmere ich mich um Sie. Hier entlang, bitte.«

Lindi wusste, dass Kolacny die Kompetenz nur spielte, war jedoch trotzdem froh, dass er übernahm. Rachel und Angela wirkten dankbar. Er führte sie durchs Morddezernat zu seinem Büro. Als sie an der Tür ankamen, ließ er Rachel und Angela eintreten, versperrte Lindi jedoch den Weg.

»Nur die beiden«, sagte er. »Sie nicht.«

»Was? Warum nicht?«

Er beugte sich zu ihr vor. Das Weiße in seinen Augen war rosa, er sah erschöpft aus.

»Wir haben gesehen, was Jerry passiert ist, Miss Childs. Ich will Ihnen nicht die Schuld daran zuschieben, aber Sie verstehen schon: Politik und so. Besten Dank also für

Ihre Unterstützung«, sagte er und deutete in den Raum. »Wenn ich Sie brauche, melde ich mich. Okay?«

Die Tür schloss sich hinter ihm.

Zähneknirschend kehrte Lindi zu den Plastikstühlen zurück. *Mist.* Immer blieb sie außen vor. Und alles brach zusammen.

Sie setzte sich, holte ihr Handy heraus und loggte sich im ACTIVENATION-Forum ein, um zu sehen, ob jemand auf ihre Bitte um Hilfe reagiert hatte. Die neuen Posts zeigten Bilder einer Menschenmenge, die in das Revier in Ariesville strömte.

Octagon: Jetzt geht's richtig los.
 Gilloteen: Schüsse!
 RomanRoulette: Fangt euch keine Löcher ein, klar?
 AKT: WIR SIND DRIN! Wir suchen Mahout. Wünscht uns Glück.

Es folgten unscharfe Bilder aus dem neuen Revier, die alle von Brams Widder-Freund AKT gepostet wurden.

AKT: Wir haben ihn.
 DeepFryer: Bilder, bitte.

Unten im Thread erschien ein neues Bild. Es zeigte Mahouts Gesicht – er schwitzte und sah krank aus. Eine Hand griff ins Bild und hielt ihm ein zusammengeknülltes T-Shirt an den Hals.

AKT: Er hat eine Stichwunde!
 DeepFryer: Scheiße!
 AKT: Außerdem wurde er unter Drogen gesetzt. Und

verm. gefoltert. Haben Detective Burton auch gefunden, ebenfalls unter Drogen.

Lindis Herz machte einen Satz. Ihre Finger flogen über die Tasten.

LChildsSky: Wo ist Burton?
AKT: Wir bringen ihn raus. Er muss ins Krankenhaus. Kommen Sie und holen Sie ihn JETZT, wir haben nicht viel Zeit. Ich weiß nicht, wie lange es dauert, bis sie die Telefone wieder lahmlegen.

Lindis Finger schwebten über den Tasten des Smartphones. Es war verrückt, trotzdem tippte sie es.

LChildsSky: Bin unterwegs.

Sie warf einen Blick zu Kolacnys und Ricos Büro. Sie würden ihr nicht helfen, und wenn sie denen erzählte, wo sie hinwollte, würden sie sie womöglich aufhalten. Eigentlich sollte sie sich selbst aufhalten. Aber außer ihr gab es niemanden, der Burton abholen konnte. Also rannte sie zum Fahrstuhl und an den Streifenpolizisten vorbei, die gerade ihre schusssicheren Westen anlegten.

82

Was zum Teufel tu ich hier eigentlich?, fragte sich Lindi, während sie in Richtung Ariesville raste. Die Sonne ging unter und ließ die Stadt bernsteinfarben leuchten. Die Straßen wurden schmaler, der Verkehr verdichtete sich. Fahrzeuge strömten aus Ariesville heraus, viele hupten unablässig.

Vor ihr war die Kreuzung Ninth Avenue und Trinity Street blockiert. Es hatten wohl einige die Ampel ignoriert und waren auf die Kreuzung gefahren, weshalb es jetzt Stau gab.

»Mist«, sagte Lindi.

Sie legte den Rückwärtsgang ein, aber der Wagen hinter ihr versperrte den Weg. Sie machte die Warnblinkanlage an und hupte.

»Weg da!«, schrie sie.

Hinter ihr knallte es laut, und rosa Rauch stieg im Rückspiegel auf. Sie drehte sich um. Einen Block entfernt hatte jemand eine Tränengasgranate geworfen. Die Menschen schrien, Autos fuhren weiter, um dem Tränengas zu entkommen, und verstopften die Straße noch mehr. Aus dem Nebel kam mit heulenden Sirenen ein Konvoi schwarzer, militärisch aussehender Fahrzeuge mit abgedunkelten Scheiben. Sie bremsten quietschend hinter Lindi, und ein Lautsprecher erwachte knisternd zum Leben.

»Weiterfahren!«, verlangte eine metallische Stimme. »Machen Sie den Weg frei.«

Die Anweisung ging im Hupen der anderen Autos unter, und vor Lindi konnte sie niemand gehört haben. Außerdem hätte man sie sowieso nicht befolgen können, denn die Fahrzeuge vor ihr waren ineinander verkeilt, und die gepanzerten Fahrzeuge hinter ihr versperrten den einzigen Weg, auf dem man das Chaos hätte auflösen können.

»Mann, kommt schon!«, schrie Lindi, sauer auf sich selbst und alle anderen.

Von vorn kamen Leute angerannt und liefen an ihrem Auto vorbei und zwischen denen des Widderkommandos hindurch. Einer schlug auf ihre Motorhaube.

»Hey!«, rief sie, aber der Kerl war schon verschwunden.

Es kamen immer mehr. Zuerst waren es nur ein oder zwei Läufer, dann viele, bis es wie ein Marathon aussah. Die meisten trugen rote Kleidung, aber eine Demonstration war es nicht mehr. Niemand hatte ein Plakat, niemand stimmte Protestgesänge an. Diese Menschen wurden nur noch von Angst und Wut getrieben.

Einige Demonstranten nahmen sich den vor ihr stehenden Wagen vor und schaukelten ihn hin und her, als wollten sie ihn umkippen, obwohl der Fahrer noch drinsaß. Das Fahrzeug fuhr mit quietschenden Reifen an und rammte einen der anderen Wagen, die die Kreuzung blockierten.

»Nein, nein, nein«, sagte Lindi.

Sie versuchte, rückwärts auf den Bürgersteig zu setzen, aber der Wagen hinter ihr war zu dicht aufgefahren, und sie touchierte seine Stoßstange. Der Fahrer begann zu hupen.

Ein Meer von Menschen umflutete ihren Wagen und lehnte sich gegen die Fenster, sodass es im Inneren dunkler wurde. Sie trommelten auf die Haube, die Türen und das Dach. Es dröhnte ohrenbetäubend.

Das Fenster neben Lindis Kopf platzte. Hände griffen herein und entriegelten die Tür. Die Randalierer zerrten sie auf die Straße, und sie spürte Hände an ihrem Körper, die auch an ihrer Handtasche zogen.

»Hey!«

Sie nahmen ihr die Tasche ab, rannten davon und ließen Lindi auf der Straße liegen. Sie rappelte sich auf und jagte ihnen nach.

»Verfluchte Söhne von…«

Aber sie liefen bereits zwischen die schwarzen Mannschaftswagen. Ehe Lindi sie erreichen konnte, wurden die hinteren Türen aufgestoßen, und das Widderkommando stürmte heraus. Einer der Cops hob die Hand.

»Keine Bewegung! Bleiben Sie, wo Sie sind!«

Ein zylindrischer Behälter landete klappernd auf dem Boden neben ihr. Tränengas strömte heraus, und hinter ihnen plärrten Lautsprecher.

»Diese Versammlung ist illegal. Bitte verlassen Sie diesen Bereich. Laut Verordnung für Ziviles Eingreifen werden alle Nichtbeamten hier von bewaffneten Einsatzkräften als Randalierer betrachtet und entsprechend behandelt.«

Lindi drehte sich um und rannte davon. Sie drängte sich über die blockierte Kreuzung, tiefer nach Ariesville hinein.

Sie hatte weder ihren Wagen noch ihr Handy oder auch nur ihren Ausweis, der bewies, dass sie ein Wassermann war. Sie war mitten in die Unruhen geraten. Zwar hatte sie das Tränengas nicht direkt erwischt, aber es trieb genug von dem Zeug durch die Luft, dass ihr Lungen und Augen brannten.

Weiter vorn dünnte sich die Fahrzeugkolonne aus, und vor dem neuen Polizeirevier gab es einen freien Bereich. Sie lief an hustenden und heulenden Randalierern vorbei. Über ihnen flog ein Helikopter hinweg, so tief, dass er den Unrat wegblies, der nach den Protesten liegen geblieben war. Am Vordereingang drängte sich eine Menschenmenge. Manche wollten hinein, andere heraus. Viele sahen erschüttert aus. Als Lindi ankam, wurde gerade Solomon Mahout in einem Kreis von Angehörigen der Widder-Front herausgetragen. Er rührte sich nicht, und Blut tropfte aus einem T-Shirt, das ihm jemand an den Hals drückte.

»Weg da!«, sagte der Mann vorn zu den Versammelten. »Macht Platz!«

»Lindi Childs!«

Eine junge Frau mit rasierten Schläfen und Sommersprossen kam hinter Mahout aus dem Revier. Sie stützte mit einem Arm Burton, der ebenfalls blutüberströmt war und zitterte.

»Schön, Sie zu sehen«, sagte das Mädchen und kam näher.

»Kennen wir uns?«, fragte Lindi.

»Offiziell nicht. Ich bin AKT aus dem Forum. Sherry Reynard.« Sie half Lindi, Burton zu übernehmen. »Danke, dass Sie gekommen sind. Wir müssen ihn hier wegschaffen. Viele werden glauben, er habe Mahout umgebracht.«

»Scheiße«, sagte Lindi. »Ich habe weder Wagen noch Geld. Ich wurde ausgeraubt.«

»Sie sollten nicht hier sein«, murmelte Burton. »Sind Sie verrückt? Die kommen! Sehen Sie nur!«

Die gepanzerten Mannschaftswagen des WEK drängten sich durch die abgestellten Zivilfahrzeuge, Seitenspiegel wurden abgerissen, Türen eingedrückt, während sie die blockierenden Autos einfach zur Seite schoben.

Die Demonstranten vor dem Revier machten kehrt und rannten in die entgegengesetzte Richtung davon, doch von dort kamen ebenfalls Polizeifahrzeuge. Zwischen den Gebäuden gab es Gassen, aber es versuchten zu viele panische Menschen, dorthin zu fliehen, sodass einige niedergetrampelt wurden.

Tränengasgranaten flogen durch die Luft und erzeugten dichte Nebelschwaden, Menschen schrien. Mahouts Träger wandten sich wieder dem Eingang zu.

»Rein!«, sagte Sherry.

Sie führte Lindi und Burton hinter Mahout zurück ins Gebäude. Lindi blickte sich um. Alles war neu und roch noch nach Bauarbeiten und frischer Farbe. Die Demonstranten legten Mahout auf den Empfangstresen, andere holten Stühle und zurückgebliebenes Baumaterial, um die Tür zu verbarrikadieren.

Sherry schaute durch das zerbrochene Glas nach draußen. Die schwarzen Fahrzeuge waren stehen geblieben. Ein Lautsprecher knackte.

»Angehörige der Widder-Front. Mit der illegalen Besetzung eines Regierungsgebäudes haben Sie eine schwere Straftat begangen. Kommen Sie mit erhobenen Händen aus dem Gebäude, oder wir eröffnen das Feuer.«

Sherry drückte die Tür einen Spalt auf und rief so laut und deutlich sie konnte: »Wir verhandeln!«

»Ich gehe raus und rede mit denen«, sagte ein Mann mit kurzgeschorenem Haar und einem Ring in der Augenbraue. Er hatte zu der Gruppe gehört, die Mahout getragen hatte.

Shelly rief: »Wir schicken jemanden raus, der mit Ihnen redet. Okay?«

Aus den Lautsprechern gab es keine Antwort. Der junge Widder holte tief Luft und ging langsam mit erhobenen Händen hinaus auf die Fahrzeuge zu. Er hatte den Platz halb überquert, als ihn die ersten Gummigeschosse trafen. Er schrie auf und bedeckte sein Gesicht. Weitere Geschosse erwischten ihn am ganzen Körper. Als Tränengasgranaten neben ihm landeten, warf er sich auf den Boden.

Eine Tränengasgranate durchschlug das Glas der Eingangstür, und dichter Qualm breitete sich aus. Burton, Lindi und die anderen Demonstranten stoben auseinander. Selbst ohne direkten Kontakt mit dem Gas begannen alle zu husten.

Während Lindi Burton den Flur entlangschleppte, warf sie einen Blick über die Schulter: Sherry nahm gerade die Mütze ab, stülpte sie sich wie einen Ofenhandschuh über die Hand, hob die Granate auf und warf sie durch die Tür nach draußen.

Sie zogen sich tiefer in das Gebäude zurück. In einem Raum hatte man eine Reihe Schreibtische zur Verteidigung vor dem Eingang gestapelt, und eine Gruppe Demonstranten im Teenageralter drängte sich an die hintere Wand. Sie starrten Lindi und Burton entgeistert an.

»Schon okay«, sagte Lindi zu ihnen und ging weiter.

»Die werden alle sterben«, sagte Burton. »Kruger. Kruger ist hier.«

»Wirklich?«, fragte Lindi. Sie wusste nicht, wie stark er noch unter Drogen stand.

»Ja, ich mein's ernst. Er wollte runter in die Garage. Wenn die Demonstranten die Ausfahrt blockiert haben, ist er immer noch im Gebäude. Er hat mir das angetan.

Er wollte Mahout dazu bringen, mich zu töten. Oder uns beide dazu, uns gegenseitig zu töten.«

»Beruhigen Sie sich, Burton«, sagte Lindi.

»Sie hören mir nicht zu! Ich erzähle Ihnen, was passiert ist!«, sagte Burton. »Kruger hat Mahout getötet! Er ist wahnsinnig!«

Sie gingen an grauen Spinden vorbei. Die Sonne war untergegangen, draußen wurde es dunkel. Niemand hatte das Licht im Flur angeschaltet.

»Wonach suchen wir?«, fragte Burton.

»Nach einem sicheren Versteck.«

»Lindi«, sagte Burton ausdruckslos.

Sie ignorierte ihn.

»Wenn wir uns in eine Zelle einschließen, haben wir vielleicht bessere Chancen...«

»Lindi!«

Er zeigte zum Ende des düsteren Gangs. Sie starrte in die Dunkelheit und versuchte zu sehen, was er entdeckt hatte. Im Schatten des Treppenhauses standen zwei Gestalten. Eine hatte einen Kranz weißes Haar um den Kopf, das musste Kruger sein. Der andere trug eine Schutzweste und einen Helm und drückte Kruger eine Schusswaffe in den Rücken.

83

»Nehmen Sie bitte die Waffe runter, Sir«, rief Lindi so ruhig wie möglich.

Der Mann presste den Lauf nur noch kräftiger in Krugers Rücken. »Wissen Sie, wer das ist?«, rief er zu Lindi zurück.

»Ja. Ich kenne ihn.«

»Er hat es nicht verdient, am Leben zu bleiben«, sagte er. »Verschwinden Sie!«

Kruger stieg zögernd eine Stufe hoch. Burton und Lindi folgten ihnen.

»Stopp«, sagte der Mann mit Schutzkleidung und drehte den Kopf in ihre Richtung. »Einen Schritt weiter, und ich bringe die Sache gleich hier zu Ende.«

»Das wollen Sie doch bestimmt nicht«, rief Lindi nach oben.

»Soll ich ihn etwa der Polizei überlassen?« Der Mann schnaubte und drückte den Lauf fest in Krugers Seite. »Hab ich nicht gesagt, Sie sollen weitergehen!«

»Wohin?«, fragte Kruger.

»Nach oben.«

Das erste, zweite und dritte Stockwerk des Gebäudes lagen ebenfalls im Dunkeln. Am Ende führte die Treppe weiter zu einer Tür, durch die man aufs Dach gelangte. Lindi half Burton die Stufen hinauf und behielt dabei den Killer und Kruger im Auge.

»Sie haben die drei anderen auch umgebracht, oder?«, rief Lindi.

Der Killer schwieg. Er drängte Kruger weiter die Treppe hinauf.

»Hören Sie«, sagte Kruger zu dem Mörder. »Sie glauben wahrscheinlich, Sie würden eine Verschwörung beenden, aber das stimmt nicht. Das Geviert habe ich mir an der Universität ausgedacht. Es war nur ein Witz, es ist nicht echt, reine Fiktion!«

»Ihr Geviert ist mir scheißegal«, sagte der Killer. »Machen Sie die Tür auf.«

Kruger fummelte im Dunkeln an der Tür herum.

»Sie ist abgeschlossen.«

Der Killer richtete die Waffe auf das Schloss und feuerte zweimal. Dann trat er die Tür mit dem Fuß auf und zerrte Kruger aufs Dach. Lindi und Burton folgten in sicherer Entfernung. Der Killer hatte das Visier hochgeklappt, und unter dem dämmrigen Himmel war es gerade noch hell genug, damit Lindi sein Gesicht sehen konnte. Seine Augen waren stechend blau.

Kruger sah das Gesicht ebenfalls.

»Ich erinnere mich«, sagte er zu dem Mörder. »Sie waren auf meiner Schule.«

Der Killer sagte nichts und schob Kruger über das Dach zur Kante.

»Was haben Sie mit mir vor?«

»Ich helfe Ihnen, Ihr Element zu umarmen«, sagte der Killer.

Krugers Stimme zitterte. »Nein. Gott, nein... Ich wollte doch nur alles in Ordnung bringen. Alles, was da draußen vor sich geht, passiert doch nur, weil die Gesellschaft so kaputt ist. Ich bin der Einzige, der es reparieren kann! Und das tue ich! Wenn Sie mich töten, stirbt die Gesellschaft mit mir!«

»Gut!«

Der Killer legte Kruger die Hand auf den Rücken und versetzte ihm einen Stoß.

84

Vom Fenster seines gepanzerten Polizeifahrzeugs schaute Vince Hare zu, wie die Gestalt in die Tiefe fiel. Krachend schlug sie auf die Treppe vor dem Eingang auf.

»Wer zum Teufel war das?«

Auf dem Dach zeichnete sich vor dem Himmel ein Mann in Schutzkleidung ab. Er blickte nach unten und vergewisserte sich, dass der Gestürzte tot war, dann zog er sich wieder von der Kante zurück.

»War das einer von uns?«, fragte Vince.

»Nein, Sir«, sagte der Sergeant neben ihm. »Wir haben gerade Polsens Leiche gefunden. Jemand hat seinen Schutzanzug gestohlen.«

»Die lassen uns dastehen, als würden wir Zivilisten ermorden.«

»Tun wir das denn nicht, Captain?«

»Los, rein da«, sagte Vince. »Brechen Sie die Tür auf und räumen Sie das Revier. Mit so viel Mann wie notwendig. Brennen Sie das Ding nieder, wenn's sein muss. Los!«

85

Im Dämmerlicht rann Krugers Blut über die Stufen. Cray schaute ein paar Sekunden lang hinunter und spürte, wie ihn eine tiefe Ruhe überkam. Es war endlich geschafft, aber es war noch nicht vorbei. Er drehte sich zu der Tür um, in der die Astrologin und der Cop standen. Sie mussten weg. Er hob die Waffe und schoss drei Mal.

Die Astrologin schob den Cop aus dem Weg und wich zur anderen Seite aus. Sie würde ihn laufen lassen. Cray hätte sich gleich hier um sie kümmern können, aber er brauchte die Munition noch für die anderen Cops. Er rannte zu der offenen Tür und die Treppe hinunter. Hoffentlich waren sie klug genug, ihn in Ruhe zu lassen. Doch kurz darauf hörte er hinter sich Schritte auf der Treppe.

»Burton! Lassen Sie ihn!«, rief die Astrologin vom Dach.

Cray drehte sich um und feuerte erneut eine Kugel ab, die in die dunkle Wand des Treppenhauses schlug. Von unten hörte man das Krachen von Metall. Das WEK brach den Vordereingang mit einer Ramme auf.

Es musste noch einen anderen Ausgang geben. Da die Demonstration aufgelöst war, musste die Garagenausfahrt frei sein. Er brauchte nur nach unten zu gehen.

Das Erdgeschoss war mit beißendem Nebel gefüllt.

Stiefeltritte kamen näher. Cray sah die WEK-Cops, die mit Gasmasken den Gang entlangmarschierten und mit Schlagstöcken auf die hustenden und schreienden Demonstranten einprügelten, die ihnen den Weg versperrten. Einer der Cops zog den Pin aus einer Tränengasgranate und warf sie in eine offene Tür.

Dann entdeckte einer Cray und zeigte auf ihn.

»Bewaffneter Verdächtiger!«

Instinktiv riss Cray die Waffe hoch und schoss. Der Cop taumelte rückwärts, blieb jedoch auf den Beinen. Er fing sich und stürzte auf Cray zu.

Cray feuerte weiter, bis das Magazin leer war, dann warf er die Waffe weg und rannte die Treppe hinauf. Eine Kugel traf ihn in den Rücken und raubte ihm kurz den Atem, doch die Schutzweste rettete ihm das Leben. Er taumelte nach oben und erreichte den ersten Stock. Hier standen auf beiden Seiten Türen offen. Er rannte in einen der dunklen Räume und fand ein breites, gitterloses Fenster. Er befand sich im ersten Stock, das Risiko war es wert. Er schob das Fenster auf und sah nach unten. Es war ganz schön tief, aber längst nicht so hoch wie da, von wo er Kruger hatte fliegen lassen.

Er ließ sich aus dem Fenster hängen, als der Cop in Schutzausrüstung die Tür erreichte.

»Halt!«, rief der Kerl, aber es war zu spät.

Cray ließ sich fallen.

86

Die Luft brannte Burton in den Augen. Von unten hörte er Schreie und Schüsse. Die Wirkung der Drogen ließ endlich nach, doch die Angst blieb.

»Burton! Halt!«, rief Lindi von hinten. »Wo wollen Sie hin?«

»Es muss doch irgendwo eine Feuertreppe geben.«

Er lief die Treppe hinunter, dicht gefolgt von Lindi. Von unten stürmten bewaffnete Cops nach oben.

»Keine Bewegung!«

Lindi und Burton verließen das Treppenhaus und rannten durch den Flur im ersten Stock. Aus einer Tür vor ihnen kam ein Cop in Schutzausrüstung und warf eine Tränengasgranate in ihre Richtung. Burton gelang es, in einen der benachbarten Räume auszuweichen, aber Lindi erwischte das Gas im Gesicht, und sie schrie laut auf.

»Kommen Sie!«, sagte Burton und zog sie durch die offene Tür.

»Ich kann nichts sehen!«, rief sie hustend. »O Gott, ich kann nichts sehen!«

»Schon gut. Wir steigen aus dem Fenster.«

»Wir sind im ersten Stock!«

»Das schaffen Sie schon.«

Burton öffnete das Fenster und führte Lindi hin. Sie stieg über die Kante.

»Lassen Sie sich nach unten hängen«, sagte er, »so weit Ihre Arme reichen, und dann lassen Sie sich fallen. Es sind keine fünf Meter.«

Er hörte, dass die Cops von beiden Enden in den Flur stürmten.

»Das ist Wahnsinn, Burton! Ich bin blind!«

»Das klappt schon, glauben Sie mir! Los!«

Sie hängte sich an die Fensterkante, ließ los und fiel. Ihre Beine knickten unter ihr ein, als sie auf dem Boden landete, aber sie war heil unten angekommen.

Burton kletterte hinter ihr aus dem Fenster. Die Cops stürmten den Raum, und er hatte keine Zeit mehr, sich erst an die Kante zu hängen. Also drückte er sich vom Fenster ab und ließ sich fallen.

Er landete hart und spürte, wie die Bänder in seinem Knöchel rissen. Mit viel Mühe schaffte er es, einen Schrei zu unterdrücken.

»Burton?«, fragte Lindi. »Sind Sie das?«

»Alles okay«, presste er durch die zusammengebissenen Zähne. »Und bei Ihnen?«

»Bestens«, antwortete sie. Ihre Augen waren verquollen, aber zumindest das linke konnte sie mittlerweile ein wenig öffnen. »Wird schon wieder. Wo entlang?«

Burton zeigte auf eine Gasse gegenüber dem Revier und humpelte darauf zu. Lindi lief vornweg über die Straße und an dem geparkten schwarzen Wagen vorbei.

Sein Knöchel behinderte ihn erheblich. Er war gerade um die Ecke des Reviers gebogen, als er eine bekannte Stimme hinter sich hörte.

»Na, wen haben wir denn da? Unser Held treibt sich anscheinend mit seinesgleichen herum.«

Burton drehte sich um. Captain Vince Hare kam auf

ihn zu. Er hatte das Visier hochgeklappt, aber ansonsten war jedes Fleckchen seines Körpers mit Schutzkleidung bedeckt. Zwei andere Cops des WEK folgten ihm.

»Vince«, sagte Burton, »da ist ein Serienmörder unterwegs, der Williams umgebracht und gerade Kruger ermordet hat...«

»Schnauze!«

Vince rammte ihm den Schlagstock unters Kinn.

Sterne explodierten vor seinen Augen, er ging auf die Knie.

»Das war längst fällig, Burton«, sagte Vince und trat ihm in den Bauch.

Burton fiel auf die Seite. Zwei andere Cops bearbeiteten ihn mit ihren Schlagstöcken. Er spürte, wie seine Rippen und Finger brachen.

Plötzlich wurde es hell in der Straße, und eine heiße Welle schwappte über sie hinweg – einer der schwarzen Mannschaftswagen brannte.

»Scheiße, was war das?«, fragte Vince.

»Molotowcocktail, Sir.«

Eine riesige Menschenmenge in roten Hemden stürmte die Straße entlang auf sie zu und brüllte wie ein angreifendes Heer wilder Krieger. Die vordersten hielten Flaschen in den Händen, die mit Stofffetzen verstopft waren.

»Verteidigungslinie!«, rief Vince. »Sofort!«

»Da kommen noch mehr von Norden, Captain! Die nehmen uns in die Zange!«

»Kreis bilden!«

Burton versuchte davonzukriechen, aber Vince versetzte ihm noch einen Tritt.

»Schnappen Sie sich die Randalierer. Den hier holen wir später ab.«

87

Lindi lief durch die Gasse auf die Straßenlampen vor ihr zu.

Auf der anderen Seite bot sich ihr ein ermutigender Anblick. Sie sah eine Polizeibarriere mit richtigen Cops, nicht mit den Schlägern vom WEK, und dahinter stand ein Krankenwagen.

Lindi drehte sich zu Burton um, der gerade noch direkt hinter ihr gewesen war.

»Burton?«

Vorsichtig schlich sie an einer Reihe Müllcontainer und überfüllter Tonnen vorbei. Sie hatte den Anfang der Gasse fast wieder erreicht, als sie jemand am Kragen packte.

»Nicht so schnell!«

Er zerrte sie in den Schatten und drückte sie auf den Boden. Vor ihr stand ein WEK-Cop mit Schutzkleidung und heruntergeklapptem Visier. Sie hob die Hände.

»Ich bin Wassermann!«

»Ich weiß, was Sie sind«, sagte eine bekannte Stimme. Der Killer!

In der einen Hand hielt er einen Schlagstock und zog mit der anderen ein Messer. Dann warf er sich auf Lindi, die sich über den stinkenden Boden wälzte. Das Messer scharrte über den Beton. Er stach erneut zu, und Lindi spürte Stahl zwischen den Rippen.

In dem Augenblick kam Burton angehumpelt. Er sah die Bewegung im Dunkeln und hörte Lindi vor Schmerzen schreien. Ihr Angreifer hob den Schlagstock, versetzte ihr einen Schlag und warf sie wieder zu Boden.

»Aufhören!«, brüllte er.

Der Mann sah auf, dann griff er mit erhobenem Schlagstock an. Zu spät bemerkte Burton das Messer in der anderen Hand. Er versuchte den Arm des Mörders zu packen, konnte den Hieb jedoch nur teilweise abblocken. Die Spitze der Klinge ging durch sein Hemd in die Schulter.

Der Killer rammte ihm den Schlagstock in den Solarplexus. Burton taumelte nach hinten, packte die Schutzweste und zog den Killer über sich. Zusammen stürzten sie in die Mülltonnen, die umfielen und laut klappernd zur Seite rollten.

Burton ließ sich fallen, und der Killer landete auf ihm. Er versetzte Burton einen so harten Kopfstoß, dass das Visier des Helms einen Sprung bekam. Burton versuchte sich zu befreien, aber der Helm senkte sich erneut und stieß seinen Kopf auf den Beton. Das zersplitterte Glas schrammte über sein Gesicht.

Der Killer nahm den Helm ab, warf ihn zur Seite und hob das Messer vom Boden auf. Burton konnte nur zuschauen, wie es sich auf seinen Hals zubewegte.

Es krachte. Der Killer erstarrte und kippte vornüber auf Burton.

Lindi stand keuchend über ihnen, einen Ziegelstein in der Hand. Sie stieß den Killer von Burton weg und schlug noch einmal zu. Und noch einmal. Ein feuchtes Knacken war zu hören, dann folgte Stille.

Lindi ließ sich neben Burton auf den Boden sinken.

»Sind Sie okay?«

Er schüttelte den Kopf.

Außerhalb der Gasse heulten Sirenen, und verzweifelte Schreie gellten durch die Luft. Rotes und blaues Licht leuchtete durch Gas und Rauch.

»Können Sie sich bewegen?«

Burton schüttelte erneut den Kopf. Er atmete schnell und flach, biss die Zähne zusammen und versuchte, den Schmerz auszuhalten.

Sie kauerten sich aneinander und warteten auf das Ende.

88

Lindi erwachte zitternd im grauen Licht der Dämmerung. Die Stadt war still. Burton lag neben ihr. Seine Brust hob und senkte sich sanft.

Sie drückte sich auf die Ellbogen hoch und stöhnte. Die Wunde in ihrer Seite begann wieder zu bluten. Das Polizeirevier gegenüber der Gasse lag in Trümmern. Die Fenster waren eingeworfen, und schwarze Streifen darüber zeigten, wo während der Nacht Rauch herausgequollen war.

Es kamen Leute die Straße entlang, denen im Schritttempo ein Pick-up folgte. Lindi schob sich wieder in die Gasse, doch man hatte sie schon entdeckt.

»Verletzte!«, rief jemand.

Drei Männer rannten herüber. Einer trug eine gelbe, offiziell aussehende Warnweste.

»Ma'am, sind Sie verletzt?«

Als Lindi nickte, holte ein anderer eine silberne Thermodecke heraus und legte sie ihr um die zitternden Schultern.

»Was ist mit Ihrem Begleiter?«

Der mit der Warnweste leuchtete Burton in die Augen und sah auf.

»Wir brauchen einen Leichensack.«

In ihrem halbwachen Zustand durchfuhr Lindi Panik. Sie blickte sich um und sah die Leiche des Killers.

»Wer sind Sie?«, fragte sie den Mann, der ihr die Decke gegeben hatte.

»Reservisten«, sagte er. Er hörte sich an wie eine Waage. »Haben Sie einen Ausweis?«

»Gestohlen«, flüsterte sie heiser und hustete.

»Kein Problem, wir kümmern uns um Sie. Die Sanitäter sind unterwegs. Alles wird gut!«

89

Burton erwachte in einem Krankenhausbett. In einer Schiene unter der Decke hing ein grüner Vorhang und hüllte ihn ein wie ein Zelt.

Kate saß auf einem Stuhl neben ihm und las ein Buch.

»Hallo«, krächzte er.

Sie blickte auf und lächelte. »Du hast mich erschreckt«, sagte sie leise.

Sie legte das Buch weg und nahm seine Hand. Er zuckte zusammen. Zwei Finger waren bandagiert, und an den Spitzen hatten sich Blasen gebildet. Aus einem Verband am Handgelenk ragten Plastikschläuche.

»Tut mir leid«, sagte sie und ließ wieder los.

»Du bist dünner geworden«, sagte er benommen.

Sie lachte. Es dauerte einen Moment, bis er begriff.

»Sie ist da?«

Kate nickte. »Letzte Woche. Sie ist schon zu Hause, mein Bruder passt auf sie auf.«

»Und ist sie Stier?«

Kate nickte. Burton spürte, wie ihm die Tränen kamen, und er schloss die Augen.

»Ich habe es verpasst. Sie ist unser Kind, und ich habe es verpasst...«

»Schon gut«, tröstete ihn Kate. »Erhol dich erst mal. Sie wird sich freuen, ihren Dad kennenzulernen.«

Am nächsten Tag besuchten ihn Lindi und Kolacny. Lindi zeigte ihm die Stiche in der Seite.

»Eine Narbe von einem Serienmörder. Das dürfte meine Attraktivität beträchtlich erhöhen.«

Sie sagte es im Scherz, aber er sah, wie wackelig sie noch auf den Beinen war. Sie erzählte ihm, dass man ihr einen Job in Singapur angeboten habe, wo sie potenzielle Kriminelle aufspüren sollte. Sie behauptete, noch darüber nachzudenken, aber Burton sah, dass ihre Entscheidung längst gefallen war. Sie hatte die Nase voll von San Celeste.

Als sie auf ihre eigene Station zurückkehrte, blieb Kolacny bei Burton. Er sah ihn verlegen an.

»Haben Sie etwas auf dem Herzen?«

»Vince Hare ist bei den Unruhen ums Leben gekommen«, sagte Kolacny. »Eine Kugel hat ihn unter den Helm getroffen. Es heißt, es war ein Unfall. Angeblich stammte die Kugel von einem der anderen Cops. Es wird eine Untersuchung geben. Überhaupt wird es eine Menge Untersuchungen geben, nach Mahouts Tod und den Unruhen. Mendez wurde suspendiert. Die gute Nachricht ist also, Sie sind wieder im Rennen.«

»Echt?«, fragte Burton.

Kolacny nickte. »Wir haben alle für ein Schmerzensgeld für Sie unterschrieben, wegen Ihrer Verletzungen.«

»Danke, Kolacny.«

»Keine Ursache, gern geschehen.«

Was, dachte Burton, einer Entschuldigung doch schon recht nahekam.

Nachdem Kolacny gegangen war, schlug Burton die Zeitung auf, die Kate ihm dagelassen hatte, und blätterte sie durch. Rachel Wells beherrschte die Schlagzeilen. Sie war jung, hübsch und einer aussichtslosen Situation durch eigene Intelligenz und Mut entkommen. Die Medien hatten sich gierig auf ihre Geschichte gestürzt und sie zu einer Art Promi gemacht. Dem Artikel zufolge hatte Wells die Rechte für ihre Lebensgeschichte bereits verkauft.

Auf der Rückseite gab es eine Hintergrundstory mit dem Titel »Gevierte – was Sie darüber wissen müssen«. Im Wesentlichen waren es Spekulationen darüber, welche weiteren Personen des öffentlichen Lebens und Prominenten zu einer dieser unheilvollen Gruppen gehören könnten. Der Artikel war mit einer Skizze illustriert, die Rachel von dem alten Steinbock angefertigt hatte, der sie entführt hatte. Darunter stand: »Der zweite Geviert-Killer – weiter auf freiem Fuß«.

Die Unruhen wurden kaum erwähnt, es gab keine Artikel über die Aufräumarbeiten in Ariesville oder die medizinische Versorgung der verletzten Zivilisten.

Burton faltete die Zeitung zusammen und lehnte sich in sein Kissen zurück.

90

Einige Tage später konnte Burton wieder aufstehen. Er hatte seine Tochter noch nicht mit eigenen Augen gesehen, und das trieb ihn an. Bisher kannte er nur die Bilder von Kates Handy, was sich unwirklich anfühlte und ihm ausreichend Motivation verschaffte. Seinen Infusionsständer hinter sich herziehend, marschierte er durch das Krankenhaus. Es kostete ihn große Anstrengung, und der polierte Boden fühlte sich kalt unter seinen Füßen an, doch diese kleine Freiheit war es wert, sich aus dem Bett zu quälen.

Er kam an dem kleinen Empfangsbereich zwischen den Stationen vorbei. Dort gab es einen Verkaufsautomaten, drei Stühle und einen kleinen Tisch mit Plastiktopfpflanze. Auf einem der Stühle saß vornübergebeugt ein alter Mann, der die Hände auf einen Gehstock vor sich stützte.

»Hallo, Detective«, sagte er.

Er sprach mit Steinbock-Akzent und lächelte freundlich. Burton blieb stehen.

»Es freut mich, dass Sie sich erholen«, sagte der alte Mann. »Ich habe getan, was ich konnte, um Ihnen zu helfen. In angemessenem Rahmen, versteht sich. Ein paar Sachen kann auch ich leider nicht ungeschehen machen.«

Burton erstarrte. Rachels Skizze war nur grob gewesen, doch die Ähnlichkeit war nicht zu verkennen. Das graue

Haar, die Wangenknochen. Er packte den Infusionsständer fester.

»Glückwunsch zur Geburt Ihrer Tochter«, sagte der Mann.

Burton blickte sich im Krankenhausflur um. Am Empfangstresen stand ein Mann, der zwar nicht direkt in ihre Richtung sah, sich aber auch nicht abgewandt hatte. Und vor einer der Stationen saß ein weiterer Mann, der die Hände in die Manteltaschen gesteckt hatte. Wer trug bei solcher Hitze einen Mantel? Burton sah wieder den alten Mann an, der immer noch milde lächelte. Natürlich hätte er sich niemals ohne Rückendeckung und ohne Vorbereitung hergewagt. Und Burtons Tochter war bei Hugo, der sie wohl kaum vor einem entschlossenen, reichen Geistesgestörten beschützen konnte.

»Ganz ruhig, Detective. Ich bin lediglich hier, um Ihnen zu sagen, dass es vorbei ist.«

»Nein, ist es nicht«, erwiderte Burton.

Der Mann schüttelte den Kopf.

»Doch. Alles ist wieder so, wie es sein sollte. Der Zorn hat sein Ventil gefunden, Sie haben Ihre Rolle hervorragend gespielt, und ich muss mich bei Ihnen bedanken.«

Burton starrte dem alten Mann ins Gesicht und prägte sich jede Falte ein.

»Ich habe mein Bestes getan, um Ihnen die Sache zu erleichtern. Wie ich höre, bekommen Sie Ihre alte Stelle zurück, und die Krankenhausrechnungen werden auch bezahlt. Glückwunsch.«

Burton knirschte mit den Zähnen. »Ich will nichts von Ihnen«, sagte er.

»Wie schade«, sagte der Mann. Er erhob sich und reckte sich. »Sie haben es schon bekommen.«

»Ich bin nicht Ihre Schachfigur«, sagte Burton. »Wenn Sie derjenige sind, für den ich Sie halte, werde ich Sie schnappen.«

»Zu welchem Preis, Detective? Leute wie ich sorgen für das Gleichgewicht in der Gesellschaft.«

»Lieber sehe ich die Stadt noch einmal brennen, als sie von solchen Leuten wie Ihnen in Ordnung bringen zu lassen.«

Der alte Mann lächelte. Sein Kinn war schief.

»Das höre ich gern«, sagte er. »Guten Tag, Detective. Und nochmals Glückwunsch zu Ihrer hübschen Tochter.«

Sein Gehstock klickte über den gefliesten Krankenhausflur, als er davonging. Burton sah ihm nach, als er sich durch die Drehtür schob und ins Sonnenlicht hinaustrat.

Danksagung

Ohne die folgenden Menschen würde es dieses Buch nicht geben:

Dr. Kerry Gordon, meine Frau, musste während des Schreibens ein Jahr lang (viel zu lang) mit einem ständig geistesabwesenden Ehemann zurechtkommen. Danke, dass du nicht zur Mörderin geworden bist.

Emad Akhtar, Genie und Lektor, hat *Im Zeichen des Todes* aus der Liste meiner Roman-Ideen ausgewählt und gesagt: »Das ist es!« Er hat so lange Plot-Pingpong mit mir gespielt, bis die Geschichte ihre endgültige Form annahm. Ich könnte nicht sagen, wie oft mir angesichts seiner Vorschläge die Kinnlade runtergeklappt ist. Dieses Buch ist ebenso sehr sein Werk wie meins.

Mein Agent, Oliver Munson, hat die Drecksarbeit erledigt und unermüdlich geschuftet, um mich zu promoten und mir Türen zu öffnen, von deren Existenz ich nicht einmal wusste. Danke, Oli.

Lesley Levene, die Redakteurin mit den Adleraugen, hat alle verdrehten Sätze und Non-Amerikanismen rausgepickt und mich vor vielen peinlichen Schnitzern bewahrt.

Meine Freundin Sarah Lotz hat mir ihre Zeit geopfert, um eine entsetzliche erste Fassung zu lesen, und mich mit konstruktiver Kritik und unverdientem Lob belohnt.

Meine »Wegbereiterin« Lauren Beukes hatte schon jedem das Buch empfohlen, ehe ich überhaupt mit dem Schreiben begonnen hatte. Ihre unermüdliche Unterstützung, Ermutigung, Beratung und Freundschaft waren von unschätzbarem Wert und einfach nur großartig.

Die wunderbaren Leute von Sunrise Productions, besonders Philip Cunningham, Brent Dawes und Matthew Brown, haben mir die notwendige Zeit und Flexibilität eingeräumt, um dieses Buch zu schreiben. Außerdem haben sie die beste Arbeitsumgebung für mich geschaffen, die man sich nur wünschen kann.

Und vielen Dank auch an die ersten Leser der frühen Fassungen, darunter Lauren, Sarah und (nochmals) Kerry, Danielle und Matthew Gair sowie insbesondere an meine Eltern, Tony und Diana Wilson, die eigentlich einen eigenen Abschnitt in dieser Danksagung verdient hätten.

»Das Buch des Jahres 2017!«
Newsweek

448 Seiten. ISBN 978-3-7645-3182-9

In Claires Welt gibt es zwei Arten von Menschen: solche, die wie sie sind und sich nur an die Ereignisse des vorangegangenen Tages erinnern können, und solche wie ihren Ehemann Mark, deren Gedächtnis zwei Tage zurückreicht. Claire hat nur eine Verbindung zu ihrer Vergangenheit: ihr Tagebuch. Was sie nicht rechtzeitig aufschreibt, geht für immer verloren. Eines Morgens steht die Polizei vor Claires Tür. Die Leiche einer Frau wurde im Fluss gefunden. Nach Aussage der Beamten war sie Marks Geliebte und er wird des Mordes verdächtigt. Sagt die Polizei die Wahrheit? Kann Claire ihrem Ehemann vertrauen? Und vor allem: Kann sie sich selbst vertrauen?

Lesen Sie mehr unter: **www.penhaligon.de**

Wer den perfekten Menschen will, verliert irgendwann die Kontrolle über Gut und Böse ...

648 Seiten. ISBN 978-3-7645-0564-6

Der US-Außenminister stirbt bei einem Staatsbesuch in München. Während der Obduktion wird auf seinem Herzen ein seltsames Zeichen gefunden – von Bakterien verursacht? In Brasilien, Tansania und Indien entdecken Mitarbeiter eines internationalen Chemiekonzerns Nutzpflanzen und –tiere, die es eigentlich nicht geben kann. Zur gleichen Zeit wenden sich Helen und Greg an eine Kinderwunschklinik. Der Arzt macht ihnen Hoffnung, erklärt sogar, er könne die genetischen Anlagen ihres Kindes deutlich verbessern. Er erzählt ihnen von einem – noch inoffiziellen – Forschungsprogramm, das bereits an die hundert »sonderbegabte« Kinder hervorgebracht hat, und natürlich wollen Helen und Greg ihrem Kind die besten Voraussetzungen mitgeben, oder? Doch dann verschwindet eines dieser Kinder, und alles deutet auf einen Zusammenhang mit sonderbaren Ereignissen hin – nicht nur in München, sondern überall auf der Welt ...

Lesen Sie mehr unter: **www.blanvalet.de**

Wer sich im Netz bewegt, für den gibt es kein Entkommen!

496 Seiten. ISBN 978-3-7341-0093-2

London. Bei einer Verfolgungsjagd wird ein Junge erschossen. Sein Tod führt die Journalistin Cynthia Bonsant zu der gefeierten Internetplattform Freemee. Diese sammelt und analysiert Daten – und verspricht dadurch ihren Millionen Nutzern ein besseres Leben und mehr Erfolg. Nur einer warnt vor Freemee und vor der Macht, die der Online-Newcomer einigen wenigen verleihen könnte: ZERO, der meistgesuchte Online-Aktivist der Welt. Als Cynthia anfängt, genauer zu recherchieren, wird sie selbst zur Gejagten. Doch in einer Welt voller Kameras, Datenbrillen und Smartphones kann man sich nicht verstecken ...

Lesen Sie mehr unter: **www.blanvalet.de**

www.blanvalet.de

facebook.com/blanvalet

twitter.com/BlanvaletVerlag